诗词里的

中国故事

先唐篇

主编—黄为之　杨毕治

21 二十一世纪出版社集团
21st Century Publishing Group
全国百佳出版社

图书在版编目（CIP）数据

诗词里的中国故事 . 先唐篇 / 黄为之，杨廷治著 . -- 南昌：

二十一世纪出版社集团 , 2017.4（2022.4重印）

ISBN 978-7-5568-1243-1

Ⅰ . ①诗… Ⅱ . ①黄… ②杨… Ⅲ . ①古典诗歌—诗

歌欣赏—中国 Ⅳ . ① I207.22

中国版本图书馆 CIP 数据核字 (2017) 第 047189 号

诗词里的中国故事·先唐篇

黄为之，杨廷治/著

策　　划	张　明	
责任编辑	刘　刚　张　宇	
出版发行	二十一世纪出版社集团	
	（江西省南昌市子安路 75 号　330025）	
	www.21cccc.com.　cc21@163.net	
出 版 人	张秋林	
经　　销	新华书店	
印　　刷	北京金康利印刷有限公司	
版　　次	2018 年 1 月第 1 版　2022 年 4 月第 2 次印刷	
开　　本	720mm×1000mm　1/16	
印　　张	21.25	
字　　数	320 千	
书　　号	ISBN 978-7-5568-1243-1	
定　　价	40.00 元	

赣版权登字—04—2017—203

如发现印装质量问题，请寄本社图书发行公司调换 0791-86524997

出版前言

　　中华民族历来是最具诗意的民族，论及中国文化，诗歌一定是皇冠上一颗最耀眼的明珠，是灿烂中华文明的精神制高点。徜徉在祖国文化的百花园里，你会发现，诗歌这块园地，最厚重也最丰饶——溯本求源，可说中国文化有多悠久，中国诗歌史便有多悠久；说数量，谁能历数，我们民族究竟创作了多少千古传诵的诗篇；再论及世代流芳的诗人，世界上没有一个国家、民族能望及项背。"李杜诗篇万口传，至今已觉不新鲜。江山代有才人出，各领风骚数百年。"（赵翼《论诗》）一代有一代的高峰，历史又把一代代的高峰留在后面。今天，当我们俯瞰历史，才能纵览春兰秋菊，夏荷冬梅，百花斗艳的胜景，膜拜那万峰簇拥的奇观。

　　"诗言志"是中国文化的正统，可以说诗歌历来便在中国人的生活中占有举足轻重的作用，渗透于生活的方方面面，成为其文化身份的独特标识。对一个诗歌大国来说，诗歌便是中国人的世界观，价值观与人生观——大至忧国忧民的社稷之慨，小至抒怀感悟，迎来送往，起居作息的生活常态，几乎无不成"诗"。"诗"生活亦生活，本书便是一套有关"诗"生活的丛书。

　　《文人墨客诗生活》，荟萃了历代诗苑故事、佳话和诗歌赏析，是一套内涵厚重却浅白易懂的文学通俗读物。在那些脍炙人口、光照千古的名篇背后，其创作和流传过程中，曾产生过许多优美动人的故事和妙趣横生的佳话。如果诗歌本体如浑雄交响中的主旋律，那环绕于诗人、诗歌的佳话轶闻便是"诗生活"中不可缺少的多层次合音与背景音乐。人们在诵读诗歌名篇时，也一定会被这些故事和佳话所吸引，可更立体、多方位地理解与感悟诗歌美的内涵。但这些故事、佳话，往往散见于大量史书、诗集、诗话、笔记、类书之中，不易查找，亦难遍览；而原始资料的文字，也大都简古深奥，晦涩难读。选编这套丛书，便是通过广采博取，去芜存菁，将散见的故事、佳话、诗话荟萃于一集，并在表达上力求寓意显豁，清新可读。使读者能一目了然，享受到体悟"诗生活"的快乐，也可省去翻检古籍之劳。

《文人墨客诗生活》不同于一般的名人轶事集，也不同于常见的诗歌欣赏集，简言之，并非名篇的故事、佳话与未见故事、佳话流传的名篇，都未收入书中。一文一题，每一篇都有一至数首诗作和与之相连的故事佳话，行文浅白但神韵隽永。对所引诗篇也作了赏析。但这种赏析是与叙述有机结合的，或是交代故事背景，或是人物衷肠的倾诉，或是诗歌内涵的揭示和艺术鉴赏。不拘泥就事论事，就诗论诗，而是把其放在诗歌发展史和诗人生平际遇的大背景下，启迪读者对诗人、诗歌史的总体把握，几十题合起来，便几乎可见一代诗歌大观。

本书原名为《历代诗苑揽胜》，由首都经贸大学黄为之、杨廷治教授伉俪呕心沥血十年精心打造，先后重印几次，曾荣获北京市高等学校第二届哲学社会科学优秀成果奖；其版权输出台湾。本次重版修订，二位作者对每篇文字都重新进行了精心润色；在叙事部分，根据史料丰富了情节，故事更加生动婉曲；诗评部分，也根据历代诗话，作了更准确简明的评述。此外，还新增写了一些篇章，弥补了一些缺漏，从而更全面反映了我国古典诗歌的风貌。

没有华人不读诗。由此，说诗歌传承着中国文化的血脉一点不为过。如果说目前构建公民社会是我国核心价值观的体现，那么对青少年进行"诗教育"与体悟"诗生活"是极其重要的。我们希望，这套融古典诗词、典故加传奇的隽永作品，能成为全国中小学文史老师的最佳指导手册，成为全国青少年朋友所喜爱的课外读物。

【目录】

诗词里的中国故事

先唐篇

黄鸟挽歌

公元前 621 年夏秋之交，雍县（今陕西凤翔）城南郊外，茫茫原野，到处是断草败叶，枯黄惨淡；啁啾啼鸣的黄雀，穿飞在草莽荆棘丛中，像是感到了生的威胁，显得异常烦躁不安。

一队望不到头的车马仪仗，从北向南走来。春秋五霸之一的秦穆公任好死了，这天安葬，满朝文武，王室亲眷，都出城来送葬。人人穿着白色的粗麻丧服，裹着头帕，缠着腰带，表情凄怆肃穆。特别引人注目的是走在灵车后边的一队男女青年，他们的双手被一根长长的绳子串连着，一个跟着一个，挪动着沉重的脚步，手持刀枪剑戟的武士不停地前后大声呵斥，驱赶着他们。送葬沿途，聚集了无数百姓，在呼天抢地的号叫声中，夹杂着愤怒的咒骂声。

车队人群在一个大墓穴四周停了下来。厚重的棺椁，被缓缓放进墓穴。那被长绳连着的男女，被武士们一个一个推了下去。令天怨神怒的大悲剧，就这样发生了！四周百姓顿时骚乱起来，悲号声、怒吼声，震天撼地！

"儿啊，我可怜的儿啊！"

"爹爹，爹爹，我不要你死！我不要你死！"

"唉！又是这么多屈死冤魂，孤儿寡母！！"

"视民为草芥，不仁不义，君还算君吗？"

突然，人群中有人叫起来："看啦，子车大夫的三个儿子，就要给推下去了！"

人们立即把目光转向墓穴边的三个青年，只见他们的脸上充满了死的恐惧和痛苦，浑身不停地战栗着。

"子车大夫的三个儿子，可是百里挑一的忠良啊！"

"要是能替他去死，我们就是一百个人去换他一个也值得啊！"

"天呀，你怎么不长眼啊！难道真要把好人都杀光吗？"

人们痛哭！号叫！捶胸顿足！一齐往前拥！武士们横戈挥剑，极力阻挠人群。巨大的悲痛无以发泄，人们就在墓穴边，踏着步子，用粗哑的嗓子齐声唱起来：

> 黄雀喳喳，酸枣树上息。
> 谁跟穆公去了，子车家的奄息。
> 就是这位奄息，一人能把百人敌。
> 他走近了坟墓，忍不住浑身战栗。
> 苍天啊苍天！为何杀我良民？
> 如果准我们赎他的命，
> 就拿我们一百换他一人！
>
> 黄雀喳喳，飞来桑树上。
> 谁跟穆公去了，子车家的仲行。
> 就是这位仲行，一个抵得五十双。
> 他走近了坟墓，忍不住浑身战栗。
> 苍天啊苍天！为何杀我良民？
> 如果准我们赎他的命，
> 就拿我们一百换他一人！
>
> 黄雀喳喳，落在牡荆树。
> 谁跟穆公去了，子车家的鍼虎。
> 就是这位鍼虎，一人当百不含糊。
> 他走近了坟墓，忍不住浑身战栗。
> 苍天啊苍天！为何杀我良民？
> 如果准我们赎他的命，
> 就拿我们一百换他一人[①]！

---

① 见余冠英《诗经翻译》，人民文学出版社 1978 年版，文字略有改动。

人们踏着沉重的脚步，和着节拍，一遍又一遍地唱着，越唱声音越粗犷悲怆。不，那不是唱，那是从心底发出的呐喊和控诉！慢慢地，人们都朝着一个方向，沿着墓穴，转着圈子，就像一股奔腾汹涌的怒涛在回旋。

这首歌被人记录了下来，就是现在保存在我国古代最早一部诗歌总集《诗经》中的《秦风·黄鸟》，原诗如下：

> 交交黄鸟，止于棘。谁从穆公，子车奄息。
> 维此奄息，百夫之特！临其穴，惴惴其栗。
> 彼苍者天，歼我良人。如可赎兮，人百其身。
>
> 交交黄鸟，止于桑。谁从穆公，子车仲行。
> 维此仲行，百夫之防！临其穴，惴惴其栗。
> 彼苍者天，歼我良人。如可赎兮，人百其身。
>
> 交交黄鸟，止于楚。谁从穆公，子车鍼虎。
> 维此鍼虎，百夫之御！临其穴，惴惴其栗。
> 彼苍者天，歼我良人。如可赎兮，人百其身。

在我国古代，一个统治者死了，要用活人陪葬。这种殉葬制度，一直延续到封建社会的初期。《墨子·节葬篇》说："天子杀殉，众者数百，寡者数十；将军大夫杀殉，众者十，寡者数人。"据《史记·秦本记》记载，秦穆公死，陪葬者多达一百七十七人，子车氏三兄弟，就在其中。《秦风·黄鸟》以目击者的经历，忠实地记录了这种殉葬制度的野蛮和残酷。全诗感情真挚，悲愤交加，痛彻肺腑。词简义复，一咏三叹的抒情方式，带有浓郁的原始朴实风味和民歌色彩，因此传播当世，流芳千古，秦穆公残杀三良的史实也因此诗而不断敲击着后世诗人的心，激发出他们的创作灵感，说古论今，抒写心中块垒。

汉末建安时著名诗人曹植有一首《三良诗》，《文选》注说："曹植被文帝（曹丕）迫害贬黜，悔不当初魏武帝（曹操）死时随曹操而去。"因此，曹植经过三良墓时，想到秦穆公和三良相约，"生时等荣乐，既没同忧患"，"秦穆先下世，三良皆自残"，不禁仰天长叹，痛断肝肠。

建安另一位诗人王粲也有一首《咏史》诗，诗如下：

> 自古无殉死，达人所共知。
> 秦穆杀三良，惜哉空尔为！
> 结发奉明君，受恩良不訾①。
> 临殁要之死，焉得不相随？
> 妻子当门泣，兄弟哭路垂。
> 临穴呼苍天，涕不如缏縻②。
> 人生各有志，终不为所移。
> 同知埋生惧，心亦有所施。
> 生为百夫雄，死为壮士规。
> 黄鸟作悲诗，至今声不亏。

清人东方树说，这首诗写得"文势浩瀚，气格高妙"（《昭昧詹言》）。诗人王粲为三良殉葬而惋惜，同时又认为三良身受君恩，以死相报是应该的。他称赞三良虽然临死时十分痛苦，但他们的志向却没有因此而改变。他们活着是"百夫"的英雄，死后是"壮士"的楷模。所以黄鸟为之悲吟，后世传唱不衰。在建安七子中，王粲诗歌成就最高，这首诗也表现了他那真挚苍凉的诗风，但他并没有批判野蛮残忍的殉葬制度，把三良及众多殉葬者的惨死说成是自愿的报恩行为，显然他的识见并不高明。

唐代诗人柳宗元的《咏三良诗》，后四句是这样的：

> 殉死礼所非，况乃用其良？
> 霸基弊不振，晋楚更张皇。
> 疾病命固乱，魏氏言有章。
> 从邪陷厥父，吾欲讨彼狂。

---

① 訾（zǐ），计量。
② 缏縻（gěng xí），绳索。

《宋词画谱》　　　　　　　　　　　　　　　（明）汪氏 编

　　据《左传·宣公十五年》记载，晋大夫魏武子病重，对儿子魏颗说，等他死后，把爱妾嫁了。但他临死时，又要儿子用爱妾为他殉葬。魏武子死后，魏颗并没有照父亲临终遗嘱办，而是把父亲的爱妾嫁了。魏颗说，父亲临死时，处于弥留状态，神志已经不清，我应该执行他清醒时的遗嘱。柳宗元的诗说，殉葬是非礼之举，魏颗做得很对，否则他就会使他的父亲陷于不仁不义的境地了。同时，柳宗元似乎又暗示说，秦穆公当初要三良殉葬，只不过如弥留之际的魏武子一样，是一时的昏话，三良之死，穆公何罪？

　　宋代诗人苏轼有《和陶渊明三良诗》，他这样写道：

杀身帮有道，大节要不亏。

君为社稷死，我则同其归。

顾命有治乱，臣子得从违。

魏颗真孝爱，三良安足希。

苏轼另一首《过秦穆公墓》，还有这样几句：

穆公生不诛孟明，岂有死之日而忍用其良？

乃知三子殉公意，亦如齐之二子从田横。

孟明是秦时贤臣百里奚之子，在秦、晋殽①之战中，秦军惨败，主将孟明等三人被俘，后得释返回。秦穆公到郊外迎接时对三人说："你们三人受辱，是寡君之罪。"又据《史记·田儋列传》，秦末楚、汉相争时，田横起兵，自立为齐王，后中韩信计兵败，逃亡海上。汉高祖刘邦灭项羽后，诏赦田横，田横与客二人同赴洛阳。田横终因羞于向刘邦称臣，在途中自尽，二客也义从田横而自杀。

苏轼认为，秦穆公当年没有杀孟明，事过仅仅六年，穆公死，怎么肯用忠良来为自己殉葬呢？可见，子车三兄弟殉葬，不是穆公的本意，而是他们自己的意愿，就像当年二客从田横自杀一样。

宋人贺裳《载酒园诗话》卷一说："子瞻②作《过穆公墓》诗……语意高妙。然细思之，终是文人翻案法。《黄鸟》之诗曰：'临其穴，惴惴其栗。'感恩而杀身者然乎？"贺裳认为，感恩而慷慨就死者为什么没有一点儿视死如归的样子，反而害怕得浑身发抖？苏轼这些话不是"痴人说梦"吗？黄山白点评说："子瞻好作史论，然评断多误……此诗亦其类也。"

宋代大思想家朱熹著《诗集传》，意在探求《诗经》的本义，是南宋以后流传很广、至今还常用的一部解释《诗经》的书。朱熹在《黄鸟》诗后总评说："穆公于此，其罪不可逃矣。"他甚至说，过去许多人在评论这件事时，只是同情子车氏三良的不幸，叹惜秦的衰亡，"至于王政不纲，

---

① 殽（yáo），山名，在今河南洛宁县境内。

② 苏轼，字子瞻。

诸侯擅命，杀人不忌，至于如此，则莫知其为非也。呜呼，俗之敝也久矣！"朱熹的这段话不仅指出了秦穆公的罪恶，而且更为感慨的是世风的败坏，以至于曹植、王粲、柳宗元、苏轼这样一些杰出人物，都被森严的封建忠君恩义思想紧紧束缚着，为礼教杀人辩护，为帝王罪行开脱，而不能有正确的历史眼光和评判。

我国古典诗歌中有大量咏史诗，咏史诗之难作，不仅要有诗才，更要有史见；不仅要"出入经史，自然有力"，而且需"使自家机杼，风骨先立"（《诗人玉屑》卷七），否则就断然没有好的咏史诗。

【参考资料】

《诗集传》
《史记·秦本记》
《历代诗话·韵语阳秋》卷九

送别诗祖

　　说起送别诗，人们很自然就会联想到那些流芳千古、脍炙人口的佳作名句。《易水歌》："风萧萧兮易水寒，壮士一去兮不复还"；王勃《送杜少府之任蜀川》："海内存知己，天涯若比邻"；王维《送元二使安西》："劝君更尽一杯酒，西出阳关无故人"；李白《黄鹤楼送孟浩然之广陵》："孤帆远影碧空尽，惟见长江天际流"；《金陵酒肆留别》："请君试问东流水，别意与之谁短长"；《赠汪伦》："桃花流水深千尺，不及汪伦送我情"；高适《别董大》："莫愁前路无知己，天下谁人不识君"；白居易《赋得古原草送别》："野火烧不尽，春风吹又生……又送王孙去，萋萋满别情"；杜牧《赠别》："蜡烛有心还惜别，替人垂泪到天明"等。可以说，从古至今，没有一个诗人没有写过送别诗。在中国古典诗歌中，送别诗是一个很重要的门类，其数量令人叹为观止。怎么会出现这种文学现象呢？原因很简单，任何文学艺术创作都是社会生活的反映，送往迎来，是人类社会生活中时时处处都在发生的事，而送往迎来的人和事由也是千种万种，因此，送别之情也就充满了永远也写不完道不尽的喜怒哀乐。早在一千五百多年前，南朝人江淹写的著名《别赋》，就相当精彩生动地概括了这种生活现象和文学现象。《别赋》开篇第一句就是"黯然销魂者，惟别而已矣！"这是说，世间的事情，最容易让人情绪低沉惨淡、丢魂失魄的事，只有离别一件事。接着，江淹列举了各种离别现象，"别虽一绪，事乃万族"，"是以（因此）别方不定，别理千名。有别必怨，有怨必盈，使人意夺神骇，心折骨惊。"这是说，虽然离别只是一种现象，但离别的缘由有万万种，因此离别时的情形也变化不定，离别之人的情怀也因此千差万别。而只要有离别，就必有哀怨，有哀怨就必然会充塞郁积满胸，使人悲伤心碎。纵观古今的送别诗文，都不出江淹《别赋》

所述的范围和永恒的主题！

现在我们能看到的最早的一首送别诗，是《诗经·邶风》中的《燕燕》，诗如下：

燕燕于飞，差池其羽①。
之子于归②，远送于野。
瞻望弗及，泣涕如雨。

燕燕于飞，颉之颃之③。
之子于归，远于将之。
瞻望弗及，伫立以泣。

燕燕于飞，下上其音。
之子于归，远送于南④。
瞻望弗及，实劳我心。

仲氏任只⑤，其心塞渊。
终温且惠，淑慎其身。
先君之思，以勖寡人⑥。

朱熹《诗集传》注："庄姜无子，以陈女戴妫之子完为己子，庄公卒，完即位，嬖人子州吁弑之，故戴妫大归于陈，庄姜送之，作此诗也。"⑦

史载卫庄公妻子庄姜美丽贤惠，可惜无子，于是庄公再娶陈国女子戴

---

① 差池，不整齐的样子。

② 之子，指被送的女子，此诗中指卫公之妻戴妫。归，古时称女子出嫁，但朱熹《诗集传》注：戴妫大归于陈，而姜送之。"大归"则是妇人被夫家遗弃，永归娘家。

③ 颉（xié），鸟向上飞；颃（háng），鸟向下飞。

④ 戴妫是陈国女子，陈国在卫国南边，故在卫国都城南郊送行。

⑤ 仲子，戴妫的字。任，信任。只，语助词，无义。

⑥ 先君之思，何焯解释为"定变讨贼，以宁宗祏（shí，宗庙）。君母当为内主。"（《义门读书》卷七）。勖（xù），勉励。

⑦ 嬖（bì）人，受宠爱的人。余冠英《诗经选》注："这篇似是卫君送别女弟远嫁的诗。"许多《诗经》选注本从此。但根据《燕燕》诗的内容和《左传》记载看，此说值得商榷。笔者从朱熹注。

伪，戴伪生公子完。庄姜十分宠爱公子完，视为自己的孩子。卫庄公死后，公子完即位，是为桓公。鲁隐公四年（公元前 719 年），卫国公子州吁杀卫国国君桓公，自立为卫君。桓公的生母戴伪被遣送回娘家陈国。

庄姜亲自到都城的南郊送行。这是一个阳光明媚的春天，一群燕子在蓝天飞翔，一会儿排成行，相依相随飞行；一会儿忽高忽低、忽上忽下，嬉戏着，追逐着。"啊，燕儿啊，你们成双成行，是多么和睦，多么自由，多么欢乐！可我啊，多么不幸！丈夫死了，心爱的庶子被篡位者杀害了，如今我又要送别情同姐妹的戴伪，在冷宫形单影只，那日子怎么打发啊！"庄姜看着蓝天的燕群，不禁这样深深地感叹着，忽远忽近的群燕和鸣声，那样柔和，像是在安慰她；那样欢快，又像是在嬉笑她，她的心感到阵阵剧痛，终于禁不住放声痛哭起来，伤心的泪如雨水飘洒。

戴伪说："姐姐啊，你已经送我到荒郊野外了，不要再送了，就回去吧！"

庄姜说："贤妹，你就让我再送一程吧。你我姐妹这一别，今生今世就再无相见之日了！"说着，哭得更悲切了。

戴伪也悲泣着说："姐姐啊，你不要为我这样伤心，国家的复兴，宗庙的安宁，就指望你了，你可不要忘记先君的嘱托啊！"

庄姜忍住哭啼，说："妹呀，你真是我的好妹妹！你的亲儿子桓公被叛逆杀害了，你失去了皇后的地位，如今又被逼送回娘家，你是如此不幸，可你心里惦记着的还是我们卫国的安宁，还勉励我不忘先君的嘱托，担当起平定叛乱、扫除逆贼、复位兴国的重任。你真是一个品德贤淑、胸怀宽广的人啊！"

戴伪说："姐姐，你快别这样说，多多保重吧，愚妹不能为你尽绵薄之力了，但愿上苍助你成就大业！"戴伪说完，扑到庄姜的怀里，姐妹俩竟相抱痛哭起来！慢慢地，庄姜推开戴伪，忍住哭泣，说："妹啊，你看天上的燕儿，如今你就像失群的燕，只能单飞，为姐不能随你远飞了，为姐就为你唱支歌吧！"说完庄姜就凄凄惨惨戚戚地唱起来：

> 燕子飞呀飞，飞成了行。
> 仲子啊，你要回娘家，我送你去荒原。
> 你渐去渐远，我看不到你了，

依依挥别珠泪涟涟。

燕子飞呀飞，忽上忽下。
仲子啊，你要回娘家，我送你去远方。
你渐去渐远，我看不到你了，
伫立忘归涕泪湿衣裳。

燕子飞呀飞，鸣声近又远。
仲子啊，你要回娘家，我送你到城南。
你渐去渐远，我看不到你了，
我的悲伤啊充塞心田。

仲子啊，你这可以信托的好人，
你心诚实宽广，你性温顺贤惠，
你立身谨言慎行。
你被遗弃，还用"先君之思"，
勉励我这少德之人。

这婉转低回的歌声，是那样悲痛欲绝，戴妫听着，肝肠寸断，她不能再听下去，没等庄姜唱完，道了一声"姐姐珍重！"，就奔南而去了！

这首保留在《诗经·邶风》里的送别诗，令千古之人读之垂泪。清代人王士禛说，他七八岁时入私塾读书，老师教他读《诗经》，老师教授到《邶风·燕燕》篇时，他就颇多感触，几乎哭出声来，但他不明白为什么会这样，等他稍微长大一点以后，"遂颇悟'兴、观、群、怨'之旨。"（《池北偶谈》）

孔子曾对他的学生子路等说："小子何莫学夫诗？诗可以兴，可以观，可以群，可以怨。"（《论语·阳货》）所谓"兴"，就是由某种事物，借助联想，抒发自己的感触；"观"，是"观风俗之盛衰"（《论语》郑玄注），"考见（政治）得失"（朱熹注）；"群"，可以大家相聚在一起，相互切磋，相互沟通，提高修养；"怨"，可以"怨刺上政"（孔安国注），就是说诗可以抒发自己的怨情，指责执政者的过失。孔子从诗出发，提出了一个非常重要的文艺理论，指出文学作品具有美感作用、认识作用和教育作用。王夫之认为，孔子这四个字，把诗的美学特征和社会作用都说尽了。(《薑斋诗话》卷一）王士禛说，他是在读了《诗经·邶风·燕燕》等篇以后，才深悟孔子所说"兴、观、群、怨"的真正含义的。孔子的这四个字，对我国的文学理论和创作实践，有极其深远的影响。

王士禛的《分甘余话》还说："《燕燕》之诗，许彦周（北宋人）以为可以泣鬼神。合本事观之，国家兴亡之感，伤逝怀旧之情，尽在阿堵中……宜为万古送别诗之祖。"这段话的意思是说，《燕燕》诗有很强的艺术感染力，足以感天地、泣鬼神，结合《燕燕》诗歌吟的史实来看，抒情主人翁对国家兴亡的感慨，对逝去的艰难岁月的伤感，对姐妹情谊的怀恋，都熔铸在这一唱三叹的诗中了。因此，这首诗堪称千百年来送别诗之祖。王士禛的这个论断一点也不为过，事实也正是如此，我们再回头去读读本文开篇所引的那些佳作名句，不论因何事而送别，也不论抒情主人翁是什么人，在彼时彼境怀着怎样的心情，其送别诗，无论从美学角度看还是从诗的内涵看，大抵都不能出《燕燕》诗的范围。我们不能不为古人创作出这样的诗篇而赞叹！

【参考资料】

朱熹《诗集传·燕燕》
《带经堂诗话》卷一

五羊皮传

秦穆公任好即位后第六年，娶了晋献公的长女伯姬为夫人。在晋献公开列的陪嫁奴隶中有百里奚的名字，却不见其人，穆公十分奇怪，便问迎亲大夫公子挚是怎么回事。

公子挚说："百里奚，原是虞国大夫，晋灭了虞国，他忠于虞君，不愿事晋，晋献公让他作陪嫁奴隶，他当然也不肯，所以逃走了。"

秦穆公又问大夫孙枝："你是晋国人，想必知道一点儿百里奚的情况，他到底是怎样一个人呢？"

公孙枝说："晋献公灭虢，借道于虞，大夫宫之奇曾经谏阻，但虞君不听，以致亡国。百里奚知虞君愚顽，劝宫之奇不必强谏。知不可谏而不谏，足见其智；他跟从虞君去了晋国，却不做晋臣，足见其志。百里奚有经世之才，可惜不遇明主！"

秦穆公一心想称霸诸侯，正励精图治、求贤如渴，听后说："寡人怎样才能找到百里奚，让他为我所用呢？"

公孙枝说："我听说百里的妻子在楚国，不妨派人去楚国打听打听，或许能知道些消息。"

秦穆公觉得有道理，当即就派人去了楚国。不久，派去的人回来禀报说："百里奚果然在楚国。楚王知道他会养牛，已经把他遣送到海南（泛指楚国南部地区）为楚王养马去了。"

秦穆公听了，大喜过望，忙说："楚王把这么一个人才当马夫了，真是天助我也！寡人用重金去赎回百里奚，楚王不会不肯！"

公孙枝说："大王如果真这样做，百里奚就来不了啦！"

秦穆公十分奇怪，问："噢，为什么？"

公孙枝说："楚王让百里奚为他牧马，是因为他不知道百里奚的才干。大王用重金去赎百里奚，就等于是告诉楚王百里奚是无价的奇才。如今秦楚争为霸主，楚王即使不用他，也必定杀了他，怎么肯放他归秦、为虎添翼呢？"

秦穆公说："那该怎么办呢？"

公孙枝说："依臣之计，大王不如以管教逃跑奴隶为由，用贱价去赎回百里奚，使楚王不疑，何虑不得贤人？"

秦穆公听了，连连称是。当即派了一个使者，带着五张黑色的公羊皮去了楚国。果然，楚国十分痛快地把百里奚交给了秦国使者。秦国使者装模作样，把百里奚关进了囚车，离开了楚国。

囚车一到秦国边境，公孙枝就代表秦穆公盛礼隆重迎接百里奚。到了秦都，秦穆公立即临朝召见百里奚，见百里奚须发皆白，秦穆公问："大夫今年多大年纪了？"

百里奚从容回答说："刚七十岁！"

秦穆公听了，不禁摇了摇头，叹惜说："啊，可惜老了！老了！"

"大王让我追逐飞鸟，搏击猛兽，我是老了。但若让我运筹帷幄，策划军国大事，我还年轻呢！"百里奚声音洪亮、言辞爽朗地说，"想当年，吕尚八十垂钓渭滨，遇周文王而拜相，辅周灭商，兴八百年之周王朝，何人言老？如今我遇大王，比当年吕尚还年轻十岁呢！"

"如此，就请大夫指教寡人。敝国地处西陲，人稀地少，怎样才能与列强抗衡呢？"秦穆公说得很诚恳。

百里奚便滔滔不绝地谈起来。他为秦穆公分析了秦国的地理位置和中原诸侯各国的形势，建议秦王抚之以德、征之以力，而后为天下王。

秦穆公听了，不禁大喜，庆幸说："寡人今有井伯，犹如齐国之有仲父①。"

秦穆公同百里奚谈了三天三夜，越谈越投机，第四天临朝，秦穆公就拜百里奚为上卿，掌管秦国政事，秦国国势从此蒸蒸日上。秦国上下，亲切地把他们的左丞相百里奚叫着"五羖②大夫"，意思就是用五张黑色公羊皮换回来的好丞相。

---

① 井伯，百里奚字。仲父，齐国丞相管仲。
② 羖（gǔ），公羊。

一天，百里奚在相府小憩，听乐工们弹琴，家臣引来一个老妇人，并说老妇人知音律，愿为丞相弹唱一曲。

"好，就请老人家弹唱一曲吧！"百里奚说。

老妇人走上堂，在琴后坐下，轻抚琴弦，便和着节拍唱起来：

> 百里奚，五羊皮！忆别时，烹伏雌，春黄藜，炊扊扅①，今日富贵忘我为？

> 百里奚，五羊皮！子啼饥，夫纹绣，妻浣衣。嗟乎！富贵忘我为？

> 百里奚，五羊皮！昔之日，君行而我啼；今之日，君坐而我离。嗟乎！富贵忘我为？

老妇人琴音凄切，歌声哀怨，唱着唱着，竟抽泣起来。

老妇人唱的这支曲子叫《琴歌》，又名《百里奚词》，是虞国的民间小调。百里奚倾听起来，不禁唤起浓浓的故乡情，而每段歌词的开头，都是"百里奚，五羊皮"，似呼唤，像责备。百里奚早已坐不住了，老妇人唱出的字字句句，都撞击着他的心，他仔细端详着面前这位老妇人，猛然一惊，"啊，眼前的人不是失散数十年的老妻吗？"

不等琴音落定，百里奚就走到老妇人的面前："你是……"

"我是杜氏啊！"

"果然是你！"

夫妻抱头痛哭。百里奚说："我离家三十多年，哪天不思念妻小？我怎能忘记你为了给我饯行，杀了家中仅有的一只正在生蛋的鸡？家中没有柴草，你砍了门闩烧饭，让我吃饱上路。夫人的深情，我百里奚没齿难忘。三十多年来，我做过囚徒，当过苦役，讨过饭，放过牛马，历尽艰辛，辗转到秦，可是我没有一日不在寻找你们母子！你是怎么到了秦，到了我这相府？儿子现在又在哪里？"百里奚面对老妻，仿佛要一口气吐尽三十多年来郁积在心中的苦水和思念。

---

① 藜，一年生草本植物，叶可食。扊扅（yǎn yí），门闩，此处说因贫穷，把门闩当柴火烧了。

杜氏听了百里奚的倾诉，无限辛酸，哭得更伤心了，为百里奚，也为她自己，忍不住也向丈夫诉说起自己的遭遇来。原来，杜氏自从丈夫出门求仕后，白天为人浣洗缝补，夜里纺纱织布，拉扯着儿子孟明艰难度日。不料虞国连连大旱，没了生计出路，母子只能离乡背井，依门乞讨。从故里逃到异乡，从一个国家逃到另一个国家，到一处便打听丈夫的消息，却总也打听不到百里奚的下落。一天，杜氏带着儿子来到秦国，听人谈论左丞相，与自己的丈夫同名同姓，便留下来，自投相府，当了一名洗衣妇。

杜氏说："今天，我在相府后院晾晒衣服，听见前厅丝竹钟磬之声，我猜想一定是丞相在府中，不是待客，就是自娱，就求家臣带我过来看看。我原以为你如今贵为丞相，早忘了贫贱之妻，所以才用家乡小调唱了那首《琴歌》。"

乐工和家臣们听了这对古稀老人的悲伤经历，先是禁不住垂泪叹息，继而又个个笑逐颜开，为他们夫妻团圆庆贺。

秦穆公听说丞相夫妇、父子团聚，也十分高兴，当即送来厚礼表示祝贺，并封百里奚的独生子百里孟明为大将。

【参考资料】

《风俗通》
《颜氏家训·书证》
《史记·秦本记》

龙蛇之吟

"四海同寒食，千秋为一人"（卢象《寒食》）；"人间佳节惟寒食"（邵雍《春游五首》）。每年清明节前两天的寒食节，自汉唐以至明清，历来为人们重视。原来，这个寒食节，是为了纪念一个英雄，叙述着一段可歌可泣的故事。

公元前 656 年十二月，年迈昏聩的晋献公，听信宠妃骊姬的谗言，逼迫太子申生自缢身亡，晋公子重耳与同母弟夷吾仓皇弃国逃亡。重耳自幼谦恭，长大后又能礼贤下士，外逃时竟有一大批文武名流相随，其中最著名的有五人，他们是狐偃、赵衰、狐射姑、魏犨和介之推。重耳逃亡到狄国后，骊姬朋党还紧追不舍，伺机行刺，重耳等人又不得不星夜出走，这时掌管钱粮的小吏又乘火打劫，席卷全部钱粮而去。重耳一行到了卫国，势利的卫文公竟不让他们进城。经过连日的惊吓与奔波，主仆都已经精疲力竭，人困马乏。重耳禁不住叫起苦来。

"唉，几天了，没有睡觉，没有吃饭，又困又饿，歇歇吧，你们去讨点儿吃的来，我怕要不行了！"重耳有气无力地说。

赵衰说："老臣去吧，公子好好歇着。"说完，向四野望了望，见不远处有几个农夫在田头休息，就走上前去施礼说："各位父老，亡命之臣这儿有礼了！"

"大人不必客气，请问有什么事？"一个农夫说。

"我们远道而来，现在没了钱粮，已经饿了好几日了，你们能给点儿吃的吗？"

一个壮年农夫回答说："我们都是出苦力的庄稼汉，自己的肚子都填不饱，哪还有多余的吃食给人？"

他用手指着车那边的重耳等人说："你们一伙都是堂堂男子，伸手向人乞讨，不觉羞愧？"

赵衰忍着气，说："实出无奈，不然何必如此？"

汉子捡起一大块土，递给赵衰，说："拿着吧，免得两手空空回去。"

赵衰捧着土块，回到重耳跟前，如此这般说了讨饭的经过，重耳一听，勃然大怒，夺过赶车人的鞭子，就要去找那个侮辱他的人算账。

赵衰连忙拦着，劝慰说："公子息怒！在为臣看来，得饭易，得土难。土地是一个国家的基业，这是好兆头，是天意让那鄙野之人用土授公子，公子当拜谢才是。"

重耳听了赵衰这番话，气一下子顺了，反把这块大土坷垃抱在了怀里，那情景真如获至宝。

重耳一行又勉强走了一程，实在走不动了，就用路边野菜充饥，可重耳何时受过这个苦，如何咽得下去？

这时，只见介之推端着一碗热气腾腾的肉汤来了，"公子请用这个吧！"介之推说。

"啊，好香！"重耳端过汤来就大口吞咽起来，真是饥不择食，食而不知其味。等他把一碗肉汤吃完，这才问介之推："这汤味道十分鲜美，你是从哪儿弄来的？"

介之推说："臣深知公子身系国家社稷的安危兴亡，不忍看着公子挨饿，伤了贵体，就从臣的大腿上割了一块肉，熬成羹汤，聊为公子充饥。"

重耳听了，顿时热泪盈眶，说："你如此忠义，我将来怎么报答你呢？"

介之推说："我只想公子早日回到晋国，使晋国百姓过上安定日子，岂有他图，更何望报答？"

晋公子重耳逃亡在外一十九年，饱受饥寒困苦、世人冷眼，终于在公元前636年借秦穆公之力，回到晋国，做了国君。他便是春秋五霸之一，赫赫有名的晋文公。

晋文公登基以后，即按功行赏，赏赐最厚的自然是当年跟随他逃亡的几位老臣。不过，其中却没有介之推。原来，介之推随重耳回国后，仅参加过一次朝会，便托病居家不出。重耳在论功行赏时，也就把他忘了。

介之推的一位好友，以为重耳薄情寡义，封赏不公，十分气愤不平。

他见国门上贴着一份告示："倘有遗漏功臣未赏者，许其自言"，便在告示旁边题了一首《龙蛇歌》：

> 有龙矫矫，顷失其所；
> 五蛇从之，周流天下。
> 龙饥无食，一蛇割股；
> 龙返其渊，安其壤土。
> 四蛇入穴，皆有处所；
> 一蛇无穴，号于中野。

这人题罢，回来后犹自愤愤然地对介之推说："君自不言，我为君言之。"

介之推听了，立即顿足说："你害了我了，你坏了我的名声不说，连这儿我也不能待了！"

介之推的母亲和朋友都十分诧异，齐声问："爵不受、赏不要也就罢了，为何在这儿住不得？"

介之推不得已，讲了下面一件事。

在秦穆公派人送重耳回国的途中，一次饭罢，重耳便叫人把剩下的饭菜倒了，狐偃在一旁看在眼里，便上前对重耳说："公子尚未富贵，便忘贫贱，回国以后难免怜新嫌旧，待我等也如残羹剩菜一般，我等不枉吃了十九年的辛苦？"狐偃说罢，便向重耳告辞，说要留在秦国。狐偃是重耳的舅父，重耳见他如此，当即认错，并发誓说："重耳至死不忘舅父的教诲，返国后如不与舅父同享富贵，天地不容！"

介之推讲完这段旧事，说："当时我就对狐偃十分鄙视，心中不禁暗笑，原来他辅佐公子重返晋国，是为了自己的荣华富贵，我岂能与狐偃辈同列于朝？如今，文公如见《龙蛇歌》，必定要召见我，封地赐爵，我怎么能接受？如果接受，岂不坏我节操？如不接受，文公又怎肯答应？这里如何还能住得下去？看来，我们只能躲进深山去了！"

介之推的母亲听完他的话，感慨地说："孩儿能不慕虚荣，不图富贵，立志做一个高洁清贫之人，为母自当成全你。"

介之推的朋友也愧悔地说："我也是一时恼怒，几乎陷兄长于庸俗小人之地！"

再说晋文公重耳得到国门上的题诗，想起了介之推的情义，深感内疚，果然下诏召见介之推。可介之推的母子早已不知去向。重耳郁郁不乐，下决心要找到介之推。他亲自带着文臣武士遍访介之推的左邻右舍。一片诚心，感动了介之推的朋友，他告诉晋文公，介之推母子隐居在绵上山中（今山西介休县境）。重耳带着人马到了绵上山，只见山高林密，层峦叠翠，云烟缭绕，杳不见人迹，到哪儿去找介之推？他们在山中不知搜寻了多久，翻过了多少座山，却怎么也不见介之推母子的踪影。晋文公又愁又急，情急之中不知谁出了一个馊主意：放火烧山，一把火还不把介之推母子给烧出来？

晋文公一想，一时间也实在没有更好的办法，就同意了。

大火不知烧了多少个日日夜夜，却没见介之推母子下山来。大火终于熄灭了，一座座山林，只留下烧焦的树木和缕缕余火残烟。重耳同士卒们一起，不顾山中烟火的熏烤，遍山寻找介之推母子。

突然，有人叫喊了一声："快来看啦，这儿！"

晋文公闻声赶了去，在一棵树下，只见二人相抱的骸骨，重耳仔细看了看，人虽然已经烧焦了，但他还是认得出来，这就是介之推母子！他见到由于自己一时的疏忽，竟铸成如此大错，不禁捶胸顿足，痛哭失声，"天啊，是我害了忠良，我应该受到老天爷的惩罚，遭到天下人的谴责！"

晋文公收了尸体，为介之推母子举行了隆重的葬礼。为了纪念介之推，晋文公用山中烧焦的枯木做了一双木屐，每日罢朝回宫便穿上它，让呱哒呱哒的木屐声，时刻提醒自己，永远不忘忠义高洁的介之推。同时，他下令把绵上山改名为介山，并在山下为介之推修建宗祠，岁岁祭祀，世代不绝；命令全国从清明前两日起禁火，家家吃冷食三日。从此，"寒食节"成了中国民间千秋同度的节日。如同端午节是为了纪念伟大诗人屈原一样，这"寒食节"也只是为了纪念一个人，这个人就是介之推！

历代诗人写了不少歌咏"寒食节"的诗，最著名的要数唐朝人韩翃的诗《寒食》：

春城无处不飞花，寒食东风御柳斜。
日暮汉宫传蜡烛，轻烟散入五侯家①。

明代冯梦龙的《东周列国志》第三十七回有一首《寒食》诗②，诗如下：

羁绁③从游十九年，天涯奔走备颠连。
食君刲股心何赤？辞禄焚躯志甚坚！
绵上烟高标气节，介山祠壮表忠贤。
只今禁火悲寒食，胜却年年挂纸钱。

这首诗概括了介之推的悲剧故事，表彰了介之推的高风亮节，也寄托了后人对介之推的追悼之情。

【参考资料】

《史记·晋世家》
《吕氏春秋·介立》
《说苑·复恩篇》

---

① 参看本丛书《唐代篇·以诗命官》。
②《东周列国志》上只说此诗是胡曾所写，但未注明胡曾是何代人。唐代有诗人胡曾，写过一百五十首咏史诗，多为七绝，常为后人讲史小说引用，但《全唐诗》胡曾名下无上面所引的诗。
③ 绁（xiè），绳索；羁绁，意思是从君远行，以效犬马之劳。

箜篌初引

"丽玉，丽玉，我回来了！"一个壮年汉子，头戴斗笠，身披蓑衣，声如洪钟，大步流星地跨进院子来。

屋里一个女人，应声而出："哟，今天怎么这么早就收船了，看你急的，有事？"女子一身淡妆，身材苗条，文文静静，低声细语，充满了柔情，连忙帮丈夫脱下斗笠蓑衣。

"可不是，今天河边出人命了！"汉子仍风风火火地说，接着，他又叹了口气，说，"唉，也真叫人伤心，可怜啊！"

丽玉心中一紧，顿时柳眉紧蹙，一脸惊恐："怎么啦，云里雾里，也不说个明白，存心要把我给吓死！"

"噢，别怕！别怕！进屋去说吧。"汉子见妻子这样，语气也缓和了。

这壮年汉子叫霍里子高，是河边渡口的船夫，不管春秋寒暑，风雨阴晴，他都是每日早出晚归，摇着小船，往来河上，迎送四方人。此时，正值盛夏，河水暴涨，浑浊的河水像脱缰的野马，疯狂暴躁，咆吼奔腾。霍里子高凭着年轻力壮，技术娴熟，照例下河，送往迎来。每当他的小船驶向河心，岸上的人见小船在滚滚波涛中出没，时隐时现，无不为他捏一把汗，可霍里子高摇着小船，安如信步，口中始终悠扬地唱着歌：

> 坐小船啊弄洪波，
> 人已醉啊酒无多，
> 酒洒江心满江酒啊，
> 你也喝，我也喝，
> 啊，啊……

从波涛浩渺间传出的这歌声，是那样潇洒欢畅，岸上的人们又都禁不住轻松地笑起来。

霍里子高挽着妻子进了屋，让她坐在自己的身边，开始讲起这天见到的伤心事。

"今天，我正送一船人过河，见对岸一个老人，满头白发披肩，手中拎着酒壶，摇摇晃晃，疯也似的向河边奔来。在他后边，一个老太婆，一边喊，一边跌跌撞撞地追来，'站——住！站——住！你不能跳河啊，你不能……'那老头像没有听见，不回头，不停步，直向河岸扑去。河中激流翻滚，排排浊浪冲刷着河岸，那老头仿佛没有看见，也没有丝毫迟疑，竟从岸上跳了下去。等我的船到对岸时，连老头的影子也没有了。"

丽玉心都揪紧了，问："老人家有什么想不开呢？"

霍里子高说："你听我说完就会明白了。"

"那你赶快接着说。"

"那老太婆追到河边，眼见老伴被洪水冲走了，一下子跌坐在河边，放声痛哭起来。'老头子啊……呜呜……我叫你别去跳河，你就是不听啊，怎么拦也拦不住啊，呜呜……要去打仗，就去吧，日子再苦，也还有个盼头啊，呜呜……这下你真死了，你这该死的，把我撇下，以后的日子我怎么过啊，呜呜……呜呜……'"

丽玉早已泪流满面，说："唉，是可怜啊，这么大的岁数还要去打仗！"

"谁说不是呢？"霍里子高说，"要不是这条河离不开我，我也早就去打仗了！"

"后来呢，那老太婆怎么样了？"丽玉关切地问。

"她不停地呼号着，诉说着，我们满船的人围着她，都不住地抹泪。冷不丁，只见老太婆一下站了起来，往前一冲，跳进河里去了。我愣了一下，正要跳进河里去救她，一个人把我抓住说：'算了，让她随老伴去吧！你没听见，这是征兵抓丁逼的。这年月留下一个孤老婆子，也是活受罪，唉！'就这迟疑的工夫，老太婆也被洪水卷走了！"霍里子高虽是个硬朗健壮的血性汉子，讲到这里，也禁不住唉声叹气，再看妻子，她早已哭成泪人儿了。

丽玉好不容易收了泪，对丈夫说："你去把我的箜篌拿来吧，这一对老夫老妻，死得太惨了，我想为他们唱支曲子，这样我心里好受些。"

《宋词画谱》 （明）汪氏 编

　　霍里子高拿来箜篌，丽玉把箜篌抱在怀里，缓缓抬起双手，抚弄出一个长长的低音，像是一声深深的叹。接着，琴声若断若续，欲进又止，时而强音大作，似滔滔流水，时而弱音低回，似悲吟啜泣。伴随着琴声，丽玉唱道：

　　　　公无渡河，公无渡河。
　　　　堕河而死，当奈公何！

　　丽玉反复唱着这四句歌，琴声一遍又一遍地传送着那哀伤凄婉的旋律，词倚琴声，声寄词情，琴声愈转愈悲，词愈唱愈苦，仿佛是要把那一对老人的生离死别、在那一瞬间老妇对老头的爱与怨，都在指间琴声中倾泻出来。

从此，在我国乐府古辞的《相和歌辞》中，有了《箜篌引·公无渡河》。这首诗，前两句词义反复，是急切的呼唤，是倾情的劝阻；后两句转出新意，是无奈，是绝望，是撕心裂肺的悲痛！短短四句，似主人公冲口而出，不假雕饰，情真意切，古朴质拙，令人一唱三叹。

李因笃说："首二句便有千声万声，声情相感，不知其所止。"（《汉诗音注》卷六）

王尧衢说："一句一转，一转一哭，节短调悲，其音自古。"（《古唐诗合解》卷一）

《公无渡河》艺术上的这些特点，正是古乐府的典型风格。

【参考资料】

崔豹《古今注》
《初学记》卷十六《箜篌》第四
《乐府古题要解》卷下

伶人优孟

　　楚庄王贤相孙叔敖，知道自己将不久于人世，就对儿子说："我为丞相多年，廉洁自处，家无余财，我死之后，你会很贫穷，如遇困难，可以去找优孟帮助。"

　　儿子说："优孟只是庄王宫中的一个优伶，他能帮我什么忙呢？"

　　孙叔敖说："你哪里知道，优孟虽是艺人，为人却耿直侠义，聪明机警。嗯，我给你讲他的一件往事吧！"于是，孙叔敖讲了一个令人啼笑皆非的故事。

　　从前有一天，庄王的一匹爱马死了，他十分痛惜，就下令要用大夫之礼厚葬死马，并让群臣都为死马举哀。命令一出，大臣们纷纷谏阻，以为不可。庄王不但不听，反而震怒说："谁敢再言，斩勿赦！"满朝文武没有人敢再说话了。

　　优孟听说了这件事，就去求见庄王。一入大殿，优孟就号啕大哭起来。

　　庄王见他如此哀伤，十分吃惊，问："优孟，你为什么这样伤心啊？"

　　优孟抽抽噎噎地说："听说大王的爱马死了，小臣才痛不欲生啊！"说完，竟哭得更加伤心了！

　　庄王听了，说："原来是这样！寡人也十分悲痛，所以下令用安葬大夫之礼来安葬它，可是大臣们都在指责我不该呢。大臣们反不如你一个卑贱的伶人知寡人之心！"

　　"呜，呜……"优孟哭得更响了，"所以，我更伤心了啊！这马是大王的爱马，凭我堂堂楚国，要什么没有？依贱臣所见，用大夫礼安葬死马，实在太薄礼了啊，请大王用人君之礼安葬它吧！"

　　庄王觉得优孟的话十分合自己的心意，但又隐约觉得有点儿不妥，便问："你说什么？"

优孟说："我请用人君之礼安葬大王的死马，要用玉雕做马棺，上等的梓木为外椁，在棺椁之间填充各种香木；调遣士兵为马挖墓穴，送葬时，让邻邦齐、赵使节在前面开道，让韩、魏使节在后面护驾；在宗庙为马立灵位，年年享受太牢①祭祀；还应该封马万户食邑，世代享有爵禄。"

优孟说完，满朝哗然。庄王有些担心地说："人君之礼，即使国家功臣名将，也不得享用，寡人死一爱马，就用人君之礼安葬，不犹太过？诸侯们都会认为寡人贱人而贵马的。"

"那有什么关系？"优孟收住了哭声，一本正经地说，"这样一来，天下的马都会到楚国来，楚国的人也都到别的国家去，大王就可以尽得天下良马，还要人干什么！"

"哎呀！"庄王听完，不禁大惊失色，拍案而起，说："寡人几乎自毁江山，成为千古罪人了！寡人之过竟如此！优孟，请快教寡人！"

孙叔敖讲到这里，换了一种口气说："庄王接受了优孟的劝谏，把死马当普通牲口埋了。优孟是宫廷艺人，常以调笑逗乐的方式讽谏楚王，表现得有胆略，有智慧，为国为民做了不少好事。所以，他是可以信托的。"

不久，孙叔敖就病死了。果然，他没有给儿子留下什么家产。没过几年，孙叔敖的儿子，就穷得只能住在城墙边的小茅草房里，靠上山打柴度日了。

一天，孙叔敖的儿子正在大街上卖柴草，见优孟从自己柴火挑子前走过，突然想起父亲生前说的话，便追上去，叫住优孟，对他诉说了自己眼下的处境和父亲的遗言。

优孟听了，说："你不要远离京城，免得到时候我找不到你。"

孙叔敖儿子见优孟只说了这一句话就走了，很是失望，但心想，优孟或许什么时候真会来找他。

过了一年多，孙叔敖的儿子总不见优孟的面。"难道父亲看错人了？世人不是都说父亲为相，知人善任吗？"孙叔敖的儿子不禁这样反问自己。

忽忽又是年关岁末，楚庄王在宫中大摆盛宴，送旧迎新。文武百官刚入席，厅外就传呼道："孙叔敖到！"

庄王与文武大臣无不惊愕，面面相觑，还没明白怎么回事，却见孙叔

---

① 太牢，古代帝王、诸侯祭祀社稷时，祭品中牛、羊、豕三牲齐全，称为太牢。

敖已步入大厅，手捧笏板①，向庄王深深一揖，说："老臣参见大王，愿大王万岁，万万岁！"

庄王拭拭自己的眼睛，定睛再看，跟前可不正是孙叔敖！

"呀，打鬼！"庄王吓得大叫了一声。

满朝文武惊恐万状，也都叫了起来，"打鬼！打鬼！"

孙叔敖好像没有看到这一切，竟手舞足蹈地唱起来：

> 贪吏而可为而不可为，廉吏而可为而不可为。
> 贪吏而不可为者，当时有污名，
> 而可为者，子孙以家成。
> 廉吏而可为者，当时有清名，
> 而不可为者，子孙困穷被褐而负薪。
> 贪吏常苦富，廉吏常苦贫。
> 独不见楚相孙叔敖，廉洁不受钱。

这首《慷慨歌》（一作《楚商歌》）用质直的语言，说透了旧时为官之道。歌词大意是，可以做贪官污吏吗？不能！做了，当时只会落得臭名昭著，遭世人唾骂。那么，真的不可做吗？可天下的贪官污吏，比比皆是，他们靠贪污受贿，无耻搜刮钱财，聚资万贯，使儿孙们受用不尽。他们不怕骂名，只要实惠啊！那么可以做清官廉吏吗？可以！做了，他们那廉洁端正、不谋私利的美德，会受到世人称颂，美名远扬，流芳百世。可是，清官廉吏也不可做！他们一生辛劳，两袖清风，家无长物，儿孙们日后大都贫穷困苦，只能穿破衣、吃粗食，靠卖柴草度日。他们是只得了虚名，而让儿孙们受苦啊！贪官污吏们日日夜夜盘算自己怎么更富有，清官廉吏们时时刻刻忧愁一家饥寒。君不见，楚相孙叔敖，廉洁一生不受贿，儿子砍薪卖柴求温饱！

孙叔敖唱完，不禁一阵纵声大笑，说："哈……一个大活人站在这里，怎么是鬼？老臣确是孙叔敖！"

①笏板，古代大臣朝见时手上捧的一种狭长的板子，记事用。

《唐诗画谱》　　　　　　　　　　　　（明）黄凤池 编

　　庄王和文武大臣都惊呆了，一个个说不出话来，只是目不转睛地看着孙叔敖，看他那楚楚衣冠，从容谈吐，稳健步履，音容笑貌，举手投足，不是丞相孙叔敖是谁？

　　"你……"

　　"你真是……"

　　楚王和大臣，个个瞠目结舌，指着孙叔敖说。

　　正在这时，却见孙叔敖摘掉冠戴，脱下衣袍，顿时换了一个人。原来是优孟！

　　满朝顿时一片哗然，有骂的，有笑的，有叹息的，有夸奖的，像刚开的锅。庄王惊魂未定，对优孟说：

"你开了多大一个玩笑！差点把寡人吓坏了。"接着，他长长地吐了一口气，说，"你真是寡人身边的绝代艺人，刚才扮演孙叔敖丞相，真是惟妙惟肖，寡人与百官都被你蒙住了，还以为见了孙叔敖的鬼魂呢！"

优孟说："不是鬼魂，是丞相复活！"

"复活？"庄王一兴奋，"你说什么？丞相复活！好，好，从今日起，你就穿戴上丞相衣冠，寡人封你为丞相！"

优孟连忙伏地叩谢，说："请大王让小臣回家与拙荆商量商量，三天后回禀大王。"

庄王说："准！"

三天后，优孟入宫拜见庄王。庄王问优孟："你的妇人怎么说？"

优孟怅怅地回答："拙荆说，你千万慎重，楚相做不得！像孙叔敖任丞相，一生廉洁奉公，忠君报国，曾经助君王大败晋军，又兴修水利，致力于国计民生，使楚国国富兵强，称霸诸侯。可死后，他的儿子无立锥之地，贫困得卖柴糊口。你难道也要我们的子孙落得这样的下场吗？大王如一定要你像孙叔敖一样做丞相，还不如自杀了！拙荆说完，就给我唱了这样一首歌：

> 山居耕田苦，难以得食。
> 起而为吏，贪鄙者余财，不顾耻辱。
> 身死家室富，又恐受赇枉法为奸触大罪，身死而家灭。
> 贪吏安可为也！
> 念为廉吏，奉法守职，竟死不敢为非。
> 廉吏安可为也！"[1]

优孟说得慷慨激昂，唱得苍凉悲愤，唱到最后，竟声泪俱下！

楚庄王听着，似受了感动，但他只听得满耳的"可为"呀，"不可为"呀，别的也没太听清楚。

一位大臣说："以臣的理解，优孟是在说'贪官'和'清官'有'可

---

[1]《史记·滑稽列传》在此后还有这样几句："楚相孙叔敖持廉至死，方今妻子穷困负薪而食，不足为也。"此据中华书局《先秦魏晋南北朝诗》，后注"此无音韵章句，而史以为歌者，不可晓。岂当时概括转换借歌声以成之欤。史不能述其音，但记其义也"。

为'者，有'不可为'者。因为，有不怕死的贪官污吏，只管身前的荣华富贵，寻欢作乐，哪管身后落骂名，遗臭万年！也有的贪官污吏，仗恃靠山，律法松弛，或有恃无恐，或心存侥幸。此贪官之有'可为'者。至于说清官有'不可为'者……"

庄王打断了他的话说："优孟啊，看来你的用心良苦，像是在骂贪官污吏，又像在责怪寡人不辨清浊，亏待了清官廉吏，更亏待了忠良之后。你说寡人该怎么办？"

优孟说："大王可召见孙叔敖的儿子，他自有话说。"

楚庄王听了优孟的劝谏，立即召见孙叔敖的儿子入宫。不一刻，孙叔敖的儿子来了。庄王询问了他的生活，就要封给他大片丰腴土地。

孙叔敖的儿子说："先父当年没给我们留下遗产，如今在天之灵也不望封妻荫子。在荆楚间有个地方，虽是贫瘠不毛之地，也足以自给，就把它赐给小人吧。"

孙叔敖的儿子，既不肯做贪官，也不肯作廉吏，更不肯靠荫庇坐享俸禄。他带着家小山居耕田，自食其力去了。优孟呢？大概仍然扮演他原来的角色。

【参考资料】

《史记·滑稽列传》
《隶释·孙叔敖碑》

诗词里的中国故事

伶人优孟

暮江渔歌

　　伍员，字子胥，父亲伍奢是楚平王时一个敢于犯颜直谏的名臣，当时为太子太傅。太子少傅费无忌觉得未得太子宠信，对太子十分不满，便屡屡向平王进谗言，离间平王父子，陷害伍奢。公元前522年，一场蓄谋已久的大祸终于降临在伍奢父子头上。费无忌诬告太子外交诸侯，拥兵反叛，图谋篡位。平王拘捕伍奢，逐走太子。费无忌恐遗后患，决计斩草除根，怂恿平王，拘伍奢为人质，然后召见伍奢的两个儿子说："来，可保父命，不来，则父必死。"兄伍尚从命，结果与父俱死，伍子胥顽强拒捕，脱身逃亡。

　　太子在宋，伍子胥先奔宋。宋有内乱，伍子胥又与太子同入郑。以后，太子又去了晋国，晋顷公与太子相约说："郑人很相信你，你可回去做内应，我从外攻打，灭郑后，封你为郑侯。"太子听信了晋顷公的话，又返回郑国。还没来得及行动，阴谋就败露，郑人杀了太子，伍子胥仓皇逃奔吴国。

　　伍子胥昼伏夜行，来到了昭关。这昭关，在今安徽含山县城北的小岘山西，两山对峙，山口狭窄，有一夫当关、万夫莫开之险，当时是通往吴国的重要边关。楚王听说伍子胥从郑国逃奔吴国而来，便派重兵把守必经之路的各个隘口，并在关墙上悬挂伍子胥图像，定要捉拿处斩。伍子胥到了昭关，哪敢进关？只得躲藏在附近的深山密林里，等待机会过关。

　　不料，从密林中走出一位老头，认出了伍子胥。伍子胥无法隐讳，只得向老头诉说了杀父之仇，求老头帮助。老头把伍子胥留在家里，答应想一个万全之策，送伍子胥过关。

　　伍子胥一住数日，老头只字不提过关的事。伍子胥疑心自己落入了圈套。他心急如焚，坐卧不安，又是一天，他好不容易捱到天黑。"今晚必须离开这里！"他在心里对自己说。可是去哪儿呢？楚国不能留，去吴又过不了关。他在屋子里绕着圈子，像热锅上的蚂蚁。

"我伍子胥满腹韬略，一身本事，难道今日真走到了穷途末路了吗？天呀，我的深仇大恨还没有报啊！"

他想到个人的不幸、家破人亡的冤仇，怒火中烧，一腔热血就突突直往上冒。

"不！与其在此束手待毙，不如明早去闯昭关。"

这一夜，伍子胥心里交织着疑虑、焦急、悲痛、愤怒、犹豫、决断，生的希望，死的恐惧，万端思绪，反反复复，纷扰纠缠，几乎把他摧毁。他勉强支撑着身子，离开了老头的家，在天亮前摸到了昭关。

昭关前，聚集了很多人，等待着开关。伍子胥衣衫褴褛，拄着一根枯枝，挤在人群里。守关将卒，挨个辨认。伍子胥暗暗摸了摸衣袍中的宝剑，随时准备拔剑拼搏，杀出一条血路。不料将卒看了看他，竟放他出了关。伍子胥深深地吐了一口气，快走了几步，混入了前面过关的人群。

出了昭关，就是长江。滔滔江水，滚滚东流，两岸芦苇，绵延伸向天际。伍子胥拖着疲惫不堪的身子，来到江边，钻进芦苇丛中稍事喘息。

突然，伍子胥在面前一滩清水中看到一个须发皆白的人影，大吃一惊，连忙环顾左右，竟没有一个人，再看水坑，白发人影又清晰可见。"哎呀！"他大叫一声，一屁股坐在地上，"我伍子胥正值盛年，却被逼得须发皆白，无家可归！不报此仇，我何以为人？"

原来，他过昭关前，一夜急白了头，难怪昭关将卒没认出他，放他过了关。

伍子胥在芦苇深处整整蹲了一天，眼看落日沉江，流霞映水，远近渔舟已升起袅袅炊烟，伍子胥这才走出芦苇丛，来到岸边。不久，一只小船从江心划向岸边来。

"喂，船家，我要过江。"

"来咧！"小船靠了岸，渔翁搭好跳板，说："客官请上船吧！"

伍子胥正要举步上船，却又迟疑起来，心想："这渔翁会不会是乔装打扮的追兵？我若上船，岂非自投罗网？"

他凝眉把渔翁上下打量了一番，"啊，不！看他那江风江雨铸就的身躯，慈祥敦厚的面庞，粗糙黝黑的皮肤，岂有……"

江上丈人 楚人

《任熊版画》　　　　　　陈传席 编著

　　渔翁早看出了伍子胥的心思，眼前是什么人，他也猜了个八九不离十。他不催伍子胥上船，也不作解释，便放开喉咙，唱起歌来：

　　　　日月昭昭兮浸①已驰，与子②期兮芦之漪。

　　这歌词的意思是，光辉的太阳慢慢西移，快要坠落了，我与你相约，在这微波荡漾的苇岸边，送你过江。伍子胥听到这歌声，心情稍微轻松了一点，便毅然上了船。
　　渔父没有搭话，接着唱起来；

① 浸，逐渐。
② 子，你。

芦中人，芦中人，岂非穷士乎？

伍子胥一听，倒抽了一口冷气！自古都谓官运亨通为"达"，仕途蹉跎为"穷"。难道这老翁看出了我的身份？伍子胥又狐疑起来。

"客官，看你面有饥色，想是几天没吃了吧？老朽寒舍不远，去给你取些吃的来，你就在船上稍等。"

伍子胥只是"哦、哦"地应着，见渔翁走远，又连忙跳下船，躲进苇丛中。

不一会儿，渔翁一手提瓦罐，一手提竹篮，上得船来，却不见了伍子胥。渔翁微微一笑，也不寻找，又放声唱起渔歌来：

> 日已夕兮予心忧悲，
> 月已驰兮何不渡为？
> 事浸急兮将奈何？①

渔翁的歌声，在傍晚静谧清凉的江面上回荡，飘散出动人的诗情画意，那雄浑苍凉的歌声中，裹挟着深沉的同情与悲愤，他仿佛是在向伍子胥、向大江诉说：我心里是多么焦急而悲伤啊！太阳已沉江了，月亮正慢慢西移，你为什么还不上船啊！事情越来越危急，不过河，又怎么办啊！你知道，那会是什么后果啊！

伍子胥听得真，听得清，他被深深地感动了。他一头蹿出芦苇丛，几乎是扑向了渔翁，"老人家，我错怪你了！"

渔翁深情地拍了拍伍子胥的肩头："你吃吧，老朽开船了。"

船轻捷地向对岸驶去，伍子胥坐在船板上，吃着渔翁给他带来的麦饭鲍鱼羹，心中涌起了对老人的无限感激之情。

船靠岸了，渔翁送伍子胥下了船。

"老人家，请问高姓大名？"伍子胥恭敬地问。

"老朽一江上鄙夫，何劳大人动问。"渔翁回答说。

---

① 渔翁唱的歌，名《渔父歌》，又名《渡伍员歌》。

"老人家深恩大德，下官来日如愿，定与老人家同享富贵。"

"哈……渴饮江水，饥食江鱼，一叶轻舟，任我漂流，要什么富贵荣华？"

伍子胥见渔翁如此豪爽侠义，执意不肯讲出姓名，便从腰间取下宝剑，双手捧到渔翁面前："请老人家受此宝剑。这把七星宝剑，是先王所赐，我家祖传之宝，价值千金，赠以相报，以慰我心。"

渔翁接过宝剑，语气冷峻地说："我救你岂图相报！实话告诉你，楚王悬赏，得伍子胥者赐粟五万石，得封高官显爵，岂只是区区千金？这把剑你自己带着吧，日后有用。我们就此告别吧！"说罢，一步跳上了小船，长篙一点，箭似的飞向了江心。伍子胥目送着小船，突然，见渔翁双脚蹬船，船体随之剧烈晃动，倾向一侧，渔翁乘势纵身一跳，转眼沉入江水不见了，小船也慢慢沉入了江心。

伍子胥不禁"啊"了一声，大声呼叫："阿爹！阿爹！"

伍子胥在强烈的震惊和悲痛之后，离开了江岸。只是在长江边上，留下了赠剑处，永远为后人所纪念！渔翁那简短、粗犷而浑厚的歌，永远为后人所传唱！

【参考资料】

《史记·伍子胥列传》
《吴越春秋》卷一
《古诗源·古逸》

秦廷之哭

公元前 506 年，吴王阖闾听伍子胥、孙武策划，出动全国兵力，大举攻打楚国，仅五战而至楚国郢都（今湖北江陵北）城下。楚昭王带着一班文武大臣仓皇逃入云梦大泽（郢都以南的山峦沼泽地）。

吴兵进入郢都，大肆烧杀抢掠。整座繁华的都城，一时成了火海、血泊、废墟。尤其骇人听闻的是伍子胥因为没有搜捕到楚昭王，便挖开楚平王墓，搬出早已腐烂的尸体，用九节钢鞭，雨点般地狠抽了三百鞭。

消息传入云梦泽，楚国君臣无不抱头痛哭。

"苍天啊，寡人无德，可以罪罚寡人！为什么令黎民百姓遭殃，使先父亡灵受辱啊？"这是楚昭王的哭诉声。

"伍子胥，你这叛臣贼子，罪该千刀万剐！"

"我们出去同吴兵拼了！"这是群臣和卫队兵士的叫骂与呐喊。

楚大夫申包胥同逃亡的楚国君臣兵士一样，痛哭流涕，无比悲愤。但他的心情却十分复杂。十九年前，他与伍子胥是知己朋友，在楚国同朝做官。楚平王听信奸佞谗言，杀了伍子胥的父亲伍奢和兄长伍尚，伍子胥顽强拒捕，脱身逃亡。伍子胥离开楚国前，曾去向申包胥告别。当时，申包胥对伍子胥的处境既同情又担心。

申包胥对伍子胥说："你去吧，我不会对任何人说的。躲过一些时候，待平王悔悟，你再回来，与我合力报效国家。"

伍子胥说："哼！无道昏君，还能悔悟？我要去吴国，借兵伐楚，杀了昏君，为父兄报仇雪恨！"

"哦，子胥，"申包胥衷心劝慰说，"昏君无道，杀又何妨？子报父仇，理所应当！然而借他国之兵讨伐自己的祖国，势必危及国家社稷，涂炭生灵，那就成了国家的罪人，万万不可为啊！"

"不！"伍子胥斩钉截铁地说，"杀父之仇，不共戴天，就是楚国灭亡，我也不顾！"

"如此，我们就各自珍重吧！如果你真那样做，我将誓死保存楚国！"

两个莫逆之交，就这样分道扬镳了。

现在，伍子胥果然带领吴兵攻破了郢都。伍子胥啊伍子胥，当年你说你必覆楚，我说我必存楚。你是差不多快做到了，我现在该怎么办呢？

申包胥思来想去，决定去秦国求援。因为楚昭王之母是秦哀公之女，秦楚有联姻之亲，秦国不会不出兵救援的。

申包胥风餐露宿，昼夜兼程，来到秦国都城，求见秦王。

申包胥对秦哀公说："吴王阖闾，毒似蛇蝎，贪如豺狼，久有王霸之心，楚国首当其冲。现在吴兵已经攻破郢都，昭王藏身荒野，楚危在旦夕，望大王念在姻亲份上，火速发兵救楚。"

秦哀公说，"吴国侵楚，寡人已尽知，昭王是寡人外孙，身处危难，本当相救，无奈敝国地处西陲僻壤，兵微将寡，自顾不暇，又怎能对抗吴兵？"

申包胥说："大王之言差矣。秦楚毗邻，楚亡而秦危，楚存而秦安。大王不为楚，也当为秦。再说吴王阖闾之弟夫概，早存篡夺之心，阖闾决不敢久留楚，留楚则生内乱，大王出兵与之周旋，以待时日，功在必成，望大王三思！"

秦哀公仍是犹豫不决，不肯发兵，说："大夫暂去馆驿歇息，待寡人与群臣从容商议。"

"寡君①蒙尘荒野，无处安身，下臣怎敢去馆驿贪图片刻安宁？"申包胥说着，顿时热泪滚滚，"大王啊，寡君性命朝不保夕，千万百姓，身陷水火，楚国君民，时刻盼望秦军，大王一日不发兵，下臣一日不离开秦廷！"说罢，竟放声号啕大哭起来。

秦哀公和众文武一时都很愕然。但申包胥哭得是那么真诚，那么悲伤。他一边哭，一边诉说。骂一声伍子胥，又骂一声吴王；痛一回楚君，又伤一回楚民。他泪水如雨，湿透前襟。哭声凄厉，撕裂人心！一会儿，又和泪滴血地哽咽着唱起歌来：

吴为无道，封豕^①长蛇，以食上国。

欲有天下，政从楚起。

寡君出自草泽，使来告急^②！

　　申包胥就这样哭着、唱着、诉说着、乞求着，也不知过了多久，他的声音嘶哑了，精力耗尽了，秦国的君臣也早退朝了，他仍然在秦廷中这样唱呀，哭呀。他席地而唱，倚墙而哭。

　　一天过去了，他没吃没喝，只是不停地哭！

　　两天过去了，他仍不吃不喝，只是不停地哭，哭得天昏昏、地沉沉！

　　七天七夜过去了，申包胥滴水不进，有哭无泪，但他仍是痛哭不止！

　　到了第八天，申包胥终于感动了秦国君臣，他们又回到了朝廷。

　　秦哀公说："楚王无道，招来祸殃，然有如此忠臣，国家怎么会灭亡呢！大夫你不要再哭了，寡人立即发兵救楚就是了。"说罢，向左右一招手，"来啊，为楚大夫演唱我们秦国的《无衣》^③歌，以慰大夫忧国忧民之心。"

　　一会儿，朝廷里就响起了粗犷豪壮的歌声：

岂曰无衣，与子同袍^④。王于^⑤兴师，修我戈矛，与子同仇。

岂曰无衣，与子同泽^⑥。王于兴师，修我矛戟，与子偕作。

岂曰无衣，与子同裳。王于兴师，修我甲兵，与子偕行。

　　伴着歌声，一队手持盾牌大刀的武士，跳起了军舞，他们那刚毅矫健的动作，威武勇猛的气势，就像同仇敌忾的千军万马，兴师伐罪，义无反顾。宋人朱熹说："秦人之俗，大抵尚气概，先勇力，忘生轻死，故其见于诗如此。"其民"忠且厚"，"厚重质直"，"以善导之，则易以兴起而笃于仁义；以猛驱之，则其强毅果敢之质，亦足以强兵力农而求富强之业"

① 豕，大猪。

② 这首歌名《申包胥歌》。

③ 《诗经·秦风·无衣》。

④ 袍，军用斗篷。

⑤ 于，语助词，无义。

⑥ 泽，汗衣。

（《诗集传》卷六）。这首以战士的口吻唱出的歌，就生动地再现了秦时的民情民风，歌颂了战士们忠勇质朴、情同手足、慷慨从军、为国献身的精神。郭预衡教授说："《秦风·无衣》一诗，可说是一支气势磅礴的战歌。它表现了当时人民同仇敌忾、勇抗外侮的大无畏英雄气概。"（《中国古代文学史长编》）而正是这种精神，如朱熹所论，才是秦国所以成就霸业的原因。

申包胥听着，被深深地感动了，他仿佛听见："你没有战袍吗？我与你同穿一件。我们一起拿起戈矛，去杀我们共同的仇敌！"

但是，没有人听见他的声音。

秦哀公派了两员大将率五百乘兵车星夜救楚。楚国终于得以保存。楚昭王回宫后，在庆功行赏的酒宴上，乐师扈子自己弹琴，唱了这样一首歌：

> 王兮王兮听谗邪，枉杀左右冤伍奢。
> 二子①怀恨东奔吴，创仇构祸破国都。
> 鞭尸戮骸丘墓屠，赖申包胥人获苏。
> 王虽返国忧未徂②。

这首《穷劫曲》，仿佛在提醒经历过劫难而终于复国的楚国君臣，永远不要忘记这悲惨的历史教训！

【参考资料】

《春秋左氏传·鲁定公四年》
《史记·伍子胥列传》
《先秦汉魏晋南北朝诗·先秦诗》卷二

---

① 二子，指先后逃到吴国的伍子胥等人。
② 徂，逝去，解除。

易水犹寒

　　秦国屡屡出兵山东（崤山或华山以东），蚕食列国，日益威胁着燕国安全。燕太子丹日夜都在考虑，燕国这样一个小国家，势单力弱，怎样才能抵抗暴秦呢？他怎么也想不出一个好办法，便去向处士①田光请教。

　　田光听了，长叹一声，说："臣已经老了，不堪驱使。我的好友荆轲，好剑任侠，重信义，轻生死，智深勇沉。据我多年观察，血勇之人，怒而面赤；脉勇之人，怒而面青；骨勇之人，怒而面白；神勇之人，怒而色不变。荆轲乃神勇之人。太子可去找他，托以重任。"

　　太子丹十分高兴，临别时再三叮嘱田光，这是国家大事，千万别泄漏出去。

　　田光找到荆轲，把太子丹以国家大事相托的事告诉了他。然后说："我已向太子保举你，燕国人都知你我相好，我已老了，已经力不从心，望你代我为太子尽力。"

　　荆轲说："遵先生之命就是了！"

　　这时，田光拔出佩剑，从容地说："太子曾告诫我，不可泄露此事，这是太子还怀疑我。一个人的行为让人生疑，他就算不得是一个笃守信义、持操如一的人。今天我死在君前，以明我终生不言！"说罢，便引剑自刎了。

　　田光自刎，是表明要为太子丹保密，更是为了激励荆轲。

　　荆轲去见太子丹，说了事情的经过。太子丹听说后痛悔不已，流着泪对荆轲说："丹所以告诫田先生，只是欲成大事，先生高义，丹岂有疑？是我害了田先生！若不灭秦，何以告慰田先生在天之灵！如今，丹有一计，不知壮士意下如何？"

---

　　① 处士，我国古代有学行而隐居民间、不肯做官的人。

"太子请讲！"

太子丹说："秦如虎狼，贪利忘义，丹欲请壮士出使秦国，求见秦王，诱以重利，伺机劫持秦王，逼他退还侵夺诸侯的土地，不成，可立地刺杀他。秦国大将带兵在外，一旦内乱，诸侯可乘机合击，定可大破秦国。"

荆轲没有一丝犹豫，说："前有田先生的嘱咐，今有太子的重托，匹夫虽死不辞！然此举事关重大，请太子不要催逼，容我从容筹划。"

"国家安危存亡，系于壮士一身了！"太子丹拜谢再三，封荆轲为上卿，许他择日出使秦国。

但是，过了很久，荆轲一直没有行动。这期间，秦国又攻破了赵都，兼并了赵国土地。再往北，就是燕国的南部疆界了。

燕国的形势越来越危急。太子丹沉不住气了，便召见荆轲，要他即日成行。

听太子的口气，荆轲知道他必须去秦国了，便说："我去秦国，必须取信于秦王。我听说秦王许以千金、封万户，悬赏要樊於期将军①头颅，倘有樊将军的首级与燕国督亢（今河北涿县东）丰腴之地献给秦王，臣才能不负太子的重托。"

太子丹为难地说："樊将军得罪秦王，穷途末路来投奔我，我怎能不仁不义，忍心杀他？"

荆轲知道太子不肯杀樊於期，没有再说什么。从太子府回来后，便悄悄去了樊於期家。一见面，荆轲就开门见山对樊於期说："秦王杀你父母妻小，灭你九族，现在又悬赏以千金、封万户买你的头，你打算怎么办？"

樊於期凄凉地说："我每想到这些，便痛彻骨髓。只是如今亡命天涯，苟延残喘，还能有什么办法！"

荆轲说："先生不必如此伤怀。现在我倒有个办法，既可以报将军之仇，又可以除燕国之患！"

"什么办法？"

荆轲一五一十说出自己的想法。

樊於期听着听着，顿时热血上涌，"哗"地一声，撕开自己的衣裳，

---

① 樊本是秦将，逃至燕国。

袒露出胸膛，扼腕擦掌，掷地有声地说：“如此，请壮士把我项上人头拿去！”说罢，剑起头落，慨然自刎！

荆轲被樊於期的壮烈深深感动，捧着樊於期的头颅去见太子。太子免不了又是一阵悲痛，然后用木匣把樊於期的头颅装好，同时把督亢地图和一把用毒药淬过的匕首交给荆轲，还给他派了一个十三岁的副手秦舞阳。

一切准备就绪。出发那天，燕太子丹在易水（在河北西部，源出于易县境）边上，为荆轲饯行。太子丹和他的众宾客深知荆轲此行凶多吉少，难以生还，个个都穿戴着白色衣冠，像是送葬出殡。料峭的北风，摇动枯枝，掠过衰草，凄厉地叫着。易河水，寒波微颤，凄凄流淌，像在呜咽、饮泣。只有荆轲的坐骑，仿佛知道就要出征，显得格外兴奋。它引颈长嘶，那雄浑、悠长的嘶鸣，为凄清萧索、空旷无际的原野，增添了几分豪壮的气氛。

酒过三巡，燕太子丹神色悄然地对荆轲说：“荆卿，时候不早了，请上路吧！”

荆轲说：“不急，再等一等。”

西沉的夕阳，把它阴冷的余晖洒向大地，荆轲还没有出发的意思。

太子有点儿急了，说：“太阳快下山了，荆卿迟迟不发，是改变主意了吗？”

荆轲被激怒了：“太子为何如此催逼？只知去拼死，那是小人的行为。我提尺寸匕首，入不测之强秦，务在谋行功成。我所以迟迟不出发，是要等一个人同往。现在太子既然疑我畏缩不前，就请告辞！”荆轲说罢，举起酒杯，“来，请众位干此一杯，就此永诀！”

荆轲的好友高渐离举起酒杯，走到荆轲面前，说：“请满饮此杯，为君壮行，愿君功成名遂，凯旋归来！”

荆轲接过高渐离的酒，一饮而尽，说：“往日在酒肆，每逢酒酣耳热，你击筑①，我唱歌，乐则大笑，悲则痛哭，不知有天地万物，何等豪迈气盛！今日赴秦，虽然难免于死，又何足悲哉！你就为我弹一曲吧，让你我再狂放一回！”

高渐离在一块巨石上放好筑，就左手按弦，右手用竹尺击筑，演奏起

① 筑，古代一种打击弦乐器。

来。他先奏了一支"变徵之声"①，曲音苍凉凄婉，荆轲和着琴声也唱起来，声情一样萧瑟悲怆。那琴音曲韵，就像他们脚下的燕国大地，虽然厚实坚硬，广袤无垠，却是黄沙白草，满目肃杀。此情此景，令在场的人都禁不住垂泪抽泣。

"嗨！"荆轲右手用力一挥，愤然大叫，"高渐离，你为何奏这样的曲子？换一支！"

高渐离停了停，转用"羽声"，十三根琴弦上，顿时冷风四起，寒波摇荡，风水相激，大声铿锵。荆轲闻声起舞，慷慨高歌：

> 风萧萧兮易水寒，壮士一去兮不复还！

琴声和歌声，在这一段旋律上，一遍一遍地反复着，高渐离和着唱起来，宋意②唱了起来，所有送行的人也都跟着唱起来。歌声震撼大地，响彻云霄！

天地为之低昂，风云为之变色！

送行人愤然惊起，目眦尽裂，怒发冲冠！

高渐离举筑击石，挥泪破琴，仰天长啸！

荆轲提剑上车，急驰西去，义无反顾！

> 荆轲西去不复返，易水东流无尽期。
> 落日萧条蓟城③北，黄沙白草任风吹④。

荆轲就这样离开了燕都，到了秦国，求见秦王嬴政。秦王下诏，在咸阳宫接见他。

这天，秦王临朝，高坐龙床，文武百官，分立两旁，威仪凛然，庄严

诗词里的中国故事

先唐篇

---

① 古代乐器演奏按音律高低分宫、商、角、变徵（zhǐ）、徵、羽、变宫七音，与西乐C、D、E、F、G、A、B七调正相对应。

② 宋意，太子丹的门客，善歌。

③ 蓟城，今北京西南，此处代指为荆轲送行的燕地。

④ 唐代马戴诗《易水怀古》。

肃穆，好一派大国朝会气势！

荆轲听得一声传唱，便气度轩昂，神情自若，急趋上殿；他的身后是秦舞阳，手中捧着地图和木匣。荆轲上前叩首说："下国使臣荆轲拜见大王！"

"平身！寡人听说你带来了叛臣樊於期的首级和燕国督亢地图，可献上来。"秦王说。

荆轲从秦舞阳的手中接过木匣，呈给秦王说："这是樊於期的首级，请大王验看！"

"不必了。把地图呈上来！"荆轲呈上地图，秦王展图，意欲一一辨识山川城池。

荆轲走上一步，说，"请为大王指点！"

秦王贪于得地，随着荆轲指点，埋头看图，不停地应着：

"嗯，嗯，好，好。"荆轲一边讲解，一边慢慢打开卷轴。蓦地，地图尽处，露出一把匕首，锋利锃亮，寒光逼人。

"哎呀！"秦王大叫一声。

说时迟，那时快，荆轲左手抓住秦王袖子，右手握住匕首，直刺秦王胸膛。

秦王骤然惊醒，抖作一团，上牙直碰下牙地对荆轲说："今天寡人中了你的奸计，只求死之前听一支琴曲。"

荆轲骂道："你这荒淫无道的暴君，临死还要享乐。好，我成全你！"

秦王便大声叫喊："来人呀，为寡人鼓瑟！"

一群宫女走上殿来，边鼓瑟，边唱起来：

> 罗縠[①]单衣，可裂而绝。
> 八尺屏风，可超而越。
> 鹿卢[②]之剑，可负而拔。

---

① 縠（hú），绉纱一类丝织品。
② 鹿卢，古剑名，以玉作鹿卢（辘轳）形状作为装饰的古剑。

这首《琴女歌》是秦地音乐，秦地方言，秦地小调。荆轲一时没有听懂。歌词说，丝绸单衣，容易撕裂，薄薄的屏风，可以跨越，大王身上佩有鹿卢宝剑，只要悄悄往身后一推就可拔出。原来宫女们是在教秦王怎样逃命。

秦王听着，恍然大悟，一个猛劲，纵身而起，撕裂了衣袖，没等到荆轲回过神来，他已往身后的屏风逃去。荆轲这才扑向秦王。秦王一时慌乱，佩剑又长，拔不出鞘，荆轲又逼了上来，秦王无处逃身，绕着大殿柱子奔跑。当年秦王有令，上殿的人都不得带兵器，有兵器的人非有诏命不能上殿。所以，虽有满朝文武，一时谁也救不了秦王。这时，御医夏无且正在殿上，他急中生智，用药袋掷向荆轲，荆轲不知是何物飞来，连忙躲闪！只这一瞬间，秦王赢得了时机，把剑鞘推向身后，拔出了长剑，劈向荆轲。匕首终不敌长剑，秦王先砍掉了荆轲的左腿，荆轲倒在地上，用匕首向秦王掷去。匕首击中铜柱，迸出无数火花。秦王乘势连砍荆轲数剑。

荆轲身上连中八剑，流血不止。他知大势已去，单腿站起身来，倚柱大笑，怒斥秦王说："今天事情所以不成，是我想要活捉你这暴君，逼你交出文书契约，退出侵吞诸侯列国的土地，回报燕国太子。不料你如此奸诈狠毒，悔不该刚才没有一匕首刺死你！"

荆轲死了，荆轲刺秦王的故事，成了后人说不完的话题、唱不完的歌。

司马迁称赞荆轲"立意皎（明白）然，不欺（亏待）其志，名垂后世。"（《史记·刺客列传》）这是著于史籍的论断。

宋人张戒《岁寒堂诗话》卷上说："'风萧萧兮易水寒，壮士一去兮不复还'，自常人观之，语既不多，又无新巧，然而此二语遂能写出天地愁惨之状，极壮士赴死如归之情，此亦所谓中的也。"这是载于诗话的评论。

见于诗赋的，更不计其数。最精彩的，莫过于陶渊明的《咏荆轲》。全诗如下：

> 燕丹善养士，志在报强嬴[1]。
> 招集百夫良，岁暮得荆卿。
> 君子死知己，提剑出燕京。

---

[1] 秦始皇，姓嬴（yíng），名政。

素骥鸣广陌，慷慨送我行。

雄发指危冠，猛气冲长缨①。

饮饯易水上，四座列群英。

渐离击悲筑，宋意唱高声。

萧萧哀风逝，淡淡寒波生。

商音更流涕，羽奏壮士惊。

心知去不归，且有后世名。

登车何时顾，飞盖②入秦庭。

凌厉越万里，逶迤过千城。

图穷事自至，豪主正怔营。

惜哉剑术疏③，奇功遂不成。

其人虽已没，千载有余情。

　　这首诗，从招揽壮士对抗强嬴开始，到只因"剑术疏"而奇功不成止，首尾完整地记述了故事的全过程。诗人通过出京、饯行、登程、搏击几个情节的刻画，通过哀风、寒波、商音、羽奏的气氛渲染，把主人公荆轲嫉恶如仇、视死如归的悲剧形象，写得栩栩如生、呼之欲出；把易水饯别、秦廷行刺的苍凉悲壮，描绘得淋漓尽致、有声有色。最后一笔"其人虽已没，千载有余情"，语淡情浓，万古常新，令千载之后的人谈起荆轲都不禁心潮难平、同起共鸣！初唐诗人骆宾王有《于易水送人》绝句：

　　　　此地别燕丹，壮士发冲冠。
　　　　昔时人已没，今日水犹寒。

　　短短四句，也蕴含着陶渊明长篇的诗情画境。从今而后，人们足涉易水，凭踪吊古，感受着"千载有余情"的历史悲剧气氛，还会唱出什么样的歌呢？

---

① 危冠，高的帽子。长缨，系冠的长带子。

② 盖，指有伞盖的车。飞盖，飞驰的车。

③ 疏，不精。

在河北易县城西南的一座山丘上，有一座砖石结构的塔，塔建于辽代，高二十四米，八角十三层，塔下有荆轲的衣冠冢，是为纪念荆轲建的，故名荆轲塔；在荆轲塔东约十余里有座血山，血山原名樊馆山，因樊於期曾住在这里，荆轲入秦前，樊於期就是在这个山上的公馆里自刎献头的，后人为了纪念樊於期，就在血山上建了一座三层四方砖塔，俗名血山塔，塔也建于辽代。这两处砖塔，现在都保存完好，只可惜它们远不如荆轲刺秦王的故事那么有名气，凭吊者的足迹十分稀少。

【参考资料】

《史记·刺客列传》
《艺文类聚》卷八十五《罗》

孟姜哀歌

　　龙，腾云驾雾，降雨呈祥，生动地表现了炎黄子孙丰富的想象力；长城，巍峨壮丽，蜿蜒起伏于群山之巅，是中华民族艰苦卓绝的劳动和聪明才智的结晶。天上的龙，从未存在过；地上的龙，是今天从卫星上俯瞰大地唯一可以见到的雄伟建筑。长城，是炎黄子孙的骄傲、中华民族的象征。长城，它也记录着中华民族一个个辛酸的故事。

　　公元前221年，秦始皇嬴政统一了六国，建立起中国历史上第一个封建王朝。为了巩固他的统治，他一面下令焚书坑儒，一面调集民夫修筑长城。

　　有个读书人名叫范杞良，嗜书如命，偷偷地藏了几本书，不料被搜查出来，侥幸免死，被罚到边境筑长城。他的妻子孟姜女，眼睁睁看着丈夫被如狼似虎的役卒抓走了，心如刀绞。

　　日复一日，春去夏来，暑尽寒至，范杞良竟音信全无。

　　"唉，天凉了，夫君也不知在哪里？没有棉衣，怎么过冬啊？"孟姜女焦急不安，决定出门寻夫，为夫君送寒衣。

　　孟姜女沿着正在修筑的长城，从东走到西，又从西走到东，到一处，便停下来打听丈夫的下落。孤身弱女，跋涉万里，最后走到了山海关老龙头，这儿已是长城东端的尽头。一个老人告诉她，曾有一个叫范杞良的白面书生在此服苦役，早已累死了。孟姜女听了，如五雷轰顶，顿时昏倒地上。不知过了多久，她慢慢醒来，摇摇晃晃地走到丈夫服役的地段，摸着一块块石头。它们是丈夫用手搬，用肩扛，用背背，一块块垒起来的。石头冰凉，孟姜女摸着石头，仿佛摸到了丈夫那冰凉的心、冰凉的身体。她趴在城墙脚下，忍不住号啕大哭起来。孟姜女哭了七天七夜，泪枯了，血尽了！突然，只听轰隆一声巨响，长城向一边倒坍了，倒了好长一段哟！

孟姜女哭倒了长城！

孟姜女见长城倒坍了一大片，便站起身来，整整褴褛的衣衫，拍打尽身上的尘土，向大海走去。她爬上礁石，痴呆呆地看着碧波万顷的大海，"杞良，杞良，你在哪里？"她好像看见杞良就在碧波浩渺的天尽头，她呼唤着，纵身跳进了大海！

后人为了纪念孟姜女，在她登临眺望的礁石上刻了"望夫石"三个大字，在礁石前为孟姜女修了一座庙，庙中供着一个苦命女子的神像：她身穿素服，面带愁容，凝视南海。神龛上方，有"万古流芳"大字匾额，左右两旁楹联是：

秦皇安在哉万里长城筑怨
姜女未亡也千秋片石铭贞

另外，这里还有一副题联：

海水朝朝朝朝朝朝朝落
浮云长长长长长长长消

这副题联，用了同音假借的修辞手法；上联七个"朝"字，有的读zhāo，是作清晨意思的"朝"，如"朝阳"；有的读cháo，是涨潮的"潮"、"潮水"的"潮"。下联七个"长"，有的读zhǎng，是生长的"长"，有的读cháng，是经常的"常"。这副题联，看似一种文字游戏，但当你把同音字和假借字的音都读对了以后，便会觉得在那响亮回旋的节奏中，有一缕淡淡情思，仿佛浮云烟海，起伏变幻，含蓄隽永，余味无穷。

孟姜女哭长城是个广为流传的故事，其实是虚构的。史学家们考证，历史上并无其事。故事的胚胎是这样的：

齐庄公四年（公元前550年），兴兵偷袭莒国（故都在今山东莒县）。齐国人杞梁随庄公出征，在战斗中成了俘虏，后被害死。齐庄公这次师出无名，又以失败告终，在班师回国时，见杞梁妻出城迎接她丈夫灵柩，大概心里有愧，就派人慰问她。

杞梁妻姓姜字孟，见了丈夫灵柩，想到此后自己将孤身一人苦度日月，痛不欲生，扶着灵柩痛哭了十天十夜。这姜女一边哭，一边诉说："上无父，中无夫，下无子。无依靠，内无支持。人生在世还有比这更苦的吗？我还怎么活啊！"

无知无觉的城墙，听了这姜女的泣诉，哗啦一声便倒坍了。姜女面对这倒坍的国都城墙，取了一张琴，哀哀切切地弹唱了一支《杞梁妻歌》①：

> 乐莫乐兮新相知，
> 悲莫悲兮生别离。
> 哀感皇天兮城为隳②。

唱罢，姜女自投淄水而死。

孟姜女的歌，现在只存三句，但它以简洁朴实的语言，高度概括了人生最大的"苦"与"乐"，包含了丰富的哲理与世情。

是何代何人把这伤心的故事改成了孟姜女哭长城，没有人知道。

唐末名僧贯休为孟姜女写过一首《杞梁妻》：

> 秦之无道兮四海枯，筑长城兮遮北胡。
> 筑人筑土一万里，杞梁贞妇啼呜呜。
> 上无父兮中无夫，下无子兮孤复孤。
> 一号城崩塞色苦，再号杞梁骨出土。
> 疲魂饥魄相逐归，陌上少年毋相非。

贯休的诗，把孟姜女在丈夫死后孤苦伶仃的身世和哭长城的事连在了一起，歌颂了他们魂魄"相逐归"的生死之爱。

同是唐末诗人胡曾，写过一首《长城》诗：

---

① 崔豹《古今注》以为，此歌是杞梁的妻妹朝日悲其姊而作。
② 隳（huī），毁坏。

祖舜宗尧自太平，秦皇何事苦苍生。

不知祸起萧墙①内，虚筑防胡万里城。

显然，胡曾对秦始皇修筑长城，荼毒苍生，是有批评的。他同贯休一样，对千千万万个因修筑长城而家破人亡的家庭，表达了深深的同情。

看来，早在唐代就有了孟姜女哭长城的故事。一个女子的命运能感动上下几千年，不正说明了孟姜女身世的典型与普遍意义吗？啊，长城，中华民族世世代代都为它感到骄傲，可它是用人和土垒起来的。长城，它也记录着中华民族的一部辛酸史！

【参考资料】

《左传·襄公二十三年》

《列女传》

《对床夜语》卷三

---

① 语出《论语·季氏》，当时季氏把持鲁国朝政，将伐颛臾，孔子说："吾恐季孙之忧，不在颛臾，而在萧墙之内。"萧墙，犹今大宅院的照壁。后世因此称"内乱"为"祸起萧墙"。

比翼连理

"在天愿作比翼鸟，在地愿为连理枝。"这是白居易《长恨歌》里的名句，从古至今，常常被人们用来表达自己对爱情的向往和追求。你可知，这两句诗记录的是怎样一段悲伤动人的故事！

战国时代，宋康王荒淫暴虐，不理朝政，终日沉湎于女色。后宫嫔妃已有数百人，仍不能满足他的贪欲。大臣谁敢谏阻，他便下令一箭射死。他不知糟蹋了多少纯洁女子，杀了多少刚直忠臣。人们都把他比作"夏桀"①，叫他"桀宋"。

一天，这个"桀宋"不知怎么知道了舍人韩凭妻子何氏年轻貌美，且有才华，便又起了歹心。他召来韩凭，厚颜无耻地说："寡人听说你有个年轻漂亮的妻子，为何不献给寡人？"

韩凭一听，犹如当头挨了一棒，跪下哀告说："求大王开恩！小臣与妻子结发三载，恩爱异常，小臣不能没有她啊！"

"桀宋"大为不悦，冷冷地说："妇人乃遣兴之物，何必痴情？普天之下，莫非王臣，难道寡人想要的人，你也敢不给？"

"大王，小臣实实不能从命啊！"韩凭哭着说。

"住口！三天之内，给寡人送人来！"说罢，起身退入后宫。

"大王！大王！"韩凭知道大难临头了。他也不知是怎么出了宫廷的，神志恍惚地回到家里，就一五一十对妻子说了。夫妇二人不知如何才能躲过这场劫难，日夜抱头痛哭。

三天过去了，"桀宋"不见韩凭把何氏送来，便定了一个罪名，把韩凭抓了起来，罚他每天去青陵台挑土、搬石，做苦役。同时把何氏抢夺入宫，

---

① 桀，夏朝末代君主，古代有名的暴君。

锦衣玉食，逼她就范侍寝。

何氏恨死了"桀宋"，终日不同他说一句话，不给他一个笑脸。

"桀宋"达不到目的，为了让何氏死心，便命侍从带何氏去看她丈夫韩凭怎么劳作。何氏来到青陵台工地，见丈夫背着大筐运石块，头顶烈日，汗流浃背，衣衫褴褛，形容憔悴，全不见他昔日英俊潇洒的模样。何氏心似刀绞，咬碎银牙。返程前，她让身边侍女给韩凭送过去一幅小笺。

韩凭拆笺一看，是《答夫歌》：

<blockquote>其雨淫淫，河大水深，日出当心。</blockquote>

韩凭读了何氏的小笺，肝肠寸断。他知自己再无出头之日，也不能再忍受这生离死别的痛苦，便含恨自杀了。

何氏的小笺，很快落到"桀宋"手里，他怎么也读不懂，要群臣为他解释。大臣们有的读不懂，有的读懂了却怕讲出来获罪，也不敢直言。半晌，满朝文武都默然不语。

"桀宋"问大臣苏贺，苏贺只得站出来说："大王，以臣愚见，'其雨淫淫'，言何氏忧愁思念，泪下如雨也；'河大水深'，喻夫妻阻隔，不得往来也；'日出当心'，明其心有死志也。此诗通篇全用隐语。"

"桀宋"说："可作如是解？"他虽然将信将疑，还是命令宫女们加倍小心看管何氏。

不久，何氏知道韩凭自杀的噩耗，痛不欲生，决心追随丈夫去阴曹地府，与夫君团聚，无奈宫里看管极严，求死不得。

一天，何氏突然开口了："臣妾夫君已死，心中已无牵挂，大王要臣妾侍寝，臣妾从命就是。只求念我和韩凭夫妻一场，让我去青陵台凭吊一回，祭罢回来，任凭大王处置。"

"桀宋"喜出望外，满口答应。

这天是韩凭的忌日。何氏梳妆打扮，穿上进宫时从家里穿来的衣服，精心梳妆打扮停当，与"桀宋"一起登上刚刚竣工的青陵台。这青陵台高十余丈，四周雕栏玉砌，十分雄伟壮丽。何氏让侍女们摆上香案、果品，面对昔日韩凭劳作的方向，双膝跪地，含泪叩拜。"桀宋"在一旁一面观赏青陵台四周景色，一面打量何氏，见何氏今日薄施脂粉，素色衣装，比昔日更显得体态袅娜、俏丽妩媚，想到就要占有何氏，心中不禁一阵喜悦。

何氏在默祷叩拜之后，声泪俱下地吟唱起来：

> 南山有鸟，北山张罗。
> 鸟自高飞，罗当奈何！
> 乌鹊双飞，不乐凤凰。
> 妾是庶人，不乐宋王。

这首《乌鹊歌》用了古代民歌中最常见的比兴手法。韩凭夫妇，犹如那比翼双飞的乌鹊。他们不是鸟中之王，因此他们不贪图"凤凰"之乐，他们是鸟中"庶人"，是生长在田野山林的平民百姓，他们的最大幸福和快乐是自由。尽管有人张设罗网扼杀了他们的幸福，但"乌鹊"终究要冲破罗网，高飞远翔！

沈德潜《古诗源》说，这首歌"妙在质直"。是的，简短、质朴、坦率的语言，包含了对"桀宋"的控诉、嘲笑、轻蔑，也包含着对自由、幸福和理想的热烈追求。

何氏唱完这支《乌鹊歌》，猛然站起来，扑向台边。左右侍女们慌忙追上去拉她，不料何氏的衣服竟是糟烂了的，只听"嗤"的一声，侍女们只揪住了一片衣衫，眼睁睁看着何氏纵身跳下了青陵台，立时气绝身亡。

此时此刻，"桀宋"才如大梦初醒，何氏到青陵台来凭吊韩凭，原是有心寻死啊。他空欢喜了一场，不禁又懊恼又颓丧。

在收殓何氏时，侍女们从何氏身上发现一幅白绫，上面题了两首诗，正是何氏刚才凭吊时吟诵的。诗下面另有一行小字，写道："王利其生，妾利其死，愿以尸骨，赐凭合葬。"

"桀宋"不看则已，一看更是暴跳如雷。他一心想霸占何氏，不料到头来如捞水中月、摘镜中花，落得两手空空。他气急败坏地说："好，好，你们夫妻恩爱，至死不衰，倘能使你们的坟墓合在一起，寡人决不阻拦！"说罢，他命人在离韩凭坟冢数丈远的地方挖个坑，把何氏埋了，并阴冷地笑着说："寡人倒要看看，你们夫妻是死同穴，还是遥相望！"说完，

扬长而去。

　　但是，"桀宋"哪里料到，一夜之间，韩凭夫妇的两座坟头竟长出两棵大树来，十几天后，便已枝叶繁茂，盈抱的树干，相互延伸靠拢，上面枝叶交错，下面根须缠绕，最后竟盘根错节、合为一体，犹如相亲相爱的一对情侣、相依相偎的一对夫妻。两只彩鸟，一雌一雄，栖息在这两棵树上，昼夜相随相伴，比翼齐飞，交颈啼鸣，鸣声婉转，充满了欢乐。

　　当地的人传说，韩凭夫妇的灵魂化成了鸟，他们的尸骨化成了树。因此，他们叫这对彩鸟为"鸳鸯鸟"，叫这两棵树为"相思树"。这令人遐想联翩、心潮难平的"鸳鸯鸟"和"相思树"，寄托着人类一种最普遍、最高尚的情思，那就是对坚贞不渝的爱情的热烈颂扬和美好向往。直到晋代，战国故地濉阳（今河南商丘南）的人们还在传颂韩凭夫妇的故事，传唱他们的歌。

【参考资料】

　　《搜神记》卷十一

　　　《古诗源·古逸》

垓下悲歌

秦朝末年，楚汉相争中发生了我国历史上著名的垓下（今安徽灵璧南沱河北岸）之战。项羽在垓下，被汉军和诸侯军重重围困，兵少粮绝，形势十分危急。这天入夜，无星无月，天黑得伸手不见五指，白天还是金戈铁马、杀声震天的战场，安静了下来，只有"乓、乓、乓"的巡夜木梆声和战马的嘶鸣声，时而划破夜空，在尚未入眠的将士心里，笼罩上浓重的神秘和恐怖气氛。

"呀，好静的夜！"虞姬推了推身边的项羽说，"大王，今晚会不会出什么事？"

项羽并没有睡着，但他不答虞姬的问话，却破口大骂："刘邦小儿，白天只跟我虚晃几枪，不肯决一雌雄，非把老子急煞不可！"

虞姬说："刘邦不是说过，他要同你斗智，不同你斗力吗？你要多加小心啊！"

"哈哈哈——"项羽纵声大笑，说，"那是他怕我！彭城、睢水①一战，十几万汉军几乎全喂了虾，刘邦只带了十几个人逃命，他的爹妈、妻儿都成了我的俘虏，差点被我烹来吃了，刘邦小儿还敢说不同我斗力？他早被我的威力吓破胆了！"说完又是一串响亮的大笑，好不痛快。

虞姬没再说什么。军帐中，又安静了下来。

夜，渐渐深了。战马不再嘶鸣，"乓、乓、乓"的木梆声，显得格外单调、沉闷而邈远。人和大地，都像沉睡在梦中。

突然，不知从哪里飘来了"呜呜"的笛声，隐隐约约，时起时伏，由

---

① 彭城，今江苏徐州。睢水，源出安徽砀山县，流经徐州，入洪泽湖。旧称彭城为西楚。项羽都彭城，称西楚霸王。

远而近，由近而远。那如泣如诉的笛声，似在倾诉不尽的思念和离愁，勾起将士们恋土思亲的无限乡情。有人和着笛声唱起来，一人唱，万人和，整个战场，都响起了歌声，仿佛是一个人指挥着数十万人的大合唱。

项羽和虞姬都被惊醒了，凝神谛听，四面唱的竟然尽是楚歌。

"好奇怪呀，刘邦把我西楚的土地全都占领了吗？为什么我的营帐周围楚人这么多？"项羽不安地自言自语。他再也躺不住了，披衣起来，命虞姬摆下酒果。外面，楚歌仍是那么哀怨凄楚，充天塞地，震耳揪心。项羽越听越烦躁暴怒，连饮数杯，掷杯而起，像一头困在笼子里的猛兽，在帐中转着圈子，怒吼着："这到底是怎么了？"

"大王息怒，"虞姬劝慰说，"依妾之见，这只是刘邦用的骚扰之计，不会有什么大事的。"

"不！"项羽吼叫着，"你没听见这四面楚歌，有多少人在唱啊？"他停了停，声音竟然变得有些凄凉，说："我怕我的部下，因此思念家乡，也在偷偷抹泪，跟着唱呢！军心不能散啊！军心散了，还怎么打仗？"

项羽感到形势更加危急了。他看看虞姬，心里掠过一阵撕裂似的疼痛，"她正是青春年华，娇美无比，像灼灼妖艳的桃李，难道也要凋谢了么？"他把身子转了过去，不忍多看她。

突然，歌声中传来一声战马的嘶鸣。"啊，我的乌骓马！你才五岁，那么英俊漂亮，通体斑驳，黑如漆，白胜雪；你那么勇猛忠诚，所向无敌，堪托生死！你也感到了不安么？"

一个是宠姬，一个是爱马，如今都同自己一起陷入了重围。项羽感到救护无力，又难于割舍，不禁悲从中来，仰天浩歌：

力拔山兮气盖世，时不利兮骓①不逝，
骓不逝兮可奈何！虞兮虞兮奈若何？

英雄末路，豪气尚存，犹能激昂高唱"力拔山"、"气盖世"；男欢女爱，儿女情长，难免悱恻悲吟"可奈何"、"奈若何"！

① 骓，骏马。

项羽唱了几遍，不禁声泪俱下，拥抱虞姬痛哭。

虞姬见项羽情状，更是心似刀绞，肝肠寸断。她轻轻推开项羽，从帐上抽出宝剑，伤心起舞，边哭边舞边唱：

汉兵已略地，四方楚歌声。
大王意气尽，贱妾何乐生！

虞姬的剑柔如流水，健如矫龙，疾如旋风，徐如舒云；她的歌时而温情脉脉，时而哀怨忧伤，其中有对霸业不成的失望，有对项王穷途末路、英雄气短的幽怨；为自己红颜薄命而悲叹，更为自己只能以花容月貌取悦于人却不能横刀跃马、力挽狂澜而痛苦。

虞姬歌舞罢，啜泣着对项羽说："妾本江南采莲女，所以辞家上马，从君征战，不惜罗衣沾马汗，不辞风尘损红颜，是盼君王早日平定诸侯，入主秦宫。眼见帝业垂手可成，谁料转瞬之间，世事颠倒，胜败兴亡，如同儿戏。君王遭此暂时挫折，竟然见识短拙，神采全无，拔山意气，一时消尽。此时此刻，不思东山再起，只患爱马宠姬难以处置。君王昔日英气哪里去了？为断君王牵挂，恕妾不再侍奉君王左右，愿君王珍重自勉！"说罢，举剑刎颈。

项羽见状，跨步扑了过去，但为时已晚，虞姬已倒在血泊中。项羽扑通一下跪在虞姬身旁，连声呼唤："虞姬！虞姬！你就这样离我而去了？是我害了你啊！"说着，项羽捶胸悲号起来。

黑夜将尽，营帐外的楚歌声早已歇息，四周重归静寂。项羽拭干眼泪，抱起虞姬，跨上战马，集结帐下八百余人，当夜杀出重围，经历一次次悲壮惨烈的战斗，直到在乌江边伏剑自刎。

一般读者对项羽可歌可泣的一生十分熟悉，而历代文人学士不仅对西楚霸王的事迹津津乐道，而且对他的《垓下歌》做了不少研究。

宋人朱熹说："项羽所作垓下、帐中之歌，其词慷慨激烈，有千载不平之余愤。"（《诗人玉屑》卷十三）

沈德潜说："'可奈何'，'奈若何'，呜咽缠绵，从古真英雄必非无情者。"（《古诗源》卷二）

明人胡应麟说："项王不喜读书，而《垓下》一歌，语绝悲壮。'虞兮'自是本色。屈子孤吟泽畔，尚托寄美人公子，羽模写实情实事，何用为嫌！"（《诗薮·内编》卷三）屈原被放逐后所作的辞赋，以香草、美人比贤臣、君王，借以抒发自己的政治理想。胡应麟认为，屈原可以，项羽在垓下为虞姬而歌，是"实情实事"，自然也是无可指责的。

明人王世贞说："《垓下歌》正不必以'虞兮'为嫌，悲壮呜咽，与《大风》①各自描写帝王兴衰气象。千载而下，唯曹公'山不厌高'，'老骥伏枥'②……差可嗣响。"（《艺苑卮言》卷二）

有人说："余独谓垓下是何等时，虞姬死而子弟散，匹马逃亡，身迷大泽，亦何暇更作歌诗！即有作，亦谁闻之而谁记之欤？吾谓此数语者，无论事之有无，应是太史公'笔补造化'，代为传神。"（周亮工《尺牍新钞》三集卷二释道盛《与某》）说项羽在形势危急之时，不可能还有心情和时间作歌，《垓下歌》是太史公司马迁的杰作，纯是一种臆测。翻捡一下历代诗歌，何代没有在血雨腥风、金戈铁马的战场上留下的佳作！

以项羽、虞姬为题材的咏史诗，不胜枚举，在此略而不论。仅以戏曲说，早在唐代，教坊③就演出了大曲《虞美人》，可惜今已失传。明人沈采传奇《千金记》已有较大影响。元代张时起《霸王垓下别虞姬》虽未流传，但京剧梅兰芳的《霸王别姬》却蜚声海外。琵琶名曲《十面埋伏》也令中外听众叹服。民族舞、芭蕾舞、歌舞剧《霸王别姬》或《霸王之死》赢得了无数观众的掌声和眼泪。不论历史人物还是艺术形象，都无不说明，项羽永远是人们为之倾倒的悲剧英雄。

【参考资料】

《史记·项羽本纪》

---

① 参看本书《高唱〈大风〉》篇。
② 曹操《短歌行》、《步出夏门行》诗句。
③ 教坊，我国古代管理宫廷音乐的官署。唐代开始设立，管理教习、排练、演出等事宜。

高唱《大风》

汉高祖刘邦十二年（公元前195年）十月，沛县（今江苏沛县）行宫，旌旗蔽日，锣鼓喧天，大街小巷，欢声雷动。人们奔走相告："当今皇上，宴请乡亲父老，快去噢！快去噢！"

人们纷纷涌向行宫。

在行宫，宫里宫外，殿上殿下，顿时人山人海。人们互相呼唤，说笑，熙熙攘攘，好不热闹。在正中央，着锦绣的、穿粗布的；戎衣、红装、老妇、儿童，无贵无贱，无老无少，并肩促膝，济济一堂。

"皇上，老朽得睹龙颜，实是三生有幸啊！"一个老翁热泪滚滚地说。

"啊，父老，你不要称我皇上，我本是你们的乡里嘛！"刘邦亲切地对老翁说，然后转过身，向众人一挥手，"你们都不要称我皇上，还叫我刘季吧！"

众人连忙跪在地上，齐声说："皇上，小民们不敢！"

"嗨！想我刘季，十四年前，在这里同乡亲们一起种地，穷得连买酒的钱也没有。后来乘陈涉起义，得沛县椽吏萧何、曹参和狗屠樊哙之力，集合乡里两三千子弟，揭竿起事，南征北讨，攻城略地，历尽艰险，终于建立起汉家基业。没有家乡父老，就没我刘季的今日。一去十四年了，故乡水，父老情，我刘季一日不敢忘。众位父老乡亲，快快请起！快快请起！"

众人又齐声高呼："万岁！万岁！万万岁！"这才站了起来。

"武负、王媪来了吗？"刘邦扫视了一下左右，问道。

"我在这里！""我在这里！"武负、王媪大声回答。

"来，来，你俩坐这里！"刘邦亲热地招呼说，指了指自己的身边，让他们坐下，然后接着说，"你们还记得吗？我常去你们那儿赊酒。"

"记得，记得！"王媪爽快地说，"那时我就见你生就一副贵相，宽宽的天堂，高高的鼻梁，蜂目长颈，就像天龙下界，怪不得那会儿，你妈说怀你时梦见了蛟龙。"老妇絮絮叨叨说完，还不住地"啧、啧"称颂，"好一副龙颜哟，我当初就知道你会贵有天下！啧，啧……"

"哈……"刘邦开怀大笑，"你老有眼力，所以你当初常把我的账单撕了，不要我的酒钱！哈……"

众人也都跟着大笑起来，殿上殿下，腾起一阵欢声笑语。

"来，众位乡亲，举起大碗喝酒！今天喝酒都不要钱！我刘季也不会再赊帐了！"刘邦说完，又禁不住哈哈大笑一阵，然后举起一碗酒，一气喝完。

这时，群情沸腾起来，欢呼声、劝酒声、碰碗声、猜拳声响成一片。酒醇，菜香，情浓，三碗酒下肚，大家似乎都有些面红耳赤、醺醺欲醉了！

"乡亲们！"刘邦意气风发，声情激扬地说，"难得今日相聚，我要为大家饮酒助兴，弹一回琴，唱一支曲。"

众人立即欢呼雀跃起来。两名宫女为刘邦搬来一张筑，放在几案上。刘邦拿起竹尺，调试了琴弦，便一边击筑，一边慷慨高歌：

> 大风起兮云飞扬，
>
> 威加海内兮归故乡，
>
> 安得猛士兮守四方。

刘邦唱得动情，声音洪亮铿锵，气势恢弘，亢坠顿挫，鲜明有力。那三个"兮"（读如 ā 音），声腔极富变化，"扬"、"乡"、"方"三句押"āng"韵，情韵高亢悠扬。一字一句，一声一腔，都从他心中流出。苦难、奋斗、失败、成功、颓丧、得意、欢乐、悲戚、焦虑、期待，千种情怀，万端感慨，一齐倾泻出来。

刘邦弹唱完，久久不能平静，整座行宫，一时静寂。人们都沉浸在一种难以言说的复杂情思中。

"乡亲们，把你们当中的少男少女都送到我这儿来，我要教他们一起唱《大风歌》。"刘邦打破寂静说。

少男少女们从人群中陆陆续续走出来了，不一会儿，集合了一百二十多名少年男女。刘邦站起来，走到他们面前，亲切地对他们说："我教一句，你们唱一句，要认真地学，大声地唱啊！"

大风起兮云飞扬……

刘邦教一句，少年们唱一句。一遍，两遍，少年们很快就学会了，一遍又一遍唱着。歌声像一阵阵激流，冲撞着人们的心。刘邦终于难以自制，拔剑展姿，和歌起舞。随着歌声，刘邦的剑时而如叱咤风云，横扫千里，大气磅礴，威风凛凛，时而如春蚕吐丝，梦绕魂牵，若断若续，情意绵绵，几度低回，突然奋起，劈点刺挑，瞬息变幻。人们正屏息观看，只见刘邦戛然收剑，拄剑抽泣起来。

乡亲们似乎同刘邦心心相通，也都不禁落泪，殿上殿下，一片哭声。

过了好一会儿，刘邦说："我刘季，十数年内，入咸阳，铲暴秦；战垓下，灭项羽；败陈稀；诛韩信；除彭越；灭英布，剪除了异姓王的割据势力，终成帝业。四海攘攘，如风起云飞，一统天下，如风卷残云，我怎能不唱'大风起兮云飞扬'！如今，四夷臣服，万民景仰，我衣锦还乡，荣归故里，这里是我汉家基业的起点，也是我生命的归宿，我有帝王的忧乐，也有游子恋乡的情怀，我怎能不唱'威加海内兮归故乡'！现在，我已年过六旬，太子刘盈又十分仁弱；北方匈奴蠢蠢欲动；分封的同姓王将成内患；昔日一些风雨同舟的战友、部将，如今竟反目成仇，几次欲动摇我江山；这次我亲率大军平定淮南王黥布的叛乱，又身负重伤。创业艰难，守成更不易，我多么希望有一批忠于汉家基业的猛士啊！'安得猛士兮守四方'，想现在，望将来，我能不感慨伤怀吗？"说完，竟然更加老泪纵横了！

此时此刻，刘邦仿佛就是这众乡亲中的一员，面对乡亲父老，他完全没有了帝王之尊，毫无顾忌地倾吐出自己作为帝王的忧与乐。这首《大风歌》，仅仅三句，二十三字，原来竟包含了刘邦一生的经历和理想，凝结着他对帝业和故乡的无限深情！而所有这一切，乡亲父老们都是理解的，所以在刘邦慷慨伤怀、拄剑挥泪时，也都同声哭起来。整座行宫，一时被一种豪迈雄壮而略含悲凉的气氛笼罩着。

刘邦这次在家乡住了十几天，日日同乡亲父老们欢聚、游乐。他离开沛县那天，沛县空城相送。刘邦回到京都，第二年就去世了。沛县行宫成为高祖刘邦的祠庙，当年跟高祖学唱《大风歌》的一百二十多名少年都是祠庙里唱祭祀乐歌的歌手。以后有缺即增补，世代不绝。

刘邦是我国封建时代功绩卓著的君王，他的《大风歌》也是我国古典诗歌中的瑰宝珍品。

宋人葛立方说："高祖《大风》之歌，虽止于二十三字，而志气慷慨，规模宏远，凛凛乎已有四百年基业之气。"（《韵语阳秋》卷十九）。

朱熹评论说："文仲子曰，《大风》安不忘危，其霸心之存乎！美哉乎其言之大也……自千载以来，人主之词，亦未有若是其壮丽而奇伟者也。呜呼，雄哉！"（《诗人玉屑》卷十三）

宋人陈岩肖说："汉高帝《大风歌》不事华藻，而气概远大，真英主也。"（《庚溪诗话》卷上）

明人胡应麟更赞"《大风》之壮"，"冠绝千古"。（《诗薮·内编》卷一）

刘邦当年高唱《大风歌》的地方，后人曾在那儿筑台树碑，并把《大风歌》刻于碑上，这就是著名的"歌风台"，原址在今江苏沛县东泗水西岸。历代的骚人墨客过此凭吊遗址，追忆刘邦当年高唱《大风》风采，写下无数诗篇。

唐人林宽有《歌风台》七绝：

蒿棘空存百尺基，酒酣曾唱大风词。
莫言马上得天下，自古英雄尽解诗。

这首诗说，刘邦虽然不是文化人，但他很懂诗，而且作出了好诗。林宽对这位英雄诗人充满了敬意。

元代诗人萨都剌有首《登歌风台》长诗，诗中历数了刘邦"五年马上得天下"做了皇帝以后，杀害了大批谋臣武将，几乎成为孤家寡人，危及江山。于是诗人发出感慨："自古此事无不然，稍稍升平忘险阻。"这首长诗的首尾几联是这样的：

歌风台下河水黄，歌风台上春草碧。

黄河之水日夜流，碧草年年自春色。

…………

荒凉古庙依高台，前人已矣今人哀。

悲歌感慨下台去，断碑春雨生莓苔。

　　萨都刺的感慨，足以警世；情景交融的诗风，更把诗人的警世之语留在后人无尽的遐想之中。

　　是的，在封建时代，《大风歌》这样具有无与伦比的气魄和风采的诗，只能出自刘邦这样的创业君主之手，而《大风歌》也总是引发后人对他的历史功过的思考。尤其是后世的英雄们，每每触景生情，都不禁高唱《大风》，以抒情怀。1941年，朱德同志就写过这样一首气魄豪迈的《赠友人》诗，这首诗一扫刘邦《大风歌》的悲凉，读之令人激昂振奋：

北华收复赖群雄，猛士如云唱大风。

自信挥戈能退日，河山依旧战旗红。

【参考资料】

　　《史记·高祖本记》

鸿鹄羽成

刘邦有八个儿子。长子刘肥是庶出；次子刘盈是吕后所生，故早立为太子；第三个儿子如意，是宠姬戚夫人所生。刘邦最宠爱如意，不只因他母亲戚夫人年轻貌美，常侍左右，还因为太子刘盈"仁弱"，刘邦以为不像自己，而"如意类我"（《汉书·外戚传》卷六十七），所以常想废刘盈立如意为太子。刘邦曾多次声称："终不使不肖子居爱子上。"（《汉书·张良传》）吕后听了这些话，自然心惊，但又想不出什么办法挽救，急得她日夜寝食不安。

一天，吕后请来二哥建成侯吕释之商议。两人愁眉苦脸，四目相对良久，吕释之忽想起张良，说："留侯张良足智多谋，何不请他谋一良策？"

"对了，我怎么把留侯忘了。兄长，快去请他来！"

吕释之把张良接到自己家，开门见山地说："您常为皇上出谋划策，现在皇上天天想易太子，您怎能高枕而卧、袖手旁观呢？"

张良说："是的，我曾多次为皇上谋划，可那时皇上处在危急困厄之中，所以能用臣的计策。现在天下已安，皇上因个人偏爱而想易太子，这是自家骨肉之间的事，不要说我一个张良，就是一百个张良，也说不上话去了。"

"如此，您就没有别的办法了吗？"吕释之不肯就这样放张良走，一定要他想出良策来。

半晌，张良才慢慢说道："此事难用口舌去争夺，若要事成，必得四人。"

"谁？"吕释之急切地问。

"这四人都是白发名儒，皆因皇上当初对儒生简慢无礼，故皇上登基后，他们发誓不做汉臣，逃匿商山（今陕西商县东南）中去了，人称商山四皓。现在，天下呈平，息武修文，皇上很推重这四个人，现在你让太子写封信——措辞尽量谦恭——备上车，带好金玉璧帛，派个能说的人，专程去敦请。倘能请得四人出山，拜为太子宾客，时时跟随太子上朝，让皇上见到他们，事情就有望了。"

吕释之把会见留侯的经过，一五一十地告诉吕后，吕后高兴地说："留侯此计甚好，就劳留侯代太子修书一封吧。"

吕释之又找到张良。张良推托不过，只好答应了。

吕释之带着张良的亲笔信去商山求见四皓。

甪（lù）里先生说："大人下临，有何见教？"

吕释之说："留侯有书信问候四老。"

甪里先生说："我等与留侯素不相交，敢劳动问？"

吕释之说："四老看信便知。"

四皓打开张良的信，读着读着，甪里先生说："噢，我明白留侯的意思了，他是要我等出山去为朝廷效力。"

绮里季夏也不说话，仰望蓝天，竟放开苍老浑厚的嗓子唱起《采芝歌》来：

> 皓天嗟嗟，深谷逶迤。
> 树木莫莫，高山崔嵬。
> 岩居穴处，以为幄茵。
> 晔晔紫芝，可以疗饥。
> 唐虞往矣，吾当安归？

这首歌，还有一个版本：

> 莫莫高山，深谷逶迤。
> 晔晔紫芝，可以疗饥。
> 唐虞世远，吾将何归？
> 驷马高盖，其忧甚大。
> 富贵之畏人兮，不若贫贱之肆志。

上面两首歌，基本意思是一样的。君有道则用，无道则藏。尧舜时代已很遥远，秦汉之际绝非圣世。出于对现实的不满，四皓决心隐居世外，不求荣华富贵，自甘贫贱以获得身心的自由自在。第二首诗把四皓的这些思想表达得更清楚、完整。这两首诗都是四言诗，在五言诗出现以前的汉时代，四言诗是诗歌主流诗体，作者运用得相当圆熟自如。

绮里季夏唱完，对吕释之说："你就这样回去回报留侯吧！"

吕释之说："下官愚谙，不甚解诗意，还望明告！"

东园公笑笑说："这有何难解？你看，这商山，天是何等晴朗！山是何等巍峨！深山幽谷，树木葱茏，凿岩洞为屋，以香草铺地，水灵灵的兰芝草，还可以充饥，这是何等自由自在的生活！现在的世道，早已不是虞舜时代的清明圣世，我等除了这里，还能往哪儿去？"

吕释之听完，把高祖怎样英明，太子怎样仁孝，留侯怎样殷勤，确立太子之事如何事关重大，以及邦有道则出仕、邦无道则隐居的一篇大道理，反反复复说了不知多少遍。真正是晓之以理，动之以情，终于打动了四皓，四皓这才概然答应出山。

汉高祖十一年（公元前196年）秋，淮南王黥布反，刘邦率军亲征。第二年，刘邦凯旋而归。由于鞍马劳顿，再加上讨伐黥布时为流箭射伤，已经六十三岁的刘邦，此时更加感到身体虚弱、时日不多了，易立太子已刻不容缓。

为庆贺高祖凯旋归来，未央宫大摆庆功宴席。席间，刘邦又向大臣们提起易立太子的事。

太子太傅叔孙通说："陛下，臣以为不可。从前，晋献公宠爱骊姬，废太子申生而立奚齐，晋国动乱十几年，被天下耻笑。秦始皇不早立太子扶苏，使赵高阴谋得逞，立胡亥为二世，终于灭国，这是陛下亲眼看到的事。今太子仁孝，天下尽知……"

刘邦打断叔孙通的话说："都说太子仁孝，然太子是笃于小仁，而不知大义。只存妇人慈爱之心，怎么可以治理天下！"

叔孙通执拗地进谏说："陛下恕臣冒昧。太子年轻，尚可教导。吕后是太子生母，与陛下同起垅亩，含辛茹苦，出生入死，陛下岂可背弃？陛下一定要废嫡立少，臣不惜血溅朝堂，就请陛下杀了老臣！"说罢，毅然跪在刘邦面前。

張良

高鸟尽良弓藏借著而筹帷幄
方下箸者先酌斟羞产心快乐饮

《任熊版画》　　　　陈传席 编著

萧何、王陵等都一齐跪下，说："望陛下三思！"

刘邦看见这种情形，只好转换口气说："众卿平身，寡人只是开开玩笑罢了！"

叔孙通说："太子，是天下的根本。本摇，天下就要动乱，犹如一棵大树，根本摇动了，大树也就要倒了，陛下怎能以天下为儿戏呢？"

刘邦不理叔孙通，侧身问老臣周昌。周昌为人刚毅，敢于直谏，曾当面指斥刘邦是"桀纣之主"（《汉书·周昌传》）。他说话本有些口吃，加之目睹刘邦把立太子当作儿戏，怒不可遏，说话就更见结巴，他说："臣口、口不能言，然臣期期知其、其不可。陛、陛下欲废太子，臣期、期不奉诏。"

刘邦见周昌"期期其其"的口吃劲，又可爱又滑稽，不禁哈哈大笑，说："好，好！易立太子的事就作罢了！今日是庆功大宴，不议国事，大家尽情畅饮吧！"

其实，刘邦这时只是口头上答应了，心里想的却是，寡人正是为国家计，才不顾立嫡以长的古训，决心另立足以守成的嗣君，众卿虽然忠诚耿直可喜，却也太迂腐了。

众大臣哪里知道刘邦此时心里在想什么。大殿里开始活跃起来，乐工们奏起了典雅的庆功音乐。

刘邦的儿子，逐个走上前来为父王敬酒祝贺。这时，刘邦见刘盈身后跟着四位须发皆白的长者，个个风度潇洒，气度非凡，不禁诧异地问道："你们是什么人？寡人为何不认识？"

四皓走上前去，躬身向刘邦施礼，一一报上自己的姓氏：东园公、绮里季夏、黄公、角里先生。

刘邦更为惊讶，说："我到处求访你们，你们却逃避我。现在为何倒与太子交往？"

四人齐声回答说："陛下一向轻视儒教，动辄嫚骂，我等都已是年逾八十的老翁，义不受辱，所以逃匿不见。现在听说太子仁孝，恭谦爱士，天下儒生莫不翘首仰望，愿为太子效死，所以我等出山侍奉太子。"

刘邦听了，沉吟半晌，缓缓对四人说："劳烦诸公，好生调护太子。"

宴会后，刘邦召来戚夫人，对她说："我一直决意易立太子。可现在太子已得天下儒生拥戴，商山四皓也出山辅佐，犹如鸿鹄，羽翼已成，就难驾驭了。再改立太子，势必危及国家。事已至此，也只好作罢了。"刘邦说罢，长叹一声，又说："今后，吕后就真是你的主子了！"

戚夫人听了，知事已定局，想到自己日后的凄凉，想到儿子如意未来的险恶境遇，不禁失声悲泣起来。

刘邦见此情景，神情黯然地说："你为我楚舞，我为你楚歌。"说罢，就唱起来：

> 鸿鹄高飞，一举千里。
> 羽翼已就，横绝四海。
> 横绝四海，又可奈何！
> 虽有矰缴①，尚安所施！

① 矰缴（zèng zhuó），一种猎取飞鸟的短箭，缴是系在箭上的丝绳。

刘邦深沉而哀伤地一连唱了几遍《鸿鹄歌》，随着歌声，戚夫人跳起了翘袖折腰舞。那长长的水袖，如悲风回旋，愁云低度，那柔软的细腰，似风摆弱柳，雨断芭蕉。那一甩袖，一折腰，都倾吐着心中的痛苦和悲哀。她跳着，时而节奏疯狂，那是她痛不欲生；时而舞步滞缓，那是她肝肠寸断。她跳着跳着，曲未终人竟晕倒在地上！

刘邦痛心地看着戚夫人，命宫女们把戚夫人扶回寝宫。

第二年，刘邦病逝，刘盈继承皇帝位，史称孝惠皇帝。

刘邦是封建时代的政治家，他创立了四百年汉家基业，只为后人留下两首诗歌。清人毛先舒说："高帝《大风》、《鸿鹄》，极汪洋自恣，英雄笼罩之度，终不似武帝词人本色矣。"（《诗辨坻》卷一）

【参考资料】

《史记·留侯世家》
《资治通鉴》卷十二
《汉书·外戚传》卷六十七
《汉书·张良传》

永巷囚歌

长安城内，未央宫壮丽雄伟，东有苍龙阙，北有玄武阙，各高三十丈。当初刘邦见了都觉得奢侈靡费。可有谁知道，就在未央宫掖门（边门）内，有一处幽禁妃嫔和宫女的别宫，名叫永巷。那儿阴暗潮湿，不见天日。被幽禁的妃嫔和宫女，不仅失去了行动自由，而且每天要做苦役，直到死去。

一场争立太子的激烈角逐①之后，紧接着就是胜利者对失败者的残酷报复。报复的目的，不只是发泄昔日的怨恨，更是斩草除根，免贻后患。

汉孝惠帝元年（公元前194年），在掖门内的永巷别宫内囚禁着一名嫔妃，她被剃去了头发，脖子上戴着沉重的铁圈，每天从早晨到薄暮，舂米不止。她就是汉高祖刘邦生前的宠妃戚夫人。

数月前，刘邦病死，孝惠帝刘盈即位。当时他只有十六岁，大权全操在母后吕雉手中。吕太后想到当年戚夫人深得高祖宠幸，要不是她费尽心机，保住了儿子的太子地位，戚姬的儿子如意今天就当了皇帝。固此，刘盈一即位，她做的第一件事就是把戚夫人囚禁起来，剃光了她的乌发，令她穿上犯人穿的赤褐色赭衣，罚她做苦役。

戚夫人深知吕雉心狠手辣，自己难以逃出她的魔掌，但她还是把一线希望寄托在儿子赵王如意身上。"可他远在千里之外，怎么知道我现在被囚禁，受折磨，危在旦夕呢？在这戒备森严的冷宫，我无处诉说，甚至也不能大声痛哭，海一样深广的冤仇与悲痛，都只能装在心里，谁能忍受这铭心刻骨、撕心裂肺的痛苦？又有谁能把这一切告诉我的如意？"她无声地呼唤着天地，呼唤着儿子，呼唤着能拯救她的人。可天地无知，儿子不应！她的泪水，从早滴到晚，从夜滴到明，滴在枕上，滴进舂米

① 参见本书《鸿鹄羽成》篇。

的石臼里。一天，她终于憋不住了，凄怆地唱起歌来：

> 子为王，母为虏，终日舂薄暮①，常与死为伍！
> 相离三千里，当谁使告女②？

这首《舂歌》（一作《永巷歌》），是戚夫人不堪囚禁、舂米劳作之苦时，思念儿子、呼救求援的悲歌，是控诉吕雉残酷迫害的怨歌。她那凄惨抑郁、愤懑难平之情，充溢字里行间。

很快，吕雉就知道了戚夫人的这首歌。顿时勃然大怒，说："哼，贱人，想依仗你的儿子？我叫你呼天天不应，叫地地不灵！"吕雉当即派人去邯郸（今河北邯郸）召赵王如意进京。

但是，吕雉派了三次使者都没有把如意召回。原来，刘邦早知他去世后，吕雉容不得戚夫人母子，就派了老臣周昌为赵相，辅佐如意。吕雉急不可待要赵王进京，周昌深知她不怀好意，所以每次都断然劝阻如意。吕雉见周昌从中作梗，便先召周昌进京，周昌无法违抗。周昌刚一进京，吕雉便又召赵王如意。这样一来，如意没有了坚强的支持者，也只得进京。

这事被刘盈知道了，怕弟弟进京遭母后毒手，就亲自出宫，到灞上（今陕西西安东灞桥）迎接弟弟，并让他和自己吃住在一起。一连数月，吕雉无法下手。

一天，刘盈清晨出宫练射箭，如意年幼，不能起早，留在宫里。吕雉得知这个消息，以为是天赐良机，便派人持鸩酒逼如意喝下，当刘盈练罢箭回宫，见如意七窍流血，早已僵死在床上。仁弱的刘盈，除了痛哭一场，竟也一筹莫展。

吕雉毒死了赵王如意，犹不解心头之恨。她知道戚夫人能歌善舞，便恨恨地说："我看你跳！我让你唱！"她派人先剁去了戚夫人的手足，然后又剜去了戚夫人的双眼，熏聋了戚夫人的耳朵，最后又灌了戚夫人一大碗喑药。于是，戚夫人成了一个不能看、不能听、不能说、没有胳膊、

①薄，逼近、到。薄暮，黄昏。
②女，读rǔ，通"汝"，你。

没有腿的肉球。这还不算，吕雉还把戚夫人放在又脏又臭的厕所里，每天派人给她喂食，让她苟延残喘。又百般侮辱她，叫她"人彘"，"彘"即猪。戚夫人受尽了惨无人道的酷刑，只求速死而不可得。

数月后，吕后一天心血来潮，让儿子刘盈也来观看"人彘"。刘盈眼见戚夫人遭到如此非刑，"哇"地一声惨叫，晕了过去。刘盈被侍从扶回寝宫后，即大病不起。吕雉来探望他，他哭着说："母后这样对待戚夫人，也太残忍了。是人，都不能做出这种事。我身为人主，却无力保护父王的一个宠姬，我哪里还能治理天下！"

一年多以后，刘盈病虽好了，但日夜饮酒无度，沉湎女色，不理朝政，听凭吕雉独断。

七年后，刘盈便去世了，年仅二十三岁。

据《西京杂记》记载，"戚夫人善鼓瑟击筑，歌《出塞》、《入塞》、《望归》之曲。"可惜我们今天听不到这些琴曲了，这些琴曲自然不是因为戚夫人惨遭杀害而成为绝唱，但由此让我们对戚夫人的多才多艺有了更多的了解，对她的不幸产生更绵远的同情！

【参考资料】

《史记·吕太后本纪》
《汉书·外戚传》

幽歌伐吕

汉孝惠帝元年（公元前194年）十二月，赵王如意被吕雉害死，淮阳王刘友改封赵王。刘友是刘邦妾所生，不是吕雉的嫡子，吕雉为了控制刘友，决定在诸吕中选一女子许配给刘友为妃。

一天，吕雉召见刘友说："王儿，你封王已多年，又远在邯郸，至今尚未择配王妃，母后心中不安，想为你选一妃子，不知王儿意下如何？"

刘友说："多谢母后！但凭母后做主。"

吕雉说："很好。你远房外舅家，有一小女，正是豆蔻年华，姿容艳丽，端庄稳重，知书识礼，温柔体贴，为儿王妃，是儿造化，王儿可高兴？"

"这……"刘友冲口而出，却一时想不出适当的话，把个"这"字拖了老长。

"'这'什么？难道王儿不愿意？"吕雉追问说。

刘友沉默了。他心里很清楚，自从父主高祖去世后，吕后已害死了戚夫人，毒死了赵王如意，又暗杀了孝惠帝之子，朝中大权尽落入吕姓手中。如今又要把吕家女子配我，正是吕后对我有疑虑，怕我日后生变，所以才要在我身边安插耳目，把我时刻置于她的监视之下。怎么办？刘友在心里急速地盘算着。服从吕后之命吧，这无异引颈受戮；不从吧，他深知吕后为人，不会轻易作罢。刘友依违两难，一时没有了主意。

吕雉问："为什么不说话？你是担心这女子不好？"

"不，不。这女子姓吕……"刘友嗫嚅着说。

吕雉一听，没等刘友把话说完，脸一沉，生气地说："姓吕怎么啦？你不是我生的，难道就不认我这姓吕的母后了？我与你父王，出生入死，创立了这汉家基业，刘氏和吕姓，世代联姻，是连根固本的大计。朝中迂腐老臣，却把吕氏视为异己，难道王儿也听信他们胡言，竟如此不知好歹，不明大义？为母主意已定，从也得从，不从也得从。你回去吧，择日就完婚！"

刘友无奈，只得同吕家的女子完婚。婚后，这吕氏女仗着吕后撑腰，狐假虎威，常常冲着刘友指鸡骂狗，吆五喝六。刘友一举一动，她都要寻根问底，细加盘查。刘友有时忍无可忍，就愤怒地回答说："这是我刘家的藩邦，不是你吕氏的郡国，我做什么，你管不着！"夫妻本无感情，再加女方咄咄逼人，这种监视与反监视、控制与反控制的争斗就愈演愈烈。

没过多久，刘友就索性不进吕氏女的卧室，只同宠爱的姬妾一起饮食起居。这样一来，可掀翻了醋海，吕氏女天天纠缠住刘友，又吵又闹，又哭又骂。

"我知道，你当初就没痛痛快快答应这门亲事，就因为我姓吕，你忌恨我们吕氏家族。"一天，吕氏女一把鼻涕一把眼泪地大声吵闹着。

"你胡说！"刘友连忙分辩，可又忍不住骂了一句，"难道你们吕家都是像你这样的东西！"

"我怎么啦！我哪点不好？哪点不如你宠爱的小妖精？好哇，你嫌弃我还不够，还骂我们吕家都不是东西……"

"你不要胡搅蛮缠，我什么时候骂你们吕家都不是东西了？"刘友气得双手哆嗦起来。

吕氏女看到刘友的样子，心里好不高兴，于是得寸进尺，上前逼着刘友，唾沫星子直喷刘友脸上："你骂了，你刚才骂了！你敢小看我，敢辱骂我们吕家，我找太后说理去。"说着，就一把拽住刘友要走。

刘友暴怒了，一搡推开吕氏女，怒吼道："你滚！你去太后那里告我好了。这是刘家的天下，不信就听任你姓吕的横行霸道！"

吕氏女一怒之下，果然离开邯郸，跑到京城向太后告状去了。

吕氏女哭哭啼啼地向吕雉说："太后啊，我不该嫁赵王，赵王只同众姬妾鬼混，让我守活寡。"

"蠢话！你拴不住他的心，还不会给我拴住他这个人！他要不听你的，你就禀报我好了。"吕雉安慰说。

"我向赵王说了，我说我要向太后禀报，可赵王根本不把太后放在眼

里。他骂我们吕家的人都不是东西。"吕氏女一面说，一面察言观色，见太后听到这里，眉头紧锁，脸色阴沉，便又大胆地添油加醋说，"赵王还几次扬言，吕氏的家族都纷纷封王进爵，这是背叛父王遗训。太后百岁后，我一定要讨伐诸吕，还政于我刘氏一门！"

吕雉听了，顿时勃然大怒，说："反了，刘友小儿！"停了片刻，吕后按下怒气，接着说，"你先回娘家住下，我自有办法处置赵王。"

汉高后吕雉七年（公元前181年）正月，吕雉借故召赵王刘友进京。刘友明知是吕氏女在太后面前编排了他的坏话，太后召自己问罪，却不得不硬着头皮前往京都。谁知到京都后，刘友住在郡国官邸①，一连数日，不被召见，而官邸四周，卫士严密把守，不让他离开一步。刘友这才意识到自己失去了行动自由，被软禁起来了。

一天，赵王刘友闷闷不乐地坐在书房里，也不知是什么时候了，只觉得饥肠辘辘，可还没有人来请他去用餐，他忍不住了，叫了几次，来人都说："等等就得"，"等等就得"，可等了很久也没有一点儿动静。

赵王刘友终于生气了。来人却说："赵王爷息怒，太后吩咐说，今日三餐免了！"

"什么？太后吩咐三餐都免了？要把我饿死？去，给我拿吃的来！"

"是！"来人走了，却又没有回来。

一天就这样过去了，两天也这样过去了。刘邦的一些旧臣知道了刘友的处境，就派人偷偷送些吃的去，都被守卫抓住送往太后处论罪。一连几天，刘友滴水未进，颗粒不沾，已是饿得两眼发黑、肚皮贴着脊梁骨了。刘友明白他真的落入了吕雉的陷阱，心中充满了悔恨和痛苦。我好后悔啊！我早已看出，高祖死后，太后临朝，诸吕专权，刘氏衰弱。我既已封赵，为何不早作筹划？太后强迫我同吕氏女成婚，今日果被这个妒妇谗言陷害，我为何这么软弱，不先除了她呢？我身为王侯，如今却要这样被活活饿死，这是多么残酷、多么大的侮辱！我与其这样受罪，不如早早自尽。吕氏做尽了坏事，就让苍天来惩罚他们吧！赵王刘友这样想着，时而在

① 郡国官邸，是帝王分封的藩王去京城朝会的临时住地，如同今天地方在首都的办事处、招待所。

《宋词画谱》 　　　　　　　　　　　　　　　（明）汪氏 编

心中烧起愤怒的火焰，时而又因饥饿而昏厥，他知道自己的时间不多了，就用尽残存的一点力气，写下一首《幽歌》，向世人指明刘氏天下的危机，表明自己的心迹：

> 诸吕用事兮，刘氏微①，
>
> 迫胁王侯兮，强授我妃。
>
> 我妃既妒兮，诬我以恶，
>
> 谗女乱国兮，上曾不寤②。

---

① 《汉书》作"微"，《史记》作"危"。

② "上"，指吕雉。"寤"，悟。

我无忠臣兮，何故弃国，

自决中野兮，苍天举直^①！

吁嗟不可悔兮，宁早自贼^②！

为王而饿死兮，谁者怜之？

吕氏绝理兮，托天报仇！

赵王刘友就这样被幽禁饿死了，他的这首《幽歌》用的是秦汉时极流行的骚体，让人往前想起屈原的楚吟，往后想起蔡文姬的胡笳声。句句是记实，句句从肺腑中流出，是忠实的叙事诗，又是感人的情诗，诗中充满悲怆和忧愤。他不只是为了个人的不幸，他问苍天：为什么就没有忠臣出来阻止吕氏篡权，安定刘氏天下？他控诉吕氏"绝理"，希望苍天能为他"报仇"。

苍天无知，而安定刘氏天下的忠臣却大有人在。赵王刘友这首《幽歌》就是一个信号，一种号召。它让刘姓诸侯看清了吕雉的阴谋，所以当吕雉故技重演，企图像对待刘友一样，以强迫联姻的方式对待赵王刘恢和朱虚侯刘章时，刘恢不甘受吕雉的挟持而自杀，刘章不畏吕雉的权势而抗争。

一场灭吕安刘的好戏，不久就开场了。

【参考资料】

《史记·吕太后本纪》

《汉书·高五王传》

---

① 自决，自杀。中野，野外。举直，正曲为直。

② 自贼，自杀。

军法监酒

汉高祖刘邦死后，刘盈继位，母后吕雉独揽大权。孝惠帝七年（公元前188年），刘盈死，吕雉临朝称制（登帝位，行皇帝职权）。吕雉为了巩固自己的地位，一面残酷杀害汉高祖刘邦分封的同姓王，削弱刘氏的势力，一面分封吕姓为王侯，培植自己的羽翼。她先后杀死了刘邦的三个儿子，一时不能杀掉的，就强迫与吕氏联姻，封藩王后，让他们留守京城，把他们牢牢控制在自己手中。同时，吕雉先后封侄子吕台为吕王，吕产为梁王，吕禄为赵王，吕通为燕王，又封诸吕六人为列侯。几年之中，刘氏王朝几成吕姓天下。

当时，齐悼惠王[①]次子刘章，封朱虚（今山东临朐东南）侯，被强配吕禄女为妻，宿卫长安。刚刚二十岁的刘章，长得虎背熊腰，很有气力，且武艺高强。他虽身居虎穴，一举一动都受着吕雉的监视和控制，却仍然时时流露出不满与怨恨。

一天，吕雉在宫中设宴，赴宴的人，除了少数刘邦昔日的老臣、丞相陈平和太尉周勃等外，都是吕雉家属。吕雉环顾四周，见大都是自己的亲信，心中十分高兴，便放下平日的威风架子，谦和地对众人说："今天的酒宴，就像我们吕氏的家宴，大家不要拘礼，一定要开怀畅饮。"吕雉扫视了一下大厅，目光落在刘章身上，说："子侄，这个酒宴上，你来做我的酒吏吧，想法劝大家多喝几杯，执法也要分明，谁输了，谁逃酒，一定要重罚噢！"

当年酒宴上，酒吏是为众人斟酒劝饮、行酒令的卑贱差使，在众多吕姓贵戚面前，让刘邦的孙子为他们斟酒、行令，显然是有意奚落刘章，

---

① 齐悼惠王，刘肥，刘邦长庶男。

达到抬吕抑刘的目的。刘章气在心中，却笑在脸上。他走上前，对吕媭一躬身施礼，说："遵命。只是臣是将门后代，请让我按照军法行酒。"

吕媭见刘章痛快地答应了，很高兴，对他的请求不假思索，也一口应允了。

刘章在酒宴上，一会儿斟酒，一会儿命人献舞，一会儿出个新鲜题目让大家行令传酒，干得十分尽职、卖力。吕媭与众人见他这样俯首臣服，更是兴高采烈。陈平、周勃却在一旁慢慢品酒，冷眼相看。

刘章见众人酒酣耳热，便命撤去轻歌曼舞，说："今日盛宴，太后与众公卿、王侯都很高兴，请让我讲讲耕田趣事，为大家助助酒兴。"

吕媭已带三分醉意，此时径直把这个孙辈当做儿子了，笑着说："你父亲才耕过田，你生下来就是王子，怎知耕田呢？你可是想胡诌些笑话来讨我们大家欢喜？"

刘章十分认真地说："我是真的懂得种田的。"

吕媭仍笑着说："那好吧，就给我讲讲耕田的事吧。"

刘章站在大厅中央，郁愤填膺，神情严肃，用浑厚深沉的嗓音，一字一句地吟诵道：

> 深耕穊种[1]，立苗欲疏。
> 非其种者[2]，锄而去之。

刘章说，种田需要深耕密植，而禾苗长起来后，又需要间苗，使苗与苗之间有足够的疏朗空间。因此，间苗的时候，不是同种的杂苗，就应该坚决铲锄掉，这样，禾苗长势才会好，才会有收获。这首被称作《耕田歌》的四言诗，字面上确实是在讲如何耕田，但这是一首真正的隐喻诗。字字句句都语意双关。作为隐喻诗、言志诗，这首诗就可以作如下理解：汉高祖刘邦子孙很多，此所谓"穊种"；众儿子应该分封为藩王，四方安置，以守刘氏天下，此所谓"立苗欲疏"；吕氏与刘氏不同"种"，如今

---

[1] 穊（jì），密植。
[2] 种，名词，同类之意。

《唐诗画谱》　　　　　　　　　　（明）黄凤池 编

吕氏专权，已如庄稼地里杂草蔓生，影响收成，应该坚决除掉，此所谓"非其种者，锄而去之。"

　　刘邦在世时，曾以杀白马与众文武喋血为盟："非刘氏而王，天下共击之。"（《史记·吕太后本纪》）刘章此时言志，正是遵奉祖训。虽然寥寥十六字，又尽是隐语，吕后和诸吕听来，不啻惊雷贯耳，无不瞠目变色，方才一个个都醉眼蒙眬，这时一下子都吓醒了。

　　丞相陈平、太尉周勃心里暗暗叫好："好一个刘章，有如此机智与胆识！"

　　刘章的诗虽然明显含有兴刘除吕之意，但毕竟用的是隐喻，并未明说。

吕媭心中惊恐、愤怒，却无法当场发作。诸吕见太后默默坐着，也只得低头饮闷酒。稍过一刻，其中一个吕姓的人突然站起来，怒气冲冲，拂袖而去。刘章看得明白，待那人走出大厅，便不动声色地追了出去。

不一会儿，刘章匆匆回来，向吕媭禀报说："太后，适才有一个人逃离酒席，臣执行军法，把他斩了！"

一波未平，一波又起。吕媭与众人听了，无不震惊。陈平、周勃也都大惊失色。

吕媭勃然大怒，喝道："你竟杀我吕姓大臣！你好大的胆！"

刘章坦然自若地说："太后息怒！太后许臣按军法行酒，臣斩杀临阵脱逃者，无论姓氏，正是为太后执法！"

吕媭听了，颓然跌坐在龙椅上，气得浑身发抖。她心里好不窝囊，是自己亲口答应刘章以军法行酒，现在怎能出尔反尔？眼看刘章杀鸡给猴看，她却不能发作。今日杀死一个吕氏贵戚，还只是刘氏除吕的先声，她不能不为吕氏家族的前途担忧啊！

盛宴，就这样不欢而散了。

这件事后，诸吕都惧怕刘章，而刘姓诸侯、大臣也都逐渐向刘章靠拢。

第二年，吕媭去世。刘章协助太尉周勃、丞相陈平杀了吕产、吕禄，消灭了吕氏势力，恢复了刘姓汉室。

【参考资料】

《史记·齐悼惠王世家》
《汉书·齐悼惠王传》

倾城倾国

汉武帝刘彻卫皇后，立七年而色衰，刘彻宠爱的赵地王夫人①和中山李夫人又先后早逝，刘彻下朝后，总不免郁郁寡欢。

一天，刘彻朝罢回到后宫，无以消遣，就命宫女请来平阳公主一起听宫廷乐师李延年奏新声。李延年本是民间艺人，父母兄弟都擅长音律，他自己更是吹拉弹奏，说唱歌舞，样样来得。他的歌声乐曲，尤其优美动人，听者无不倾倒。当时刘彻正迷惑于鬼神，热衷于祭祀，需要大量祭祀礼乐，便命大辞赋家司马相如作颂诗，李延年为颂诗谱曲配乐。这样，李延年常常在刘彻左右侍候。当然，除了祭祀乐外，也作杂曲新声，供刘彻消遣。

这天，李延年奉诏来到后宫，见平阳公主也在座。平阳公主是刘彻的同母姐姐，也极喜爱音乐歌舞，常召李延年入府献技。李延年今天见武帝同姐姐在一起，知道是家常宴乐，所以决定演奏几支轻松雅丽的新曲。每当一曲奏罢，刘彻和平阳公主总是赞不绝口，李延年更是兴奋，便站起来边歌边舞。他唱道：

北方有佳人，绝世而独立。
一顾倾人城，再顾倾人国。
宁不知倾城与倾国，佳人难再得！

刘彻看着李延年载歌载舞，不觉如醉如痴，频频点头，说："你的这首歌实在妙极了。你要人观看一位绝代佳人，却不把她的相貌描画出来，你不写她容貌，却又说她有倾城倾国的姿色；既是倾城倾国，谁又不想

---

① 夫人，古代帝王的妾。

亲而近之呢？你这样虚虚实实，引而不发，深得诗家含蓄蕴藉三昧，实令人遐想思慕啊！"

平阳公主说："皇弟说得甚是，只是还不够尽意。他夸佳人可爱，却令你感到这佳人可爱得让人生畏呢！"

"喔，你这解释很新鲜，接着讲，接着讲。"刘彻兴味盎然地催促说。

"佳人美貌，使国君迷恋，沉溺女色，以至国家倾覆，这样的佳人还不可爱得令人生畏吗？看一眼都城破，再看一眼国家亡。唉呀呀，可怕，实在可怕！"平阳公主一边说，一边故作惊恐之状，好像真是大难临头了。

刘彻哈哈一笑，说："你这是曲解诗意了。'倾城'、'倾国'之'倾'，非'倾覆'之'倾'，乃'全国'、'全城'之谓也。那是说，一旦佳人上街，会引来全城的人争相观看。只是诗人极会作诗，短短几句，转折盘旋，臻于妙境，极尽了烘托渲染之能事。"

平阳公主说："皇弟忘了《诗经·大雅·瞻仰》的第三章有诗云'哲夫成城，哲妇倾城'？"

刘彻说："当然记得。"

平阳公主说："那就是了。圣人说，智慧卓越的男人，可以兴国，而聪慧貌美的女，会使一个国家倾覆。周幽王宠幸褒姒，不就是历史铁证吗？"①

刘彻说："皇姐你也别忘了，宋玉《登徒子好色赋》有'嫣然一笑，惑阳城，迷下蔡'之句。高祖皇帝当年因侯公有功，说'此天下辩士，所居倾国，故号为平国君'②，这不都是倾动、吸引一城之人、全城之人的意思吗？"

平阳公主说："你这是狡辩！"

刘彻停了停，感叹地说："唉，其实褒姒有倾城之美，也只是传说，诗也毕竟是诗啊，世上哪有这样倾城倾国的佳人？"

平阳公主见武帝感叹，便说："皇弟不信？我倒想起个人来，乐师李延年就有一个妹妹，姿色无双，堪称倾城倾国，且能歌善舞，皇弟不想一见？"

---

① 平阳公主这段话的意思是朱熹的解释。参看朱熹集注《诗集传》。
② 语见《史记·项羽本记》。

"啊，果如公主所言，自然要见。"刘彻说罢，转身对李延年说："明天就带你妹妹进宫来吧！即便你的妹妹真有倾城倾国之色，我就不信成了第二个周幽王！哈哈……"

李延年连忙谢恩称是。第二天，果然把妹妹带进了宫。

李延年妹妹果然妙丽无比。刘彻一见，不觉神魂颠倒，再听她歌唱，更是心醉神驰，飘飘然如临仙境，大有出世仙升之感。刘彻当即册立李延年妹妹为夫人，倍加宠爱。不久，这李夫人就生了一个王子，从此更常侍刘彻起居。

不料好景不长。李夫人突然一病不起，且眼见她的病一日重似一日。

一天，刘彻到李夫人病榻前探视。李夫人听得宫女们传呼"皇上驾到！"慌忙用被子把头蒙住。刘彻问她病情，她只是在被子里回答，不肯让武帝见一面。刘彻俯身问："夫人，为何不愿让朕一见呢？"

李夫人说："臣妾久病在床，容貌憔悴丑陋，怎能见陛下？只求陛下爱我王儿，照顾我兄弟。"

刘彻心痛地说："夫人病得如此，已虑及后事，何不面对面嘱托朕，岂不说得更清楚明白？"

李夫人悲泣地说："妇人貌不修饰，不见父母，敢蓬头垢面见陛下？"

刘彻久不见李夫人面，今日近在咫尺，却只听声音，不见容颜，心中更加焦急和伤感，便无限恳切地劝慰说："夫人但一见我，朕将加赐千金，封你兄弟高官。"

李夫人仍然执意不从，死死捂住被子说："赐与不赐，在陛下，不在见不见臣妾。"

刘彻又不知说了多少话，要求见李夫人一面，李夫人竟转过身去，在被子里呜呜抽泣起来。刘彻这才知道，不能相强了，只得怏怏离去。

事后，李夫人的姐妹都责怪她太执拗了，说："向皇上嘱托后事，怎能不让皇上见一面？为何对皇上如此心狠呢？"

李夫人泪流满面地说："我所以不想见皇上，正是想深深托付皇上。我是因美色才得皇上宠幸的。古往今来，以色事人者，色衰而爱弛，爱弛则恩绝，很少有善终的。皇上所以眷恋我，是爱我平生的容貌。今见我容貌毁坏，姿色已非昔日，必生嫌恶之心而抛弃我，皇上怎么还肯加恩于我兄弟？"

众姐妹们听了李夫人一席话，无不点头称是，难为李夫人有此识见，想得深透。

就这样，直到李夫人死，刘彻也没能见上一面。然而，因心里存着李夫人昔日的美好印象，对李夫人一往情深，日夜思念不已，在用皇后礼安葬李夫人后，便下诏封李延年为协律都尉，封李夫人另一个哥哥李广利为贰师将军、海西侯。

刘彻因日夜思念李夫人，以至寝食不安、神情恍惚，便命令方士少翁为他招李夫人的魂魄来。一天入夜，方士少翁在宫室里设了遥遥相对的两个帷帐，点燃了几支蜡烛，摆上酒肉供品，然后开始焚香祭祀。他手舞足蹈，口中念念有词。刘彻端坐在一间帷帐中，静心观看。室内香烟弥漫，昏黄的烛光摇曳不定，忽然，一个女子飘然而来。

刘彻一惊，几乎叫出声来："呀，是李夫人来了？"只见那女子衣袂飘举，步履轻盈，走入对面的帐中坐定，形态端庄雅丽，宛如李夫人生前。一会儿，女子又徐徐站起，缓移莲步，走出帷帐。刘彻霍地站起，想上前去拉住李夫人，生怕她就此离去。可就在这时，只听少翁说："陛下安坐勿躁，躁则失敬，失敬则不灵。"刘彻只好坐下，隔着帷帐观看李夫人。

刘彻见到李夫人魂灵后，如梦似幻，神滞目呆。待到大梦初醒，禁不住悲从中来，凄凉号吟：

> 是耶？非耶？
> 立而望之，
> 偏何姗姗其来迟？

因为爱得深，才盼之切，因为盼之切，才有哀怨，才有责问，才有只求相见一面、无暇辨识真伪的心情。三句设三问，而末问又含无限叹息，言已尽而情难止。刘彻吟完，令宫廷乐师为这首《李夫人歌》配上乐曲，以后常常在宫里弹唱。又作悼念李夫人赋一篇，寄托他的思念，赋载《汉书·外戚传》中。

刘彻念念不忘李夫人。一年秋天，他带着宫女乐伶，乘着形状如飞禽的小船，在昆明池上（故址在今陕西西安西南）闲游。当时，太阳快落山了，习习冷风，拂过水面，激起阵阵清波，也仿佛掠过了他的心田，在他心中泛起层层波澜。他想起"所谓伊人，在水一方"（《诗经·秦风·蒹葭》）的诗句，轻声低吟起来：

> 罗袂①兮无声，玉墀②兮尘生。
> 虚房冷而寂寞，落叶依于重扃③。
> 望彼美之女兮，安得感余心之未宁。

这支题为《落叶哀蝉曲》④的作品，大意是：啊，多久了，听不到你走来的声音，玉石台阶已落满尘土，重重紧锁的深院，铺满了落叶。我独自一人守着空房，多么寂寞和清冷。我日夜翘首企望着佳人啊，怎样才能让你知道我这日夜不安宁的心？

刘彻吟完，命乐伶立即为这首诗谱曲弹唱。片刻，乐伶谱好曲，就唱了起来，那凄婉哀怨的歌声，更使刘彻心摧肠断，悲不自已。当晚，他夜梦李夫人，夫人也不胜悲苦，但赠他蘅芜香草后，便倏然逝去。刘彻惊起，不见人影，唯有枕边香气犹存。

刘彻与李夫人的故事，感动了无数多情的诗人。晚唐人王涣有《惆怅诗》十二首，其二为：

> 李夫人病已经秋，武帝来看不举头。
> 修嫭⑤秾华消歇尽，玉墀罗袂一生愁。

---

① 罗袂，丝罗衣袖。
② 玉墀，皇宫中的玉石台阶。
③ 扃，门窗。
④ 清人毛先舒认为此曲"轻弱纤荡，决非武帝笔。大抵子年《拾遗》诸古歌诗多伪拟，不止"罗袂无声"一篇。（《诗辨坻》卷一）
⑤ 修嫭（hù），美好。

《唐诗画谱》

（明）黄凤池 编

诗中的"修嫭"，见刘彻悼李夫人赋首句"美连娟以修嫭兮"。这首诗的前两句，隐括了刘彻在病榻前探看李夫人的故事。后两句，则隐括了刘彻追念李夫人而作的诗词。明人杨慎说，此诗"剪裁之妙，可谓佳绝。"（《升庵诗话》卷二）

"倾城"一词，最早见于《诗经·大雅·瞻印》。魏晋间诗人谢玄有《美女篇》"全是李延年歌"（《对床夜话》卷一），诗如下：

美人一何丽？颜若芙蓉花。

一顾乱人国，再顾乱人家。

未乱犹可奈何！

有"倾城倾国"姿色的李夫人，在病榻上尚且感叹"以色事人者，色衰而爱弛，爱弛则恩绝"，古代妇女的命运由此可知。后代的诗歌，常以一些绝代佳人的身世为题，反复重申李夫人的警世之言。唐代诗人李白《妾薄命》诗中有这样两联：

> 昔日芙蓉花，今成断根草。
> 以色事他人，能得几时好。

这两联诗，极其精警，极有概括力，它是旧时代广大妇女命运的真实总结，用它可以观照历史，也可以激励新时代女子在追求自身价值时，保持自尊、自爱与自强。

【参考资料】

《汉书·外戚传》
《拾遗记》卷五

茂陵秋风

汉高祖刘邦建立的西汉王朝，经过文（帝）、景（帝）之治，到汉武帝，达到了鼎盛时期。汉武帝刘彻，是个值得大书特书的历史人物。东汉班固称赞汉武帝有"雄才大略"，"卓然罢黜百家"而独尊儒术，文治武功，都"焕然可述"（《资治通鉴》卷二十二）。而宋人司马光则批评汉武帝"穷奢极欲，繁刑重敛，内侈宫室，外事四夷，信惑神怪，巡游无度，使百姓疲敝，起为盗贼，其所以异于秦始皇者无几矣。"（同上）毛泽东同志《沁园春·雪》词也把"秦皇汉武"、"唐宗宋祖"并论，而叹其"略输文采"、"稍逊风骚"，在颂扬中也含有批语。

诗如其人，读汉武帝《秋风辞》可触发人的无尽情思。

汉武帝元鼎四年（公元前113年）六月，汾阴（今山西万荣西南）一个名叫锦的神巫，在后土城（今万荣西南古城）修建祠庙，挖地得一古鼎，这鼎比常见的鼎都大，鼎体有铭文，但无款识，不知是何人铸于何年何月。神巫很奇怪，报告河东（治所在今山西夏县西北）太守胜，胜上报武帝。武帝立即派使者去验证真伪，使者回报验证无误。武帝刘彻迷信鬼神，自即位至今二十多年，敬奉鬼神更加深笃。他听说汾阴出了宝鼎，立即起驾，要亲自去迎回京都供奉。

时间已是秋天，刘彻在汾阴迎到宝鼎，即乘楼船下汾河，取道回长安。在豪华宽敞的楼船上，刘彻无事，终日同群臣们宴饮作乐。

刘彻突然想起刚得到的宝鼎，便问群臣："今年黄河泛滥，五谷歉收，仓廪空虚，为什么会有宝鼎出土呢？众卿可为朕说说这是什么征兆吗？"

祠官宽舒说："臣听说当年伏羲帝得神鼎一个，所以一统天下。以后，黄帝做宝鼎三个，象征天、地、人。禹铸九鼎，象征九州。夏、商、周三代，传九鼎为国宝。周德衰而九鼎沦没，伏而不见。可见，只有受命称帝者，才能知天意，得见宝鼎。现在，陛下幸得宝鼎，正是陛下通神合德的吉兆。"

刘彻听了，觉得十分对自己的心思，侧身问五利将军："卿怎么看？"

这五利将军，名栾大，本是方士，敢为"大言"（说大话），善于装神弄鬼，靠妖言邪说、谄媚迎合取悦武帝，得到武帝的特别赏识。武帝封他为五利将军、乐通侯，食邑两千户，赐列侯甲第，配卫长公主为妻，赠金万斤，平日供给更是络绎不绝于路。

栾大听武帝问，忙说："臣曾经往来东海仙山，见到安期生。"

"噢，卿是说见到蓬莱仙岛的安期生？他至今当有两三百岁了吧？听说，安期生吃的巨枣，大如瓜，你可看见？"武帝没等栾大说完，就兴致勃勃地提出这一串问题。

栾大说："是的，陛下，卿还吃了一粒安期枣呢！此枣如王母蟠桃，吃了可长生不老，所以也看不出安期生今年高寿几何了。"

刘彻急切地问："安期生说什么没有？"

栾大故意压低声音，作出更神秘的姿态，说："安期生说：'汉兴当黄帝之时。'又说：'汉之圣者在高祖之孙或曾孙，宝鼎出而与神通，封禅①。'"

"喔，安期生果然说过这些话？"刘彻兴奋不已。

"他确实说过，臣不敢犯欺君之罪。"栾大诚惶诚恐地说。

太常说："陛下今年得鼎，而今年的朔旦冬至②与黄帝得鼎的那一年正好相同。这不是应了安期生所说'汉兴当黄帝之时'吗？实在是可喜可贺啊。"

栾大乘势说："当年黄帝东游泰山封禅，与神会，乘龙升天，成了神仙。安期生说，陛下既得宝鼎，就应上泰山封禅。封禅，就可成仙升天了。"

"好，好！"刘彻大喜，一下站起来，兴奋得在船上来回踱步，说："朕一定要东游泰山，封禅刻石于山巅，传之万世，让天下人瞻仰！"

此时吹牛皮的已吹破了天，听吹牛皮的人却信以为真，像灵魂出壳，飘飘然如在五里雾中。突然，楼船一阵剧烈摇晃，武帝差点摔倒，待站稳

---

① 封禅，古代帝王到泰山祭祀天地，告天下太平，报群神的功德。

② 朔旦，我国古人以每月初一为朔，天明为旦。周朝以每年十一月为一年的开始。冬至恰在十一月，冬至朔旦，是正月初一，有万物复苏、周而复始之意。

一看，原来萧瑟秋风，沿河面起，层层波澜，逐船翻涌，两岸草木摇落，片片黄叶，洒向河心，随水漂逝。仰望蓝天，白云流走，阵阵鸿雁，相呼南归。刘彻顿时感到一阵秋的肃杀、秋的悲凉，刚才的兴奋，不禁扫去大半。他命乐工奏乐，然后应和着乐声唱起来：

> 秋风起兮白云飞，草木黄落兮雁南归。
> 兰有秀兮菊有芳，怀佳人兮不能忘。
> 泛楼船兮济汾河，横中流兮扬素波。
> 箫鼓鸣兮发棹歌①，欢乐极兮哀情多。
> 少壮几时兮奈老何！

这就是著名的《秋风辞》。大概刘彻是因秋至而想到岁暮，由岁暮而想到人老，由人老而兴年华易逝、垂老将至之叹吧，于是乐极生悲，对长生不老之说不免也产生了怀疑，不禁唱起这苍凉哀婉的歌来。

刘彻唱完，又连声叹气，无限感慨地说："幸得宝鼎，才降吉兆，却逢秋风，又多不祥！唉，求仙何其难啊！想朕曾梦与李少君②共登嵩山，半道，有使者乘龙从云中来，舍朕而携少君去。齐有方士少翁，申言能与神通，朕拜他为文成将军，又作甘泉宫，设祭上邀天神，谁知他伪造奇书欺朕，朕只好杀了他。以后，朕又建柏梁台，台高二十丈，用香木为殿，香闻十里。又建金铜仙人承露盘，高三十丈，说是用清露和玉屑，吃了可长生不老。可朕如今年近半百，竟不能与神通，与仙会，难道朕事鬼神尚不诚信？访仙术还不殷勤吗？"刘彻说罢，神情黯然，凝视汾河水，滔滔逝去。"少壮几时兮奈老何！""少壮几时兮奈老何！"他自言自语，不停地轻声叨念着……

后元二年（公元前87年），这位终生访术求仙的武帝，还是病逝归天了，葬于茂陵（今陕西兴平东南）的黄土地下。因他有此《秋风辞》，后人称他"茂陵秋风客"。（苏轼《安期生》）

司马迁曾说，因为方士所言神仙事屡验无效，所以"天子益怠厌方士

---

① 棹（zhào），船桨，可引申为划船。
② 李少君和少翁、栾大，都是汉武帝先后尊孔的方士。

之怪迂语矣，然羁縻不绝，冀遇其真。"（《史记·封禅书》）隋人王通说："乐极哀来，其悔心之萌乎？"（《古诗源》卷二）也许《秋风辞》已包含着刘彻不信鬼怪的觉悟[①]，但他又希望神仙是真的，终生还是"信惑神怪，巡游无度"，多少英雄意气都消磨在这怕死恋生的追求中了。这对一个有"雄才大略"的帝王来说，是何等的悲剧！所以宋人陈岩肖说："汉高帝《大风歌》不事华藻，而气概远大，真英主也，至武帝《秋风辞》，言固雄伟，而终有感慨之语，故其末年，几至于变。"（《庚溪诗话》卷上）陈岩肖说武帝的《秋风辞》虽然气魄雄伟，却因他迷惑于神怪，诗中发出的感慨，难免有消极颓废之气，因而深深为他惋惜。

在艺术上，《秋风辞》得到后人的极高评价。明人王世贞说："汉武故是词人，《秋风》一章，几于《九歌》矣。"（《艺苑卮言》卷二）清人沈德潜也说《秋风辞》是"《离骚》遗响"（《古诗源》卷二）。清人毛先舒说："武帝雅好《楚辞》"，"《秋风》骀荡，俊语俱自湘累（屈原）脱出。高帝《大风》、《鸿鹄》，极汪洋自恣，英雄笼罩之度，终不似武帝词人本色矣。"（《诗辨坻》卷一）这些评价，都把《秋风辞》与屈原的杰作相比论，可见是推崇备至了。值得注意的是，他们不是把刘彻当作帝王、政治家而是当作"词人"评论，认为他有"词人本色"，而且认为武帝的《秋风辞》比汉高祖刘邦的《大风歌》更显"词人本色"。鲁迅也曾评论说：武帝"早慕词赋，喜《楚辞》，尝使淮南王安为《离骚》作传，其所自造，如《秋风辞》、《李夫人赋》等，亦入文家奥堂。"（《汉文学史纲要》第九篇）又说"……武帝词华，实为独绝……自作《秋风辞》，缠绵流丽，虽词人不能过也。"（《汉文学史纲要》第六篇）在鲁迅看来，汉武帝刘彻不仅登堂入室，可以跻身于文学家殿堂，而且算得上词人中的杰出者！

【参考资料】

《史记·孝武本纪》
《史记·封禅书》
《六臣注文选》卷四十五

---

① 晚年的悔悟可能是多方面的，刘彻病逝前三年，曾下诏表示对战争的忏悔。

诗词里的中国故事

先唐篇

归凤求凰

在汉朝文、景时期，临邛（今四川邛崃）多富户。其中，卓王孙家有家僮八百人，程郑家家僮也有数百人，家产则不计其数。由此可知这些家族富裕的程度。一天，二人听说县令王吉有贵客司马相如，便商议请来相聚。自然，也邀县令同来。

这天，卓王孙家大开宴席，八珍罗列，丝竹并奏，其豪华气派的景象非寻常人家可比。县令王吉早到了，百十余客人也都联翩入席，沸沸扬扬，谈笑风生，好不热闹。可是，直到正午，这场酒宴的中心人物司马相如还没有到。卓王孙几次差人去请，都不见司马相如来，最后一次，司马相如竟干脆说"病了，不能前往！"众人看着热气蒸腾、香味扑鼻的美味佳肴，却不能动筷子，是何等扫兴！

卓王孙焦急地对县令说："王大人，是不是烦你亲自跑一趟？"

县令王吉说："本官就去。不过，虽然我敬重司马相如，也得到他垂青，彼此素有交往，但他常常杜门不见我，能不能把他请来，也没十分把握。"

县令王吉去了，这里一时像炸开了锅。

"嗬，这司马相如是什么人，竟这么大的派头！"

"据说是成都人，字长卿，小名狗娃，长大有了学问，因敬慕蔺相如①，便改名司马相如。"

"他是个武夫吗？"

"他倒是学过剑术，做过武骑常侍。但生性不喜舞枪弄棒，而喜欢吟诗作赋，后来就称病弃官，跑到梁孝王那里去了。梁孝王就是当今天子

---

① 蔺相如，战国时赵国大臣。关于他，有"完璧归赵"、"将相和"的故事，是一个功名显赫、胸怀宽广、识大体、善包容的人。

的胞弟。听说，他在那里同枚乘①等人终日连珠缀玉，竞巧逞才，是个大文章家呢！"

"啊，这我知道。司马相公的《子虚赋》，假托子虚、乌有先生、亡是公三人相互辩论，夸赞诸侯、天子游猎之盛，最后归于崇尚节俭，以讽劝当今皇上。此赋游神荡思，洋洋洒洒，满篇锦绣，沛然可观，已传遍天下。"

恰在这时，王吉陪同司马相如走进大厅来。众人立即停止了议论，一齐把目光转向了司马相如，只见司马相如一表人才，英气勃发，清雅俊俏，风流潇洒。一时交口称赞的啧啧声四起，一些人竟走上前去，笑容可掬，极尽吹捧逢迎之词。司马相如只是回报以礼，不多言，不恃才傲物，也不虚与人周旋。

县令王吉，知道司马相如有些口吃，不喜言谈，但善著文章，精于音律，便在众人饮了几杯酒后，站起来说："诸位，司马相公是当今名流，不仅写得一手好辞赋，也弹得一手好琴，何不请相公抚弄一曲，令我等一饱耳福！"

"哦，我没有带琴来。"司马相如推辞说。

"我早已令人把相公的绿绮琴取来了。"王吉说。

司马相如不再推辞，离席走向琴台，放好他的绿绮琴，却没有立刻就弹。司马相如早已听说，卓王孙有个女儿，名叫文君，十七岁而寡，年轻貌美，才华过人，既工辞赋，又好音律，最近新寡，回到了娘家。相如倾心爱慕已久，却无缘相见。今日她定然知道我要来，说不定正在后堂，何不借琴声以传情，让她明白我的心？

司马相如这样想着，便弦外有音地弹唱起来：

> 凤兮凤兮归故乡，遨游四海求其凰。
> 时未遇兮无所将，何悟今夕升斯堂。
> 有艳淑女在此方，室迩人遐独我伤，
> 何缘交颈为鸳鸯。

---

① 枚乘，西汉大辞赋家。

诗词里的中国故事

先唐篇

凰兮凰兮从我栖，得托孳尾永为妃。

交情通意心和谐，中夜相从知者谁？

双翼俱起翻高飞，无感我心使予悲。

这两首《琴歌》，是楚音骚体，用比喻手法，倾吐凤凰的爱情。凤四海遨游，寻觅雌凰，不遇配偶，回归故乡，不料今日来到这里，有美艳淑女隔帘听琴，只是咫尺天涯，不得相聚，令我心伤。有什么方法能使凤凰配成鸳鸯？啊，有了！半夜里你跟我走吧，不会有人知道，你我比翼齐飞，远走他乡。你如果不懂我的心意，会使我痛断肝肠。

卓文君早已读过司马相如的辞赋，对相如也是心仪已久，知道相如今天要来赴宴，果然早在隔墙的窗户下偷看窃听着。她为相如的才华倾倒，更为相如对自己的一片深情打动。她恨不得此时此刻能一步跨出门去，跟相如远走高飞。可怎样才能让相如也知道我的心思呢？卓文君焦急不安，一时没了主意。其实，司马相如也在寻找机会托人为他通消息呢。酒席将散，人乱眼杂，他真的如愿以偿了。

这天晚上，卓文君在丫环的帮助下，私奔到了司马相如住处，双双连夜逃回成都去了。

卓王孙不见了爱女，知道她跟司马相如私奔了，十分恼怒，恨她伤风败俗，毁坏了家声，发狠断绝往来，一个钱也不给她。

司马相如一贫如洗，徒有四壁，夫妻二人在成都无法生活，只好卖掉相如唯一的资产：华丽的马车与俊美的坐骑，便又双双回到临邛，买了一间草房，开了个小酒店。卓文君每天坐在柜台内兑酒，他则像酒保一样，系着三尺粗布围裙洗涤器皿，干杂活，笑迎顾客。

卓王孙听说女儿在城里当垆卖酒，女婿与酒保为伍，更是羞愧难当，终日闭门不出。

后来，司马相如因《子虚赋》得汉武帝刘彻赏识，受到重用，官拜中郎将，作为钦差，持节①出使西南夷，路经临邛，临邛钟鸣鼎食之家纷纷携酒担肉，沿途迎送。这时，卓王孙才感到门庭生辉，叹息自己女儿许配给司马相

---

① 节，符节，古代使者的凭证。

如太晚了。

　　但是，司马相如和卓文君的爱情，也曾发生过危机。据《西京杂记》记载，司马相如官运亨通、荣显发达以后，打算纳茂陵女子为妾，卓文君知道自己的丈夫有了二心，在悲痛与失望之后，决定与丈夫分手。她约司马相如来到御沟边，一会儿散步，一会儿饮酒，表明她自己的态度。她说，我的爱情忠贞纯洁，如高山上洁白的冰雪，云间皎洁的明月。我希望嫁一个爱情专一的男人，彼此能相亲相爱，白头到老。如今你既然有了二心，我们只有分手。今日我们在这御沟边饮酒，明日我们就会像这御沟水，各走东西。爱情、婚姻已经死亡，我不哭啼，也不想吵嚷，但我要问你这负心汉，好男儿本应重义气，有操守，为何依仗权势富贵就可以另寻新欢，把我抛弃遗忘？她把这些话，都凝聚在一首《白头吟》诗里，当场吟诵给司马相如听：

> 皑如山上雪，皎若云间月。
> 闻君有两意，故来相决绝。
> 今日斗酒会，明旦沟水头。
> 蹀躞①御沟上，沟水东西流。
> 凄凄复凄凄，嫁娶不须啼。
> 愿得一人心，白头不相离。
> 竹竿何袅袅，鱼尾何簁簁②。
> 男儿重意气，何用钱刀为？

　　这首诗用了多种比喻，跳动的笔墨，着力描写了一个女子对爱情婚姻的理想、追求和复杂的心态，凸显了一个自立、自强的女性形象，读起来令人心动、起敬！大概也因为这个缘故，司马相如听了卓文君的这首诗后，竟有了悔意，放弃了原来的打算。

　　王夫之说："亦雅亦宕，乐府绝唱……必谓汉人乐府不及三百篇，亦

---

① 蹀躞（xié dié），小步徘徊。
② 簁簁（shāi shāi），鱼尾摇摆击出的水声。古诗中常用竹竿钓鱼比喻男女爱情。

《陈洪绶版画》 　　　　　　　　　　　陈传席 编著

纸窗下眼孔耳。"(《古诗评选》卷一）这是说，西汉人卓文君这首乐府诗，
可与诗三百篇（《诗经》）相比美。陈祚明说："明作决语，然语语有冀
望之情焉，何其善立言也。"(《丁福保汉诗菁华录笺注》）这两家的评论，
指出了卓文君的《白头吟》在艺术上的成就。

　　司马相如与卓文君这段爱情故事，最早见于司马相如亲笔写的《自叙》，
司马迁著《史记》即采其事而加点染。后世对这段往事议论纷纷。

　　首先，司马相如的不忠遭到后人的谴责。五代人崔道融作《长门怨》
中有两句："错把黄金买辞赋，相如自是薄情人。"明代人陆容挑灯夜读，
有妙龄女子偷视引诱，他吟了这样一首诗，表示不为所动：

> 风清月白夜窗虚，有女来窥笑读书。
>
> 欲把琴心通一语，十年前已薄相如。

诗词里的中国故事

归凤求凰

九九

在后人的纷纷议论中，自然不少属于道学家言，但也不乏哲人高见，读起来极有情趣。唐人刘子元撰《史通·序传》说："相如《自叙》乃记其客游临邛，窃妻卓氏，以《春秋》所讳，持为美谈。虽事或非虚，而理无可取，载之于传，不其愧乎！"明代大思想家李贽则反驳说："嗟夫，斗筲小人①何足计事！徒失佳偶，空负良缘，不如早自抉择，忍小耻而就大计。《易》不云乎：'同声相应，同气相求。'同明相照，同类相招，'云从龙，风从虎'，归凤求凰，何可负也！"（《藏书》卷二十九）

钱钟书先生说："虽然，相如于己之'窃妻'，纵未津津描画，而肯夫子自道，不讳不怍（愧），则不特创域中自传之例，抑足为天下《忏悔录》之开山焉。"（《管锥篇·司马相如列传》）

关于司马相如的《琴歌》，明人王世贞在盛赞司马相如的辞赋后说："凡出长卿手，靡（无）不秾丽工至，独《琴心》二歌浅稚，或是一时匆卒，或后人傅益。"（《艺苑卮言》卷二）卓文君的《白头吟》也有人疑是汉代歌谣，与卓文君无关。（见丁福保《全汉三国魏晋南北朝诗绪言》）

【参考资料】

《史记·司马相如列传》
《玉台新咏》卷九
《西京杂记》

---

① 斗和筲，都是很小的容器；斗筲小人，喻才识短浅的人。

河梁握别

　　隆冬的北海之畔（今俄罗斯贝加尔湖一带），天寒地冻，滴水成冰。苏武的穹庐①里生着火，火上架起的锅里吱吱吱地响着。外面，北风呼啸，像要把毡包拔起卷走。苏武蜷缩着身子，两眼望着手中的汉节出神。过了很久，他的身子微微抖了一下，右手上下抚摩着八尺节杆，像同汉节对语，"符节啊符节，多少年了，不管昼起夜卧，你都在我手里，如今，节旄②都快脱尽了，可何时是归期啊！"他又一次陷入了往事的沉思中。

　　汉武帝天汉元年（公元前100年），苏武奉命出使匈奴，使命完成后，即将辞行归汉，不料副使张胜私自与投降匈奴的汉将串通，企图挟持单于③母大阏氏归汉，阴谋败露，单于杀了谋反者，并抓了张胜。苏武虽未参与其事，但想到自己"屈节辱命，有何面目归汉"（《汉书·李广苏建传》），不待单于派使者前来责问，便引佩刀自刺，幸亏随行抢救及时，气绝半日而复生。单于十分欣赏苏武的壮烈节操，不断派人前来慰问、劝降。

　　一天，归降匈奴的汉朝旧臣丁灵王卫律又来劝说："苏君，律从前背负汉朝，归降匈奴，幸蒙大恩，赐号称王。如今我有奴仆数万，牛羊满山，荣华富贵如此。君今日降，明日即如我。不然，抛尸穷荒，养肥野草，又有谁知道你？"

　　卫律一脸谄媚，活像得了主子恩惠的叭儿狗。苏武傲然而立，不屑于回答。卫律忍受不了苏武那轻蔑的神情，脸色一变，话中带着恐吓，说："苏君听我劝告投降，今后你我就是兄弟；如不听，今后想见我，也就不能了！"

　　苏武听了，无比厌恶，愤怒地骂道："你身为汉朝的臣民，不顾恩义，

---

　　① 穹庐，古代游牧民族居住的毡帐。
　　② 节旄，节上用牦牛尾作的装饰。
　　③ 单于，匈奴最高首领的称号。

背主叛亲，作了蛮夷的奴才，我要见你干什么？你现在就给我滚！"

单于知道苏武宁死不肯归降，就把苏武放逐到北海荒无人烟的地方，命他放牧公羊，说是公羊哪天产奶，那天就放他回汉朝去。苏武知道，他是永无归期了。

苏武到了北海，孤身一人，手握汉节牧羊，无衣无食，只得靠逮野鼠、挖野草度日。天寒大雪，无以充饥，就咽雪吞毡。日复一日，年复一年，他艰难地生活着，期待着……

苏武呆望着跳动的火焰。这时，穹庐的门帘掀开了，走进一个魁梧的人来。来人仔细地上下端详着苏武，脸上露出惊喜、痛惜、惶恐与羞愧的复杂表情，好久才叫出声来："子卿①，我是少卿！"

苏武如梦初醒，凝视着李陵，说："怎么，少卿！是你？"

"子卿，是我！"

两个朋友，同时张开了双臂，紧紧拥抱在一起。苏武和李陵是多年的好友，在汉朝同为侍中，过从甚密。苏武出使匈奴的第二年，李陵败降匈奴。这次两人在荒远的北海相逢了。

李陵显得十分内疚，说："子卿，我早该来看望你了，可我又不敢来见你。"

两人坐定，李陵说："单于知道你我在汉时有金兰之交，故差我来说足下归降。单于说他不会放你归汉，你何必在此终身受苦呢？你念念不忘汉皇的恩义，可你的兄长苏嘉为皇上扶辇车下台阶，不小心触柱折辕，就被指控为大逆不道，令他伏剑自刎了；你的弟弟孺卿，随皇上巡视河东，因追捕逃犯不得，惶恐而服毒自杀。汉朝的恩义又在哪里？再说，太夫人已过世，你多年不归，君夫人也已改嫁，你的两个女儿、一个儿子，现在也不知是死是活。人生如朝露，你已遭此家破人亡，为何还要如此自苦？"说到这里，李陵停了停，又不无沉痛地说："我初降时，终日恍惚如狂，自痛负汉。少卿岂惧一死？实为寻机报汉。不料皇上不问功过，杀我全家，灭我九族。皇上年事已高，法令无常，大臣无罪而灭九族的，已有数十家，安危祸福难测，此时能有报效朝廷的机会吗？子卿，你还等待什么呢？

---

① 苏武，字子卿。

就听我一言，与我一同留在匈奴吧！"

"子卿感激老友的心意，但我祖辈为汉臣，臣为国死节，无怨无恨。请少卿就不要说了。"苏武说。

李陵与苏武连饮数日，临别忍不住又说："子卿，请再听我说……"

苏武连忙制止他，说："少卿不要说了。单于如果一定要苏武归降，就请尽今日之欢，死在少卿面前！"

李陵见苏武对汉朝一片赤诚，深深喟叹说："子卿，真义士，我李陵是犯了弥天大罪了！"说罢，热泪夺眶而出，与苏武揖别而去。

宋人葛立方有这样一番感慨："武拘于匈奴，明年（第二年）而陵始降，虽逆顺之势殊，悲欢之情异，然朋友之谊，此心常炯炯也。观陵海上劝武使降之言，非不切至，而武之所以告陵者，不过明吾忠义之心而已，而未尝一语及陵之叛。若告卫律者则不然，尽词诟詈^①，归之于不忠不臣之科，而此以节义临之，几使恶死，此亦可以见于陵厚也。"（《韵语阳秋》卷八）

昭帝刘弗陵即位，匈奴与汉通好。汉昭帝派人向单于提出要苏武归汉。单于诈称苏武已死。苏武手下旧人夜见汉使，告以实情，并嘱咐说："可对单于说汉家天子在御园上林捕得一只大雁，雁足上系有帛书，上面写着苏武在北海牧羊。单于无法否认，必能放苏武归汉。"

汉使依计行事，单于果然只好放苏武归汉。

苏武回汉朝的日子到了，李陵为老朋友置酒饯行。席间，李陵和苏武都百感交集，有千言万语要向老友倾吐。李陵是一则以喜，一则以悲。为老友茹毛饮血、死里求生、终得荣归而喜；为自己无家可归、有国难投、忍辱含诟终生而悲。苏武也是哀乐俱生，心潮难平。他为自己名节得保全，全躯归汉室而高兴；也为老友报国忠心未明，望乡宿愿难酬而伤感。但两个历尽人间坎坷荣辱的老友，在临别之际，虽有千种情怀，万般感慨，却不知从何说起。他们久久地相对无言，都自斟自酌地喝着闷酒。

李陵终于忍受不住了，站起来，端起一杯酒，走到苏武面前，声泪俱下地说："子卿，你今日归汉，名扬匈奴，功显汉室，虽古代竹帛所载，

---

① 诟詈（gòu lì），责骂。

丹青所画，又有谁能像你一样流芳后代？而我李陵，将羁死异域，抛尸荒漠，被千载唾骂！假如汉皇当年恕我兵败降胡之罪，保全我老母妻儿，使我卧薪尝胆、奋志洗辱，有效法曹沫劫持齐桓公定盟的机会①，何至有今日？啊，罢了，异域之人，从此一别永诀了！"说完，举杯一饮而尽，奋力掷杯于地，怆然起舞，唱了起来：

> 径万里兮度沙漠，为君将兮奋匈奴。
> 路穷绝兮矢刃摧，士众灭兮名已陨②。
> 老母已死，虽欲报恩将安归！

苏武也早已热泪滚滚。他上前扶住李陵，凄楚而深情地说："少卿，苦了你了！我知你心，不要如此颓丧，多自珍重吧！我归汉后，或许还有回旋余地。"

苏武启程了，李陵拉着苏武的手，走出营帐，走上大路，走向荒原。那正是隆冬天气，哀风呼号，愁云奔驰，仿佛在为这对老友的诀别同悲。李陵仰望奔驰的阴云，遥看白雪茫茫的前路，更感双飞鸿鹄，顿失风波，只身天涯，无限孤独凄凉，便对苏武说："子卿，我赠首诗给你，你也赠一首给我吧！"说罢，就站在路边，吟诵起来：

> 良时不再至，离别在须臾。
> 屏营衢路侧，执手野踟蹰③。
> 仰视浮云驰，奄忽④互相逾。
> 风波一失所，各在天一隅。
> 长当从此别，且复立斯须⑤。
> 欲因晨风发，送子以贱躯。

苏武听了，万分感动，一股依依惜别的深情，如清泉喷涌，冲口而出：

---

① 曹沫，春秋时鲁国人，曾挟持齐桓公定盟，归还齐国侵占鲁国的土地。
② 陨（tuí），坠毁。
③ 踟蹰（chí chú），徘徊不进、犹豫。
④ 奄忽（yān hú），急速的样子。
⑤ 斯须，一会儿，很短的时间。

黄鹄一远别，千里顾徘徊。

胡马失其群，思心常依依。

何况双飞龙，羽翼临当乖。

幸有弦歌曲，可以喻中怀。

请为游子吟，泠泠一何悲。

丝竹厉清声，慷慨有余哀。

长歌正激烈，中心怆以摧。

欲展清商曲，念子不能归，

俯仰内伤心，泪下不可挥。

愿为双黄鹄，送子俱远飞。

苏武吟诵完，对李陵说："少卿，我想到不能与你同归，就无比伤痛，泪如雨下。我多么想你我能如一对鸿鹄，比翼远飞啊！如今我去你留，我就是远飞千里，也不禁徘徊顾盼！"

苏武和李陵并肩联步，手拉着手，走了一程又一程。暮色渐渐降临了，他们来到一条河边。河水虽然冻冰，但仍能听到冰下流水的呜咽声。走上小桥，到了这对老友必须分手的地方了。他们面对面站着，泪眼相望，双手紧握。

李陵说："子卿，我不能再送你了，还有小诗一首，就作为我的最后赠言吧！"说罢便哽咽地吟道：

携手上河梁①，游子暮何之。

徘徊蹊路侧，悢悢②不能辞。

行人难久留，各言长相思。

安知非日月，弦望③自有时。

努力崇明德④，皓首以为期。

---

① 河梁，河上桥梁。古人送别，多以河梁为比喻，"河梁"往往是送别的代名词。

② 悢悢（liàng liàng），眷恋。

③ 弦望，月缺为弦，月满为望。

④ 崇，推崇；明德，美德，此处意谓珍重朋友之谊。

好一句"皓首以为期"！子卿留匈奴十九年，今日得归，难道还会再来匈奴吗？这是绝不可能的。是我归汉朝与子卿相聚吧？这也几乎是办不到的了。我怎么会吟出这样的诗句呢？啊，是我想到今后万里长相思，终身望汉月的孤寂与痛苦，盼望白头归汉的心太切了啊！李陵这样想着，把苏武的手握得更紧，热泪纵横地说："子卿，此心难泯啊！"

发声天地哀，执手肝肠绝。二人不禁相抱痛哭！许久，苏武轻轻推开李陵，用力地摇了摇李陵的手，转身向桥南走去，头也没回，迅速消失在夜色苍茫的天尽头。

元代诗人萨都剌，写了一首《拟李陵送苏武》诗，诗如下：

> 同是肝肠十九年，河梁携手泪潸然。
> 铁衣骨朽埋沙碛，白首君归弃雪毡。
> 海北牧羊无梦到，上林过雁有书传。
> 汉家恩爱君须厚，剪纸招魂望塞边。

唐代李白也有一首《苏武》诗，后两联是这样的：

> 东还沙塞远，北怆河梁别。
> 泣把李陵衣，相看泪成血。

李白和萨都剌的诗，对苏武、李陵的身世与诀别，寄予了深切的同情。特别是他们对河梁握别一幕的慨叹，令千古之人起共鸣。

李陵和苏武的赠答诗，在我国文学史上也是一桩悬而未决的公案。钟嵘把李陵诗列为上品，推崇极高。他说："其源出于《楚辞》，文多凄怆，怨者之流。陵，名家子，有殊才，生命不谐，声颓身丧。使陵不遭辛苦，其文亦何能至此！"（《诗晶》卷上）钟嵘认为，李陵因为吃尽了艰辛，才有了好诗，而我国的五言古诗，正是从李陵开始的。

唐代释皎然[①]也说："其五言，周时已见滥觞，及乎成篇，则始于李

---

① 皎然，唐代诗僧，本姓谢，字清昼。

陵苏武二子。"（《诗式》）以后历代都有人认为李、苏诗是我国五言古诗之祖。其诗风，则"格古调高，句平意远，不尚难字，而自然过人矣。"（明·谢榛《四溟诗话》卷四）清人沈德潜注李陵"良时不再至"诗说："一片化机，不关人力，此五言诗之祖也。""音极和，调极谐，字极稳，然自是汉人古诗。"（《古诗源》卷二），沈又注"携手上河梁"一诗说："此别永无会期矣，却云弦望有时，缠绵温厚之情也。"（同上）清人刘熙载也说："李陵《赠苏武》五言，但叙别愁，无一语及于事实，而言外无穷，使人黯然不可为怀。"（《艺概》）所有这些，都充分肯定了苏武、李陵诗在文学史上的地位。

但是，关于李苏诗的真伪，南朝时的梁朝文艺理论家刘勰似有怀疑，苏轼更断言为六朝人伪托。清人翁方纲和近代学者梁启超也附其说。当代人逯钦立认为，李陵、苏武诗是后汉末年文士之作，但他仍把上面引的诗编入《先秦汉魏晋南北朝诗》的李陵名下。此案难断，姑待有识者。

【参考资料】

《汉书·李广苏建传》
《六臣注文选》卷二十九
陈延杰《诗品注》

昭君出塞

　　王昭君，原名王嫱①，出身于南郡秭归（今湖北西部）一个土家族的农家。她的家乡，群山环抱，香溪迂回，奇峰荟萃，四季缤纷。山川钟灵毓秀，养育出绝代佳人。王嫱长到十几岁，四方君子，纷纷前来求婚，她的父亲舍不得女儿出嫁，都一一谢绝了。后来，汉元帝刘奭诏令天下选宫女，王嫱被选中，她的父亲这次再舍不得也留不住女儿了。王嫱就要离别自己的家乡了，家乡的山山水使她不胜依恋。她来到香溪河畔，见一股清泉，汩汩而出，一泓深潭，清澈明净。她临潭照影，挹泉涤妆，头上珍珠和着她的泪珠一起洒落潭中。当地传说，从那以后，每当丽日初照，晚霞映天，人们投石潭中，就见水花飞溅，无数五彩缤纷的珍珠，就会在水面跳跃。王嫱走了，她给家乡人民留下了这泓"珍珠潭"。

　　刘奭有后宫无数，他不能一一巡幸，就令画工给宫女们画像，然后按画像召令侍寝。一些宫女为了得到侍寝机会，就用重金贿赂画师，多则十万，少也不低于五万。唯独王嫱不肯行贿苟求。这可惹恼了画工。画工毛延寿故意把王嫱画得一只眼大、一只眼小，容貌丑陋不堪。王嫱入宫五六年，一直都没有机会见到刘奭。

　　竟宁元年（公元前33年）春，匈奴呼韩邪单于来朝，求为汉家婿，以永保汉匈和睦与边陲安宁。元帝根据画像，决定让丑陋的王昭君配婚。不久，刘奭举行盛大朝会，为呼韩邪单于送行。王昭君丰容盛饰，光彩照人，出现在朝会上。刘奭见王昭君与画像判若两人，几乎大惊失声，心中连连叫苦，"可惜了一个绝色美人，无福享受了！"他想反悔，但怕失信于匈奴，丢了皇帝的脸，只好让昭君随呼韩邪单于北去。昭君走后，刘奭始终快

---

① 嫱，姬的别称，可能是汉朝同匈奴和亲时赐的，昭君是她的字。

快不乐，恼怒画师捣鬼，下令把毛延寿杀了。

昭君辞别京都长安（今陕西西安），洒泪灞桥，夜宿寒草，朝逐转蓬，由大队人马护送，迤逦北去。她回望关山，渐行渐远；瞻顾前程，平沙漠漠。朔风起夜月，嘶马杂笳声，心念故乡碎，愁逐塞云生。在路上，非只一日，山川改色，风情别味，时时处处都勾引起她无限离情和身入异域的哀愁。这次远行，刘奭为了安慰昭君的"道路之思"（石崇《王明君辞并序》），特派了一队乐工，骑在马上，弹奏琵琶相送。历代诗词、图画，常见昭君在马上自弹琵琶的形象。这大概是因为后人觉得王昭君自弹琵琶更能表现她的内心世界吧，于是乐工的琵琶就移到了她的手上。

晋人石崇，有感于昭君出塞，觉得乐工弹奏的琵琶曲，哀怨凄婉，悱恻动人，就为曲子写了《王明君①辞并序》：

> 我本汉家子，将适单于庭。
>
> 辞诀未及终，前驱已抗旌。
>
> 仆御涕流离，辕马为悲鸣。
>
> 哀郁伤五内，泣泪沾朱缨。
>
> 行行日已远，遂造匈奴城。
>
> 延我于穹庐，加我阏氏名。
>
> 殊类非所安，虽贵非所荣。
>
> 父子见凌辱，对之惭且惊。
>
> 杀身良不易，默默以苟生。
>
> 苟生亦何聊，积思常愤盈。
>
> 愿假飞鸿翼，弃之以遐征。
>
> 飞鸿不我顾，伫立以屏营。
>
> 昔为匣中玉，今为粪上英。
>
> 朝华不足欢，甘与秋草并。
>
> 传语后世人，远嫁难为情。

---

① 晋代避文帝司马昭讳，王昭君改称王明君或明妃。

石崇在诗题下的小序中说，他的这首诗，只是把昭君出塞时琵琶曲中的"哀怨之声"叙之于纸。所以，唐人吴兢评这首诗说，"其文悲雅"（《乐府古题要解》卷上）。说它"悲"，是因为诗的开头便极力渲染昭君辞汉下嫁的悲苦，车夫落泪，辕马悲鸣，昭君更是珠泪淋淋，伤心得五脏俱裂；昭君到了匈奴后，求死不能，忍辱苟活，日夜盼归。说它"雅"，是指此诗用古乐府体，善于造句，拙中见巧，长于叙事，曲尽衷肠，规范而典雅。

庾肩吾有一首《石崇金谷妓诗》：

> 兰堂上客至，绮席清弦抚。
> 自作明君辞，还教绿珠舞。

这首诗说，石崇的《王明君辞并序》是他款待上宾时在宴席上作的，并且在宴席上就令绿珠依曲边歌边舞。庾肩吾晚于石崇将近两百年，但他仿佛就是那座上客，亲历其事，故能言之凿凿，可见石崇《王明君辞并序》及其乐曲流传之久远。

石崇的《王明君辞并序》诗，对后代影响很大，唐代教坊乐曲中就有《昭君怨》曲。"琵琶弦中苦调多，萧萧羌笛声相和。可怜一曲传乐府，能使千秋伤绮罗。"（唐·刘长卿《王昭君》）从此以后，王昭君手中的琵琶弹奏的都是哀怨之声；世世代代写王昭君的诗文，也都离不开哀怨的主题。

昭君到了匈奴，同呼韩邪单于成婚，封为"宁胡阏氏"[①]，意思是匈奴有了王昭君，国家因此得到了安宁。昭君同呼韩邪单于生有一子，为右日逐王。不到三年，建始二年（公元前 31 年），老单于死，大阏氏之子复株累若鞮单于继位，"从胡俗"（《后汉书·南匈奴传》），仍以昭君为王后，昭君又成了复株累若鞮单于的妻子，生二女。据说，王昭君在匈奴常思故乡，又因没得到刘奭的召见，对刘奭心怀怨恚，写了《怨旷思惟歌》，表达自己无法排遣的思乡和哀怨的情怀。昭君去世后，匈奴人从塞南塞北四面八方涌来，每人用自己宽大的袍襟携来一大袍襟黄土，

---

① 阏氏（yān zhī），汉时匈奴单于之妻的称号。

《唐诗画谱》 （明）黄凤池 编

按汉族习俗，把她埋葬在与九曲黄河相通的大黑河畔，为她筑起了一座高大的坟墓。匈奴人民对昭君的热爱仿佛感动了皇天后土，天地特显灵异，即使在北国严冬季节，大漠已是一望无际的赤地白草，唯有昭君墓仍然是绿草葱葱。所以有诗说，"边地多白草，昭君冢独青"（《归州图经》），后人因为昭君墓四季常绿，因此叫昭君墓为"青冢"。另有一种说法，王昭君墓上本无草木，但远而望之，朦朦胧胧一片黛青色，这就更加具有神秘色彩了。（清·宋荦《筠廊偶记》）至今，呼和浩特市南二十里还有昭君墓，高三十三米，占地二十余亩。

唐代宗李豫大历元年（766年），诗人杜甫寓居夔州（今四川奉节），写了组诗《咏怀古迹》五首，其三是专咏王昭君的：

群山万壑赴荆门，生长明妃尚有村。

一去紫台连朔漠，独留青冢向黄昏。

画图省识春风面，环佩空归月夜魂。

千载琵琶作胡语，分明怨恨曲中论。

　　这首诗从昭君的故乡写到朔漠，从她的出生写到她的去世，从君恩薄、丹青恨写到琵琶怨、故乡情，可以说是昭君悲剧一生的传记史诗。诗中有对王昭君生世的叙述，更有对王昭君的伤吊。爱怜、怨恨、悲愤的诗情，充郁其中。清人吴瞻泰说："发端突兀，是七律中第一等起句，谓山水逶迤，钟灵毓秀，始产一明妃，说得窈窕红颜，惊天动地。"（《杜诗提要》）是的，一个红颜女子，身行万里，冢留千秋，心与故国同在，名随诗乐长存，确实是"惊天动地！"

【参考资料】

　　《汉书·元帝记》

　　《汉书·匈奴传》

　　石崇《王明君辞并序》

　　葛洪《西京杂记》

　　《乐府诗集》卷五十九

昭君诗话

据清人胡凤丹《青冢志》统计，历代咏昭君故事的诗歌在四百首以上，有关书籍达二百三十多部，还不包括音乐、绘画作品。而这肯定是不完全的统计。历代墨客骚人为什么这样注目王昭君呢？原因就在于这个"惊天动地"（吴瞻泰《杜诗提要》）的女子形象，包含着丰富的社会生活内容。

现在流传颇广的《古诗源》有署名王昭君作的《怨诗》一首，题下注"此将入匈奴时所作"，是王昭君自述远嫁匈奴的哀怨和思乡之情。但诗的首联"秋木萋萋，其叶萎黄"，与昭君出塞节令不合。昭君北去，在初春而不在秋天。诗中又有"翩翩之燕，远集西羌"句，地理方位也有出入。昭君是从长安到青城（今内蒙古呼和浩特）的，不可能绕道西羌（今四川、甘肃一带）。看来，说此诗为王昭君作，未必可信，沈德潜也未说明《怨诗》的出处[①]。

后世公认，咏王昭君故事，出现最早、影响最大的是晋人石崇的《王明君辞并序》[②]。其后，北周庾信作《王昭君》：

> 拭啼辞戚里，回顾望昭阳。
>
> 镜失菱花影，钗除却月梁。
>
> 围腰无一尺，垂泪有千行。
>
> 绿衫承马汗，红袖拂秋霜。
>
> 别曲真多恨，哀弦须更张。

---

① 《古诗源》存王昭君《怨诗》，一题作《怨旷思惟歌》，明代人冯维纳《诗纪》题注认为该诗作于远嫁匈奴以后。参见本书《昭君出塞》篇。

② 参见本书《昭君出塞》篇。

从署名王昭君的《怨诗》到石崇、庾信诸作，都大体一致地记叙了王昭君故事的本末，表达了同样的主题，把昭君塑造成一个伤感和哀怨的悲剧形象。

在这类作品中，唐人胡曾《青冢》诗写得很激切：

> 玉貌元期汉帝招，谁知西嫁怨天骄。
> 至今青冢愁云起，疑是佳人恨未销。

白居易十七岁时作《王昭君》二首，则写得很含蓄，其二如下：

> 汉使却回凭寄语，黄金何日赎蛾眉？
> 君王若问妾颜色，莫道不如宫里时。

明人瞿佑说："诗人咏昭君者多矣，大篇短章率叙其离愁别恨而已"，只有白居易的诗，"不言怨恨，而倦倦旧主，高过人远甚。"（《归田诗话》卷上）然而这是一种皮相之论，昭君在朔方，若有悲苦，其苦必胜于汉宫，而归汉无期，岂有"倦倦旧主"之情？其实，白诗"不言怨恨"，而怨恨自深。

晋人葛洪《西京杂记》，虚构了画工毛延寿索贿而造成昭君悲剧的情节，昭君故事的内涵在原来的基础上增添了新内容，也引出更多的历史公案。

隋朝薛道衡首先据此创作了长篇叙事诗《昭君辞》，前几联如下：

> 我本良家子，充选入椒庭。
> 不蒙女史进，更失画师情。
> 蛾眉非本质，蝉鬓改真形。
> 专由妾命薄，误使君恩轻。

于是红颜薄命，画师无情，引起了后来诗人多少怜爱与怨恨、同情与谴责！唐人沈佺期的《王昭君》诗极有代表性：

非君惜鸾殿，非妾妒蛾眉。
薄命由骄虏，无情是画师。
嫁来胡地日，不并汉宫时。
心苦无聊赖，何堪马上辞。

明代人李子仪有一首《墨梅》诗：

诏遣明妃出汉宫，粉香和泪泣春风。
玉颜翻作寒鸦色，悔不将金买画工。

薛道衡和沈佺期的诗都以王昭君的口吻抒发了自己被画师所误的哀怨。而明代人李子仪则进一步把这种哀怨化作了后悔。这显然是后代诗人对王昭君故事的深度加工了。

唐宪宗李纯元和十四年（819 年）三月，诗人白居易赴忠州（今四川忠县）刺史任，经过昭君村，遗老指点给白居易看，村中妇女的脸上，都有烧灼落下的疤痕。白居易问为什么？遗老们说，当年王昭君长得太漂亮了，所以被选入宫中，不幸被毛延寿画像丑化，终于埋骨塞北，魂不得归故乡，为了警诫后来人，不如先自毁了容貌，以免做异乡冤死鬼。白居易因为自己无辜遭贬，听了这凄凉的诉说，感触很深，以为世间黑白是非都可颠倒，何况画师戏弄丹青，混淆妍媸美丑！于是他悲愤地写了《过昭君村》，其结句是：

不取往者戒，但贻来者冤。
至今村女面，烧灼成瘢痕。

宋代大政治家、文学家王安石的两首《明妃曲》是两首翻案诗。第一首，他否定毛延寿索贿毁像的传言，为毛延寿抱屈，诗写道：

归来却怪丹青手，入眼平生几时有？
意态由来画不成，当时枉杀毛延寿！

在王安石看来，王昭君长得天姿国色，任何丹青高手也不能画出她的神韵风采，她失宠于汉元帝，与毛延寿何干？邢惇夫《明君引》说"天上仙人骨法别，人间画工画不得"，也是此意。王安石的第二首诗，则一改昭君在塞外的哀怨愁苦形象，"汉恩自浅胡自深，人生乐在心相知"，在王安石看来，昭君在匈奴得到心心相印的知己，生活是美满的，这是从西汉以后千余年中从未有人道过的惊世名言！

清人刘献廷有一首《王昭君》，也是翻案诗：

> 汉主曾闻杀画师，画师何足定妍媸？
> 宫中多少如花女，不嫁单于君不知。

王安石和刘献廷的诗，只是为毛延寿被杀鸣冤，而明代江阴一无名氏的《题昭君图》则没有简单地否认，而是在承认毛延寿有意丑化王昭君的事实后，进一步赞赏他此举有功。诗如下：

> 骊山举火因褒姒，蜀道蒙尘为太真。
> 能使明妃嫁胡虏，画工应是汉忠臣。

但比起王安石、刘献廷诗来，江阴无名氏的历史见识显然不高明。王、刘二人诗在为毛延寿翻案的同时，对皇帝是有尖锐批评的，而后者公然把女人看成祸水，庆幸毛延寿丑化了王昭君，使汉主把她远嫁，这才避免了褒姒为祸周幽王、杨贵妃为害唐明皇的悲剧。这种见识，显然有极陈腐的封建色彩。

抛开王昭君远嫁匈奴是否有怨恨和为画师毛延寿翻案的两段历史公案，历代昭君诗中，还有另一种议论。

宋代欧阳修有一首《明妃词》：

> 故乡飞鸟尚啁啾，何况悲笳出塞愁。
> 青冢埋魂知不返，翠崖遗迹为谁留。
> 玉颜自古为身累，肉食何人与国谋？

行路至今空叹息，崖花野草自春秋。

朱熹说："'玉颜、肉食'一联，以诗言之，第一等诗；以议论言之，第一等议论。文公盖亦感伤时事，故有契于欧公之作也。"（仇兆鳌《杜少陵集注》卷十七《咏怀古迹五首》注）欧阳修批评那些"肉食"者们（统治者）的所谓"和亲"，是以女姓的幸福和生命代价，来换取他们的安宁和享乐。欧阳修的诗，首尾六句景中有情，"飞鸟"、"胡笳"、"青冢"、"翠崖"、"崖花"、"野草"，引起人无限联想；情依景生，闻鸟鸣而思乡，听悲笳而生愁，吊青冢而伤离魂未返，见崖花野草而叹孤踪寂寥，多少情思，绵绵不绝。中间的议论十分尖锐，尖锐到把批判的矛头直指最高统治者，以至那些封建社会的卫道士们攻击欧阳修不够蕴藉敦厚，没有"念念不忘君"的人臣之心。朱熹有感于时事，起了共鸣，所以说欧诗是"第一等诗"、"第一等议论"。

不过，历史因素是很复杂的，"和亲"政策也不可一概而论和简单否定。唐人张仲素的五律《王昭君》，则从正面肯定了昭君和亲的功绩：

> 仙娥今下嫁，骄子自同和。
> 剑戟归田尽，牛羊绕塞多。

昭君远嫁，汉匈和亲，两个民族之间延续了一个多世纪的战争烽烟熄灭了，代替它的是刀枪入库、马放南山。《汉书·匈奴传》赞语说："是时边城晏闭，牛羊布野，三世无犬吠之警，黎庶亡（无）干戈之役。"从汉元帝竟宁元年，经成帝二十六年，至哀帝、平帝之世，赢得四朝、半个多世纪汉匈两族的和睦相处。清光绪十五年（1889 年）归化城（今呼和浩特市）出土的汉鸳鸯砖上，镌有"单于和亲，千秋万岁，安乐未央"十二字，考古家认为是西汉末年为纪念昭君而作。看来，历来文学作品中强调的昭君怨的主题，并不是史实的全部，昭君远嫁确实有不小的历史功绩。

今天，一代新人抹去历史的尘埃，重新认识、评价王昭君，王昭君因此展示出崭新的面貌。董必武同志在 1953 年过昭君墓时，写了一首诗，可作历代昭君诗话的总结。诗如下：

> 昭君自有千秋在，胡汉和亲识见高。
> 词客各摅胸臆懑，舞文弄墨总徒劳。

在董必武同志看来，王昭君远嫁匈奴"和亲"，是有远见卓识、功在千秋的主动行为（史料中也有此一说，并非董老臆想）。2002年中央电视台第十届青年歌手大赛（专业组）有两位民歌手先后唱了同一曲《昭君出塞》，也是一首昭君颂歌，歌词概括了王昭君的身世。前后四句歌词是这样的：

> 别家园，出雄关，
> 昭君琵琶马上弹。
> 女儿情，连胡汉，
> 从此长城无烽烟。
> …………
> 古来都说昭君怨，
> 谁知红颜为江山，
> 一支出塞曲，
> 慷慨越千年。

历代的骚人墨客为了抒发自己的一时情感，所以写出无数昭君怨一类诗来，但是他们曲解史实的行为完全是徒劳的，王昭君的美名与"和亲"伟业，千古长存！

【参考资料】

《汉书·匈奴传》
《乐府古题要解》卷上
《诗家直说笺注》第126节

诗词里的中国故事

先唐篇

团扇抒怨

鸿嘉（公元前20年）以后，汉成帝刘骜沉湎于女色，后宫佳丽，不计其数。为邀宠固位，妃嫔们一个个明枪暗箭，勾心斗角，使沉闷寂寞的后宫风声鹤唳，杀机四伏。

在众多的妃嫔中，赵飞燕、赵合德姊妹俩日益得宠，刘骜自然渐渐疏远了许皇后和班婕妤。而赵氏姐妹仍不罢手。鸿嘉三年（公元前18年），赵飞燕诬告许皇后、班婕妤"挟媚道，祝诅后宫，詈及主上。"（《汉书·外戚传》）这意思是说，许皇后和班婕妤依仗自己的姿色，诅咒后宫妃嫔，甚至辱骂皇上。果真如此，那还了得！许皇后和班婕妤不仅犯了众怒，而且逆了龙鳞，还能有活路？昏庸的刘骜，不分青红皂白，不问是真是假，废了许皇后，又亲自拷问班婕妤。

刘骜恼怒地说："朕待你不薄，你为何诅咒朕？"

班婕妤说："臣妾闻'死生有命，富贵在天'。修身养性尚且不能得福，兴邪作恶怎能如愿？倘使鬼神有知，就不会听信佞臣的诅咒，如若无知，诅咒又有何用？因此，臣妾不做这样的事。"

刘骜本来就很赏识班婕妤的才华，听了班婕妤这义正辞严的答辩，很觉有理，一时消了怒气，不仅没有怪罪班婕妤言辞激烈，反而更加赞赏她的贤惠聪敏、遵礼守法。刘骜这么想着，不觉动了怜爱之心，不仅没有再深究，还赐给婕妤黄金一百斤。班婕妤靠自己的气节机智，躲过了这场杀身之祸。

但班婕妤知道，赵氏姊妹骄横嫉妒，她躲过了初一，躲不过十五。为求远祸，她请求成帝让她去侍奉太后。刘骜此时专宠赵氏姊妹，便一口答应了她。

这样，班婕妤来到了太后居住的长信宫。

太后对班婕妤素有好感。那还是很久以前，太后听到过这样一件事：

班婕妤选入后宫时，刘骜十分宠爱她。一天，刘骜游览御花园，要班婕妤同辇。班婕妤辞谢了，说："臣妾闲时观看古画，见贤圣之君皆有名臣在侧，三代末主身边才有溺爱的女子①。今圣上欲与臣妾同辇，臣妾怕圣上将要担恶名呢。"刘骜听了班婕妤的话，便没有强求她。后来，太后听说了这件事，十分欣慰，高兴地说："春秋时楚国有个樊姬，因楚王嗜好打猎而不食野味。现在，我朝有了班婕妤，真是国家的大幸。"

现在，班婕妤自己要求来侍奉她，她在孤独寂寞的生活中多一个人作伴，自然十分高兴。从此，班婕妤由宠妃变成了一个整日侍奉太后的高等宫女。

长信宫，重门紧闭，幽深而凄清。华丽的殿堂，垂挂着帷帐，昏暗阴冷，空落落的寝宫，寒风习习，直透红罗衣衾。班婕妤清晨起来，对着铜镜发呆，君恩断绝，还为谁美容？她走出寝宫，俯视玉阶，层层青苔上，去哪找皇上的足迹？她仰望蓝天，一群寒鸦从昭阳殿飞来，也许皇上正在那里同赵飞燕姊妹行乐呢！她触景生情，心潮难平，想起庄公被宠妾迷惑，贤惠的夫人庄姜失位后写的那首诗②：

> 绿兮衣兮，绿衣黄里。
> 心之忧矣，曷维其已③。

> 绿兮衣兮，绿衣黄裳。
> 心之忧矣，曷维其亡④。

她吟诵着，不禁眼泪簌簌，无限哀怨。是啊，黄色的裳本应穿在下面、

---

① 三代，指夏、商、周。史载夏桀宠妹喜、商纣王宠妲己、周幽王宠褒姒，三代君王都因宠幸爱姬而国灭。

② 庄姜，春秋时齐侯之女，卫国庄公之妻。诸侯之女嫁诸侯，按礼，其位尊显，且姜庄美丽贤惠，卫侯却另寻新欢。（事见《左传·鲁隐公三年》）因此，庄姜写了《绿衣》诗，卫国人也有感于"庄姜美而无子"，而赋《硕人》。《硕人》四章，第一、二章都写庄姜如何美丽。说她身材修长，肌肤细腻洁白，美目含笑可人。诗中名句有"巧笑倩兮，美目盼兮"（朱熹《诗集传》《绿衣》《硕人》注）。

③ 《诗经·邶风·绿衣》，共四章，此录第一、二章。曷，何时。已，止。

④ 亡，同'忘'。

里面，绿色的衣本应穿在上面、外面，而像庄姜这样衣裳上下颠倒、里外错位，贱妾尊宠而正嫡失位的事，历代都有，何况自己也只是一个婕妤①，已经得到过分的宠幸，如今爱弛恩绝，发落冷宫，还有什么可怨艾呢？班婕妤这样安慰自己，但她怎么也不能排遣内心的凄苦。在这与世隔绝的后宫，无人倾诉，她忍不住拿出了笔墨，一气写完两篇自悼赋，情犹未尽，又写了一首《怨诗》。写完，她长长地叹了一口气，似要扫却心中的一切幽怨和哀伤。《怨诗》如下：

> 新裂齐纨素，皎洁如霜雪。
> 裁为合欢扇，团团似明月。
> 出入君怀袖，动摇微风发。
> 常恐秋节至，凉飙夺炎热。
> 弃捐箧笥中，恩情中道绝。

这首诗的第一、二句写团扇质料之美，第三、四句写做工之精良，后四句写团扇为应时之物，当时而备受喜爱，过时则被弃置。班婕妤以团扇自喻，以团扇用齐国洁白如霜雪的丝绢制成，借喻自己高洁的品质。因为它扇动时微风送爽，可减炎热，所以人们喜爱，常常拿在手中，出入于怀袖。然而一旦秋至天凉，团扇便被弃置不用，压在了箱底，借喻君王视女子为应时玩物，时光一过，则情爱断绝。句句写实事，句句含深情，整首诗都是比兴，在比喻中寄托深沉的爱与怨。

钟嵘说："《团扇》短章，词旨清捷，怨深文绮，得匹妇之致。"（《诗品》卷上）钟嵘的意思是说，此诗文辞优美，情致幽深，写尽了一个弃妇的情怀。

王世贞说：《纨扇篇》"是两汉五言神境，可与《十九首》，苏（武），李（陵）并驱。"（《艺苑卮言》卷二）

胡应麟说："班姬《团扇》、文君《白头》……汉魏妇人，遂与文士并驱，六代至唐蔑（无）矣。"（《诗薮》内编）

王夫之说："说到'常恐'便止，但堪作今人半首诗耳……汉人有高

---

① 婕妤，当时王妃的称号。

过《国风》者，此类是也。"（《古诗评选》卷一）

以上数家评论认为，班婕妤的《怨诗》，达到了五言诗的"神境"，是汉代妇女的杰作，不仅可与男人并驾齐驱，而且认为汉魏六朝以至于唐代，都无人可与她比肩，甚至认为她的这首诗超过了《古诗十九首》和《诗经》。可见前人对《团扇》诗评价之高，可谓推崇备至。

关于这首诗的写作时间，古人尚有争议。周容说："旧注云：'婕妤失宠，故有是篇'。余曰：此是婕妤辞辇时作，非失宠后作也。故云：'常恐秋节至'。'常恐'二字有见机意，无固宠意。若既失宠后作，又何云'常恐'乎？"（《清诗话续编·春酒堂诗话》）这可备一说，但因无确切记载，我们不妨就认为是班婕妤失宠后作。她常常害怕秋天来了，团扇失去宠爱，被人抛弃，现在这不幸果真来了！不尽之意，尽在言外。

班婕妤的遭遇和这首诗的成就每每使后代诗人联想到他们自己的命运，共掬同情泪，写下了不少名篇佳什。

晋人陆机有《班婕妤》：

> 婕妤去辞宠，淹留终不见。
> 寄情在玉阶，托意唯团扇。
> 春苔暗阶除，秋草芜高殿。
> 黄昏履綦①绝，愁来空雨面。

唐人翁绶有《婕妤怨》：

> 谗谤潜来起百忧，朝承恩宠暮仇雠。
> 火烧白玉非因玷②，霜剪红兰不待秋。
> 花落昭阳谁共辇，月明长信独登楼。
> 繁华事逐东流水，团扇悲歌万古愁。

---

① 履綦（qí），鞋印，此处喻不见成帝人影。
② 玷（diàn），玉上的斑点。

后唐人崔道融有《题班婕妤》诗：

宠极辞同辇，恩深弃后宫。
自题秋扇后，不敢怨春风。

以上三人的诗，都在缅怀班婕妤的身世本末之后，对班婕妤的遭遇寄予了深切同情。"团扇悲歌万古愁"，是诗人感天动地的浩歌，崔道融的诗则写得更加"婉转含蓄"。(《五代诗话》卷六)"不敢怨春风"，实是幽怨太深，所以总被"春风"撩起，一度春风一番愁，春风年年来，幽怨何时了！诗人那绵绵不绝的愁情，仿佛也伴随着应时而来的春风，无尽无期！

绥和二年(公元前7年)，刘骜暴死，班婕妤"充奉园陵"(《汉书·外戚传》)，成了名副其实的扫除园陵墓地的宫廷婢女，直到她凄然离开人世。可怜一个才貌双绝的女子，竟如此含怨饮恨地了结了一生。

【参考资料】

《汉书·外戚传》
《玉台新咏》卷一

夫妻叙别

　　东汉桓帝某年的岁末，陇西（今甘肃兰州东南）人秦嘉，被任命为上计吏，限期赶到京都洛阳（今河南洛阳），向朝廷呈报"计簿"。所谓"计簿"，就是每年年终，把该地区的户口、垦田、钱谷出入等编为账簿，呈报朝廷。这是我国秦汉以后，朝廷考核地方官政绩的一种方法。被差遣入京"上计簿"的官吏，即称上计吏。

　　秦嘉接了命令，回到家中，在打点行装时，想起妻子回娘家养病，已有不少日子了，也不知康复情形怎样，现在他将进京，不能与妻子当面叙别，心中感到空落落的。他坐在桌前，给妻子写了一封短信，信中说："我在州府当一小官，不得不受人差遣。这一去洛阳，千里风尘，往返跋涉，又有几个月的辛苦。临行之际，多么想见你一面！现在，我派车去接你，望你能勉力支撑病体，尽快来家。"在信的最后，秦嘉写了《留郡赠妇》诗：

皇灵无私亲，为善荷天禄①。

伤我与尔身，少小罹茕独②。

既得结大义③，欢乐苦不足。

念当远离别，思念叙款曲。

河广无舟梁，道近隔丘陆。

临路怀惆怅，中驾正踟蹰。

浮云起高山，悲风激深谷。

良马不回鞍，轻车不转毂④。

---

① 荷天禄，为官领俸禄。

② 罹（lí），遭遇（灾祸或疾病）；茕（qióng）独，孤独。

③ 结大义，结为夫妻。

④ 毂（gǔ），车轮中心的圆木，中有孔，用来插车轴。

诗词里的中国故事

先唐篇

针药可屡进，愁思难为数。

贞士笃终始，恩义可不属。

　　秦嘉的妻子徐淑读了丈夫来的信并诗，忍不住抽泣起来。她好为难啊！她是多么想回去，向丈夫诉说相思之情啊！可回去吧，自己卧病日久，连起床都困难，怎经得住路途的颠簸！不回去吧，看他那殷殷切切的来信和诗，夫妻俩自小孤独，无依无靠，饱尝人世苦难，自结为夫妻，恩恩爱爱，欢乐常苦不足。如今他就要远行，哪怕夫妻的短暂相聚，也可慰他来日的旅途劳苦、孤寂和凄凉！倘若打发空车回去，那该多么伤他的心啊！她恨不能身添双翼，飞回到丈夫的身边。"我一定要回去！"她咬咬牙，使尽力气要把自己的病体支撑起来。可是几番挣扎，气喘吁吁，还是没有如愿。她终于瘫在床上，更加伤心地哭起来。她恨自己不能满足丈夫的愿望，不能尽到做妻子的责任！她哭了想，想了又哭，只能给丈夫写封信，表达自己一片歉意和良好的祝愿。她在信中说："我染病归家，滞留日久，君即远行，本当东还，无奈困于疾病，唯有叹恨而已。不过，身非形与影，哪能动即相随？体非比目鱼，何得同而不离？望君忘今日之憾，以待来日之欢！"她在信末，也附诗一首：

妾身兮不令，婴疾兮来归①。

沉滞兮家门，历时兮不差。

旷废兮侍觐，情敬兮有违②。

君今兮奉命，远适兮京师。

悠悠兮离别，无因兮叙怀。

瞻望兮踊跃，伫立兮徘徊。

思君兮感结，梦想兮容晖。

君发兮引迈，去我兮日乖③。

恨无兮羽翼，高飞兮相追。

---

① 令，好。婴疾，疾病缠身。归，古时女子回娘家叫归。
② 侍觐，侍奉，省问公婆。情敬，妻子敬事丈夫。
③ 引迈，启程上路。乖，违反；日乖，一天一天离得远了。

　　再说秦嘉，只见空车回来，不见妻子的面，一时大失所望。他把妻子的来信拆开，一遍又一遍读着，每次读到"身非形与影，哪能动即相随，体非比目鱼，何得同而不离"那几句，就禁不住想起他们夫妻婚后那日日夜夜、形影相随的甜蜜生活，当他吟诵到信中赠诗的最后两联，又深深感到，妻子此时的心情与他一样凄怆。从日午到黄昏，从入夜到鸡鸣，他对案不能食，独坐心茫然。环顾空室，孑然一身，有谁来抚慰他的孤独？唯有一豆青灯，融融微暖，恍如来自她那温馨的身体。一别怀千恨，他有多少知心话要向妻子倾诉啊！他拿出铜镜一面，宝钗一双，妙香四种，素琴一张，又给妻子写了一封短信和两首诗。他在信中说："明镜可以鉴形，宝钗可以耀首，芳香可以馥身，素琴可以娱耳。"可谓情意绵绵，体贴备至。诗如下：

人生譬朝露，居世多屯蹇①。

忧艰常早至，欢会常苦晚。

念当奉时役，去尔日遥远。

遣车迎子还，空往复空返。

省书情凄怆，临食不能饭。

独坐空房中，谁与相劝勉。

长夜不能眠，伏枕独辗转。

忧来如循环，匪席不可卷②。

肃肃仆夫征，锵锵扬和铃③。

清晨当引迈，束带待鸡鸣。

顾看空室中，仿佛想姿形。

一别怀万恨，起坐为不宁。

---

① 屯蹇（zhūn jiǎn），艰难，不顺利。

② 《诗经·邶风·柏舟》："我心匪石，不可转也。我心匪席，不可卷也。"意思是我心不是石头，所以不可转动；也不是席子，所以也不可翻卷，喻女子坚贞不渝。此处反其意而用之。

③ 和铃，古代挂在车前横木上的铃铛。

何用叙我心，遗思致款诚。

宝钗好耀首，明镜可鉴形。

芳香去垢秽，素琴有清声。

诗人感木瓜，乃欲答瑶琼①。

愧彼赠我厚，惭此往物轻。

虽知未足报，贵用叙我情。

　　徐淑十分感激丈夫的深重情分，立即回信说："览镜执钗，情意仿佛，操琴咏诗，思心成结。"秦嘉派人把信和赠物给妻子送去后，就上路进京去了，也不知得到妻子的信没有。徐淑信后还当有答诗，可惜今已不存，想是佚失了。秦嘉入洛以后，授黄门郎，不久即病死。夫妻这次纸上告别，果然成了永诀。

　　秦嘉、徐淑夫妻恩爱的故事和赠答诗，流传极广，为历代士人所赞颂。钟嵘把秦嘉、徐淑诗列为中品，评价颇高。"夫妻事既可伤，文亦凄怨。为五言者，不过数家，而妇人居二。徐淑叙别之作，亚于《团扇》矣。"（《诗品》卷中）这里所说的《团扇》诗，即班婕妤之作，徐陵《玉台新咏》，首次辑录了秦嘉、徐淑赠答诗歌。唐欧阳询等纂《艺文类聚》并收秦嘉、徐淑往返书信。明人胡应麟多次论及二人故事及诗作。他说："秦嘉夫妇往还曲折，具载诗中。真事真情，千秋如在，非他托兴可以比肩。"（《诗薮·内编》卷二）又说："班姬《团扇》，文君《白头》，徐淑《宝钗》，甄后《塘上》，汉、魏妇人，遂与文士并驱，六代至唐蔑矣。"（同上）可见推崇极高。故事的悲剧性，诗文的艺术性，以及真情真事，出于肺腑，自然生动，千秋如在目前，正是这段爱情佳话赢得世代读者的原因。

【参考资料】

　　《诗品》卷中

　　《玉台新咏》卷一

　　《艺文类聚》卷三

───────────────

　　① 《《诗经·卫风·木瓜》："投我以木桃，报之以琼瑶。匪报也，永以为好也。"木桃，就是桃子；琼瑶，玉石。此诗写男女相互赠答信物，表示永久相爱。

唐姬起舞

东汉末年，统治集团内部，宦官集团和外戚集团之间的争权斗争，日趋激烈。中平六年（189年），汉灵帝刘宏死，皇子辩即位，史称少帝。时隔不久，一场迅雷不及掩耳的宫廷政变就发生了。

原并州（治所在今山西太原）尉董卓利用少帝刘辩即位不久的混乱政局，控制了朝廷。九月的一天，董卓突然大会群臣，飞扬跋扈地说："大者天地，其次君臣。皇帝昏暗懦弱，不配做万民之主。我今日要废少帝，更立陈留王，众位大臣以为如何？"

满朝文武，慑于董卓的权势，噤若寒蝉。

董卓见势，更加声色俱厉地说："当年霍光召集大臣，欲废邑昌王贺，也是无人发言，田延年离席按剑说：'臣群有后应者请斩之！'众位大臣难道不知道吗？"

尚书庐植说："当年邑昌王虽是武帝之孙，但他行为淫乱，罪行千条，霍光废邑昌王，是遵先帝之托，社稷之安。当今皇上富于春秋，行无失德，与霍光之事不同，你这是谋乱，天下人得而诛之！"

董卓听了，勃然大怒："夺了他的官职，给我轰出朝堂！"说罢，转身胁迫何太后说："皇帝服丧，而没有为人之子的孝心，他的威仪气度也不像个人君，让他做个藩王也就足够了！"说完，走上龙案，强行把少帝刘辩拉下来，让他作弘农王，扶陈留王刘协坐上龙椅，让刘辩向新帝跪拜称臣。满朝文武，没有人敢再说话。

新帝刘协，史称汉献帝，当时只有九岁。第二年，即汉献帝初平元年（190年）正月，关东（函谷关以东）群雄，以袁绍为盟主，起兵讨伐董卓之乱。董卓感到大势不妙，决定杀弘农王刘辩，然后迁都长安。

董卓带着一帮人，在光天化日之下，如狼似虎，闯进弘农王宫，径直到暖阁入座，弘农王刘辩与妻子唐姬，仓促之间，惊吓得不知所措。

董卓说："弘农王，听说你病了，老夫特来探视。"

刘辩听董卓问病，连忙说："身体尚好，多谢丞相挂怀。"

"喔，你没有病，难道有人给我谎报病情吗？"董卓陡然变色说。

"恐是传言有误。"刘辩胆怯地说。

"大胆！你指责老夫听信了谣传？"董卓暴怒，"我今天就是来给你治病的。来呀，端药酒给弘农王喝！"

董卓带来的郎中令李儒，立即端上一杯药酒，对刘辩说："喝了这杯酒，就可祛病去灾了。"

唐姬在一旁说："多谢丞相美意，弘农王确实无病，不需服此药酒。"

李儒阴冷地一笑，不理唐姬，对弘农王说："弘农王，你怎么就忘了饮鸩止渴的故事？还是乖乖地喝吧！"

刘辩这才明白，董卓此来，是要用鸩酒毒死他。他知道，鸩酒是鸩鸟羽毛炮制的药酒，有剧毒，饮即死。他接过酒杯，手剧烈地颤抖起来。他看看董卓，又看看唐姬，慢慢地把酒杯送到自己唇边。突然，他的手停住了，缓缓转过身，对董卓说："我这就要死了，你就让我同妻子饮几杯酒，告个别吧！"

董卓向李儒一挥手，说："给他们上酒！"

刘辩端起满满两杯酒，走到妻子唐姬身边，凄凉地说："我今年才十八岁，只做了八个月的皇帝，不料福祚微浅，天道衰颓，逆贼逞凶，今日就要命归地府。你跟了我，连个王妃封号也还没有，我实在对不起你！"说着，把一杯酒递给唐姬，"这杯酒，算是我报答你对我的一片深情，也算为我送行吧！"

音未落，泪先流，酒入唇，尽成血。刘辩和唐姬，不禁相抱痛哭。片刻以后，刘辩悲怆号歌：

> 天道易兮我何艰？
> 弃万乘兮退守藩①。

---

① 万乘，指帝王。守藩，即藩主。古代分封诸侯国，如王室屏障，故称藩国。

逆臣见迫兮命不延，
逝将去汝兮适幽玄①。

唐姬听着丈夫那临死前的悲号，更是肝肠寸断、痛不欲生！她推开弘农王，撒开那洁白的三尺长袖，一边歌唱，一边舞蹈起来。她发疯似的跳跃着，旋转着。那一双长袖，呼呼作响，像要卷来一阵狂风，摧毁那包围着她的殿宇和天地。那歌声，饱含着愤怒，凄厉尖锐，像要刺穿每一个人的心：

皇天崩兮后土颓，
身为帝王兮命天摧！

她像在质问，在控诉："苍天啊，难道你真的从此崩坍了吗？大地啊，难道你真的从此塌陷了吗？他贵为帝王，难道就从此命尽夭折了吗？"突然，唐姬站住了，歌停了，整个暖阁死一般沉寂。她踉跄了几步，无力地拖动着那变得千斤重似的长袖，一步，两步……她走向弘农王，脸上热泪滚滚，一字一顿，哽咽地继续唱道：

死生路异兮从此乖，
奈我茕独兮心中哀！

她面对着弘农王的惨死，想到自己从此与弘农王生死相隔，等待她的将是冷宫中求生不能、求死不得、凄凉孤独的日子，她终于不能自禁，倒在了地上。

"爱姬！爱姬……刘辩连声呼叫着。

目睹着这生离死别的悲惨情景，在场的所有宫女，无不泣不成声，泪如雨下。

"够了！你们呼天叫地，又有何用？快给我把酒喝了！"董卓在一旁

---

① 适，去。幽玄，即地狱、九泉。

高声呵斥道。

刘辩呼唤唐姬不醒，悲痛地站起来，重新把那杯夺命酒端了起来，把一杯鸩酒一饮而尽。片时，刘辩便气绝身亡。

董卓鸩杀了少帝刘辩，挟持汉献帝刘协迁都长安。

刘辩的《悲歌》和唐姬的《起舞歌》俱载于《后汉书》。这两首诗，虽然不是文学史上的代表作品，但"二歌意极凄惨"（《诗薮·外编》卷一），感情真挚，颇为人称道。尤其值得注意的是，刘辩的悲剧，是我国历史上一个重要的转折点。董卓倡乱，群雄争霸，以后十九年的豪强战争，把整个黄河流域变成了大屠场，两汉四百年间广大人民积累起来的巨大社会财富，大都化为乌有。"白骨露于野，千里无鸡鸣。生民百遗一，念之断人肠"（曹操《蒿里行》），"出门无所见，白骨蔽平原'（王粲《七哀诗》），就是那时中原大地的真实写照。中国历史从此进入了四百年魏晋南北朝的大分裂、大动乱时代。

【参考资料】

《后汉书·皇后记》第十
《后汉书·孝灵帝记》第八
《后汉书·董卓列传》

碣石遗篇

　　曹操在镇压黄巾起义军中壮大了自己的实力,又在讨伐董卓之乱中走上了逐鹿中原的战场,经过二十一年的南征北讨,他"挟天子以令诸侯"(《三国志·武帝纪》),成了当时北方实际上的统治者。

　　曹操还是一个很有成就的文学家。《三国志·武帝纪》引《魏书》说:"创造大业,文武并施,军三十余年,手不舍书,昼则讲武策,夜则思经传,登高必赋,及造新诗,被之管弦,皆成乐章。"明人钟惺曾称赞曹操的乐府诗是"汉末实录,真诗史也"。(《古诗归》卷七)范文澜说曹操"是拨乱世的英雄,所以表现在文学上,悲凉慷慨,气魄雄豪。特别是四言乐府诗,立意刚劲,造语质直,《三百篇》[①]以后,只有曹操一人号称独步"。(《中国通史简编》第二编)这些评论,说明了曹操的文学才能、勤奋耕耘以及所达到的成就。

　　汉献帝建安十年(205年),曹操彻底打垮了袁绍在河北的军事力量,平定了袁氏政权的最后一个据点冀州(今河北临漳西南),袁绍的两个儿子袁熙、袁尚投奔三郡乌桓[②]。当时,乌桓乘中原大乱,攻破幽州(治所在今北京市西南),掠夺汉民十余万户,成了曹操完成统一大业的心腹大患。

　　建安十二年(207年),曹操决心北征乌桓。夏五月,曹操亲率大军,出卢龙塞(今河北喜峰口),直指乌桓的大本营柳城(今辽宁朝阳南)。大军离柳城二百余里,乌桓发觉,集数万骑迎战。八月,两军在白狼山(今辽宁喀喇沁左翼蒙古族自治县境)相遇。曹操弃车登山,察看敌情,

---

　　① 《三百篇》即《诗经》,集先秦诗歌三百零五篇。
　　② 乌桓,东胡族的一支,秦末遭匈奴击败,迁乌桓山(在今内蒙古境,大兴安岭山脉南),因此得名。汉武帝后附汉,迁居上谷、渔阳、右北平、辽西、辽东等五塞外(河北北部至辽宁)的广大地区。

见乌桓军队松弛散漫，阵容不整。于是，命张辽为先锋，以摧枯拉朽之势，冲入乌桓军中。乌桓军大乱，纷纷逃散，曹军奋力追杀，斩辽西乌桓单于蹋顿及众多头领，胡、汉投降者二十余万。白狼山大捷，威震乌桓三郡，残余乌桓诸豪强仓皇北逃，袁尚、袁熙被辽东太守斩首。

曹操一战，大获全胜，率军凯旋而归。大军途经碣石山。碣石山在今河北昌黎县北，主峰娘娘顶海拔六百九十五米，离海岸约十五公里，山顶有巨石矗立，高数十丈，像一块高耸的碑石，故称碣石山[①]。秦始皇、汉武帝都曾东巡至此，观海刻石。曹操甲衣未除，征尘未洗，登临碣石，亦效帝王、英雄之举！

曹操立马碣石山顶，东望大海，见山岛耸立，草木丰茂，郁郁苍苍；海风呼啸，洪波汹涌，涛声如鼓；极目远眺，茫茫沧海，浩淼无垠。"何等雄奇壮美的大海啊！"他仿佛看见，日出日落，月缺月圆，耿耿银河，灼灼群星，都包容在大海里，运行在大海里。他突然感到一种刺激，一种兴奋和鼓舞。北征乌桓的胜利，对他来说意义非同寻常。他从汉灵帝中平六年（189 年）起兵，讨董卓，擒吕布，降张绣，败袁绍，诛袁谭，平高干，破乌桓，终于扫除最后一个障碍，统一了中国北方。回首往事，那是群雄逐鹿，残酷较量的艰难岁月，也是惊天动地、轰轰烈烈的壮烈春秋，这人世，这经历，多么像波浪排空、风水相激的大海啊；瞻望前途，他已经五十三岁，人生短促，时不我待，而刘备、孙权仍割据江南，大业未就，任重而道远！他心中激荡着历尽艰难、规模初就的胜利喜悦，也充溢着年老齿衰而壮志犹存、锐意进取、抓紧时机成就大业的豪迈激情。此时此刻，他觉得他的心胸多么像这大海，这样躁动不安，这样气势恢弘，这样深广博大，它能战胜一切，笼盖宇宙，吞吐万象！五岳起方寸，隐然讵能平？他那满怀诗情，像开了闸的滔滔江水，一泻千里。他纵声啸歌长吟起来：

> 东临碣石，以观沧海。水何澹澹，山岛竦峙。
> 树木丛生，百草丰茂。秋风萧瑟，洪波涌起。
> 日月之行，若出其中。星汉灿烂，若出其里。

---

① 郦道元《水经注》载，此山已沉陷海中。

幸甚至哉，歌以咏志。

——《观沧海》

神龟虽寿，犹有竟时。腾蛇①乘雾，终为土灰。
老骥伏枥，志在千里。烈士暮年，壮心不已。
盈缩②之期，不独在天。养怡③之福，可得永年。
幸甚至哉，歌以咏志。

——《龟虽寿》

　　曹操这次北征乌桓，过碣石山，登临抒怀，写下了古乐府《步出夏门行》组诗。这组诗包括"艳"（即前奏曲）和《观沧海》、《冬十月》、《土不同》、《龟虽寿》四章。1954 年七月，毛泽东登上了碣石山，遥想曹操当年胜利凯旋，面对大海，横槊赋诗的情景，写了著名的《浪淘沙·北戴河》词，"往事越千年，魏武挥鞭，东临碣石有遗篇"中的"遗篇"，就是指的这组诗。

　　《观沧海》以宏大的气魄，飞腾的想象，写出了大海的雄奇壮阔，确"有吞吐宇宙的气象"（沈德潜《古诗源》卷五）。而"写沧海，正自写也"。（清·张玉谷《古诗赏析》卷八）曹操写沧海，旨在写出沧海的容纳无限，曹操以沧海自比，旨在展示他那叱咤风云、囊括天下的博大胸怀！明人钟惺也说："《观沧海》直写其胸中眼中，一段笼盖吞吐气象。"（《古诗归》卷七）

　　《龟虽寿》则是诗情与哲理相结合、相渗透的典范。在曹操看来，"惟英雄气概，老当益壮，不肯与物同尽。"（清·王尧衢《古唐诗合解》卷三）是的，生命有限，生死无情，但生命之树常绿。老骥伏枥，驰骋千里的志向犹存；烈士暮年，建功立业的壮志不衰，在有限的生命中，可以追求无限的存在、人生价值的永存。不同凡响、寓意深长的理趣，乐观向上、积极进取的精神，激荡在字里行间，令人鼓舞奋起！"'盈缩之期，不

① 腾蛇，龙类，传说可以兴云驾雾。
② 盈缩，即满与亏，指月的圆缺，万物的消长，人的成败、生死等。
③ 养怡，指善于保养，养得身心健康。

诗词里的中国故事

先唐篇

一三四

独在天'言己可造命也。曹公四言，于《三百篇》外，自开奇响。"（沈德潜《古诗源》卷五）沈德潜认为，从思想和艺术两方面来看，都是曹操"己造"、"自开"的"奇响"。他给了这首诗以极高的评价。

《步出夏门行》是一组四言诗。四言诗，在秦汉之际，早已跨过了它的辉煌时代，而"《龟虽寿》名言激昂，千秋使人慷慨。孟德能于《三百篇》外，独辟四言声调，故是绝唱"。（清·陈祚明《采菽堂诗集》卷五）

据《晋书·王敦传》载，王敦常常在酒后歌咏曹操的"老骥伏枥"四句，一边歌咏，一边用如意敲击唾壶①打节拍，以致壶边尽缺。王世贞说："其人不足言，其志乃大可悯矣！"（《艺苑卮言》卷二）这是说，王敦为人不可取②，但他在偏安江左的东晋小朝廷，心存壮志，却是可以同情的。

是的，"日月之行，若出其中。星汉灿烂，若出其里"；"老骥伏枥，志在千里。烈士暮年，壮心不已"，都是"千秋使人慷慨"的名言，小人慕其志，可以悯；志士咏其诗，益可壮其怀。曹操的《观沧海》、《龟虽寿》世世代代都给人以鼓舞的力量。

【参考资料】

《三国志·武帝纪》
《曹操集》

---

① 如意，古时用骨、竹木筹制作的搔痒用具，如今天的老头乐。唾壶，即痰盂。
② 王敦曾参加西晋后军将军王恺酒宴。席间王恺要美女敬酒，规定客不饮即杀美女。一美女给王敦敬酒时，他故意不饮，以致美女被杀，而王敦神色自若，可见他残忍之至。王敦支持建立东晋政权后，为东晋大臣。

胡笳十八

　　东汉末年，爆发了董卓之乱①，献帝刘协初平元年（190年）春，关东诸侯起兵，联合讨伐董卓。三年春，董卓部将李傕、郭汜大掠陈留（今河南杞县南），"斩截无孑遗，尸骸相撑拒，马边悬男头，马后载妇女。"（蔡琰《悲愤诗》）当时的陈留，白骨纵横，尸骨相撑，幸免于死的年轻妇女都被抢入军中，"与甲兵为婢妾。"（《三国志·魏书·董卓传》）在被抢劫的妇女中，有陈留人蔡琰。

　　蔡琰，字文姬，是当时名气很大的文学家、书法家蔡邕的女儿，自幼"博学有才辩，又妙于音律"。（《后汉书·董祀妻传》）相传，有这样一个故事：

　　一天晚上，年幼的文姬在庭院偷听父亲弹琴，正听得入神，忽听"嘣"的一声。"呀，第二弦断了。"文姬脱口而出。

　　蔡邕听见女儿的叫声，立即开门问文姬："你在听我弹琴？"

　　"是，爹爹。可惜第二弦断了，还没听完爹爹弹的曲子呢！"

　　蔡邕十分惊讶，以为女儿是偶然猜中，他没说什么，回到房中又弹起来，弹着弹着，他又故意弄断一根琴弦，隔窗问："文姬，是第几弦断了？"

　　文姬说："第四弦又断了！"

　　蔡邕听到回答，心中十分高兴，知道女儿已初通音律，从此就教文姬认真学琴。文姬从小很不幸。因父亲被诬获罪，受过"髡钳"之刑②，沦为罪奴。以后，又随父亡命江湖十余年。她十六岁时，嫁河东卫仲道。没两年，卫仲道死去，她只好回到陈留娘家。在董卓之乱中，文姬被董

---

① 参看本书《唐姬起舞》篇。
② "髡钳"之刑，剃光头发，颈上套着铁圈。

卓军中胡人所掠，被逼为南匈奴左贤王妻，在穷荒绝域的西河美稷（今内蒙古伊克昭盟一带）生活了十二年，生二子。

曹操与蔡邕有"管鲍之好"①（曹丕《蔡伯喈女赋序》），同情蔡文姬，于献帝建安十三年（208年）派使者周近持璧、奉千金去匈奴赎还文姬②。经过许多周折，左贤王终于为了汉匈友好，同意文姬归汉，但执意不许文姬带走亲生儿女。文姬喜得生还，却要抛下幼小的孩子。去留两难，悲痛欲绝。但她在胡中十二年，无日无夜不思念故乡。最后终于怀着巨大的悲痛，决定不顾一切，回归汉朝。

那正是春天，塞外春晚，仍是风霜凛凛，蒿草枯黄，茫茫原野，云烟惨淡。文姬一步一远一回首，历历往事，般般悲苦，像潮水一样涌上心头。

十二年，她是怎么过来的呀！这朔方异域，疾风千里，黄沙漫天，鼙鼓笳声，通宵达旦。追逐水草，四处为家，草尽水竭，牛羊迁徙，过着担惊受怕、漂泊不定的生活。最使她受不了的还不是穷荒僻壤、战乱不断的生活，而是风俗不同，心不相通，饱尝难耐的孤独，以及伤今感昔，思亲怀乡，曲志忍辱的痛苦。她多少次诅咒天地不仁，使她遭此乱离；她多少回想到了死，以解脱这难平的悲与恨！但是，她日夜思念故乡，活着，希望还归乡里；死，也要埋骨家园。如今，她想起这一切，心中仍然充满不可遏制的悲愤。白天，她饥对肉酪不能餐；夜晚，她攒眉向月抚丝琴，唱出一首又一首痛彻肺腑的悲歌。

> 为天有眼兮何不见我独漂流？
> 为神有灵兮何事处我天南海北头？
> 我不负天兮何配我殊匹？
> 我不负神兮神何殛③我越荒州？
> 制兹八拍兮拟俳优④，

---

① 管仲，春秋时的政治家，后为齐相国。鲍叔牙，齐大夫。管、鲍二人相知最深，后用"管鲍之好"比喻交谊深厚的朋友。

② 文姬归汉，时间不可确考，这里是用郭沫若的说法，其他说法与此前后差三年。

③ 殛（jí），杀戮。

④ 俳（pái），古代演出滑稽戏的艺人。

何知曲成兮心转愁。

城头烽火不曾灭，疆场征战何时歇？
杀气朝朝冲塞门，胡风夜夜吹边月。
故乡隔兮音尘绝，哭无声兮气将咽。
一生辛苦兮缘离别，十拍悲深兮泪成血。

在漫长的十二年中，她时哭时笑，忽悲忽喜。大雁南飞，她托雁寄去思乡情；大雁回来，她问雁是否捎来汉家信？客从远方来，她忙去打听消息，可客人并非故乡人！到头来，"雁飞高兮邈难寻"（《五拍》），"故乡隔兮音尘绝"（《十拍》），她常在短暂的兴奋之后，又陷入更加深沉的痛苦。她终于盼到了这一天！丞相派人来赎她归汉了，她怎么能不一扫愁云、欣喜若狂？

但是，"已得自解免，当复弃儿子"（《悲愤诗》），旧痛未去，又添新伤。幼子不能同归，如晴天霹雳使她又跌入生离死别的痛苦深渊！她离胡地越远，母子长别的痛苦越是如烈火烧心。白天，回望来路，山高地阔，不见儿女，使她涕泪交加，难以移步；夜晚，更深人静，睡梦依稀，母子离别的情景，又总使她百感交集、泪湿衾枕……她要启程了，一双儿女扑到她的怀里，紧紧抱住她的脖子，大声哭叫着："妈妈，妈妈，你要去哪儿？大家都说，你应当走。可你走了，还回来吗？妈妈平时多么疼爱孩儿，今天为何这般狠心？孩儿都没长大，妈妈就忍心抛弃吗？妈妈，你说呀！你说呀！"孩子们这可怜的哭诉声、责问声，撕扯着她的五脏六腑，她痛不欲生，恍惚若痴。她抱住孩子也放声痛哭："天呀，你为什么让人受这样的苦，遭这样的罪！"她被自己哭醒了。原来，她是在梦中，她的手上仿佛还有儿女留下的温馨，脸上还挂着伤心的泪珠。"天啊，你是有眼的吗？为什么不见我们母子分离？神啊，我不负你，你为什么要这样折磨我们？"她这样一遍又一遍问苍天，问神灵，可苍天无知，神灵无情，听不见她的责问；四野无人，没人知道她撕心裂肺的痛苦！在旷野星空下，她又唱起伤心的歌：

不谓残生兮却得旋归，抚抱胡儿兮泣下沾衣。

汉使迎我兮四牡骓骓^①，号失声兮谁得知？

与我生死兮逢此时，愁为子兮日无光辉。

焉得羽翼兮将汝归。一步一远兮足难移，

魂消影绝兮恩爱遗，十有三拍兮弦急调悲，

肝肠搅刺兮人莫我知。

十六拍兮思茫茫，我与儿兮各一方。

日东月西兮徒相望，不得相随兮空断肠。

对萱草兮忧不忘，弹鸣琴兮情何伤！

今别子兮归故乡，旧怨平兮新怨长！

泣血仰头兮诉苍苍，胡为生兮独罹此殃！

  蔡文姬就是这样，在归汉的途中，一边弹奏胡笳一边吟唱，前后歌吟了十八首诗，总名曰《胡笳十八拍》。胡笳，是汉代流传塞北西域的一种吹奏乐器。拍（pō），是古代匈奴语的音译，相当于一首诗的"首"。《胡笳十八拍》也就是《胡笳十八首》。这组诗可分为两部分，前十一首，写文姬的异域生活与思乡之情，其余写文姬归汉的喜悦和母子分离的悲哀。前者悲怆激越，后者沉痛凄切。"别子"前后的歌咏，把母子骨肉的难割难舍、极度矛盾痛苦的心情宣泄得淋漓酣畅，最为真挚动人。文姬是在用她的全部心血，全部生命，在弹奏，在歌唱！"十八拍兮曲虽终，响有余兮思无穷"，"胡与汉兮异域殊风，天与地隔兮子西母东，苦我怨气兮浩于长空，六合虽广兮受之应不容！"（《十八拍》）文姬的悲歌已经唱完了，但她的哀怨是如此深广，虽天地四方，容纳不下！令千载之后，长唱长新！

  宋人王应麟说："《胡笳十八拍》四卷，汉蔡琰撰，幽愤成此曲，以入琴中唐刘商、宋王安石……各以集句效琰。"（《玉海》）严羽《沧浪诗话·诗评》说："集句唯荆公（王安石）最长，《胡笳十八拍》浑然天成，绝无痕迹，如蔡文姬肺腑间流出。"贺裳也说："惟王介甫（王安石）集

---

① 骓（fēi），古代驾车的马，在中间的马叫"服"，在两边的叫"骓"。

《胡笳十八拍》一气生成，略无掇拾之痕迹，且委曲入情，能道琰心事。"（《载酒园诗话》卷一）钱选舜收藏有《蔡琰南归图》，元代人多有题咏，其中有这样一首绝句：

> 二雏回首泪千行，肠断胡笳十八章。
> 三嫁流离身未老，至今人惜蔡中郎。

从这几条资料，我们可以看到，蔡文姬的故事和《胡笳十八拍》是怎样打动了后人的心！

蔡文姬《胡笳十八拍》的真伪，历来有争论。近当代，郑振铎、刘大杰、逯钦立都认为是后人的伪托。20世纪50年代，中国文坛展开过规模空前的大讨论。著名的历史学家、文学家、剧作家郭沫若参加了讨论，写了多篇长篇论文，并根据蔡文姬的身世和《胡笳十八拍》创作了话剧《蔡文姬》。话剧《蔡文姬》自1959年由北京人民艺术剧院公演以来，至今久演不衰，成了北京人艺保留的经典剧目。

宋代朱熹辑录的《楚辞后语》，首次选录这组诗，并系辞说："《胡笳》者，蔡琰之所作也"，"其哀怨发中，不能自己之言，要为贤于不病而呻吟者也。"肯定了这是蔡文姬的亲身经历，而且哀怨发自肺腑，因此一泻千里，不可遏制，比一切无病呻吟之作都好。

宋人范晞文称赞这组诗中的第八拍说："此将归别子也。时身历其苦，词宣乎心，怨而怒，哀而思，千载如新，使经圣笔，亦必不忍删之也。刘商虽极力拟之，终不似，盖不当拟也。"（《对床夜语》卷一）孔子曾删定《诗经》，范晞文认为，即使如孔子圣笔，也不忍删去这样发于真情的好诗。中唐人刘商曾代拟《胡笳十八拍》（今存《全唐诗》卷三〇三），不仅"不似"，而且根本就不该"代拟"，原因很简单，就是他没有文姬的经历，根本代替不了文姬来抒情。

郭沫若认为，蔡文姬的《胡笳十八拍》在唐以前就有了是不成问题的。他举了唐朝开元年间李颀的《听董大弹胡笳声》诗的开头几句为佐证：

蔡女昔造胡笳声，一弹一十有八拍。
胡人落泪沾边草，汉使断肠对归客。
古戍苍苍烽火寒，大漠沉沉飞雪白。
先拂商弦后角羽，四郊秋叶惊摵摵。
…………

　　郭沫若在赞颂蔡文姬的《胡笳十八拍》说："那是多么深切动人的作品啊！那像滚滚不尽的海涛，那像喷发着融岩的活火山，那是用整个的灵魂吐诉出来的绝叫。我是坚决相信那一定是蔡文姬作的，没有那种亲身经历的人，写不出那样的文字来。""这实在是一首自屈原《离骚》以来最值得欣赏的长篇抒情诗。"《胡笳十八拍》是歌谣体，所以语言通俗如白话，有韵律，便于弹唱，得以保存下来，正是靠沿街卖唱艺人的世代传唱。"人民是最公正而卓越的鉴赏家，好的作品人民总会把它保留下来的。"(《谈蔡文姬的《胡笳十八拍》》)

【参考资料】

《胡笳十八拍诗论集》（中华书局版）
《苕溪渔隐丛话·前集》卷一
《后汉书·列女传·董祀妻》

三人成虎

孔融让梨，是我国人民家喻户晓的故事，也是对幼儿进行品德、礼仪教育最早选用的教材之一。这个故事最早见于《融家传》。孔融兄弟七人，融排行第六。孔融四岁的时候，每当几兄弟吃梨子，孔融总是首先拿最小的，父母问他为什么这样，孔融回答说："我小，依礼，我自然应该拿小的。"这事传开后，孔氏家族的人都以为奇，说这孩子从小就懂规矩、知礼让。

孔融从小就非常聪明，又好学，肯用功读书，因此史称孔融"幼有异才"（《后汉书·郑孔荀列传》）。他十岁那年，跟随父亲到了京城。当时河南府尹李膺名气很大，不轻易在家中见客，他吩咐家中的看门人说，不是当世名流或通家世交，不准通报。孔融听到这个传言，想看看李膺到底是个什么样的人，就一个人造访李膺去了。

到了李膺家门外，孔融对看门人说："烦劳通报，晚生特来拜见李大人。"

看门人一看，竟是一个十来岁的孩子，就笑笑说："你一个小孩子，见我们李大人做什么？"

孔融说："你去通报就是了，我自有话说。"

看门人更乐了，说："嘿，小小年纪，口气还不小！别说是你这半拉小子，就是像模像样的人来，也未必进得去。"

孔融问："这是为什么？"

看门人说："我们老爷吩咐了，非大名人和通家世交，不许通报。"

孔融说："那你就去通报你家老爷，就说李大人的一个通家子弟来访。"

看门人见孔融说得这么认真，刚才的一番谈话，也让他觉得这孩子人小可志气不凡，就说："好，你等着。"不一会儿，看门人就出来说老爷请孔融进去。

当孔融站在李膺面前，李膺很奇怪地问："你的祖父同我真的是什么世交吗？"

孔融从容地回答说："是的。晚辈的二十世祖孔子，与大人的先祖李老君①，德相同，道相比，有师生朋友之谊。所以晚辈与大人已是世代通好了。"

"原来是这样！"李膺听了，好不吃惊，小小年纪竟有如此过人的机敏才识，禁不住赞扬说，"说得好！你我的确是通家世交了，从今天起，你就是我的忘年交小友！"

孔融连忙拜揖说："多谢大人！"

这时太中大夫陈炜来了②，听说刚才的事，很不以为然地说："小时了了③，大未必佳！"

孔融听了陈炜的话，不卑不亢地回敬说："观君所言，想君小时，必当了了！"下边的潜台词没有说出来，那就是"大未必佳"。

孔融一句话，把陈炜噎得说不出话来，而李膺竟击掌大笑："哈，哈，哈……阁下将来必成大器！"这话似乎一语双关，既赞扬孔融机敏，确是人杰，又嘲笑陈炜傲慢无礼，今日竟败在了一个孩子面前，这一笑一语，弄得陈炜越发尴尬了。

孔融长大后，果成大器。魏文帝曹丕说："孔融体气高妙，有过人者……及其所善，扬、班俦也。"即说孔融可以与汉代大文章家扬雄、班固并驾齐驱。曹丕深好融文辞，曾用重奖收集孔融的文章。曹丕还把孔融列为"建安七子"之首④，说"斯七子者，于学无所遗，于辞无所假，咸以自骋骥骤于千里，仰齐足而并驰"。（《典论论文》）意思是说，这七子，遍览群书，学识广博；写文章言必己出，从不抄袭前人的陈词滥调；都能凭各自的才能驰骋文坛，像骏马赛跑，并驾齐驱，不相上下。在仕途，孔融二十八岁举司徒尉，后转为北海相，曹操迎献帝都许昌，即被征为少府。

① 老子，姓李，名耳，字伯阳。孔子曾问礼于老子。事见《史记·孔子世家》。

② 《世说新语》作《陈韪》。《后汉书》、《三国志》等作"陈炜"。

③ 了了，聪明，懂事。

④ 建安是汉献帝的年号（公元196—220年），在文学史上，这时的文学称为"建安文学"，以曹操、曹丕、曹植父子为首领，以孔融、陈琳、王粲、徐干、阮瑀、应玚、刘桢七子为羽翼，一时文学，彬彬之盛，蔚为大观。

他立学校，显儒术，任贤良，赫赫有政声；他为人真诚坦率，总是当面指出其短处，知而不言，以为是自己的过失，而背后总是称扬其人的长处；他宽厚爱人，喜欢扶持后进，听说别人有一技之长，就高兴得好像是自己的一样，必然尽力使其发扬，得到施展。因此，"海内英俊皆信服之。"（《后汉书·郑孔荀列传》）公余闲暇，家中常常宾客满座，他常感叹说："座上客常满，尊中酒不空，吾无忧矣！"（同前）

但是，孔融性格过于刚直，又以安定天下为己任，对天下事总爱发表自己的意见，对时弊更是无所顾忌地提出批评。曹丕就说孔融的文章"不能持论，理不胜词，至于杂以嘲戏。"（《典论论文》）这意思是说，孔融的文章好发议论，但言词激切，道理却并不能服人，所以不得不借助于讥嘲的笔调。鲁迅说，在七子中，唯独孔融"专喜和曹操捣乱"，而孔融文章中的嘲戏，似乎也是"只对曹操"。（《魏晋风度及文章与药及酒之关系》）这个性格和处世态度，决定了他只能有悲剧结局。

曹操消灭袁绍，攻破邺城（今河北临漳境），曹丕见甄氏美艳，欲纳甄氏为妻，曹操知道后，就把甄氏赐给了曹丕[1]。事后，孔融给曹操上书说："武王伐纣，以妲己赐周公。"周公是周武王的弟弟，武王伐纣，杀了妲己，何来赐周公之事，曹操熟读经史，觉得莫名其妙，就问孔融，事出何典？孔融回答说："以今度之，想当然耳。"这意思是说，他是用今天的事猜度古代的事，完全是想当然。显然这是有意讽刺曹氏父子好色，"不独兄弟（指曹丕、曹植）之嫌，而父子之争亦可丑也。"（宋代人王铚《默记》卷下）曹操像受了一次戏弄，心中好不气恼！

长期的战乱饥荒，弄得民不聊生，曹操以为酗酒可以亡国，便发了一道禁酒令，孔融又上书曹操，指斥其不当。孔融说："酒之为德久矣。古先哲王，类帝禋宗，和神定人，以济万国，非酒莫以也。故天垂酒星之耀，地列酒泉之郡，人著旨酒之德。尧不千钟，无以建太平，孔非百觚，无以堪上圣……"孔融滔滔不绝，从远古以至于近代，列举了许多因饮酒而成就伟业的人，指责曹操禁酒之误。他最后说："鲁因儒而损，今令不弃文章，夏、商亦以妇人失天下，今令不断婚姻。"孔融抓住曹操

---

① 参见本书《洛水感赋》。

的逻辑反推理，嘲笑曹操，既然他惧怕饮酒亡国，那么"鲁因儒而损"，"夏、商亦以妇人失天下"，儒和妇人之为害如此，他现在是不是要"弃文章"、"断婚姻"呢？这最后的几句话可能深深刺痛了曹操，曹操对孔融的积怨更深了。

类似的事还有不少。曹操令一出，孔融似乎都有话说，频频上书争议，言论激切，多有不敬。弄得曹操十分恼火，多次要杀孔融，只因孔融名气太大，颇有人缘，曹操才有所顾忌。但骨鲠在喉，不去不快，他密令心腹暗中罗织罪名，伺机置孔融于死地。建安十三年（208 年），丞相军谋祭酒终于罗织了一大堆罪名，上书曹操，其中足以置孔融于死地的是诬告他在任北海相时，见朝廷动荡，曾聚集众徒，图谋不轨。孔融因此被捕入狱，不久全家遇害，孔融时年五十六岁。

孔融在受刑前，写了一首《临终诗》，诗如下：

> 言多令事败，器漏苦不密。
> 河溃蚁孔端，山坏由猿穴。
> 涓涓江汉流，天窗通冥室。
> 谗邪害公正，浮云翳白日。
> 靡词无忠诚，华繁竟不实。
> 人有二三心，安能合为一。
> 三人成市虎，浸渍解胶漆。
> 生存多所虑，长寝万事毕！

这首诗的意思是，话太多了会坏事，器漏是因为本身不严密；大河溃于蚁穴，高山崩于猿洞，涓涓细流可以汇成江河，小小天窗直通幽暗的地狱；谗言奸邪能残害公正，飘浮的乌云能遮蔽太阳；华丽的词藻多假话，漂亮的言语不诚实；有三个人说闹市区有老虎，大家就会信以为真；用水慢慢浸泡，就能把胶和漆化开。孔融在诗中用了这么多比喻，都在强调一个意思，小可以积大，所以言多必失，祸从口出，众口铄金，积毁销骨。孔融最后说，生活在这样的世道，能不终日担忧说错什么话吗？现在好了，人死万事空，可以长眠地下了！

以孔融一生的为人和性格看，这首《临终诗》并不是他对"言多令事败"的忏悔书，而是对"三人成市虎"的抗议。胡应麟《诗薮·外编》卷一有这样一段评论："《谈艺》云：'孔融懿（美）名，高列诸子，观《临终》诸诗，大类箴铭语耳①。'北海②不长于诗，读此全篇可见。至结句'生存多所虑，长寝万事毕'，词理宏达，气骨苍然，可想见其人，不容以瑕掩也。"由此一节，我们可以想见孔融其人品其诗格。

【参考资料】

《三国志》卷十二
《后汉书·郑孔荀列传》
《世说新语·言语》

---

① 箴铭，一种文体，是一种规劝、褒赞的韵文。
② 孔融曾为北海（今山东潍坊西南）相，故世称孔北海。

气胜词拙

建安七子之一刘桢，有《赠从弟三首》，其二如下：

> 亭亭山上松，瑟瑟谷中风。
> 风声一何盛，松枝一何劲。
> 冰霜正惨凄，终岁常端正。
> 岂不罹凝寒，松柏有本性。

刘桢去世后，魏文帝曹丕曾说："其五言诗之善者，妙绝时人。"（《与吴质书》）这首咏物诗，就是刘桢的代表作。诗人集中笔墨，称颂青松坚劲端正、凌霜斗雪、本性不改的品格。以物寓人，它的象征意义是大家熟悉的，而这首诗在艺术上更值得注意。它的语言极其朴实，以至过于素净无华，连给刘桢极高评价的钟嵘都觉得遗憾，"气过其文，雕润恨少。"（《诗品》卷上）其实，正因为刘桢"思健功圆"（元·陈绎曾《诗谱》），才达到了这种返璞归真、铅华落尽的艺术境界。你看，起句平平，只是纪实，但亭亭耸立的青松形象已在眼前，瑟瑟作响的谷中风声犹在耳边。而二者又不是彼此孤立、互不相干，统一的画面给人以整体的感受。劲松与寒风，已构成诗中矛盾，酝酿着诗情冲突。果然，第二联"风声一何盛，松枝一何劲"，用排比的修辞手法过渡，一气直下；重复用"一何"二字的感叹句式，极度强化描写对象。至此，气势酿足，形象灿然，我们仿佛看到，满山满谷，狂风激荡，万籁同震，骇人听闻，此时山上青松，赫然独立，正以它坚韧不屈、宁折不弯的躯体对抗着狂暴的风寒！寻常数字，绘声绘色，展示了多么鲜明的形象，激起我们多么强烈的感情共鸣！诗的后两联，则在环境愈"惨凄"而青松本性愈"端正"的观照中，意境向深层开拓，章法在严整中变化，而诗仍是一味"朴质沉顿，感慨深至，不雕琢字法"。（清·方东树《昭昧詹言》卷二）唐代诗僧皎然称道："语与兴驱，势逐情起，不由作意，气格自高"（《诗式》），这正是刘桢诗歌风格所在、奥妙所在。

人们常说，文如其人。又说，风格即人格。验之古今中外的事实，这些话大致是不错的。刘桢的诗"气格自高"，他的为人大概也如是。史书有这样的记载：

魏文帝曹丕为五官中郎将时，常同邺下文学集团的一些文士们聚会。在觞酌流行、酒酣耳热之际，大家赋诗论文，谈今说古，个个风流潇洒，人人才华竞呈。一次，曹丕对刘桢说："我曾赠给你一条宽大的腰带，现在想借回一用，不知可否？"

刘桢风趣地说："想是腰带太贵重，太子赠我以后，又心痛后悔了吧？如是桢自当奉还！"

"哈……"曹丕爽朗地大笑起来，"公干（刘桢字）何出此言，天下万物，因人而贵。既在贱者之手，则不列至尊之侧，今日借回，何必就担心我不还你？"

曹丕这一"物因人贵"的宏论，虽颇有洒脱豪迈之气，但那居高临下的口气，却明显摆着太子的谱儿。于是，刘桢说："荆山和氏的璞石，是帝王价值连城的国宝；隋侯的夜明珠，胜过照辉华廷的烛光；南地之金，制成了窈窕淑女的首饰；鼠貂之尾，缀上了权贵的礼帽。这四种珍宝，原本埋在乱石之下，出于污泥之中，虽然终于照耀千载、流传后世，却没有一件从一开始就列于至尊之侧。最豪华的宫殿刚建成时，是工匠们最先站立其下；最好的粮食刚成熟时，是农夫们最先品尝其新。尊贵者所有的一切，都是卑贱者所制作、所最先享用过的。遗憾的是，我身边没有什么稀罕什物，否则我就可以奉献给太子了！"

刘桢不卑不亢，侃侃而谈，巧词妙语，句句含讥，话音未落，席间顿时爆发出热烈的笑声和啧啧赞叹声。

"公干果然逸气勃发，辞锋犀利。看来，我得以贱为先，反贱为贵了！"曹丕真诚地笑着说。

诗词里的中国故事

先唐篇

"好一句'夏屋初成而大匠先立其下，嘉禾始熟而农夫先尝其粒'①，真是字字警策，旨趣深远，实在妙！妙！"陈琳、徐干、吴质等人也赞不绝口。

众人情绪高涨，曹丕更感到一种不可名状的满足。历史上不知有多少太子都同他一样享尽荣华富贵，但是又有多少太子能同他一样，在身边簇拥着这么多才华横溢、光彩照人的至交诗友！他不仅不恼怒刘桢的言辞犀利，反而以此为骄傲。他一时兴起，向侍从招手说："来呀，去请甄夫人出来拜见众位大人。"

东宫内外，人人皆知这曹丕宠妃甄夫人，年过三十，仍是姿色绝伦，风韵不减当年。听了曹丕命令，席间无不惊讶。甄夫人还没走出后堂，早有人深深低下了头；待甄夫人步入前厅，众人一齐匍匐在地，诚惶诚恐，不敢仰视！独刘桢神态自若，端坐席间，双目平视，彬彬有礼地接受甄夫人参拜。

曹丕看见这种情景，爆发出一串开怀大笑，然后对众人说："你我行则同舆，止则接席，情同手足，如此拘礼，可见你等迂腐太甚，只有公干坦荡可亲，当受甄夫人敬酒，其余都罚酒三杯！"

刘桢坦荡高洁，曹丕气度洒脱，二人意气相投、亲密无间，常常是"清歌制妙声，万舞在中堂"，"赋诗连篇章，极夜不知归"。（刘桢《赠五官中郎将诗四首》）因此，有甄夫人来助兴，刘桢并不回避，他同曹丕诗酒往还，更不知身居何处，今夕何夕！

后来，太祖曹操听说了这天的事，以为刘桢狂傲不敬，命令有司收治，刘桢差点丢了性命，最后是减死一等，罚作苦工。宋人梅尧臣有《邺中行》诗吟其事：

> 公干才俊或欺事，平视美人曾不起。
> 自兹不得为故人，输作左校濒于死②。

---

① 此句为刘桢语原文。夏，大殿。
② 输作左校，即罚作苦工。

钟嵘评刘桢诗说："真骨凌霜，高风跨俗"（《诗品》卷上），这是定诗品，也是论人格。所以，宋人葛立方称颂刘桢不畏权贵、坚贞不屈的品质，说："曹操威焰盖世，甄夫人出拜，诸人皆伏，而公干独平视，虽输作而不悔，亦可嘉矣！"又说："公干尝有《赠从弟诗》云……其寄意如是，岂肯少屈于（曹）操哉？"（《韵语阳秋》卷二十）

【参考资料】

　　《三国志·魏志》卷二十一
　　　曹丕《与吴质书》

七步成章

　　建安十五年（212 年）冬，邺城（今河北临漳西南）铜雀台竣工建成。曹操带着众文武登台庆贺，在歌舞酒宴、一派升平祥和的气氛中，曹操令诸子各自作赋记胜。曹操姬妾众多，儿子也多，铜雀台上一时行吟之声不绝于耳。曹操坐着，一手捋胡须，一手端酒杯，静候察看着。不一会儿，他的目光停在曹植身上。这个儿子"生乎乱，长乎军"（曹植《陈审举表》），跟随他南征北战，"南极赤岸，东临沧海，西望玉门，北出玄塞"（曹植《求自诚表》），长期受他的精神熏陶，很有建功立业的雄心壮志，且才华出众，文思敏捷，在文士中声望极高，素日对他不免有些偏爱。曹操心里想着这些，目光又转向曹丕。这个儿子也是"天资文藻，下笔成章，博闻强识，才艺兼该"。（《魏志·文帝纪》）不过，论才思终不及他的同母弟弟曹植。

　　曹操正在沉思之际，曹植已写好文章走上前来。"请父亲赐教。"曹植带着创作冲动，一脸兴奋地说。

　　曹操接过来一看，是一篇《铜雀台赋》，就认真诵读起来：

> 从明后而嬉游兮，登层台以娱情。
> 见太府之广开兮，观圣德之所营。
> 建高门之嵯峨兮，浮双阙乎太清。
> 立中天之华观兮，连飞阁乎西城。
> 临漳水之长流兮，望园果之滋荣。
> 仰春风之和穆兮，听百鸟之悲鸣。
> 天云垣其既立兮，家愿得而获逞。
> 扬仁化于宇内兮，尽肃恭于上京。
> 惟桓文之为盛兮，岂足方乎圣明！

休矣美矣！惠泽远扬。

翼佐我皇家兮，宁彼四方。

同天地之规量兮，齐日月之晖光。

永贵尊而无极兮，等年寿于东王。

曹植虽然不过十九岁，但早已有"华采富艳，思若有神"的美誉。曹操一直疑心有人代他作文，所以今天登铜雀台，也有要面试他的才华之意。不料曹植果然援笔立就，且文意词藻皆可观。曹操好不惊喜，禁不住又拿起赋文吟哦了一遍。此赋从铜雀台的巍峨雄伟，写到修建铜雀台的宏愿；从称颂铜雀台的建成可以"扬仁化于宇内"，到颂扬魏武帝曹操将功比齐桓、晋文，与日月争光、同辉。所有这些，自然满足了曹操称雄天下的心愿。其实，曹植这篇《铜雀台赋》，只是一篇歌功颂德的应时文章，并没有多少可取之处，曹操只是出于偏爱，才如此嗟赏，而其余诸子的诗文，他大概就没有兴趣去一一观看了。

从这以后，曹操对曹植倍加宠爱，日常每有疑难，也总把他招来询问，曹植也不负父望，总是每有所问，应声而对。据《三国志·魏书》裴松之注魏武故事，曹操曾说过曹植是"儿中最可定大事"者。建安十六年（211年），曹操封曹植为平原侯。建安十八年曹操为魏王，定都邺。建安十九年，曹操又封曹植为临菑侯。这年七月，曹操东征孙权，让曹植留守邺城，临行告诫他说："我当年做顿邱县令，二十三岁。从那时起，所作所为，现在想起来没有一件后悔的。你今年也二十三岁了，能不自勉自强吗？"

曹植听了频频点头。曹操说这番话，是别有一番苦心的。曹植才华出众，又有主簿杨修、掾官丁仪、丁廙弟兄为他的羽翼，曹操几次想立他为太子，只是见他"任性而行，不自雕励，饮酒不节"（《魏志·陈思王植传》），因此又担心他不能成大器，所以临行前才这样激励他。

这一切，曹丕自然看在眼里、急在心里。长兄曹昂早年战死疆场，理应立他为太子，而父亲因赏识弟弟才华，至今只封他为五官中郎将。父亲心意，显然要立弟弟曹植为太子了。他多次找朝歌长吴质商议，吴质总是劝他要谨慎耐心，切勿焦躁，等待时机。于是他"御之以术，矫情自饰"（同上），又买通父亲左右姬妾，为他在父亲耳边说好话。曹操每次出征，他都与曹植送出城外，曹植称颂父亲功德，满口锦绣，左右幕僚无不注目，父亲听了也笑逐颜开，他却呆立一旁，怅然若失，一副傻相。吴质对曹丕说："这怎能博得你父亲的好感呢？"接着就教他在父亲面前如何卖乖。于是以后送行，他只是哭泣不止，拜倒不起，左右大臣以为是他特别伤心，因而个个叹息不已。这样一来，曹植反显得辞藻华美而诚心不足，只有他曹丕才是为与父亲离别而真诚伤心。

时机终于给曹丕等来了。曹植自己犯了个大错误。一天，他竟擅自乘车行驰中央大道，径直从司马门出宫。司马门是皇宫外门，汉时规定，只许皇帝车驾出入，即使太子出入也要下车。曹操知道后，勃然大怒，当即下令处死了公车令①，并下令严厉申斥曹植说："今后我要另眼看此儿了！"就这样，曹植逐渐失去了曹操的欢心。建安二十二年（217年），曹操终于下决心立曹丕为太子。两年后，曹操病死，曹丕废汉献帝，登帝王位。　　曹丕对曹植争位，一直耿耿于怀，一朝权在手，便把令来行，对曹植加紧了迫害。他先剪除曹植的羽翼，杀掉助曹植夺位的丁仪、丁廙兄弟，接着便命令曹植回封地，让他远离朝廷，再也没有机会过问国家大事，且派监国者时刻监视曹植的行动。

一天，曹丕又有了新招。他把曹植从封地召进京城，阴险地对曹植说："父王在时，总夸奖你才思敏捷，我没有目睹，现在我令你七步之内作诗一首。成，有嘉奖；不成，则行大法！"

曹植听了，知道这是皇兄又要借口加害于他，不禁悲愤交集，多少事一时涌上心头。一次，太祖为了检验我二人的才华胆略，曾命二人各出邺城一门，却又密令守门卫士不得放行，以观我二人所为。皇兄至城门，不得出而还；而植所幸先得杨修指教，称有太祖令，杀卫士而出。这次争宠，植因得杨修相助而占了上风。如此争斗，非止一次。皇兄登帝位后，心存宿怨，在第二年，就曾以"植醉酒悖慢，劫胁使者"（《三国志·陈思王植传》）的罪名，贬爵改封，使植日夜忧思，几乎弃生觅死。但植念及先父的养育大恩，与皇兄的手足情义，以及自己怀抱利器而无处施展的遗恨，总是徘徊于生死之间，对皇兄还存着一线希望。

① 公车令，掌管司马门的警卫长官。

今天，曹植听了皇兄的命令，勾起这些往事，虽然悲愤塞胸，却还想用骨肉之亲来打动皇兄。他在稍微平静一下自己之后，边走边吟诵道：

> 煮豆持作羹，漉豉①以为汁。
> 萁②在釜下燃，豆在釜③中泣。
> 本是同根生，相煎何太急！

曹植七步没有走完，就声情动人地吟出了这首诗。曹丕听后面有愧色，似乎真动了感情，加之曹植果然在七步之内作完了一首诗，他此时没有了加罪于曹植的借口，就暂时打消了杀害曹植的念头。

但是，这首著名的《七步诗》，只免了曹植一死，并没有改变他的处境。从那以后，曹植几次想单独求见曹丕，曹丕都不允许；他希望能参与国家大事，几次上疏求自试，也没有结果；十一年中，三次被改封贬爵，三次迁徙藩王都城。曹植受到这样的冷遇和压抑，忧郁成疾，终于在太和六年（232 年）病死，年仅四十一岁。

据明人冯惟讷辑《古诗纪》载，曹植《七步诗》与《世说新语·文学》所载不同，只有四句：

> 煮豆燃豆萁，豆在釜下泣。
> 本是同根生，相煎何太急！

曹植的《七步诗》，以自然朴素的语言，生动浅显的比喻，诚挚恳切的真情，抒发了诗人的愤懑，控诉了骨肉相残的丑行。

沈德潜评这首诗说："至性语，贵在质朴。"（《古诗源》卷五）

陈祚明也说："窘急中至性语，自然流出。繁简二本并佳。多二语，便觉淋漓似乐府；少二语，简切似古诗。"（《采菽堂古诗选》卷六）

---

① 漉（lù），过滤。豉，豆豉，豆制品。
② 萁，豆秸。
③ 釜，一种炊具。

沈、陈二人的评语，要言不烦地指出了曹植《七步诗》的价值所在，十分中肯。自然，"陈思《煮豆》虽七步而成，第（只是）小诗耳，不足尽所长也。"（《诗薮·杂编》卷三）就是说，这首小诗，还不能完全反映曹植"骨气奇高，词彩华茂，情兼雅怨，体被文质"（《诗品》卷上）的诗歌风格。

清代的宝香山人提出"魏文岂有诗不成而行大法之理"（《三家诗·曹集》卷一），从情理推测，怀疑《七步诗》的真实性，但这首诗对后世影响却很大，历代流传很广。1925年北京女师大学潮中，鲁迅为讽刺校长勾结教育当局迫害学生，还曾写过一首反七步诗：

> 煮豆燃豆萁，萁在釜下泣。
> 我烬你熟了，正好办教席！

鲁迅说此诗是"替豆萁申冤"的（《华盖集·咬文嚼字（三）》）。当时一些人被官方请去太平湖饭店吃了一顿饭，就说校长与学生是豆与萁的关系，学生闹学潮，反对校长，就是"相煎益急"（同上）。这样混淆是非，引起了鲁迅的义愤，所以鲁迅的诗讽刺说，当学生们都成了"灰烬"，校长就"正好办教席"，再去宴请那些正人君子们，在杯酒交错间继续迫害学生了。

1940年10月，蒋介石发动了第二次反共高潮，强令在长江南北和黄河以南坚持抗日的新四军、八路军在一个月内全部开赴黄河以北。1941年1月，在安徽南部的新四军部队九千余人，在军长叶挺、副军长项英的率领下奉命北上，7日，在皖南泾县茂林地区遭到国民党军队八万余人的伏击，新四军将士经过七天七夜的英勇奋战，弹尽粮绝，除千余人突围外，大部分壮烈牺牲，军长叶挺负伤被俘，副军长项英牺牲。这就是震惊中外的"皖南事变"！消息传来，全国人民和中国共产党无比愤怒。周恩来同志为了声讨国民党反动派的罪行，表示对这次事变中壮烈牺牲的新四军将士的深切哀悼，悲愤地写了《题辞》："为江南死国难者致哀"和这样四句《题诗》：

千古奇冤，江南一叶。

同室操戈，相煎何急！

　　"江南一叶"，即指军长叶挺。在共产党的努力下，共产党和国民党
已经结成抗日统一战线，但事实证明，国民党仍然坚持消极抗日、积极反
共，所以说是"同室操戈，相煎何急"！而且蒋介石背信弃义，滥用"团
结抗战"给他的权利，阴谋杀害了八千抗日精英，这岂不是千古未有、
奇之又奇的冤案！这沉雄、悲怆、愤怒的诗句，虽然借用了曹植的诗意，
但它已经远远超过了兄弟关系和个人恩怨的范畴，而立足于国家与民族
的整体，所以它具有更巨大、更深厚的感情分量，至今仍令人感到一种
难以承受的心灵重压与巨大悲愤。

【参考资料】

　　《世说新语·文学》

　　《三国志·魏志·陈思王植传》

　　中华书局《三曹资料汇编》

洛水感赋

　　魏文帝曹丕黄初三年（222 年）[①]，曹植入京朝见了曹丕后，即离开洛阳回他的封地鄄城（今山东鄄城）。马车跑了一天，到了洛水，已是落日西垂，人困马乏。曹植叫停住车马，小憩片刻。他独自一人，来到河畔，在柳荫下散步，随意眺望着洛水上下。那悠悠不尽的流水，好像激起了他心中的波澜，他不禁又想起了昨天发生的事情……

　　"贤弟，今日后宫宴饮，聊诉兄弟之情，不必拘泥君臣之礼。"曹丕设宴为弟弟饯行，虽说是骨肉兄弟，话中仍然隐隐透出居高临下的气势。

　　"是，愚弟谨听皇兄之命。"曹植恭谨地说。

　　"你看，还是如此拘礼！"曹丕说，"你我兄弟相聚，无需歌舞之乐，只要咏诗作赋，便可畅怀。贤弟可先献诗一首。"

　　曹植说："就请皇兄命题指韵。"

　　曹丕好像是想了想，然后说："不，还是吟一首旧作吧。我听说，宫中正在传诵你的《蒲生行·浮萍篇》，就诵这一首吧。"

　　曹植一听，心中暗吃一惊，顿生几分恐惧，不知皇兄为什么要让他吟诵这首，但他知道，不诵这首诗是不行的，只好惶惑不安地吟诵起来：

　　　　　　浮萍寄清水，随风东西流。
　　　　　　结发辞严亲，来为君子仇[②]。

---

　　① 《洛神赋》序，"黄初三年，余朝京师。"对此年有不同解释。曹丕这年去许昌，至四年才回洛阳，四年才有曹植入朝的记载。《魏志》三年记载没有植入朝事，或谓《魏志》略，或谓作者有意不书真实年代。
　　② 仇，匹配、配偶。

恪勤在朝夕，无端获罪尤。

在昔蒙恩惠，和乐如瑟琴。

何意今摧颓，旷若商与参①。

茉荑自有芳，不若桂与兰。

新人虽可爱，无若故所欢。

行云有返期，君恩傥中还。

慊慊仰天叹②，愁心将何诉。

日月不恒处，人生忽若寓。

悲风来入怀，泪下如垂露。

发箧造裳衣，裁缝纨与素。

　　曹丕听完，说："贤弟，此诗代人立言，抒写衷肠，情尽哀怨，缠绵悱恻，足堪催人泪下。不过，诗中那喜新厌旧的'君子'和那惨遭'摧颓'的弃妇，是有所指的吧？"

　　曹植极力平静地说："愚弟只是一时弄笔游戏，并无所指。"

　　"哈……"曹丕突然大笑，把手一挥，"来人呀，把玉缕金带枕给鄄城王拿来！"

　　一个侍从应声而来，曹植连忙站起来接过玉缕金带枕，向曹丕施礼说："谢皇兄厚赐！"

　　文帝说："不必了。你可知道，为兄为什么赐你玉缕金带枕吗？"

　　"愚弟不知。"

　　曹丕也站了起来，在殿里来回踱了几步，说："为兄知道，你一向有情于甄后。"

　　"愚弟不敢！"曹植一听，几乎吓呆了，连忙辩白说。

　　"你也不必隐晦。你那《蒲生》诗，不就是有感于甄后《塘上行》而作的吗？你不仅恋恋于甄后，而且对兄纳甄氏为妃，常耿耿于怀。其实，这是当年先皇之命。如今甄后已死，落花难缀，这玉缕金带枕是她的爱物，

---

① 商参（shēn），星宿名。二星此出彼没，永不相见，喻人分离不得相见。

② 慊慊（qiàn），憾，恨，不满。

就赐给你留作纪念吧。睹物思人，或可聊慰孤寂。"

曹植听了文帝这一番话，多少往事又涌上心头。当年太祖率军平袁绍，攻破邺城，时为五官中郎将的曹丕先进入袁氏内宅，见袁熙之妻甄氏年轻美貌，便强行霸占。太祖曹操后至，找不到甄氏，问左右，左右回答"五官中郎将已经带走了"，父子俩几乎为此反目。父子尚如此，他身为皇弟，能在皇兄面前表露他眷恋甄氏的感情吗？更痛心的是曹丕即位的第二年，甄后即遭谗害被杀，时年仅二十余岁。想到这些，曹植不觉热泪夺眶而出，不知是为甄氏的不幸而痛惜，抑或是为自己昔日的爱情梦而哀伤。他双手捧着玉镂金带枕，几乎要哭出声来，竟没有向曹丕行礼，就疾步奔出了皇宫……

曹植在洛水河畔漫无目的地走着，情状恍惚，神思飘散。一会儿，俯看流水，情似了然无所察；一会儿，仰望天际，神若欣然有所接……

"啊，那是谁？她体态轻盈，飘然而来，像惊鸿失群！她长袖轻飏，柔婉袅娜，像游龙戏水，似秋菊溢彩，如新松吐翠。一时淡云笼月，仿佛朦胧，一阵疾风回雪，又飘浮不定。远望，明艳过于朝霞中的红日；近看，清丽胜于碧波中的白莲。身材苗条，高矮适中，斜斜的肩，细细的腰，颀秀的颈项，滑凝的肌肤；蛾眉修长，云髻高耸，樱唇红润，皓齿洁白；一对酒窝，堆笑含情，一双明眸，流盼生光；施脂粉，天然一段风韵；不佩香草，自有一脉奇香。"

曹植看着，想着，不禁心旌摇荡，激动不已。"啊，你是谁？是洛水女神宓妃[1]吗？"曹植向前走了几步，叫了起来。

"君王不认识我了？我是甄逸小女[2]啊！"那女子说。

"你是甄后！你果真是甄后？"曹植惊疑不已，伸出双手，向前奔去迎接那飘渺不定的甄后。

"我实是甄逸小女，君王不必狐疑。当年一见君王，即已倾心相许。无奈天不从愿配我与文帝。我对君王的一片深情，只能珍藏心里。后来，

---

① 宓妃，伏羲氏女，相传溺死于洛水，遂为洛水之神。

② 汉上蔡（今河南上蔡）令甄逸有五女，最幼者为袁绍中子袁熙之妻。后曹操破袁绍，文帝时为太子，纳袁熙之妻甄氏为妃，即甄后。后为郭皇后所谮（zèn，进谗言），文帝赐死后宫，临终为诗"蒲生我池中"

郭后得宠，百般谗言，我的爱、我的恨，都只能一寄于临终的绝笔诗了。"

"啊，记得！就是那《塘上行》，我是时时吟诵的。你听：

> 蒲生我池中，其叶何离离①。
> 旁能行仁义，莫若妾自知。
> 众口铄黄金②，使君生别离。
> 念君去我时，独愁常苦悲。
> 想见君颜色，感结伤心脾。
> 念君常苦悲，夜夜不能寐。
> 莫以豪贤故，弃捐素所爱。
> 莫以鱼肉贱，弃捐葱与薤。
> 莫以麻枲贱，弃捐菅与蒯③。
> ……………

曹植吟诵完诗后，感伤地说："这是你在被害死前写的诗，字字是血，声声是泪，倾诉了一个被害弱小女子的无限悲痛，令人肠断。最后三联，既是怨恨，又是规劝，一句紧逼一句，痛彻肺腑，所以难以为继，诗至此戛然而止，还没有写完，你的心中不知还有多少话没说、多少怨没吐呢！"

"啊，君王果是小女的知音。"甄后说着，不禁掩袖哭泣起来，她边哭边说，"唉，只恨你我盛年不相逢，如今人神成永隔。昨日，我得知文帝赐你玉缕金带枕，那是我出嫁前的心爱之物，今日归君，得荐枕席。物虽微贱，犹似我心常伴君侧，我虽埋骨九泉，也可瞑目了。"甄后终于珠泪滂沱，倏然飘逝。

"甄后！甄后……"曹植连声呼唤，可一切已消逝得无影无踪了。

阴霾驱尽了夕阳余晖，无边原野，正是暮色苍茫。曹植回过身来，神悠悠，心怅怅，向马车走去。他望着苍茫四野，揽辔徘徊，久久不能离去。

---

① 离离，繁茂纷披的样子。

②《史记·张仪传》："众口铄金，积毁销骨。"谓人言可畏，人言可以杀人。铄，熔化。

③ 薤、菅、蒯，都是微贱的草本扭物。麻枲（xǐ），麻的总称。这首诗的后面还有这样几句："出亦复苦愁，入亦复苦愁。边地多悲风，树木何修修（xiū xiū，鸟羽残破的样子），从君独致乐，延年寿千秋。"

《唐诗画谱》

（明）黄凤池 编

曹植回到鄄城，不能忘怀洛水奇遇，便写下了《感甄赋》。后来，甄后所生的魏明帝曹叡见了，改名《洛神赋》。从那以后，这篇通过梦幻境界，描写神人之间的真挚爱情，充满强烈抒情气息和传奇色彩的小赋，便以《洛神赋》之名，成为历代传诵不绝的动人名篇。

曹植与甄后这段悲剧故事及《洛神赋》的创作动机，约在东晋和南朝时就已有了流传，南朝梁昭明太子萧统辑《文选》，即把《洛神赋》归入"情赋"一类。唐李善注《文选》，在题解下完整地记述了这个故事，并明确地说，因感甄氏，"遂作《感甄赋》，后明帝见之，改为《洛神赋》。"

晚唐著名诗人李商隐，多次写到曹植和甄后的事。"贾氏窥帘韩椽少，宓妃留枕魏王才。春心莫共花争发，一寸相思一寸灰。"（《无题四首》

之二）"宓妃愁坐芝田馆，用尽陈思八斗才①。"（《可叹》）下面我们引李商隐三首小诗。

涉洛川②

通谷阳林不见人，我来遗恨古时春。
宓妃漫结无穷恨，不为君王杀灌均。

代魏宫私赠③

来时西馆阻佳期，去后漳河隔梦思。
知有宓妃无限意，春松秋菊可同时。

东阿王④

国事分明属灌均，西陵魂断夜来人。
君王不得为天子，半为当时赋洛神。

宋人王铚《默记》说："仆意李义山最号知书，意必有所据耳。"曹植因为赋《洛神赋》而丢了皇位，王铚相信李商隐一而再、再而三在诗中有感于曹植与甄后事而抒怀，必定是有根据的。

到了宋代，才有人怀疑李善注。清人何焯全面批驳李善注，以为那完全是小说家们的无稽之谈。他认为"植既不得于君，因济洛川作为此赋，托辞宓妃以寄心文帝，其亦屈子（屈原）之志也"。（《义门读书记》）清人潘德舆态度则更加激烈，他说："不解注此赋者，何以阑入（搀入）

---

① 南朝诗人谢灵运曾说："天下才共有一石，子建独得八斗，我得一斗，自古及今同用一斗。"所以，曹植有"才高八斗"之誉。

② 原注说：灌均，陈王之典签，谮诸王于文帝者。黄初二年，灌均逸曹植于文帝，"植醉酒悖慢，劫胁使者"，植被贬安乡侯。

③ 原注：黄初三年，已隔存没，追代其意，何必同时，亦广子夜鬼歌之流。

④ 黄初三年，曹植封东阿王。

甄后一事，致使忠爱之苦心，诬为禽兽之恶行，千古奇冤，莫大于此。"（《养一斋诗话·上》卷二）　不过，这些人持论的立足点，是封建的"名教"（何焯语，同上）意识，他们把赋中的人神之恋，说成是"禽兽之行"。说成是曹植对文帝曹丕表白自己因遭谗被害，但至今仍念念不忘文帝，冀文帝觉悟，其论显然不足以服人，因而李善所注事实的真伪，至今仍是一个悬案。

　　与这个故事相关联的，是甄后的那首感人至深的《塘上行》。明人王世贞说："《塘上》之作，朴茂真至，可与《纨扇》、《白头》姨似。""'莫以豪贤故'……以下数句，语妙意绝，千古称之。"（《艺苑卮言》卷三）明人许学夷也说："甄后乐府五言《塘上行》，情思缠绵，从肺腑中流出，与文君《白头吟》比美。"（《诗源辨体》卷四）此外，我们在前面已经引用过的一段评论："班姬《团扇》、文君《白头》、徐淑《宝钗》、甄后《塘上》，汉魏妇人，遂与文士并驱，六代唐蔑矣。"（胡应麟《诗薮·内编》卷二）这些评论，充分肯定了甄氏诗的艺术成就和在文学史上的地位。

【参考资料】

　　李善注《文选》卷十九《洛神赋》
　　《三国志·魏志·后妃传》

梁甫吟解

　　"刘玄德三顾草庐"和"定三分隆中决策"是《三国演义》的两个标题。在这两回书讲述的故事发生以前,诸葛亮还是鲜为人知的"卧龙"(《三国志·蜀志·诸葛亮传》),隐居于南阳隆中(今湖北襄阳西北)。诸葛亮本是琅邪(今山东沂南人),十七岁随叔父到了襄阳隆中。隆中山,是嵩山的余脉,群山环抱如巢,松柏参天,满目苍翠。山间清溪,水声淙淙,沔水(古汉江上游)经隆中迤逦东去。诸葛亮隐居的地方,西依隆中山,北临沔水,有三间草屋,数亩庭院。诸葛亮一面躬耕垄亩,一面苦读史籍,深交知己,留心世事,自比管仲、乐毅,待时而展宏图于天下。

　　汉献帝建安元年(196 年),诸葛亮和颍川石广元、徐元直,汝南孟公威一起远离家乡,从师求学,以后成了好友。诸葛亮好读书,不求甚解,终日手不释卷,却对篇章只求了解大概,另三人则探幽发微,务求精熟透彻。于是,徐元直等终日忙于背诵,无暇他顾,诸葛亮则从容悠闲,早晚常独处抱膝长啸。

　　一天,他们四人又一同往游西山。路旁青草离离,耳中松涛声声,他们采摘一朵清香的野花,舀取一杯甘甜的飞泉,把整个身心沉浸在这清新纯净的大自然里。登山后,诸葛亮在岩边一块巨大的青石板上坐下来,双手抱膝,注目四山,若有所思。徐元直等三人在他身后,或立,或坐,或默诵,或微吟,都在苦读圣人经典。这种情形,大家都习惯了,所以此刻谁也不干扰谁。

　　过了许久,诸葛亮突然转过身,似有感触地对徐元直三人说:"诸位如此刻苦,仕途大概可至刺史、郡守。"

　　刺史、郡守,官位不算低,却也不高,而诸葛亮一向是以管仲、乐毅自比的,三人听了心中怪不是味,便一齐问道:"不知仁兄将来官至何阶?"

诸葛亮只是微微一笑，不作回答。

徐元直一向十分佩服诸葛亮，日常相处，了解诸葛亮的抱负。于是他说："管仲，在春秋初年，辅助齐桓公称霸，被尊为'仲父'；乐毅，是战国时燕国名将，曾率军攻齐，连下齐国七十余城，因功封昌国君。孔明兄素以管、乐自比，文武兼备，安内服外，官至宰辅、国公而不为过，今日虽未闻达，实为一卧龙也！"

"元直何必夸大其词！有管、乐之志，未必能成管、乐之功啊！"诸葛亮笑了笑说，他的笑似带着自信，也含着一丝苦涩。

一时，大家都沉默了。过了一会儿，孟公威说："孔明兄尚且如此心存忧虑，公威又何苦遨游四方？家乡老母，阔别日久，不如早早归去！"

诸葛亮听了，不禁双眉紧皱，看了看孟公威，意味深长地说："当今中国，需要士大夫，有志理当遨游天下，怎能苟且无为，老死故乡？"诸葛亮说完，转身遥望东方，见青峰连绵，山岚缥缈，他挺胸而立，凝神结想，像陷入了深远的沉思。

大家也都沉默了，不知过了多久，石广元冒失地惊醒了诸葛亮，说："孔明兄，你在想什么？"

诸葛亮回过头来，众人看见他已满脸是泪，不免有些惊讶。诸葛亮声音低沉地说："啊，我又有了一首《梁甫吟》，你们想听听吗？"

原来是这样！徐元直说："乐府古曲《梁甫吟》最适于抒写伤感愁思，听来令人凄恻叹惋。孔明兄常为《梁甫吟》，琴词皆美，只是此时不知又为何而发，我等自然乐意聆听，可惜此时无琴。"

于是，诸葛亮双手抱膝，端坐在青石板上，注目青山，深沉顿挫地吟哦起来：

> 步出齐城门，遥望荡阴里。
> 里中有三坟，垒垒正相似。
> 问是谁家墓？田疆古冶子。
> 力能排南山，文能绝地纪①。

---

① 绝，是尽的意思。地纪，即四极。古人以为地是方的，为防止倾陷，四角有绳维系，这即是四极，此指维系社会秩序的大道理。这两句诗说，三士文武兼备，力可推倒南山，文能深明天地纲纪的真谛。

一朝被谗言，二桃杀三士。

谁能为此谋，国相齐晏子。

"孔明兄，你讲的二桃杀三士的故事，我等自然知道，你此时为何吟诵这样一首诗呢？"孟公威说。

"一首好的咏史诗，必有所寄兴，孔明兄此诗寄兴何在，我也不甚明了，不妨赐教。"石广元接过话头说。

徐元直听了孟公威、石广元的询问，似有所悟，不禁在一旁微笑着说："依愚见，孔明兄的深意，在诗的结尾一联已见端倪了。"

"哦，快讲快讲，我等愿闻其详。"二人同声催促说。

徐元直说："别急，让我们先简单地回忆一下二桃杀三士的故事。弄清了这个故事的真正意义，我们就不难理解孔明兄的寄托了。"

徐元直说，这个故事发生在春秋时的齐国。齐景公有三名勇士：公孙接、田开疆、古冶子。他们都以勇力搏猛虎而闻名。一天，丞相晏婴经过他们身边，他们竟然没有起立施礼。于是晏婴入见齐景公，说："我听说贤明君主养的勇士，上懂君臣大义，下遵长幼秩序，内可以禁止暴力，外可以威服敌人，所以才给他们高位厚禄。如今君王养的勇士全然没有上面这些品德，他们是国家的危险人物，如不除掉，后患无穷。"

齐景公说："要除这三人，只怕搏斗不能胜，行刺不能中，要出大乱子啊。"

晏婴说："这好办。臣有一计，只要给他们三人送两个桃子，并要他们论功劳大小吃桃子。三人既不懂长幼之礼，如何吃桃，就有好看的了。"

齐景公依计而行。果然，公孙接和田开疆都先后讲了自己的功劳，以为自己最有资格吃桃子，就各自拿了一个桃子。古冶子见了，急红了眼，大喝一声："住手！当年我同齐君横渡黄河，一头大鼋把船拖入了河底，是我不顾个人生死，追杀大鼋，救了齐君，我的功劳比你公孙接力能同野猪搏斗，比你田开疆杀退三军敌人，都大得多，只有我最有资格吃桃子。"古冶子说完，拔出佩剑，对公孙接、田开疆说："二位为何不送回桃子？"

公孙接、田开疆这时十分尴尬，满面羞愧，齐声说："我们的勇不及你，功也不及你，取桃不让，是贪；既知贪而取不义之物，不死，是无勇。"二人送回各自取的桃子，拔出佩剑自杀了。

古冶子见他俩都自杀了，心想："他俩为争桃死了，我独自活下来，是不仁；羞辱别人，而又自我夸耀，是不义；痛恨自己的所作所为，而不敢死，是无勇。也拔剑自刎了。

徐元直讲完这个故事，说："孔明兄这首《梁甫吟》，全篇都是咏的这段历史故事，只有最后一联才有弦外之音。"

孟公威、石广元对徐元直说："你讲了半天故事，我们还是没有悟出孔明兄的弦外之音来。"

徐元直十分得意地笑了笑说："管仲和晏婴都是齐国的贤相，司马迁著《史记》，以管、晏并称，尤其景仰晏婴，愿为晏婴执鞭牵马。孔明兄为何只尊管仲，而不敬晏婴呢？孔明兄以为，从二桃杀三士看，晏婴以小过而杀三士，如何以仁德而教化天下？所以还算不得贤相。孔明兄之志大得很呢！"

徐元直还想说下去，诸葛亮打断了他，似回避又似自嘲地说："好了，元直，此乃天机，不可预泄了，我等还是下山去吧！"

也不知孟公威、石广元二人懂没懂这首诗的寓意，四人就相跟着下山了。

据《水经注》载，诸葛亮"宅西背山临水，孔明常登之，鼓琴以为《梁甫吟》，因名此为乐（yuè）山。"现在，湖北襄樊市西北的隆中山中，还有乐山、抱膝石、梁父岩等遗迹。

诸葛亮传世诗篇，只有这一篇《梁甫吟》，胡应麟说："孔明《梁甫吟》，当不止一篇，世所传仅此耳。"（《诗薮·外编》卷一）

关于这篇《梁甫吟》的旨趣，后世学者有过深入探讨。清代朱止溪说：此诗"哀时也。无罪而杀士，君子伤之，如闻黄鸟哀音[1]"。（《汉魏乐府风笺》卷五）这是说诸葛亮是有感于时事，所以作了《梁甫吟》，而《梁甫吟》本来就是"人死葬歌也"（郭茂倩《乐府诗集》卷四十一），所以说"如闻黄鸟哀音"，声调悲凉，充溢着不平与愤懑。朱柜堂则更从诸葛亮辅佐刘备、刘禅二主的事迹来考察，认为他一生思贤若渴，招揽四方精锐，又爱才如命，损一人如损他腹心手足，终于以一个疲敝的益州而

---

[1] 参见本书《黄鸟挽歌》篇。

《唐诗画谱》　　　　　　　　　　（明）黄凤池 编

与曹魏、东吴抗衡，他一生谋国的忠心，与"无罪而杀士"的晏婴不是大不相同吗？因此，朱柜堂说："抱膝隆中，兴怀往事，其梗概固已先定矣。"（同上）这就是说，诸葛亮一生的大志和作为，已早寄托在他经三顾而出茅庐之前的《梁甫吟》中了。朱柜堂的理解可能是对的，因此，后代胸存大志又怀才不遇的诗人，常借《梁甫吟》的陈酒浇心中的块垒，其诗亦多悲怆激愤。唐代李白有长篇歌行《梁甫吟》，开头两句就是"长啸梁甫吟，何时见阳春？"诗情喷发，势不可遏，接着李白列举历史人物的遭遇，其中有"力排南山三壮士，齐相杀之费二桃"的史实，用这些来暗示自己的怀才不遇和当时政治环境的恶劣，抒发他在政治上遭到打击后的悲愤心情。杜甫有名篇《登楼》，诗如下：

花近高楼伤客心，万言多难此登临。

锦江春色来天地，玉垒浮云变古今①。

北极朝廷终不改，西山寇盗莫相侵②。

可怜后主还祠庙，日暮聊为梁甫吟。

　　诗人杜甫把自己这首《登楼》诗也看作一首《梁甫吟》，其情绪和用意就十分明显了。在杜甫看来，当前时势是如此"万方多难"，而朝廷依然黑暗腐败如故，他有满腹经纶，却不得施展，只能效法"好为梁甫吟"的诸葛亮一样，在这登楼、吟诗，岂不无聊！岂不可叹！苍凉忧郁的情怀，激荡在字里行间。读杜甫的这首《登楼》诗，可以帮助我们理解诸葛亮当时作《梁甫吟》的环境与心境。

【参考资料】

　　《三国志·蜀志·诸葛亮传》

　　《诸葛亮集》

---

① 锦江，在四川成都，当时杜甫漂泊在成都。玉垒，山名，在成都西北。

② 北极，即北辰，指朝廷。西山盗寇，指当时西部吐蕃的入侵。

广陵散绝

在山阳（今河南焦作市东）城东北，群山环抱，奇峰竞秀，或孤岩突出，状若奔鹿，或两山对峙，形似天门；碧溪清泉，与山回环，丛丛幽竹，冬夏常绿。在这山中，百家岩下，有一家庭院，院前一棵高大柳树，含烟笼翠，覆荫数亩，蔚然壮观。这就是嵇康的家。嵇康的妻子是魏武帝曹操孙子穆王曹林的女儿，所以他也算是皇亲了。但是，曹操死后，司马懿成了魏国唯一的谋略家。景初三年（239 年），魏明帝曹叡死，司马懿和他的儿子司马师、司马昭相继执政，曹氏政权转为司马氏政权。司马氏父子一面杜撰汤、武、周、孔①的古训，替篡位制造礼教根据，一面用灭族的酷刑杀戮曹氏集团中人。嵇康反对虚伪的礼教，对黑暗政治深为不满，为远祸避害，便早早弃官还乡，隐居在这嵇山百家岩下。

但是，"欲寡其过，谤议沸腾，性不伤物，频致怨憎。"嵇康在《幽愤诗》中这样说，他想躲也躲不过，想减少过错，但诽谤和非议还是满天飞；他本性是不想对任何人与事造成伤害，但是怨恨还是不断袭来。嵇康时时都有一种危机感。

魏元帝曹奂景元三、四年间（262—263 年），嵇康的好友山涛，迫于司马氏的势力，在四十岁后，中断归隐，出山去做官了。在任尚书吏部郎时，山涛推荐嵇康去代替自己的职务。嵇康断然拒绝，并且写了著名的《与山巨源绝交书》②作答。嵇康在信中列举了"九患"，说明自己不能为官的理由，这"九患"实质上是对当时黑暗政治与虚伪礼法的揭露。这封信表明了嵇康不与司马氏合作的决心。

---

① 汤，商汤；武，周武王，周，周公旦；孔，孔子。这四人是汉以来儒家奉为正统的明君圣人。
② 山涛，字巨源。

早就想加害于嵇康的司马氏集团，终于找到了机会。司马氏的心腹钟会得到嵇康的《与山巨源绝交书》后，立即在司马昭面前大肆诋毁嵇康。他说："当年，嵇康曾支持毌丘俭作乱①。平日嵇康与吕安等人言论放肆，非议经典。这次，他在《与山巨源绝交书》中，说'每非汤、武而薄周、孔，在人间不止此事，会显，世教所不容。'嵇康非难汤、武，鄙薄周、孔，不仅不以为狂妄，而且还扬言当今世间可非难鄙薄的事，远比他非难鄙薄的汤、武、周、孔一类事还多得多。这不是对当朝的诽谤吗？"

　　司马昭听了十分恼火，当即授意钟会去查办嵇康。当时正好发生了一件事，嵇康好友吕安的妻子徐氏很美，吕安的哥哥吕巽乘徐氏喝醉了酒而奸污了她。丑事败露，吕巽反诬吕安不孝，嵇康为吕安辩护。钟会抓住了这件事，报告给司马昭。司马昭下令严惩，嵇康因此案被关进了监狱。

　　嵇康终于因为他"刚肠疾恶，轻肆直言，遇事便发"（《与山巨源绝交书》）而遭横祸。他在狱中，十分悲愤，写了长篇《幽愤诗》，其中一节如下：

> 咨予不淑，婴累多虞。
> 匪降自天，实由顽疏。
> 理弊患结，卒致囹圄。
> 对答鄙讯，絷此幽阻。
> 实耻讼冤，时不我与。
> 虽曰义直，神辱志沮。
> 澡身沧浪，曷云能补。
> ············

　　这节诗的大意是说，我遭陷害，实由我的秉性固执、嫉恶如仇，如今道义丧尽，祸从天降，我果然身陷监狱！我耻于出庭，去面对权奸佞臣的讯问。我这天大的冤案，就是跳进黄河，又岂能洗清？

　　嵇康写这首《幽愤诗》时，已预感到自己不免于死。果然，不久他就

---

① 魏高贵乡公曹髦正元二年（255年），镇东将军毌丘俭与扬州刺史文钦假托太后诏，檄移郡国，合讨司马氏，司马师率大军十万东征，叛乱平，毌丘俭被斩。

被推上了刑场。当时，三千太学生都到刑场送行。嵇康从容平静，神情自若，仰视日影，知行刑时刻就要到了，问哥哥嵇喜："把我的琴带来了吗？"

嵇喜说："带来了。"

嵇康说："孝尼来了没有？你把他叫来。"

袁孝尼听说，立即从人群中走出来，说："舅舅，外甥在这里。"

嵇康自责而痛惜地对孝尼说："你一直想跟我学习弹奏《广陵散》，我昔日在华亭（今河南洛阳西南）山中采药，得神授此曲，曾与神相约，誓不传人，若违此言，祸将及身，所以不敢教你。这支曲，是专为聂政刺韩相作的①，所以正声各段的标题有井里、别姊、辞乡、报义、取韩、投剑之类。今天，我就要被杀头，再也不能教你弹奏了，你就仔细听我弹一遍吧。我一生的爱与恨也都寄托在这琴声里了！"

袁孝尼听了这些话，扑通一声跪在嵇康面前，热泪滚滚，痛哭失声。

嵇康扶起外甥，说："不要哭泣，要仔细听我弹琴，要不然，《广陵散》曲，从今以后就失传了！"说罢，转身从嵇喜手中接过琴去，放在几案上，弹奏起来。

刑场上顿时鸦雀无声，随着琴声，人们仿佛感到寒风四起，凄厉呼啸，人群不安地骚动了一下，接着，冰雹夹着急雨，哗啦啦、噼噼啪，汇成巨大的轰鸣声，像天崩地陷，惊心动魄。阵雨过后，四野一片静寂，月落空山，鹤唳猿啼，泉涩溪咽，声声如怨诉，在在含悲声。人们承受了极度惊恐之后，又陷入了无声的惆怅与哀怨。忽然，似满天云烟奔走，风雷并作，又如滔滔黄河，冲突禹门，狂风怒涛，霹雳闪电，迎头扑面而来，一时间山摇地动，整个刑场都摇晃了起来。就这样，嵇康在他弹出的悲愤琴声中倒下了，时年仅四十。

据载，"司马氏受魏明帝顾托，后反有篡逆之心，自诛曹爽，逆节弥露。王陵都督扬州，谋立楚王彪，毋丘俭、文钦、诸葛诞前后相继为扬州都督，咸有匡复魏室之谋，皆为（司马）懿父子所杀。叔夜以扬州故广陵之地，

---

① 战国时，韩相侠累主张韩、赵、魏三家分晋，遭政敌严仲子反对。后严仲子逃亡至齐，重金求侠客聂政刺杀侠累。聂政刺杀侠累后，亲手挖了自己的眼睛，削了自己的脸皮，剖腹而死。聂政姐姐聂荣知弟弟自毁其容，是为了不牵连累，抱着弟弟的尸首痛哭，然后抢地而气绝，死于聂政旁。郭沫若有话剧《棠棣之花》，写的就是这个故事。

彼四人者，皆魏室文武大臣，咸散败于广陵，故名其曲为《广陵散》，言魏氏散亡，自广陵始也。"(《太平广记》卷二〇三)而宋代王谠说："'广陵'，维扬也（扬州）；'散'者，流亡之谓也……叔夜撰此，将贻后代之知音，且避晋祸，托之鬼神，史氏非知味者，安得不传其谬矣！"（《唐语林》卷三）从这两段文献可知，《广陵散》是嵇康有感于司马氏篡魏而创作的，为了避免遭司马氏杀害才假托鬼神传授，史家相信了嵇康的假托之辞，真以为是神授，那是史家不能体察嵇康的苦心。但是嵇康枉费苦心，最终还是因为反对司马氏的篡逆、同情广陵四位都督而被杀害了！

"声调绝伦"的《广陵散》从此绝矣！（《晋书·嵇康传》）

是的，嵇康弹奏的《广陵散》，从此失传了！这不仅因为袁孝尼没有学完全曲，也由于他没有学到嵇康的弹奏技巧。所以近人戴明扬《广陵散考》说："叔夜（嵇康字）所弹，孝尼尚未得其全，从实论之，即谓为绝，可矣。虽然，此惟叔夜之家法绝耳。"而"《广陵散》谱，则仍历代相传"。（同上书）此为不幸中之大幸！

现存《广陵散》琴谱，最早见于明人朱权编著的《神奇秘谱》。据朱权说，其曲传自隋宫，历唐至宋。此外还有《西麓堂琴统》等传谱。现存琴谱共四十五段，分为开指一段，小序二段，大序五段，正声十八段，乱声十段，后序八段。大序、正声、乱声，大约是袁孝尼向嵇康学得的三十三段，前后各段则是后人所增益。

元代耶律楚材有《弹广陵散终日而成因赋诗五十韵并序》，其中写到《广陵散》曲的诗句如下：

《亡身》志慷慨，《别姊》情惨戚。
《冲冠》气何壮，《投剑》声如掷。
《呼幽》达穹苍，长虹如玉立。
将弹发怒篇，寒风自瑟瑟。
琼珠落玉器，雹坠渔人笠。
别鹤唳苍松，哀猿啼怪柏。
数声如怨诉，寒泉古涧涩。
几折变轩昂，奔流禹门急。

大弦忽一捻，历弦如破的。

云烟速变灭，风雷恣呼吸。

数作拔剌声，指边轰霹雳。

一鼓息万动，再弄鬼神泣。

　　戴明扬说："元耶律楚材《广陵散诗》，曲尽神致。后之览者，不独知此操之出处神奇，叔夜悲愤之怀，亦毅然可想。学者须三复此诗，则指法节奏之妙，虽不能得其真传，而悲慨浩叹之情，亦当会其神于万一。"（《广陵散考》）这是对耶律楚材《广陵散诗》思想和艺术的极高评价。读了这首诗，我们仿佛亲耳聆听其曲，不仅可以想见嵇康其人，感受到嵇康"悲愤之怀"，产生"悲慨浩叹之情"的共鸣，而且可以学到"指法节奏之妙"，得到嵇康弹琴的"真传"。后世应该感谢耶律楚材，他对《广陵散》曲作了这样传情传神的生动描写。

　　明代张居正有《七贤吟·嵇中散》诗：

調高岂谐俗，才俊为身患。

缠悲幽愤间，结恨广陵散。

　　嵇康才大性刚，离经叛道，触怒了利用礼教图谋篡权的司马氏集团，被诬害处死，他在《幽愤诗》中悲叹"澡身沧浪，曷云能补！"但是，嵇康没有想到，《广陵散》琴曲的流传，为他洗雪了这千古沉冤。

　　至于《广陵散》是否为嵇康始创，历来也有争论。宋代人何薳（wěi）认为《广陵散》非嵇康始撰，也不因广陵兴复之举不成而制曲，早在魏武帝曹操时乐师夔已妙此曲。（《春渚纪闻》卷八《辨广陵散》）清代人朱珔（xiù）的《文选集释》、《困学纪闻》均继何说而有考辨。

【参考资料】

　　《晋书·嵇康传》
　　戴明扬《嵇康集校注》
　　《世说新语·简傲》

穷途之哭

在陈留尉氏（今河南开封东南）的田野上，一辆牛车在摇摇晃晃、左盘右旋地奔驰，后面扬起一路黄尘。车上坐着的人，是大名鼎鼎的阮籍。他拿着鞭子，不停地抽打着驾车牸牛，烦躁而愤怒。牸牛拖着木车，从大道奔上小路，奔上田野，奔上它能插足的地方。也不知跑了多远，车突然停了，阮籍一看，"哇"的一声号啕大哭起来，这哭声悲痛惨烈，震动四野。原来，一条深涧挡住了去路！

阮籍哭到有声无泪时，只好驱车而回。这种情形已不止一回两回，他经常一个人驾着牛车外出，不择路径，任牸牛在荒山野地奔跑，途穷路绝，就痛哭而返。有时半日、一日，路绝而回；有时三日、五日、十天、半月，长驱无阻。

一次，他的车一直驰进了苏门山（在今河南辉县境）中。苏门山属太行山脉，翠峰簇拥，清泉叮咚，山光水色，宁静清幽。白云生处，依稀可见竹篱茅舍，盘山石径，时时传来采樵歌声。阮籍入得山来，舍车登山，疾步如飞。他站在一块山崖巨石上，敞开胸怀，放声长啸"啊……"，那啸声仿佛是长期郁积在胸中的闷气，喷薄而出，深沉悠长。顿时，四山传响，激荡着"啊、啊"的回声。

阮籍在一阵长啸以后，心胸似乎轻松了许多。他继续向山林深处走去。他登上一座山巅，苍松参天，古藤缠树，环视左右，群峰奔赴脚下。忽见在悬崖边一块大青石上，一位老者，披头散发，盘腿端坐，双目微闭，两手垂放膝上。

阮籍心中一喜："幸甚！幸甚！早听说苏门山中有真人隐居，今日莫非有缘相会？"他几步走到老者面前，施礼说，"先生，打扰了！"

老者安坐不动，仿佛没有听见。

阮籍略略提高了嗓音，说："先生，这里有礼了！"

等了许久，老者也没有回答，而神情愈加悠闲自在。

阮籍知道，多少事理，只可与知者道，难与俗人言，眼前老者定是把自己当作凡夫俗子，决计不开口了。但是，既然天赐良机，幸遇真人，怎能就如此错过？于是说："先生，不才敢问，何谓君子？世人所谓君子，必得躬行礼法，循规蹈矩，道貌岸然，不苟言笑，年少时闻名乡里，年长后蜚声异国，上则居三公①要职，下亦不失做九州牧②，荣耀于生前，扬名于后世，远祸近福，世代不衰。可是君不见，群虱处于棉裤中，深藏于败絮里，自以为有安全之所，行不敢离裤缝，动不敢出裤裆，也自以为循规蹈矩；饥则吸人血，自以为食无穷，子子孙孙生育繁衍，自以为世代不绝！一旦战火相加，城郭尽成焦土，群虱死于裤中，无一可以逃脱。世之所谓君子，何异于裤中之群虱？"阮籍故意滔滔不绝，危言耸听，心想："看你说不说话，你还不被我这愤世狂言激怒！"

谁知任凭惊雷贯耳，泰山压顶，老者始终静坐如初，仍是一言不答。

阮籍看了看老者，又口若悬河，自顾自讲出一篇无国无君、无贵无贱、清心寡欲、无为而治的大道理。再看老者，浑身静穆，仿佛早已坐化仙逝了。

看来，阮籍再怎么说下去，老者也不肯理他。他只好悻悻然离开老者，寻路下山。

忽然，老者喟然长啸，声如凤鸣，清亮悦耳。霎时，林壑幽涧，响起雄浑华畅的回声，经久不绝。阮籍停住脚步，仰视峰巅，聆听着那荡气回肠、如歌如诗的山林交响，无比兴奋。他素知音律，顿悟老者胸怀，不禁诗情勃发，在山间小路上徘徊数步，便代老者唱出了一首《采薪者歌》：

> 日没不周西③，月出丹渊中。
>
> 阳精蔽不见，阴光代为雄。
>
> 亭亭在须史，厌厌将复隆。

---

① 三公，周时有太师、太傅、太保三公，西汉有大司徒、大司马、大司空三公，皆负责军政的最高长官，唐宋亦有此称，然无实职。

② 九州牧，古称中国分为九州，州牧为一州的军政长官。

③ 不周，古代传说中的山名，在昆仑山西北。

寓合云雾兮，往来如飘风。

富贵俯仰间，贫贱何必终。

留侯起亡虏，威武赫荒夷。

邵平封东陵，一旦为布友。

枝叶托根柢，死生同盛衰。

得志从命升，失势与时隤①。

寒暑代征迈，变化更相推。

祸福无常主，何忧身无归。

推兹由斯理，负薪又何哀？

　　此诗共十二韵。前四韵大意说日、月、阴、阳的替代，如云雾的聚散，往复不定，天道不衰，周而复始。中四韵说富贵贫贱，都是俯仰即变的事，哪有始终！张良原是刺杀秦始皇未遂的逃亡犯，后来贵为留侯；邵平在秦时曾封东陵侯，但秦亡以后成为布衣，在长安城东种瓜。后四韵说天道有常，祸福不定，有无相生。因此，明白此理，就应超群脱俗，遗世独立，去过无忧无欲的生活。

　　阮籍这次一反故常，没有再作穷途之哭，回到家后，心境仍如平湖秋月，清澈明净。坐在书斋，展纸挥毫，洋洋洒洒，写出长篇大论《大人先生传》。这以后，他的性格发生了很大变化。他原本是会作青白眼的。在性格改变前，他的母亲死了，许多人去吊唁，他都箕踞②对客，醉而直视，只给他们白眼珠子看，而当嵇康抱琴携酒去时，阮籍十分高兴，立即现出青眼，用垂青表示对客人的尊重。可见当时阮籍爱憎分明，不顾礼法。但性格改变后，他再与人相交，却只顾饮酒谈玄，变得"口不臧否③人物"了。

　　（《晋书·阮籍传》）阮籍为什么常作穷途之哭？他怎么会从以青白眼待人到口不臧否人物？谁能真正了解他呢？阮籍的名作《咏怀》八十二首，其三十三是最好的回答：

一日复一夕，一夕复一朝。

颜色改平常，精神自损消。

胸中怀汤火，变化故相招。

万事无穷极，知谋苦不饶①。

但恐须臾间，魂气随风飘②。

终身履薄冰，谁知我心焦。

"胸中怀汤火"，他何尝平静过？"终身履薄冰"，他的处境何等艰险？鲁迅说得好，他谈玄饮酒，并不完全在于他信奉老庄的思想，如他在《大人先生传》中所寄托的那样，"大半倒在环境。其时司马氏已想篡位，而阮籍名声很大，所以他讲话就极难"（《而已集·魏晋风度及文章与药及酒之关系》）。《晋书·阮籍传》也说："籍本有济世志，属魏晋之际，天下多故，名士少有全者，籍由是不与世事，遂酣饮为常。"懂得了这些，我们便真正懂得了阮籍其人。他后来所谓的性格变了，变得只饮酒谈玄、口不臧否人物，同他当初作"穷途之哭"，其实本心都是一样的，只是表现形式不同就是了。社会环境太黑暗险恶，为了保全性命，他不得不用某种方式竭力掩饰自己。

历代文人对阮籍的《咏怀》诗评价极高，以为可以"陶性情，发幽思。言在耳目之内，情寄八荒之表……颇多感慨之词。"（钟嵘《诗品》上）王夫之也说："《咏怀》自是旷代绝作，远绍《国风》，近出入于《十九首》，而以高明之怀，脱颖之气，取神似于离合之间，大要如表云出岫，舒卷无定值。"（《古诗评选》卷四）陈祚明说："阮公《咏怀》，神至之笔，观其抒写，直取自然，初非琢炼之劳，吐以匠心之感，与《十九首》若离若合，时一冥符。"（《采菽堂十诗选》卷八）但历代评论同时也指出，阮籍的《咏怀》诗，"厥旨渊放，归趣难求。"（钟嵘《诗品》上）"嗣宗（阮籍字）身仕乱朝，常恐罹谤遇祸，因兹发咏，故每有忧生之嗟。虽志在高刺，而文多隐避，百代之下，难以情测。"（李善《文

---

① 言世间万事变化无穷，苦于自己智谋不多，无法应付。

② 言自己只怕一时处事疏忽，说不定片刻间就会把命送掉。

选》卷二十三《咏怀》诗注）这些评论，可谓阮籍的知音，不仅知其诗，更知其人！

阮籍的散文名篇《大人先生传》，是一篇赋体传记，大人先生是一个虚构人物，借以寄托作者的理想，文中以极犀利泼辣的笔墨，批判了虚伪的礼法制度和世俗君子，同时宣扬了老庄出世思想，表达了在魏晋之际恐怖政治下一切正直之士的苦闷与激愤。

【参考资料】

《世说新语·栖逸》
《晋书·阮籍传》

莼羹鲈脍

"彦先兄，不可再喝了！"张翰抓住顾荣的手说。

顾荣眯缝着双眼，舌头发僵："你，你别管，我，我还没醉。"

"虽说杯酒解千愁，一时纵酒又何妨，可你这样终日昏昏酣醉，是要伤身体的。"张翰一面劝阻，一面夺他的酒杯。

顾荣极力睁开双眼，直瞪瞪地盯着张翰，说："什么？要伤身体？哈……"他突然发出一串凄厉的惨笑，推开张翰的手，把杯中酒一饮而尽，"我为齐王主簿，常常担忧大祸临头，一看见刀子绳子，恨不能立地自杀，还怕酒伤了身体？"说着，他又提起酒壶，给自己斟满一杯酒，脖子一仰，吞了下去。

张翰见他如此剧饮自戕，一阵痛楚袭上心头，凄凉地说："是啊，自太熙元年世祖①驾崩，宫廷争权，宗室相戮，愈演愈烈。世祖遗诏，命汝南王司马亮与太尉杨骏辅政，但杨骏秘而不宣，独揽大权。贾皇后杀杨骏，令司马亮辅政，又密令楚王司马玮杀司马亮。事后，贾皇后又把司马玮杀了。"

"这个暴虐奸诈的女人，遇到了更大的野心狼！"顾荣愤然地一击酒案说。

"所以，没有多久，赵王司马伦杀死了贾氏，废天子②而自立为皇帝。这样一来，诸王之间便开始了大混战。"张翰说，"齐王司马同、成都王司马颖、河间王司马颙，各自起兵讨伐司马伦，司马伦战败被杀。如今，虽然天子复位，司马同辅政，可是，成都王，河间王，还有长沙王司马乂、

---

① 世祖，即晋武帝司马炎，死于太熙元年（290年）四月。

② 天子，指晋惠帝司马衷。

东海王司马越，谁又不想篡位夺权，他们岂能善罢甘休？①"

"季鹰②兄，你把局势看得很透，不知以后还会发生什么事啊！"顾荣深深地叹了一口气，接着说，"齐王司马同是个骄横残暴、为所欲为的人，你我都是他的属官，不死于诸王混战之中，也定将得罪于齐王之前，你叫我怎能不时时担忧大祸临头呢？"

张翰沉默了。屋外传来呼呼的风声，两人都不约而同地向窗外望去。风中，庭树在瑟瑟颤栗，片片黄叶随风飘落，阳光是那样惨淡无色，天空是那样灰暗萧索。面对如此景色，张翰心中一动，似有所思地说："彦先兄有'凤鸣朝阳'之誉，与陆机、陆云同有'三俊'之称③，如今，天下纷纷攘攘，祸难丛生迭出，有四海之名者，想急流勇退也很难。我本来就是山林野人，从不想富甲天下、名盖当世。望兄以精明谨防当前，以智慧虑及今后，多自珍重。"

顾荣听了挚友这番充满情意的话，几乎滚下热泪来。他抓住张翰的手，真诚地说："我多想与你一起归隐山林，同食南山蕨根，共饮三江流水啊！"

张翰伸出一只手，把顾荣的手紧紧握着。一种祸福与共、同气相求的感情，在两人心里激荡起来。张翰突然把顾荣从坐席上拉到窗前，伸手指着窗外，说："你看！这天！这地！"狂风正猛烈摇动着庭树，纷乱黄叶正满天飞舞，真正是天惨地愁！张翰神情愀然，仰天悲吟起来：

> 秋风起兮木叶飞，吴江水兮鲈鱼肥。
>
> 三千里兮家未归，恨难禁兮仰天悲。

呼啸的秋风声，树叶的摇落声，张翰的悲歌声，和鸣交响，震撼着屋宇庭院，震撼着顾荣的心。张翰吟完这首《秋风歌》，沉默了，顾荣也凝视着窗外，默然不语，只有风声树声，继续宣泄着人间的悲愤……

---

① 惠帝复位以后，司马乂杀司马同，司马越又先后杀司马乂、司马颖、司马颙。诸王互相残杀，由王室斗争扩大为诸王国混战，再扩大为民族斗争，这就是历史上有名的"八王之乱"。范文澜说："司马氏集团的全部残忍性、腐朽性集中表现在这个狂斗中"（《中国通史简编》第二编）。

② 张翰，字季鹰。

③ 太子少傅张华曾对陆机说，你兄弟二人似龙腾云间，顾荣如凤鸣朝阳，东南之宝几尽于你二人。（见《世说新语·赏誉》）因此，当时人称顾荣、陆机、陆云为"三俊"。

《唐诗画谱》　　　　　　　　　　　　　　　　（明）黄凤池 编

不知过了多久，两人重新坐了下来，心情似乎也平静了许多。

张翰说："现在洛阳无处不悲秋，而吴郡菰菜正鲜，莼叶正美，鲈鱼正肥①。离乡入京，整整十年了，我真想家乡的鲈鱼莼菜啊！"

"是啊，"顾荣说，"菰菜、莼叶虽然遍生江南，却都不如我们吴中②的好。紧邻长兴③的莼菜，可谓上品，但只是夏初软滑宜做羹汤，到夏中

---

① 吴郡，今江苏苏州一带和浙江部分地区。菰（gū），多年生植物，嫩茎的基部即江南人吃的茭白。莼，多年生水草，嫩叶可食。鲈（lú）鱼，栖息近海，仲秋从海入江。
② 吴中，今江苏苏州别称。
③ 长兴，今浙江长兴。

就粗涩不可食了，不如我们吴中的莼菜，直到秋初，仍然柔嫩鲜美。"

张翰说："用鲈鱼做丸子，加上菰米、莼菜做汤，鱼白如玉，菜黄如金，一道金羹玉鲈汤，真是无与伦比的美味佳肴！人生贵适意，何苦像现在这样求虚名而处实祸呢！"

"对！对！意倦须还，身闲贵早，又岂止是为了莼羹鲈鱼脍？我们要尽快寻找机会，辞官还乡。"

二人相约罢，再饮了几杯酒，就各自分手了。不久，张翰就回到了吴中老家。顾荣终未脱身，险遭杀身之祸。

张翰在洛阳，"因见秋风起，乃思吴中菰菜、莼羹、鲈鱼脍"（《晋书·张翰传》），辞官还乡的故事，后世流传极广。后人常用"莼羹鲈脍"和"莼鲈之思"来表达自己辞官归隐之志和思乡念家之情。唐代诗人岑参有"鲈脍剩堪忆，莼羹殊可餐"的诗句（《送张秘书》）。诗人李白有绝句，题作《秋下荆门》，如下：

霜落荆门江树空，布帆无恙挂秋风。

此行不为鲈鱼脍，自爱名山入剡中。

剡（shàn）中，指今浙江曹娥江上游一带，安史之乱初期，李白曾到这一带避难。这首诗是李白刚离开四川，寓居湖北安陆时期的作品。诗中，诗人虽然只是用"鲈鱼脍"的典故作陪衬，但他同张翰的思想取向和情趣却是一样的。

【参考资料】
　　《晋书·张翰传》
　　《晋书·顾荣传》
　　《世说新语笺疏·识鉴》

诗悼亡妻

西晋惠帝元康九年（299 年）初春的一天，潘岳亲手安葬亡妻毕，拖着沉重的步子，离开了墓地。

真是一场梦啊，妻子亡故，已经三个月了。三个月来，宵降晨兴，潘岳无时无刻不守在灵堂。灵堂帐幔轻拂，灯光荧荧，仿佛是亡妻幽灵在从风徘徊，不忍离去。如今亡妻已掩埋九重黄泉之下。阴阳之隔，怀念亡妻的哀伤私情，有谁能理解，对谁倾诉？走吧，还不如离开这触目伤心、睹物思人的地方，去勉力为朝廷效命，在劳作中忘记自己的悲痛吧！

潘岳恍恍惚惚走回家里。看着空荡荡、没有人气的屋子，他不禁自言自语起来，难道爱妻真的走了吗？啊，不！窗幔、屏风都还分明带着她身上散发出的芳香，她父亲杨肇、哥哥杨潭都兼善草、隶书法，"翰动若飞，纸薄如云"（潘岳《杨荆州诔并序》），她从小也爱好作文写字，现在遗墨还挂在墙上；她平日铺纸挥毫、神采飞动的情态，还清晰地浮现在眼前。可如今，她在哪里？为什么看不到她那窈窕佳丽的身影，听不见她那温柔体贴的情话？啊，物未改，人已亡，室成空，她真的去了！潘岳站在屋子中央，四顾茫然，感到无边的孤独与空虚、惶惑与不安。

冬尽春来，东风泼绿，河水解冻，屋檐边垂挂的冰凌正在融化，明媚的阳光暖融融。随着时光的流逝，潘岳对亡妻的怀念，一天天沉积起来，变得愈来愈深重。人生还很漫长，该怎样打发日月呢？听说当年庄子妻亡故，惠子①去吊唁，庄子正端坐在薄席上敲打着瓦盆歌唱，他多么希望自己也能像庄子一样达观！可是，他知道，他不能。他刚刚十二岁时，就得

---

① 惠子，惠施，庄子友，战国时哲学家。

到父亲的好友杨肇赏识，许下了这门亲事。结婚二十多年来，伉俪情深，相誓白头偕老，谁料结发之妻，一旦溘然长逝，对他来说，犹如全身之半体先死，触目所及，都会令他心黯神伤。在未来的日子里，他将哭声有止而哀痛无终，他怎能像庄子一样达观呢？

就这样，潘岳送葬归来，深深陷入了过去、眼前和未来三段时空的无边思绪与痛苦中，他洒泪和墨，凝血成字，写下第一首《悼亡诗》：

> 荏苒①冬春谢，寒暑忽流易。
> 之子归穷泉，重壤永幽隔。
> 私怀谁克从，淹留亦何益？
> 僶俛恭朝命，回心反初役②。
> 望庐思其人，入室想所历。
> 帏屏无仿佛，翰墨有余迹。
> 流芳未及歇，遗挂犹在壁。
> 怅恍如或存，回遑忡惊惕③。
> 如彼翰林鸟，双栖一朝只。
> 如彼游川鱼，比目中路析。
> 春风缘隙来，晨溜承檐滴。
> 寝息何时忘，沉忧日盈积。
> 庶几有时衰，庄缶犹可击。

据古制，人死后，"三日而殡，三月而葬"。潘诗首联写时间飞逝，结发妻去冬去世，倏忽三月，已到安葬的日子，这不是一般交代时间的转换，而是写出了诗人如梦似幻的感觉与心态。"之子"三句，写葬后归途思绪。诗人想到回家后物是人非、触景伤怀的痛苦，产生了早日返任以便求得解脱的念头。"帏屏"两联隔句分承。"流芳"承"仿佛"，"遗挂"

---

① 荏苒（rěn rǎn），形容时间逐渐消逝。

② 僶俛（mǐn miǎn），勉力。初役，指潘岳妻亡前任的官职。

③ 怅恍（chàng huǎng），神志恍惚。回遑，形容心情急剧变化。忡惊惕（chōng jīng tì），忧虑和惧怕。

即"翰墨"，这是诗人最动情处。"怅恍如或存，回惶忡惊惕"一联，尤其精彩。清人吴淇说，此诗"回惶忡惊惕"五字，看来是重复了，其实是"一字有一字之情。'怅恍'者，见其所历而犹为未亡。'回惶忡惊惕'，想其所历而已知其亡，故以'回惶忡惊惕'五字，合之'怅恍'，共七字，总以描写室中人新亡，单剩孤孤一身在室内，其心中忐忐忑忑光景如画。"（《六朝选诗定论》）这是说，望庐入室，所见皆故人旧物，疑其妻未亡，而由人去室空，思种种往事，则又信其妻已亡，思绪在信疑之间反复徘徊，"流连虚室，触目伤心景象"（张玉谷《古诗赏析》），确实宛然如画，历历在目。

清陈祚明说："安仁①情深之子，每一涉笔淋漓倾注，婉转侧折，旁写曲诉，刺刺不能自休。夫诗以道情，未有情深而语不佳者。"他还说此诗"固是夫妇间千秋绝构"。（《采菽堂古诗选》卷十一），潘岳是感情型人物，他的诗也以情的浓重醂畅见长，这首《悼亡诗》正是以它情真、情深、情曲而成为千古传诵的绝唱，由于这篇佳作，以及潘岳同年秋冬所写的另两首《悼亡诗》，在潘岳以后，"悼亡"一词不再是悼念死者的泛称，而成为悼念亡妻的特指了，历代诗人效法潘岳，写过大量悼亡诗。

【参考资料】

《晋书·潘岳传》
潘岳《哀永逝文》
《悼亡赋》
《怀旧赋》

---

① 潘岳，字安仁。

英雄失路

"八王之乱"时①，北方边境各族纷纷乘机反晋。"忠于晋室，素有重望"（《晋书·刘琨传》）的刘琨，当时任并州刺史，治晋阳（今山西太原南晋源镇），遭匈奴部将石勒伏击，全军惨败。幽州刺史、鲜卑人段匹磾（dī），多次投书邀请刘琨暂时驻军在幽州治所蓟县（今北京南），一同效命晋室。这时，刘琨无法坚守并州，便去投奔了段匹磾。

晋元帝司马睿建武元年（317年），段匹磾推刘琨为大都督，歃②血为盟，约期征讨叛乱。恰在这时，段匹磾的从弟末波受石勒贿赂，收买了刘琨之子刘群，请琨为内应，共同攻打段匹磾。末波的密使带着刘群的书信去见刘琨，被段匹磾活捉，并搜出了刘群书信。

段匹磾派人请来刘琨，把刘群的信递给他看，说："我并不怀疑都督，所以才告诉你。"

刘琨看了书信，十分气愤，断然地说："我与大人同盟，志在平定叛乱，扶持王室，正要仰仗你的威力，洗雪国家的耻辱。即使我儿的密信送到我的手里，我也决不会为了我的一个不孝不忠的逆子而忘记大义，有负大人！"

段匹磾一向很敬重刘琨，二人坦诚相见，不愉快的疙瘩迅速解开。

但是，段匹磾的弟弟叔军对哥哥说："我们是胡夷，晋人之所以服我们，是怕我们兵强马壮，人多势众。如今我们兄弟骨肉相残，正是晋人图谋我们的良机，一旦有人拥刘琨而起，我们一族也就完了，还望哥哥三思。"段匹磾觉得他的话有道理，就下令把刘琨囚禁了起来。

---

① 参看本书《菟羹鲈脍》篇。
② 歃（shà），饮。

一天，刘琨在狱中得到卢谌的来信及赠诗。卢谌和刘琨是亲戚，又是诗友，少壮时，"远慕老庄之齐物①，近嘉阮生（籍）之放旷②"，彼此意气相投。以后遭逢世乱，国破家亡，坐则"哀愤两集"，行则"百忧俱至"，二人常常相与"举觞对膝，破涕为笑"，（刘琨《答卢谌诗序》）从对方得到不少安慰。在晋室倾危时，二人先后投笔从军，献身扶晋平乱战争。刘琨为并州刺史，任卢谌为主簿，转从事中郎，一起共事已经五年。现在，自己锒铛入狱，也不知卢谌怎么样了。刘琨连忙拆开书信，仔细阅读起来。

　　卢谌在信中首先追述二人的友情，"与运筹之谋，侧宴私之欢，绸缪之旨，有同骨肉。其为知己，古人罔喻。"（卢谌《赠刘琨诗序》）"是啊，我们二人一起研讨军国大事，一同分享宴饮之乐，情意深厚，如亲生骨肉，作为知己，古往今来无人可以比拟。"刘琨一边看信一边这样感慨着。可是，当刘琨读到"本同末异，杨朱兴哀，始素终玄，墨翟垂涕。分乖之际，咸可叹慨"时，不禁大吃一惊。战国杨朱见歧路而感叹说，出发时二人同走一条大路，到后来就各自东西；墨翟看见洁白的丝帛就哭泣说，白丝用黑色浆染就成黑色的了，有的人也如素丝一样难保终身清白。"卢谌为什么对我说这些呢？难道他做了什么对不起我的事吗？"刘琨陷入了苦苦的思索。

　　不久他便知道了真情。原来段匹磾在囚禁刘琨之后，任用卢谌为别驾。卢谌不得已接受了，但内心很不安，才在信中说自己"始素终玄"，大节有亏，愧对知己。其实，刘琨十分理解卢谌，虽然从此与卢谌有如生死相隔，不免怅恨，但他想到人有知与不知、遇与不遇的机缘，若得知遇，也是幸运。如果真能同段匹磾一起挽救晋室，又何必计较他对自己的态度如何呢？他立即给卢谌写了封长信并赠诗八首，勉励他"竭心公朝"（刘琨《答卢谌诗序》）。没过几天，他就得到卢谌的《重赠刘琨》诗：

　　　　　璧由识者显，龙因庆云翔。

　　　　　茨棘非所憩，翰飞游高冈。

---

①《庄子·内篇·齐物论》。
②参见本书《穷途之哭》篇。

余音非九韶，何以仪凤凰①。

新城非芝圃，曷由殖兰芳②。

　　这首诗的前两联是对刘琨知遇之恩的感激，后两联则一味自谦，表示自己非九韶、兰芝，不会有什么大用。全诗无一语涉及国事。刘琨读罢，感到深深的失望和悲哀，不禁思绪万千、中宵难眠。他想起当年姜太公年逾八十之后，垂钓渭滨，遇周文王，还为周朝奠定了八百年的宏伟基业；他想起西汉末年，南阳人邓禹背粮步行，不远千里跋涉，投奔汉光武刘秀，感奋激发，中兴汉室；他想到汉高祖刘邦曾被匈奴围于白登山（今山西大同），曲逆侯陈平出奇计解围，才幸免于难；西楚霸王项羽在鸿门（今陕西临潼东）设宴，意在谋杀刘邦，刘邦用留侯张良之计，方得化险为夷；他还想到，晋公子重耳流亡在外十九年，赖狐偃等人之力才回到晋国，立为君主；管仲曾帮助齐公子纠与公子小白争王位，在一次战斗中，射中了小白的带钩，但小白为齐桓公后，却能任命管仲为齐相。只要是能辅佐晋文公、齐桓公成就霸业的人，哪里还去计较谁是他们的同党或是仇敌呢？所有这些贤臣名将，都是值得后人敬慕的啊，他多么希望能同这些先哲交游！只可惜，自己年老力衰，功业未就，岁月已逝，犹如红透了的果实和盛开的花朵，即将在寒秋劲风中坠落、凋零。而眼下的处境更是险恶，就像华盖辉煌的车子在狭路上翻了车，驾车的马匹受惊折断了车辕。人到了这种地步，谁还能乐天安命、旷达无忧呢？就是圣人孔子，听说西狩获麟，也不禁掩袖悲泣，泪落满襟，灰心失意地叹息："吾道穷矣！"（《公羊传》）千锤百炼的真金，也会变得可以缠绕指头一样的柔软！这严酷的事实，多么令人心惊、令人警惕啊！

　　刘琨察今鉴古，抚时感事，心潮起伏难平。先贤就是效法的典范，自己的一生也可算是一面镜子。他多么希望卢谌不要只有英雄失路的悲哀与颓丧，而要追踪古代名臣，抓住时机，誓死报国。想到这里，他在灯下写了《重赠卢谌诗》：

────────────

① 九韶，传说中尧舜时礼乐。传说演奏九韶之乐，凤凰来舞而有容仪，是一种吉祥的征兆。
② 新城，古代晋地，此代指并州。芝圃，传说中仙人种灵芝草的地方。曷（hé），岂、难道。

握中有玄璧，本自荆山璆^①。

惟彼太公望，昔在渭滨叟。

邓生何感激，千里来相求。

白登幸曲逆，鸿门赖留侯。

重耳任五贤，小白相射钩。

苟能隆二伯，安问党与仇？

中夜抚枕叹，相与数子游。

吾衰久矣夫，何其不梦周？

谁云圣达节，知命故不忧？

宣尼悲获麟，西狩涕孔丘。

功业未及建，夕阳忽西流。

时哉不我与，去乎若云浮。

朱实陨劲风，繁英落素秋。

狭路倾华盖，骇驷摧双辀^②。

何意百炼刚，化为绕指柔！

　　这首诗，开头两句称赞卢谌是美玉国宝，才质兼美。但第二联"惟彼太公望"一转，似乎都与卢谌无关，实际是句句映带卢谌，激励他追步先贤，心存大志，不计个人恩仇，不可消磨锐气。"何意百炼刚，化为绕指柔"，不仅是刘琨一生的体验，而且也包含了深刻的人生哲理！"金刚绕指"，这是自古以来无数英雄都曾有过的一种悲剧结局，但是，难道这就是英雄失路时的唯一选择吗？难道就不可抗争、不可改变吗？这联诗是何等警策、何等语重心长！刘琨写出此联，又是何等悲凉慷慨！卢谌诵读此联，想来也不会无动于衷吧！

　　刘琨的人品是值得称道的，他对朋友的忠诚、信任、宽容、谅解，都达到了很高的境界。他的诗，在古典诗歌中也有很高的地位。钟嵘说刘琨

---

① 玄璧，黑色玉石，荆山璆（qiú），荆山卞和玉。
② 辀（zhōu），小车居中的弯曲车杠。

"善为凄戾之词，自有清拔之气。"（《诗品》卷中）陈祚明则说："越石（刘琨字）英雄失路，满衷悲愤，即是佳诗。"（《采菽堂古诗选》卷十二）沈德潜说："越石英雄失路，万绪悲凉，故其诗随笔倾吐，哀音无次，读者乌得于语句间求之。"（《古诗源》卷八）这首诗，在今天读来好像有些堆砌典故，但在当时，那些人物和故事几乎是家喻户晓的，诗意并不隐晦难懂，而英雄的忠愤，失路的悲凉，都能"随笔倾吐"，一气奔注，充溢字里行间。清代人方东树写了长篇大论，从起承转结逐层分析，给了极高评价。"一起一结，不知从何处来，何处去"，"'中夜'二句顿挫束上，却用倒结，文法伸缩变化，笔势浩汗莽苍"，"'吾衰'句倏转，如神龙掉首，空中夭矫"，"'功业'八句稍缓，以疏其气，疏密浮切之分也，一收咏叹无穷，此等用笔，前惟汉、魏、阮公，后唯杜（甫）公有之。"（《昭昧詹言》卷二）刘琨的诗在当时相当萎靡孱弱的诗坛上，确是不可多得的"佳诗"。晋元帝大兴元年（318年），刘琨终于被段匹磾缢死，但他的不朽诗篇却永留人间。

【参考资料】

《晋书·刘琨传》
《文选》卷二十五

绿珠之死

　　石崇，字季伦。钟嵘《诗品》把石崇的诗列入中品，说他的诗"有英篇"，也就是说他有优秀的作品。石崇最有名、影响最大的作品，当是《王明君辞》，清代人何焯说这篇作品"逼似陈王（曹植）"。（《义门读书》卷四十七）他的文也被当时人推崇。石崇有一篇《金谷诗叙》，"王右军（王羲之）得人以《兰亭集序》方《金谷诗叙》，又以己敌石崇，甚有欣色。"（《世说新语·企羡第十六》）王羲之的《兰亭集序》以文章、书法双绝而为历代称颂，事实上石崇的《金谷诗叙》不能与之相比，王羲之却听人把二文相提并论，并因可以匹敌而高兴，亦足见石崇文章在当时的影响①。总之，在中国浩浩的历史长河中，经过大浪淘沙，石崇仍然是一位在古典文学史上经常被人们提起的人物。

　　但是，石崇被当代的人们熟知，不是因为他在文学上的成就，而是因为有"石崇与贵戚王恺、羊琇斗富"的故事流传。像石崇家的厕所如卧室一样富丽；石崇故意打碎王恺二尺多高的御赐珊瑚后，搬出六七株三四尺高更加"条干绝世、光彩溢目"的珊瑚来赔偿，（《世说新语·汰侈》）都是人们耳熟能详的。而石崇有一座别馆"金谷园"，其豪华奢靡的程度胜于皇家林园。园在金谷涧中（在今河南洛阳市东北），群山险峻，万木葱茏，奇花嘉卉飘香，珍禽异兽和鸣。涧水周流舍下，清泉飞落檐边。园内又蓄养妙龄歌伎无数，美貌天下思慕，技艺当世称绝。石崇同好友潘岳、曹摅、外甥欧阳建等，常憩于园中，出则以游目弋钓为事，入则有丝竹诗书之乐。石崇"弱冠登朝，历位二十五"年（《思归引序》），

　　① 参看本书《流觞赋诗》、《智赚〈兰亭〉》。

终于厌倦了官场，晚年归隐，追求一种超逍遥、绝尘埃、福不至、祸亦不来的"肥遁"①生活。

石崇有一个爱妾，名叫绿珠。她本姓梁，家住白州双角山下（今广西博白），山下有井，传说凡饮了井中水的女子，都出落得如花似玉，美貌无比。石崇为交趾（指广西，广东大部分地区）采访使时，在这里看见了梁氏女，美艳夺人，就用三斛②圆润的珍珠买回府，因此改称梁氏女为绿珠。绿珠不仅姿色出众，而且善吹笛，能歌舞，石崇每有新作，总要让绿珠配曲吹奏演唱。因此，石崇宠爱绿珠，远胜于家中其他歌伎。

一天，石崇赋成《王明君辞》③交给绿珠，要她配曲演唱。绿珠接过诗稿，微吟数遍，不禁珠泪潸潸，说："贱妾怕谱不好此曲。"

石崇十分惊讶，问："爱妾精通音律，妙绝时人，平日配曲，都能曲尽辞义，今天何出此言？"

绿珠说："这首《王明君辞》大不同于大人所写《楚妃叹》、《思归引》。《楚妃叹》虽也写女子，却是颂歌，属雅音；《思归引》则一片恋故思旧情结，易于抒发。惟独此篇，情深意曲，涕泪千古，贱妾怕过分哀怨有伤大人情怀，过分浅露则不尽辞意，故深感为难。"

石崇听了，频频点头，说："你这话已经说到要领处，就按你的理解谱曲，不必迎合我。"

绿珠究竟如何演唱《王明君辞》，现在不得而知，但从她演唱后博得的赞扬来看，肯定是十分出色的。梁人庾肩吾有《石崇金谷妓》诗：

> 兰堂上客至，绮席清弦抚。
> 自作明君辞，还教绿珠舞。

此外，"曼声古难匹，长袂世无侣"（王僧儒《为人有赠》），"绿珠歌舞天下绝"（徐凝《金谷览古》），"蝉吟古树想歌声"（李咸用《金

---

① 肥遁，即隐居避世。《易·遁》疏："最在外极，无应于内，心无疑顾，是遁之最优，故日肥遁。"
② 斛（hú），古代一种容量单位，十斗为一斛。
③ 参看本书《昭君出塞》篇。

谷园》）等，都是称颂绿珠歌舞的。

石崇是个"任侠无行检"的人（《晋书·石崇传》）。绿珠如此美貌，善于歌舞，自然也是石崇在人前炫耀的资本。石崇在金谷园同宾客诗友宴集，总是让绿珠出来歌舞助兴。于是，石崇的一场杀身之祸，便因绿珠而起。

一天，石崇和绿珠在金谷园中，登凉台，临清流，游赏风景，众多姬妾也簇拥侍候左右。正在兴浓之时，家人前来禀报，有一官府使者求见。石崇是疏放简慢惯了的人，当即传话在凉台相见。原来，来人是赵王司马伦的心腹孙秀的说客。

主、客坐定，石崇开门见山，问来人："客官有何见教？"

使者说："奉孙大人之命，前来乞讨一人。"

石崇说："不知所要何人？"

使者说："孙大人身边缺人侍奉，知道大人房中佳丽无数，特差小人乞讨一名，想来大人不至于怜香惜玉到一个也割舍不下吧！"

"孙大人要，我石崇岂有不肯之理！"石崇当即唤出姬妾数十人，一字排开。这些姬妾，个个浑身锦绣珠翠，异香袭人。石崇指着众女对使者说："凭君挑选。"

使者扫视了一眼众姬妾，说："谢大人惠赐。只是孙大人听说绿珠美艳绝伦，妙善歌舞，命下官指名索要绿珠，不知谁是？"

石崇不听便罢，一听顿时火冒三丈，勃然大怒说："绿珠是我的爱妾，断不可给他人，请回复孙大人恕罪！"

使者笑笑说："这样不好吧！大人博古通今，明察事理，还请三思。"

石崇断然回答说："何需三思！"

使者怏怏而出，不多时，竟又折身返回，劝石崇割爱。石崇仍然是两个字："不行！"

孙秀恼怒石崇不给绿珠，便向赵王司马伦进谗言，力劝赵王杀掉石崇。

没过多久，孙秀果然指使一群差役闯进金谷园，声称有旨捉拿石崇。当时，石崇同绿珠正在楼上宴饮。

石崇被缚，喟然长叹，对绿珠说："你都看到了，我今日得罪，实是因为你啊！"

绿珠伤心地哭泣起来，说："贱妾知道。孙秀奸贼，挟持赵王司马伦阴谋篡权，既杀贾皇后，又收捕异党，以逞私欲。将军本是贾门二十四友中人，即使没有绿珠，也难免今日之祸。绿珠平日深蒙将军错爱，将军罹难，绿珠自当效死君前！"说着，即奔向楼外回廊，纵身从楼上跳了下去，立时身亡。石崇等人先是一惊，待稍一镇定，已经来不及了。

元人杨维桢有《绿珠》诗一首：

> 百斛明珠价莫加，高楼投璧璧无瑕。
> 临春不死胭脂井，又逐降王上槛车。

诗的大意说，绿珠是一个无价可以赎买的女子，她投楼自尽，保持了洁白无瑕的美名。如果在临春楼承欢侍宴的张丽华跳进胭脂井而不死，就会随同投降的君王成为囚徒，受尽亡国之辱①。绿珠如果不死，也就难以保持自身清白了。这首小诗，对绿珠之死，给予了深切的同情和崇高的赞扬。

绿珠死后，石崇不久即被孙秀杀害。石崇与绿珠之死，表面看来是起于财富美人之争，其实那只是西晋"八王之乱"中的一段插曲。赵王司马伦杀贾皇后，接着齐王司马同等杀司马伦，八王之乱继续，乃至愈演愈烈。

唐朝武则天时，右司郎中乔知之，有婢名窈娘，色艺为当时第一。权臣武承嗣强夺不还，知之悲愤成疾写诗寄窈娘，窈娘得诗，痛不欲生，赴井而死。武承嗣不知窈娘为什么要投井自杀，后来从窈娘的衣带上发现了乔知之的诗，明白了原委，无比愤恨，乔知之因此被害。乔知之的诗如下：

> 石家金谷重新声，明珠十斛买娉婷。
> 昔日可怜君自许，此时歌舞得人情。

> 君家闺阁不曾难，好将歌舞借人看。
> 富贵雄豪非分理，骄奢势力横相干。

---

① 参看本书《后庭遗曲》篇。胭脂井又名景阳井，相传是陈后主、张丽华泪痕所染，张丽华当时被杀，未随陈后主做亡国奴。

别君去君终不忍，徒劳掩袂伤红粉。

百年离别在高楼，一旦红颜为君尽。

　　这三首诗，完全吟咏绿珠事，颇详其本末，而乔知之的遭遇正与绿珠事相同，因而写得悱恻多情，催人泪下。在我国的封建时代，不知演出过多少绿珠似的悲剧。

【参考资料】

　　《晋书·石崇传》
　　《碧鸡漫志》卷一
　　《世说新语·仇隙》

游仙托梦

    明武宗正德十五年（1520年）秋，八月二十八日，入夜无月，王阳明在小阁翻阅《晋书》，读《周颢（yǐ）传》，史实闪烁，真相难明，索解费神，渐觉困乏，便抛书在小阁卧榻睡着了。

    王阳明恍恍惚惚，被一阵清风托了起来，悠悠地飘啊飘。星星远近闪烁，彩云从身边飞过。他飘过了平川、山峦，飘向了大海。云在涌，海在哮，天地在晃动。突然，风停了，云住了，他落了下来，眼前一片辉煌！金顶银柱，玉阶丹墀，玲珑剔透，雄奇巍峨，殿宇内外，云蒸霞蔚，紫气缭绕。

    "大仙别来无恙？"

    王阳明正不知身在何处，听到声音，不免吃惊，回头一看，一个老者，头戴芙蓉巾，身穿宽袍大袖罗衫，踩着一朵彩云，飘然而来。王阳明忙施礼说："晚生余姚（今浙江余姚）人氏，不曾有与上仙一晤之幸，请问上仙高姓？此是何处？"

    老者说："老夫姓郭名璞，字景纯，祖籍河东闻喜（今山西闻喜），西晋末年，随晋室南渡，不幸被逆贼王敦杀害，致使孤魂流落天外，不得返回故乡。知大仙喜欢阅读《晋书》，对我的遭遇，秉公仗义，颇多不平。如此，你我虽相隔千余年，也可算是知交。此处是东海蓬莱仙岛，你我相聚，实属难得。"

    王阳明说："上仙原来是景纯大人，晚生久仰上仙大名，知上仙在下界时，博学高才，精通经术，明于阴阳算历，洞悉五行、天文、卜巫，每为诗文，文采焕发，足冠中兴，存忧世之心，怀匡国之志，不意惨遭杀害。然余每读《晋书》，常感史多不明，还望上仙教诲。"

    提起往事，郭璞不禁又悲愤又沉痛。郭璞生前，与人对谈，讷于言辞，今日见到王阳明，却一反故常，如激流滔滔，倾诉起自己的沉冤来：

"那已经是很久很久以前的事了。东晋政权，始镇江南，政治上靠王导经营，军事上靠王敦支持。王敦是王导的从父兄长。这时的东晋司马氏政权，实际是王氏家族专权的小朝廷。公元317年，晋元帝登皇帝位后，不满意王氏家族的专横，企图削弱王氏势力，这就给早存篡位野心的王敦提供了借口。晋元帝永昌元年（322年），王敦在武昌起兵反晋。王导和朝官们只消极抵抗，结果是王敦攻入建康（今江苏南京），元帝只好以王敦为丞相，进爵武昌郡公。王敦既得志，更加骄纵横暴。不久，元帝忧郁病死，明帝继位。王敦以为有机可乘，再次反叛。当时，我是王敦记室参军。王敦篡权，我规劝无益，脱身无计，知道自己将不免于祸，便寄情辞章，写了数首《游仙诗》。"

　　说着，郭璞遥望云天之外，大海那边，陷入了遐思，随后就低声行吟起旧作来：

杂县寓鲁门，风暖将为灾①。

吞舟涌海底，高浪驾蓬莱。

神仙排云出，但见金银台。

陵阳挹丹溜②，容成挥玉杯③。

妲娥扬妙音，洪崖领其颐④。

升降随长烟，飘飘戏九垓⑤。

奇龄迈五龙，千岁方婴孩⑥。

燕昭无灵气，汉武非仙才⑦。

　　郭璞咏诵完后，沉默了片刻，转身对王阳明说："这就是我在那时作

---

　　① 杂县，一种大型的海鸟名。冬暖多风常有灾，鸟为了躲避风灾而栖于鲁东门外。

　　②《列仙传》：陵阳子明，好在涎溪钓鱼，一日钓得白鱼，鱼腹中有书，教子明服食之法。丹溜，道家所说的仙水。

　　③《列仙传》：容成公自称黄帝的老师，发白而复黑，齿脱而复生。

　　④ 妲娥，即嫦娥。洪崖，古仙人。

　　⑤《列仙传》：黄帝时人宁封子积火自焚，能随烟上下。九垓，九天。

　　⑥ 五龙，皇后君兄弟五人皆人面而龙身。

　　⑦ 燕昭王和汉武帝都好道，昭王曾派使者入蓬莱山求不死之药，汉武帝曾神会西王母。

的一首《游仙诗》，也不知后人能不能理解我。"

王阳明说："我想是理解的。钟嵘《诗品》卷中就曾说，先生《游仙》之作，'词多慷慨，乖远玄宗①……乃是坎壈②咏怀，非列仙之趣也。'"

郭璞说："是的，世道是那么动乱险恶，就像海风咆哮，巨浪滔天，吞噬舟楫，掀翻蓬莱，要毁灭掉一切。我只好到上界仙人悠然自得的生活中去求得一点慰藉。你看，陵阳子明，正舀起丹溜，开怀畅饮；成容公也手捧玉杯，悠然独酌；嫦娥在琼楼玉宇轻歌曼舞；洪崖三千岁了，仍笑语欢歌；宁封子积火自烧，随烟飘飘，嬉戏于辽阔的九垓之中；五龙子遐芳奇龄，虽已千岁，仍如孩童。群仙陶然自乐，哪似海上人间无一片安宁之地！我确实幻想能逃入这样的仙境。但是，仙境又在哪里？"

王阳明说："我看《晋书》，知道王敦反叛前，要你为他占卜吉凶，你预言他阴谋篡位，必将军败人亡。他勃然大怒，当天就把你杀了，当时你才四十九岁。"

郭璞说："世人都知王敦是逆贼，不知王导是奸雄。当时王敦叛乱，实是王导主谋！"

王阳明说："《晋书》讳莫如深，令人费解。先生此言，必有所据，愿闻其详。"

郭璞说："当初王敦曾经问王导，太子少傅周顗、将军戴若思，众望所归，是否应当位列三司。王导不答。王敦又问，若不为三司，便应任职仆射。王导又不应。王敦说，若不，就应杀了他们。王导还是沉默。王导三问三不语，王敦果然就把周顗、戴若思杀了。二人之死，四海之内无不痛惜。这难道不是王导怂恿王敦杀害忠良吗？温峤有栋梁之才，为明帝倚重，而王敦为了谋篡，必欲除掉温峤，他写信给王导说，若能活捉温峤，他将亲手割了温峤的舌头。如果不是同谋，王敦能对王导说这样的话吗？后来王敦病重，大势已去，王导又伪作大义灭亲，出卖了王敦。事成同享帝王富贵，事败仍为顾命③大臣。王导国贼，老奸巨猾，竟然逃过了千

---

① 玄宗，指晋代风行一时的玄言诗，多道家神仙之论。
② 坎壈，困顿，不得志。
③ 顾命，指帝王临终遗语。

游仙托梦

一九九

载睡骂！"

王阳明茅塞顿开，连声说："先生说得对，《晋书》周顗、戴若思传，已载其实，只是辞意隐晦，多所回护。想王导虽然有功于东晋建立、南朝繁荣，但司马王室与王氏家族之争，殃及无数忠臣良将，确也可恨！"

郭璞讲述了这一切，犹觉义愤塞胸，难以具陈，当即写了一首诗给王阳明，最后几句说：

> 王导真奸雄，千载人未议。
> 偶感君子谈中及，重与写真记。
> 固知仓促不成文，自今当与频谑戏。
> 倘其为我一表扬，万世万世万万世。

王阳明做了这么一个长梦，醒来感慨万分，说："嗟乎！今距景纯若干年矣，非有实恶深冤，郁结而未暴，宁有数千载之下，尚怀愤不平若是者耶！"（《记梦诗序》）他把郭璞给他的诗写在小阁的墙壁上，然后写了一首二十二韵的七律长诗，在诗前还写了一篇长序。王阳明的长序和诗，生动形象地记述了这个梦的始末。王阳明抒发了这样的感慨：

> 取义成仁忠晋宣，龙逢龚胜①心可伦。
> 是非颠倒古多有，吁嗟景纯终见伸。
> 御风骑气游八垠②，
> 彼敦之徒草木粪土臭腐同沉沦。

郭璞现存诗二十二首，《游仙诗》占了十四首。其人也似乎有了仙气，大家都相信他真的"御风骑气游八垠"去了。所以千年之后，王阳明还做了这样又真实又离奇的梦。其实，郭璞的《游仙诗》是缘事而发的，清

---

① 龙逢，即关龙逢，传说中夏时的贤臣，因谏而被杀。龚胜，西汉末年人，王莽篡位，拜上卿，不受，绝食十四日死。
② 八垠，即八垓，八方的界限。

人陈沆《诗比兴笺》说："景纯劝处仲①以勿反，知寿命之不长，《游仙》之作，殆是时乎？"

他的《游仙诗》因为"自伤坎凛，不成匡济，寓旨怀生，用以写郁"（何焯《义门读书记》），所以不同于汉乐府中《王子乔》、《仙人骑白鹿》一类描写"列仙之趣"的诗作。清人刘熙载说："《游仙诗》假栖遁之言，而激烈悲愤，自在言外，乃知识曲宜听其真也。"（《艺概·诗概》）这是至言！

【参考资料】

　　《升庵诗话》卷二
　　《晋书·郭璞传》
　　《晋书·周顗传》
　　《晋书·王敦传》
　　《太平广记》卷十三

---

① 王敦，字处仲。

流觞赋诗

东晋穆帝永和九年（353年），三月三日上巳节，会稽山阴（今浙江绍兴）郊外，人们依传统习俗，怀着愉快与虔诚的心情纷纷举行"修禊（xì）"活动。所谓"修禊"，是民间为除灾去邪举行的一种仪式，最有趣的，是到清澈的溪水中去洗濯。据说洗净了积日污垢，就可免灾去邪。在山阴西南，群峰叠浪，松竹掩翠，兰渚山下，清流萦回，小溪潺潺，鸣泉叮咚。王羲之、王徽之、王献之、谢安、谢万、孙绰、孙统等四十二人，云集溪畔，都来参加"修禊"盛会。他们之中，有父子、兄弟，有显宦、名流，可谓"群贤毕至，少长咸集"（王羲之《兰亭集序》）。

王羲之说："诸位，今日天朗气清，惠风和畅，此地又有崇山峻岭，茂林修竹，清流激湍，映带左右。我等何不趁此良辰美景，列坐溪畔，曲水流觞（酒杯），即兴赋诗？"

孙绰立即附和说："逸少①此议极是，这里山光水色，蔚然可观，我等席芳草，照清泉，流觞赋诗，正可寄情山水，忘形物外。大家快坐，快坐！"

于是众人纷纷找地方坐下。这里的溪水，如游龙委蛇，依势盘旋，在不大的地面上，泄出九曲十八道弯，恰好形成一段回流。四十余人沿溪而坐，或相向，或相背，或上下手为邻，首尾衔接，周而复始，彼此相距不远，传饮交谈都十分方便，真是天设地造的一个"曲水流觞"的好地方。

王羲之是这次集会的主人，坐在众人之首，待大家坐定，便发话说："好，我的酒杯里已斟满了酒。现在，我把酒杯放在溪流里，酒杯漂流到谁的面前停了，谁就赋诗一首。诗成者，尽饮杯中酒；诗不成者，罚饮三杯酒。"说罢，他把酒杯放到溪水中。

---

① 王羲之，字逸少，因曾为右军将军，人称王右军。

酒杯随溪水缓缓地漂流着，不一会儿，在一处曲岸边停了，恰好正在孙统面前。众人欢呼起来，"好！好！承公①曾做过余杭令，是此一方之主，正该先咏一首。"

孙统从水上拿起酒杯，一饮而尽。众人叫起来："嗨！令官刚说了，诗成者才可饮此杯，你怎么倒先饮了？"

孙统笑笑说："无妨，无妨！诗成要饮一杯，不成要罚三杯，早晚都是要饮的。"

一句话，说得众人开怀大笑。笑声刚落，孙统说："我的诗已成了！"说完就神情夸张地吟诵起来：

> 地主观山水，仰寻幽人踪。
> 回沼激中逵②，疏竹间修桐。
> 因流转轻觞，冷风飘落松。
> 时禽吟长涧，万籁吹连峰。

这首诗，可算这次盛会的序曲，景与事都写得十分得体。前两联是写环境，疏朗的竹丛和修长的梧桐，掩映着人踪稀少的小径，湍急的清溪交互回旋。第三联写曲水流觞盛事。尤其是结联，转实为虚，字字有意，境趣深远，令人遐思无穷，众人都齐声称赏。

孙统咏完诗，再斟满酒，把酒杯放入溪水中。酒杯又悠悠地漂流下去，停在王凝之面前，王凝之拿起酒杯，想了想，便琅琅吟诵道：

> 庄浪濠津③，巢步颍湄。
> 冥心真寄，千载同归。

众人还未说话，恰在王凝之下手的孙绰便赞不绝口："好诗！寥寥

---

① 孙统，字承公。

② 逵，纵横交情的道路。

③ 濠，水名，在今安徽凤阳境内。津，渡口。下面"濠梁"中的"梁"，指濠水上的桥梁。故事见《庄子·秋水篇》。

十六字，事涉古今，情贯千古，正道出我等心胸。想当年，庄子与惠子同游于濠梁之上，见游鱼从容，庄子感叹说，'是鱼之乐也'。惠子问，'你非鱼，怎知鱼之乐？'庄子反问惠子，'你非我，怎知我不知鱼之乐？'庄子别有会心，因而自得其乐，他人如何能理解？二人驳诘，真是妙趣横生。还有，当年的巢父、许由，决意隐居，尧说要把君位让给他们，巢父拒绝不受，许由听了这话还跑到颍水边去洗耳，以为尧的话弄脏了他的耳朵。千载而下，我等与庄、巢一心同怀，今日盛会，不正可比濠津之游？"

谢安打趣说："如此说来，兴公非叔平①小侄，怎么知叔平小侄今日之乐？哈……"

王羲之说："孙兴公一篇高论，说出了我等今日的共同心情，只是过奖犬子拙诗了。"

大家一边议论，一边传杯。从清晨到日昏，兰渚山下，清溪岸边，曲水流觞，饮酒赋诗，真可谓极一时山水游赏之盛。在这次盛会中，王羲之先后赋诗两首，其中之一如下：

> 三春启群品，寄畅在所因。
> 仰望碧天际，俯瞰绿水滨。
> 寥朗无崖观，寓目理自陈。
> 大矣造化功，万殊莫不均。
> 群籁虽参差，适我无非新。

谢安也赋诗二首，其一如下：

> 相与欣佳节，率尔同褰裳②。
> 薄云罗阳景，微风翼轻航。

---

① 孙绰，字兴公。王凝之，字叔平，是王羲之的次子。
② 褰裳，《诗经·郑风·褰裳》，余冠英注这一首说："这是女子戏谑情人的诗。大意说，你要是爱我想我，就涉过溱水洧水，到我这里来；你要是不把我放在心上，还有别人呢。你这个糊涂虫里的糊涂虫呀！"此处比喻集会者的亲密。

醇醪陶丹府，兀若游羲唐①。

万殊混一理，安复觉彭殇②。

　　这两首诗的共同之处，是反映东晋上层士大夫的一种普遍情怀。他们过着优裕的生活，思想上却相当空虚，为了寻求精神寄托，或清谈老庄，或醉心仙术，或纵情山水，或游心翰墨，以此来摆脱世俗杂务的羁绊。因此，当他们仰观天际、俯视万象之时，都有一种达观忘情、超然遗世的自我感觉。但两首诗又有明显的不同，甚至是针锋相对。谢安在诗中强调了庄子的"一生死，齐彭殇"（把生与死、长寿与短命等同起来）的思想，而王羲之此时"虽然急流勇退，他对于国计民生，却曾无限关怀，"（郭预衡《中国散文简史》）所以他没有洒脱到谢安那种程度。在他那"大矣造化功"的浩叹中也深深地潜藏着"生死亦大矣，岂不痛哉"的呼号，甚至在他心中早已冒出了那句"固知一生死为虚诞，齐彭殇为妄作"的痛彻语！（《兰亭集序》）

　　这次集会，有十一人各成诗两篇，也有十六人诗不成而被罚饮酒，王羲之的第七个儿子、一代名士、大书法家王献之就是其中之一。他为什么终日不能措一辞，古人解释说，他并非无才，而是他平日就不多言，更不肯轻率从之。当天成诗共三十七首，所有与会者都感到无比兴奋。于是，盛会的高潮出现了，大家要求王羲之当场作篇序文，记述这次集会盛况，然后把大家的诗附在后边。在魏晋时代，士大夫们游宴诗会，是一种时尚。这次盛会之前，西晋元康六年（296 年）就有过传誉一时的"金谷诗会"，是石崇在他的别墅金谷园举办的。会后，石崇作了《金谷诗序》。因此，大家要王羲之为兰亭盛会作篇序文，他自然乐于从命③。

　　在兰渚湖口有兰亭。众人簇拥着五十一岁的王羲之步入亭内，七手八脚，为他研墨铺纸。然后围在几案四周，观看王羲之落笔。王羲之拿就绿

---

① 羲唐，羲指伏羲氏，唐指唐尧，都是中华民族的远古祖先。

② 彭殇，传说彭祖活到了八百岁，可谓长寿，可庄子还说他的死是夭折。殇，寿夭。

③ 据《世说新语·企羡》载，有人把《兰亭集序》比作《金谷诗序》，把王羲之比作石崇。王羲之听了，十分高兴。后世认为王羲之不可能这样，因为《兰亭集序》比《金谷诗序》写得好。而余嘉锡认为，"观其波澜意度，知逸少《临河序》（即《兰亭集序》）实有意仿之。

沉漆竹管，先豪饮了几杯，乘着几分醉意，略一凝神静思，便意在笔先，纵笔挥洒起来。看他那飘飏洒脱，尽心委曲，郁跋纵横，缓急俯仰，须臾写成二十八行、三百二十五字，既遒媚劲健，又飘逸而有法度。众人在一旁，目光随着笔势流走，应接不暇。王羲之写完掷笔，众人喝彩声四起！

　　王羲之是大书法家，这篇《兰亭集序》法帖的特殊成就，使兰亭盛会的诗黯然失色、鲜为人知，而兰亭盛会也因这篇序文而成为千古佳话，这是一不幸！却也是一大幸！今绍兴凤山别墅有唐朝褚遂良所摹《兰亭集序》，柳公权所得群贤诗，李伯时所绘《禊图》，宋代大书法家米芾在书写了兰亭集会的序文的诗后，称此为"三绝"。

【参考资料】

　　《晋书·王羲之传》
　　《世说新语·企羡》
　　《水东日记》卷三十三

智赚《兰亭》

　　东晋穆帝永和九年（353 年）三月三日，王羲之写了《兰亭集序》，其文为诗序，又是一篇精彩的抒情小赋。原作常见于多类教材和选本中，这里不再录，只说关于这篇诗序的内容和书法，有许多动人的传说。

　　颇有权威性的《昭明文选》，没有收录这篇作品，因而自宋至清，臆测纷纭。有人说，昭明太子萧统见闻不广，挂漏难免；有的说，昭明太子认为春三月多阴晦天气，而文中有"天朗气清，惠风和畅"的话，这是语病，故不录。

　　对于"语病"说，金圣叹幽默地作了驳斥，他写过两首诗：

　　　　　三春却是暮秋天，逸少临文写现前。
　　　　　上巳若还如印板，至今何不永和年？

　　　　　逸少临文总是愁，暮春写得似清秋。
　　　　　少年太子无伤感，却把奇文一笔勾。

　　这两首诗有个很长的题目："上巳天畅清甚，觉《兰亭》'天朗气清'句，为右军入化之笔，昭明忽然出手，岂谓年年有印板上巳耶？诗以记之。"金圣叹说，上巳那天，他真的赶上一个阳春三月的好天气，这才领悟到王羲之的"天朗气清"句是"入化之笔"。天气不像印刷板，年年可以刻板翻印不变，而且景以情迁，昭明太子年少无忧，更不懂这个理，所以把一篇奇文一笔勾销了。

　　晁迥、韩驹二人也有过议论，都涉及王羲之的思想情怀和对《兰亭集序》的理解。《庄子·齐物论》说："莫寿于殇子，而彭祖为夭。"这意思是说，人早死（殇）了，等于长寿，彭祖长寿，也等于夭折。昭明太子萧统"深于内学"，就是透彻懂得庄子这种"死生一样，长寿短命等同"之学。而王羲之居然在《兰亭集序》里说这种"内学"是"虚诞"、"妄作"，所以《文选》不录。（晁迥《随因纪述》）韩驹认为，王羲之本来是笃好道家之言的，一向很达观，应该是与昭明太子同一襟怀的，但他作《兰亭集序》时，"感事兴怀"，写出了"死生亦大矣，岂不痛哉"的话，可见王羲之于"内学"还不彻底，所以《昭明文选》不录其文，也有一定道理。（元·陆友《砚北杂志》卷上）

钱钟书先生认为，王羲之一生本来就崇尚方术，他诋毁"一死生"、"齐彭殇"为虚妄，是出于修神仙、求长寿之妄念虚想，是"以真贪痴而讥伪清净"。（《管锥篇·全晋文》卷二十六）钱钟书先生的话，可以帮助我们透过《兰亭集序》中的达观情怀看到王羲之等人的思想灵魂。

郭预衡先生认为，或"晤言一室之内"，或"放浪形骸之外"（《兰亭集序》），侈谈丹药、饮酒服散是当时世家豪族的普遍时尚，幻想遁迹林泉，永远摆脱世务，但终于不能离开人世，因此，他们游目骋怀，极一时之乐后，往往兴尽悲来，临文嗟悼。王羲之《兰亭集序》反映的正是这种特殊的社会现象和思想情绪。（《王羲之的〈兰亭集序〉》）

《兰亭集序》在艺术上成就颇高。写景言情，真率萧闲，不事雕琢。景中有情，情中见理，寥寥短篇，低回慨叹，缠绵悱恻。郭预衡说："羲之以善书名世，文名为书名所掩。其实在东晋一代，他的文章是很有特点的。尤其是书信之文，大抵纵意而谈，真实恳挚，能见肺腑。"《兰亭》一文，"系为宴集而作，写得极有情致，不同于寻常应酬文字。在现存的羲之文章，此文较多写景，不过此中景物，多是叙述，尚非刻画。"（《中国散文简史》）

文以书传，《兰亭集序》的书法成就，更为后人重视。梁袁昂《书评》说王羲之的书法，百世"永以为训'。唐何延之《兰亭始末纪》说，这篇诗序"字有重者，皆构别体。其中'之'字最多，乃有二十许字，变转悉异，遂无同者。"米芾《宝晋英光集》卷三《题永徽中所摹〈兰亭序〉》："二十八行三百字，'之'字最多无一似。"

唐太宗李世民对王羲之的书法，更情有独钟，以为是天下第一行书。

他曾对人说："右军之书，朕所偏宝，就中逸少之迹，莫如兰亭，求见此书，劳于寤寐。"（《太平广记》卷二八〇）唐太宗贞观（627—649 年）中某年，一日，太宗同魏征谈论书法，又感叹不知《兰亭》下落。

魏征说："臣闻此帖流传至智永，他是右军的七世孙，在越州云门寺为僧。智永临终又传之弟子辨才，辨才今健在。"

太宗大喜，说："立即诏辨才献来！"

魏征说："辨才把《兰亭》帖看得比自己的脑袋还贵重，此只可智取，不可强夺。"

太宗说："依卿之见，如何智取？"

魏征说："此事只需交西台御史萧翼去办就可以了。"

由于唐太宗李世民急于搜求《兰亭集序》帖真迹，便演出一段萧翼智赚兰亭序的好戏来。

一天日暮，山阴永钦寺①来了一位朝拜者，衣着黄衫，形容潦倒，沿着回廊，时而观看壁画，时而流连风景，经过寺僧辨才方丈门前，竟徘徊不去。辨才看见了，问："何处施主，来寺随喜？"

那人上前施礼说："弟子萧翼，从北方来做买卖，今日闲暇，到宝寺观光，得遇禅师，弟子幸甚！"

辨才听萧翼说得如此恭谨有礼，十分高兴，便邀入方丈，奉上香茶，围棋抚琴，谈史说文。没过多久，彼此都觉得意气相投。辨才说："今日天晚，施主何不留宿寒寺？"

萧翼连忙道扰，欣然留下。

辨才搬出一缸新酿酒和数碟瓜果。二人边饮边谈，兴致倍增。辨才说："我观施主，非等闲客商，琴棋精妙，文史娴熟。褴褛之衣，难遮金玉之体；潦倒之形，不掩轩昂之气。你我何不趁此良夜，探韵赋诗，以增雅兴？"

萧翼说："此议甚好，就请禅师先赋。"

辨才也不推辞，探得"来"字韵，赋成《设缸面酒②款萧翼》诗：

①《辞海》"智永"条作"永欣寺"，辨才为智永弟子。《全唐诗》卷八〇八辨才小传作"永钦寺"。山阴，即今之浙江绍兴。
② 缸面酒，初热酒。

初酲一缸开，新知万里来。

披云同落寞，步月共徘徊。

夜久孤琴思，风长旅雁哀。

非君有秘术，谁照不燃灰？

萧翼探得"招"字韵，片刻赋成《答辨才》：

邂逅款良宵，殷勤荷胜招。

弥天俄若旧①，初地岂成遥②。

酒蚁倾还泛，心猿躁似调。

谁怜失群雁，长苦业风飘。

辨才把萧翼引为"新知"，所以备酒盛情款待，共度寂寥。萧翼说，虽然天高地阔不相识，但由于主人的殷勤，新知旋即胜似旧友，他这失群孤雁，才找到了真正的依傍，话说得很动情。彼此讽诵诗章，深恨相知太晚。

以后，萧翼常担酒携琴，来找辨才。诗酒之乐，不可尽叙。这样过了大约一二十天。一次，二人谈起了翰墨书法。

萧翼说："先人曾传授王羲之、王献之楷书法，所以自幼学习不辍，这次南来，也带了几本法帖来，以便时时读帖临摹。"

辨才听了，要萧翼次日带来一同观赏。

第二天，萧翼果然带了几本王羲之、王献之楷书法帖来到寺庙。辨才仔细观赏了许久，说："这几本法帖，倒是二王真迹，不过都是二王杂帖③，未臻至善。贫僧有一法帖，堪称尽善尽美、稀世珍品。"

萧翼问："何帖？"

"《兰亭集序》帖。"

萧翼放声大笑，说："禅师，你何必诓我？从晋至今，三百余年，数

---

① 弥天，志气高远。《释道安》记载，道安与习凿齿相会，道安说："弥天释道安"，习凿齿应声回答："四海习凿齿。"此处当为弥天子（高僧）之省。弥天子，指辨才。
② 初地，佛家语，谓修行过程十个阶位的第一个阶位；亦指佛教寺院。
③ 王羲之"杂帖"，多书家庭琐事、戚友碎语，随手信笔，约略潦草，大半似今之"便条"。

经乱离,《兰亭》真迹早已失传,若有也必是响榻①伪作,何谈尽善尽美?"说完,又笑了起来。

辨才肃然正色说:"此帖是吾师智永宝藏,临终之日,亲付于贫僧。不知怎么,当今皇上知道了此帖,已经几次诏贫僧进京献帖,贫僧都冒死抗诏不去;又多方诱取,贫僧都说往日侍奉先师,时常获见,自师殁后,历尽丧乱,已散失不知所在。如今贫僧犯有欺君之罪,岂敢戏言!"

萧翼也感激地说:"如此,多谢禅师信赖!可否让弟子一饱眼福?"

辨才说:"今日已晚,明日再来吧。"

第二天,辨才果然拿出王羲之《兰亭集序》帖真迹给萧翼观赏,连同萧翼带去的王羲之杂帖并置几案间,日日相互品玩临学。这样,又过了数日。

一天,萧翼趁辨才出寺赴邑汜桥南严迁家斋未回,取得王羲之《兰亭集序》法帖真迹,便直奔永安驿,令人报知都督齐善行,让永钦寺僧辨才去见御史大人。辨才当时还在严家,等到他匆匆赶到永安驿,一看,原来御史大人就是萧翼。

萧翼也不正视辨才,一脸威严地说:"何方僧徒,还不快快认罪!"

萧翼怎么一下变成了御史大人?辨才正一头雾水,一时不知说什么……

"哈哈哈……"萧翼转而大笑说,"当今皇上,自小酷爱书法,为秦王时偶见《兰亭》榻本,惊喜若狂,爱不释手,遂以重金购回。登基之后,听政余暇,尤喜临摹王羲之法帖。如今购募备尽,惟未得兰亭序帖真迹。几次诏你献纳,你都不肯。皇上对侍臣说,逸少之迹,莫如兰亭,求见此书,劳于寤寐。故尔命臣携带御藏二王杂帖,微服私行,来寺赚取宝墨,禅师果然落我圈套了。哈……"

辨才当时已年逾八十,听了这番话,这气啊!恨啊!悔啊!一口气上不来,竟倒在了地上。过了许久,他才慢慢苏醒过来。可怜的辨才,尽管得到丰厚回报,李世民赐给他许多封赏,但他失去了宝墨,终日郁郁不乐。

---

① 响榻,古代复制书法的方法,在一间暗室里,开一扇小窗,墨迹紧贴在窗口上,再把一张轻如蝉翼的纸覆盖在上面,字迹被窗外透过来的阳光照得纤毫毕露,拓书人用特制的游丝笔双钩填实,这样就会逼真同原作。

王羲之　　　　　《晚笑堂画传》

一年后，便惘然死去了。

李世民得到王羲之《兰亭集序》帖后，置于座侧，朝夕观赏临学。又命大书法家欧阳询、虞世南、褚遂良、冯承素摹拓。李世民临终前，遗诏以真迹陪葬入昭陵。从此，《兰亭集序》法帖真迹失传，造成了千古遗憾。今传最佳摹写本是冯承素摹本，现存故宫博物院。冯承素本是书法大家，天姿高秀，对《兰亭》笔法体会尤深，他又是用的"响榻法"细心勾勒，因而这一摹写本，用笔偃仰照应，各得其势，点画使转，惟妙惟肖，墨气随浓随淡，行款忽密忽疏，连原稿笔墨牵丝、涂改痕迹都交代得分毫不爽，是最接近原作风神、可以乱真的佳品，也是后人学习、临摹王羲之《兰亭集序》的必备范本。

宋代人叶绍翁《四朝闻见录》载攻媿楼主的长诗，开头四句是："书家千载称兰亭，兰亭真迹藏昭陵。只今定本夸第一，贞观临写镌瑶琼。""定本"即宋代所拓欧阳询摹本。欧阳询的摹本今不存，而拓本"定武兰亭"翻刻有数十种，笔画已钝，字体厚重，已很难传出王羲之的放逸神采。

宋代欧阳修《集古录》说："世言（《兰亭》）真本葬在昭陵，唐末之乱，为温韬所发，其所葬书画，皆剔取其装轴金玉而弃之。于是魏晋以来，诸贤墨迹复落人间。"但遗憾的是，真迹至今仍然难得一见！

【参考资料】
　　《晋书·王羲之传》
　　《太平广记》卷二〇八
　　《全唐诗》卷八〇八
　　《云麓漫钞》卷六

牛渚抒怀

　　牛渚矶，在今安徽马鞍山市西南长江边，因相传曾有金牛出渚①而得名。稍北，山多五彩石，故又称采石矶。矶兀立江中，怪石峥嵘，江流湍急，浪涛汹涌澎湃，似连山喷雪，形势极其奇险，是历代兵家必争之地，矶上历代英雄遗迹，为后世骚人墨客流连兴叹。

　　诗人李白曾多次登矶驻足，观赏江景，写诗抒怀，其中有一首《夜泊牛渚怀古》：

> 牛渚西江②夜，青天无片云。
> 登舟望秋月，空忆谢将军。
> 余亦能高咏，斯人不可闻。
> 明朝挂帆去，枫叶落纷纷。

　　李白在这首诗下自注说："此地即谢尚闻袁宏咏史处。"谢尚、袁宏是什么人呢？李白为何有"余亦能高咏，斯人不可闻"的慨叹？这里有一段佳话。

　　晋穆帝司马聃永和九年（353 年），东晋谢尚出为都督江西淮南诸军事，镇守历阳（今安徽和县）。他风流儒雅，为官清简，在任颇有政绩。这年冬天的一个晚上，他见风静月朗，便约了几个幕僚，乘一叶扁舟，来到牛渚矶游江赏月。此时波涛不惊，江面如镜，水光接天，皓月千里。谢尚与众幕僚围坐船头，临江望月，感到心境格外恬静与爽朗。

---

① 渚，水中的小块土地。
② 南京至江西省一带长江古称西江。牛渚山即在长江这一段。

这时，附近一只船上传来吟诗声。谢尚与众人都不觉侧耳细听。

> 周昌梗概臣，辞达不为讷。
> 汲黯社稷器，栋梁表天骨。
> 陆贾厌解纷，时与酒梼杌①。
> 婉转将相门，一言和平勃。
> 趋合各有之，俱令道不没。

谢尚虽是一个武将，但自幼"博综众艺"（《晋书·谢尚传》），颇通经史。他知道，诗中所吟皆前代名臣、国家栋梁。西汉周昌，曾谏阻汉高祖废置太子，虽然口讷于言，却说得理直气壮②；汲黯刚毅正直，敢犯颜强谏，曾在朝廷当着文武百官批评汉武帝；陆贾是著名辩士，曾婉转斡旋，力劝丞相陈平以国家为重，主动与太尉周勃交好，使刘氏政权转危为安；又常为汉高祖充当说客，出使诸侯，不辱使命。所有这些良将名臣，各具才能，取舍不同，都成就了一番大事业。

谢尚正想着，只听远处夜吟诗人又歌咏起来，声音显得更加苍凉悲愤了：

> 无名困蝼蚁，有名世所疑。
> 中庸难为体，狂狷不及时。
> 杨恽非忌贵，知及有余辞。
> 躬耕南山下，芜秽不遑治。
> 赵瑟奏哀音，秦声歌新诗。
> 吐音非凡唱，负此欲何之？

"啊，他又想到了杨恽。"谢尚又陷入了沉思。杨恽的处境很可悲啊！他曾封平通侯，为官清廉，轻财好义，因为谏汉宣帝要以暴君桀纣为鉴，

---

① 梼杌（táo wù），古代传说中的怪兽，此指刻有梼杌图案的酒壶。
② 参看本书《鸿鹄羽成》篇。

而被指责为诽谤当世，贬为庶人；归田躬耕，又遭谤议，以为被废大臣，只应闭门思过，不应隐居邀名。杨恽进退都难为人啊！咏史诗，无非借对历史人物的评说，抒写自己的情怀。今晚这位夜吟诗人，大约也有什么痛心的遭遇吧。从所咏两首《咏史》诗来看，此人定非等闲之辈。他追慕那些开创大业、安邦定国的贤臣名将，胸怀济时救世的大志，他的性格大约也如周昌、汲黯一样耿直狷介，强毅刚正，不为世俗所容；无名时，被蝼蚁小人困辱，有名后，又怕被举世猜忌。看来，他的处境也很不好啊！他吟的"新诗"中，分明有"哀音"！"吐音非凡唱，负此欲何之？"看来，他正处在怀才不遇、知音难觅的痛苦中。

谢尚同情夜吟诗人的处境，更为他的壮志激情感动，便命船工把船向夜吟诗人靠拢。谢尚隔船问道："船家，是谁在那里吟诗啊？"

船工回答说："大人，这是江上一条租赁的运输船，船主是昔日临汝令的公子袁宏。"

"如此，请公子出来相见。"

袁宏听到声音，从舱中走出，向谢尚施礼说："小民参见大人！"

"免礼，请过船来相叙。"

袁宏道了声"多有打扰"，就一步跨上谢尚的船。谢尚命役卒摆上酒席，就与袁宏对坐交谈起来。

谢尚说："刚才听你吟诵诗章，很有情致，声音清亮，词藻峻拔，是我从未读过的，可是你自己作的？"

"是。"袁宏说。

"你能吟诵如此好诗，为何在一艘运输船上月下独吟？"谢尚问。

"唉，"袁宏长长地叹了口气，回答说，"双亲早逝，少小孤贫，虽有满腹文章，无处施展，只得在这江上以运输为业，求得温饱。刚才一时兴至，夜吟抒怀，惊扰大人，乞望恕罪。"

"原来你以运输为业，漂泊江上，可惜啊可惜！"谢尚见袁宏虽年纪尚轻，衣衫半旧，却英气勃勃，举止大方，便十分喜爱，不禁为他深深惋惜。两人一边饮酒，一边评诗论文，纵谈古今。谢尚看重袁宏机智敏捷，应对如流，出语惊人；袁宏敬佩谢尚虚怀若谷，不矜高位，和蔼可亲。两人都说相见恨晚，不觉谈了一个通宵。这次畅谈快结束，谢尚邀袁宏同行。

《唐诗画谱》　　（明）黄凤池 编

后来，谢尚引拔袁宏做自己的幕僚，参与军事谋划。从此，袁宏踏上仕途，扬名文坛，成为"一代文宗"。（《世说新语·文学》）

钟嵘把袁宏诗列为中品，与东晋大诗人陶渊明、鲍照等量齐观，他说："彦伯①《咏史》……鲜明紧健，去凡俗远矣。"（《诗品》卷中）

王夫之对袁宏《咏史》诗评价很高，说："先布意深，后序事蕴藉，咏史高唱，无如此矣。"（《古诗评选》卷四）袁宏有如此成就，不能不说是得益于谢尚奖掖之力。在门阀制度森严的东晋时代，身为世代名门之

① 袁宏，字彦伯。

后的镇西将军谢尚，能如此赏识、提携出身低微的袁宏，实是难能可贵，所以为后人仰慕。

现在，我们再回过头去看看李白的那一首《夜泊牛渚怀古》。李白夜泊牛渚，想起袁宏知遇谢尚的往事，自问"余亦能高咏"，展示出袁宏一样的志向与才华，可是谢尚在哪里？他的知音在哪里？"斯人不可闻"，李白为"空忆谢将军"而感到无限的失落和悲凉。诗人心中郁积着厚重的情感，而诗却写得空灵飘逸，不露痕迹。清人王士禛称誉这首诗"不着一字尽得风流"，"画家所谓逸品是也。"（《分甘余话》）。王士禛的诗歌理论力主"神韵说"，而李白的这首诗就达到了他所说的"神韵"佳境，"诗至于此，色相俱空……无迹可寻……"你看诗人写景，疏朗有致，似绘画中的大写意，不见刻画与色彩；诗人言情，也含蓄不露，不肯道破说透，留意在言外；至于用词遣字，亦可谓天然去雕饰，清新流利，字字似信手拈来。所以说整首诗，看似平平常常的文字，却无限情致，"尽得风流"。诗的最后一联，"明朝挂帆去，枫叶落纷纷"，诗人想象明朝驾舟离去的情景，那秋风中沙沙飘落的枫叶，像在悲泣着送别寂寞远去的诗人，不言情而情已在景中。秋江秋色，更加感人地烘托出诗人因不遇知音而无限寂寞凄凉的情怀。在明朗简单的诗句里，更透出一种令人神往的悠远韵味！

【参考资料】

《晋书·袁宏传》
《晋书·谢尚传》

月下唱和

在晋代，有一个青年叫王敬伯，会稽余姚（今浙江余姚）人，从小好学，善弹琴，十八岁就在东宫皇太子身边任卫佐官。一天，他休假还乡，经过吴郡，泊船江边。晚上，舍舟登岸，来到山顶敞轩，注目四野，夜色茫茫，月华泄露，薄雾笼江。王敬伯感到一种从未经历过的清俏冷寂，心中蓦然生起几分孤独和惆怅。他便在轩中放下古琴，调试了一下琴弦，就独自弹起来。情与境会，琴音是心声，徐徐而起的琴声，像是在宣泄这孤月寒夜莫名的、淡淡的哀愁。他不禁倚和着琴声唱起《泫露诗》来：

泫①露下深幕，垂月照孤琴。
空兹益宵泪②，谁怜此夜心。

明月多情地映照着我的孤琴，夜露像九霄泪珠一样流淌，从敞轩的帘幕上滚落。啊，你流的眼泪再多也是徒劳，谁能怜爱你这月夜的一片痴情！

王敬伯一边弹一边唱，用琴音歌诗，倾诉着自己对月夜的深切理解与同情。他自己那一股无端无绪的哀愁，也都融化在其中了。

"好诗啊好诗！琴弹得好，歌也唱得好！"突然，轩外传来一个女子的嗟叹赞赏声。

王敬伯站起来，循声觅人，见一妙龄女郎，形容婉丽，风姿绰约，伫立窗下。她身后二女婢，姿色气度也都不俗。王敬伯见了，一时手足失措，竟呆呆地站着，忘记了应对。

那女郎说："相公的琴弹得真好，小女子十分喜欢，愿与相公同弹一

---

① 泫，水珠下滴。
② 空，徒然。兹，这。益，"溢"的本字，水漫出的意思。

曲，不知相公以为冒失否？”

王敬伯这才回过神来，连声说：“请吧！请吧！”

那女郎大大方方，走进了敞轩，二女婢也跟了进去。女郎在琴边坐下，慢舒纤手，娴熟地抚弄起来。只见她左手抑扬，右手徘徊，指掌反复，起落从心，琴韵哀怨，令人悱恻。

曲终，王敬伯不禁赞叹说：“小姐弹得实在好，此曲颇似昭君曲，只有嵇康善弹此曲，自他以后，能弹的人就极少了。”

“相公谬奖了！”说罢，突然长长地叹了一口气，转身命女婢斟酒，然后对王敬伯说，“今日与相公邂逅，实属难得，请饮此一杯酒，听我为君歌一曲。”说着，自己先举起了酒杯，饮完，就命一个女婢弹箜篌，自己从头上拔下嵌花金钗，和着箜篌旋律，轻扣着琴弦唱起了起来：

> 月既明，西轩琴复清，
> 寸心斗酒争芳夜，千秋万岁同一情。
> 歌宛转，宛转凄以哀，
> 愿为星与汉，光影共徘徊。

那箜篌和古琴的和声，哀婉深沉。歌声随着琴韵低回，不胜凄楚。唱罢一曲，情不能禁，又和泪含悲地唱起来：

> 悲且伤，参差泪成行。
> 低红掩翠方无色，金徽玉轸①为谁锵。
> 歌宛转，宛转情复悲，
> 愿为烟与雾，氤氲对容姿②。

王敬伯在一旁听得如痴似醉，见女郎唱罢这两首《宛转歌》，就伤心地哭泣起来。王敬伯深深理解女郎内心的痛苦，她正年轻貌美，可她说

---

① 徽，系弦的绳索，后称七弦琴面十三个指示音节的标志。轸（zhěn），转动弦的琴轴，用以调音。
② 氤氲，指烟雾的浓重。

她是"低红掩翠方无色"，已如春花凋零了。短短两支歌，她竟用了那么多"凄'、"哀"、"悲"、"伤"的字眼，反复吟唱，不是遇到人生最大的不幸，又何至于此！她在一个陌生人的面前，是那样真诚坦率地宣泄着自己的悲痛，却又那样含蓄委婉地倾吐着自己的愿望和爱情。"愿为星与汉，光影共徘徊"、"愿为烟与雾，氛氲对容姿"，这里寄托着多少美好的愿望和追求啊，怎样才能不辜负这不幸女郎的一片真情呢？是的，"千秋万岁同一情"，他王敬伯同这个女郎的感情是相通的。王敬伯为女郎的真情打动，不知怎样去排解她的痛苦、去回报她的爱情。一时间，他竟茫然无措！

女郎终于止住了哭泣，站起来，从女婢手中取过锦被一条、绣香囊一个、玉珮一双，对王敬伯说："小女子深闺独处，已经十有六年，今夜在此逢君，得叙衷肠，甚慰平生之志。可叹冥契非人事，只有待来生了。望君惠存小女薄礼，以为他日相见的信物。"

王敬伯接过女郎的赠物，转身从古琴上拔起一对火龙琴轸，交给女郎，作为回报。女郎悲不自胜，珠泪簌簌，两个女婢一左一右搀扶着她，一步一回首，情意绵绵，且依依、且恋恋，走出敞轩。王敬伯凭栏注目，看着她们渐渐消失在夜幕中。

回到船上，王敬伯一夜难眠。他索性起床，一边抚琴，一边展纸濡墨，把轩中的歌诗记录下来，他后悔没有询问小姐的尊姓芳名、郡望乡梓。第二天，王敬伯因假期短促，没敢停留便解舟上路了。船到虎牢戍（在今江苏吴县境），突然上来几个官兵，为首者吴县令刘惠明声称，他的爱女刘妙容，字雅华，葬品中丢失了锦被等物，特来搜查。王敬伯立即拿出昨夜的锦被。刘惠明一看，果然是亡女的随葬品。王敬伯把昨夜偶遇女郎的详情说了一遍，刘惠明命人回去查找，果然在妙容灵堂帐中找到了火龙玉轸。妙容二婢女，大婢名春条，二十余岁，小婢名桃枝，年十五，都善弹箜篌，也先后去世了。王敬伯听了这些，哪里肯信？妙容的音容笑貌，还历历在目，而如泣如诉的琴声，音犹在耳，他是月下遇鬼，还是夜睡做梦？那主仆三人是真的死了，还是县令有意诬他？

这段故事，似乎有些荒诞离奇，但南朝梁人吴均撰《续齐谐记》详细记述了这个故事。《太平御览》、《事类赋》诸书，或说此故事出《晋书》，或说出《世说》，似王、刘歌诗，在晋代已有记载。以歌诗的风格论，确实是典型的五言古诗和乐府古辞。我们就姑且把它看作小说家言吧，但不管怎样，这段爱情故事，以及这对恋人的诗词，确实雅致动人，令人嗟赏！

【参考资料】

南朝·梁·吴均《续齐谐记》
《太平御览》卷五七二

谢家才女

东晋简文帝、孝武帝时，"兼将相于中外，系存亡于社稷"者，（《晋书·谢安传》）只有谢氏一门，大政治家谢安便是谢氏一门的核心人物。谢安胸怀雄韬大略，在前秦苻坚率领百万大军压境朝廷震动时，敢于"违众举亲"（同上），命弟谢石和侄儿谢玄率八千精兵御敌。我国历史上著名的以少胜多的光辉战役之一——淝水之战，便是他们这次创造的，而广泛传播人口的成语故事"风声鹤唳"和"草木皆兵"，就出自这次战役中。

谢安身居高位，却风流儒雅，平易近人。他常与侄儿辈一起游乐，一边放情丘壑，一边闲话家常。

谢安出任前，长期隐居东山（今浙江上虞县西南），以后也常回东山盘桓。东山别墅，古木参天，绿荫匝地，山旁的蔷薇洞，山上的白云亭、明月亭，都是谢安与侄儿们经常集会的地方。

深冬的一天，谢安同侄儿们来到白云亭。山亭四周，松林环抱，青松挺拔，绿竹娟秀。谢安突然动了试试侄儿们识见的念头。

谢安问："当孩子还不甚懂世事，大人们为什么就盼着自己的孩子成才呢？"谢安有意加重了"自己"二字的语气。

这是人们熟悉而又视为天经地义的问题，所以人们很少思考它，侄儿们一时也都答不上来。谢安把目光落在他一向器重的侄儿谢玄身上。

谢玄回答说："譬如芝兰玉树，人们都想让它们长在自家庭院一样。"

谢安说："嗯，这个回答很好。芝兰、玉树都有君子之质，品格高洁，德行流芳，是个好比喻。但不知羯儿①有无芝兰、玉树之志？"

谢玄说："侄儿愿终生孜孜以求！"

---

① 谢玄，小名羯儿。

"好！"谢安高兴地说，"羯儿堪称志向远大。如若只求光耀门庭，荫庇后世，就显得庸俗了。"

谢玄的胞姊谢道韫说："叔叔过分夸奖他了，小弟尘务经心，天分有限，一生恐多辛苦呢！"

谢安听了，十分惊讶，侄女心胸，竟与男儿不同，便转身对谢道韫说："哦，你这样讲，必有一番见地，快给三叔说说。"

谢道韫笑笑，说："我有一首小诗，愿听叔叔教诲，也算是我的回答，不知可否？"

谢玄兄弟们都催着说："快念，快念！"

谢道韫就当着大家吟诵了一首《拟嵇中散咏松诗》①：

> 遥望山上松，隆冬不能凋。
>
> 愿想游下憩，瞻彼万仞条。
>
> 腾跃未能升，顿足俟王乔②。
>
> 时哉不我与，大运所飘飘。

谢朗说："原来阿姊是想成仙啊，阿弥陀佛！"

谢安笑笑说："道韫身居闺房，却想遁迹林泉，炼丹修仙，无怪一向神情散朗，有林下风骨。我们须眉之中，竟要多一个巾帼名士了！"

谢道韫羞涩地说："三叔不要取笑侄女！我只是想警诫小弟，自古不乏有志之士，但有遇与不遇的机缘、用与不用的遭遇。不遇明君，不逢盛世，壮志难酬，雄图莫展，如屈原忧愤而死，似商鞅五马分尸，那又何苦呢！"

谢玄说："阿姊所说，小弟自然懂得，时不我与，大运准违，但出世与入世，自古是两种不同的志趣。孟夫子说，'天将降大任于斯人也，必先苦其心志，劳其筋骨，饿其体肤，空乏其身……'（《孟子·告子下》）无奈我与阿姊殊途，只好甘受其苦了。"

---

① 嵇中散，嵇康。参看本书《广陵散绝》篇。

② 王乔，东汉人，通仙术，来去飞行空中，不用车骑。传说即周代善作凤鸣的神仙王子乔。顿足，停步。俟，等待。

诗词里的中国故事

先唐篇

谢安说："我很高兴羯儿胸存大志，好男儿理当如此！"

谢安同子侄们愉快地谈论着，谁也没有注意到，不知什么时候下起雪来。大家都欢叫起来。在南方，难得下雪，这群年轻人跳跃着，嬉笑着，互相拍打身上的落雪，又摊开双手去接飘落的雪花。开始，雪小如霰，不一会儿，鹅毛大雪，纷纷扬扬，铺天盖地而来，四望山景，都笼罩在白茫茫的大雪中，好一派银装素裹的世界！

谢安也同侄儿们一样高兴，说："刚才道韫侄女诵了一首咏松诗，现在突然下起了大雪，天公着意添佳景，你们何妨乘兴赋新诗！"

年轻人一齐快乐地回答说："好！好！就请叔父命题。"

"我们就吟雪联句吧，这样热闹些。"谢安出了这样一个题目，停了停，先说了一句：

白雪纷纷何所似

咏雪这个题目，看似平易，却不好下笔。各人都在心里思忖，谁也不愿出语平庸。

"善言至理，文义艳发"的谢朗（《晋书·谢朗传》），自幼也受叔父器重，名气仅亚于谢玄。他思索了一会儿便说："侄儿先有一句，咏出请叔父指教。"

谢安笑着说："吟来！"

谢朗拿腔拿调地吟道：

撒盐空中差可拟

谢朗把下雪比作在空中撒下洁白的盐粒。谢安正要评点，见谢道韫嘴角含笑，便转身问她："侄儿也有了？"

谢道韫说："以我浅见，霰如撒盐空中，那是我们刚才见到的小雪，已非眼前景致，且雪趣在轻、在白，比喻需抓住这两点方好。"

谢朗说："阿姊所见有理，我那句诗虽然也只是说勉强可把霰比作盐，到底过俗，不够雅丽。阿姊定有绝妙好词，快献出来！"

晉會稽太守王凝之妻謝夫人道韞

《任熊版画》　　　　　　　　陈传席 编著

谢道韫笑了笑，就有声有色地吟道：

未若柳絮因风起

"好，果然比得好！"谢玄脱口称赞，"阿姊这个比喻委实精妙。它不仅与眼前的雪景贴切无间，而且描摹出了雪花在空中飘飞的神态，可谓景中有景、象外生象，确是好诗。"

谢安忍不住满面笑容，无比兴奋，说："道韫多雅人深致，真是我谢家才女！"

大家热烈地谈论了一阵，继续吟雪联句。究竟还有多少脍炙人口的佳句切对，史籍无载，实是一件憾事。

宋人陈善说："撒盐空中，此米雪也。柳絮因风起，此鹅毛雪也。然当时但以道韫之语为工。予谓《诗》云：'如彼雨雪，先集维霰①。'霰，即今所谓米雪耳。乃知谢氏二句，当各有谓，固未可优劣论也。"（《扪虱新话》三）陈善认为，谢朗诗是咏开始下雪的景象，雪初下，雪粒细小如盐，所以谢朗用"撒盐空中"来形容，而谢道韫诗是描写下大雪的壮观，鹅毛大雪，漫天飞舞，如初夏柳絮，轻轻飏飏，乘风而起。两句诗，各自描写不同景象，都是贴切、形象、生动的，不能断言二者的优劣。陈善的意见告诉人们，读诗要善于"身临其境"，这才能领悟到诗人的苦心。但即使如此，谢道韫的"未若柳絮因风起"句，还是更有意境风韵，更为工巧传神，所以受到后世更多的赞扬。

【参考资料】

《晋书·王凝之妻谢氏传》
《世说新语·言语》

---

① 《诗经·小雅·頍弁》。雨雪，下雪。维，助词。

孤燕单飞

南朝雍州（治所在今湖北襄阳）书生卫敬瑜，娶王整之姊为妻。夫妻恩爱，相敬如宾。但没有两年，卫敬喻病故，撇下年纪轻轻的王氏守寡。王氏当时才十六岁，双方的父母舅姑都通情达理，不忍心看王氏孤苦伶仃地过一辈子，都极力劝她再嫁。

不料，任公婆、父母怎么劝说，王氏都执意不从。丈夫虽然去世了，可他的音容笑貌还清晰地印在她的心里。她时时想起丈夫在世时的种种情景：夫妻携手，花前吟诗，灯下对坐，静夜读书。夫妻志趣相投，心心相印。她还深深地沉浸在失去丈夫的悲痛和思念中，怎能割舍旧情，另寻新欢？

春天来了。一天，王氏走到丈夫的墓地，亲手种了几棵松柏，寄托哀思。此后又是松土，又是浇水，天天辛勤照看。几株松柏，仿佛是见风长。数月后，竟然枝叶丰茂，郁郁葱葱，枝枝相连，两株犹似一株，遮盖着卫敬瑜的整座坟墓。王氏每日来到坟上，徘徊树下，感到无限欣慰。她深深感到，自己与丈夫的心犹自相通，连无知无觉的树木也像受了感动，不堪孤独，结成了连理！这天，她一时感怀，轻轻呼唤了一声"卫郎"，便深情地吟诵道：

> 墓前数株柏，根连复并枝。
> 妾心能感木，颓城何足奇①。

王氏相信，她对丈夫的爱情和思念，感动了无知觉的松柏，可以同孟姜女哭倒长城相比。所以孟姜女哭倒长城，自然就不是什么稀奇事了。不

---

① 此处用孟姜女哭长城事，参看本书《孟姜哀歌》篇。

过，这只是"妾心能感木"的表层意思，其实王氏一片炽爱之情，感动的不只是松柏，更有她那日夜思念的丈夫亡灵。亡灵有知，不忍妻子孤单，所以才令树木连理。这首《连理诗》虽是悼亡，却不感伤。诗中蕴含着一种抒情主人公的自我满足与安慰。

就这样，又过了一年。不料，丈夫墓地上的树木竟又各自分离成了两株独立的树。王氏几乎惊呆了，她在心中问丈夫、问自己，是自己对丈夫的怀念已经淡薄了吗？不，我想自拔也不能啊！是丈夫对自己的爱已经消失了吗？不，丈夫的爱，我时时刻刻都还感觉得到。王氏这样自问自答，不知连理枝为何忽又成了单株。她像失去了什么，恍恍惚惚，走回了家。

卫家庭院屋檐下有一个燕子窝。每年春来冬去，都有一对燕子相伴飞来。它们一起衔草筑巢，一起哺育雏燕。风里来，雨里去，双飞双栖，形影不离。王氏从丈夫墓地回家，这才发现，今年燕子只飞来一只。王氏听着那熟悉的呢喃声，格外感到心惊，那声音仿佛是孤燕在向她倾吐着不幸。王氏想到自己孤身只影的生活，不觉潸然泪下。难道这只燕子也与自己一样，失去了相濡以沫的终身伴侣？孤燕一边在房檐下低飞徘徊，一边发出凄凄切切的叫声。"啊，它像是同情我，在替我倾吐心中的悲痛。"王氏看着孤燕，孤燕伴着王氏，彼此像患难相逢、同病相怜。王氏突然对孤燕产生了一种特殊的感情。她每天如醉如痴地看着这只孤燕，精心照料它的泥巢和饮食，常常为它偏栖孤飞伤心落泪。转眼秋天要到了，燕子又要南飞了，王氏在孤燕脚上系了一根红丝线。她多么希望这只有情有义的燕子能再回来。

第二年，冰雪消融，春回大地，那只系有红丝线的燕子果然回来了。王氏惊喜不已，她脱口而出，吟道：

> 昔年无偶去，今春犹独归。
> 故人恩义重，不忍复双飞。

王氏从燕子的无偶而去，孤飞而回，仿佛突然醒悟到亡夫的一番苦心：他自己既然去了，他就不愿再让连理枝、双飞燕来惊扰活着的妻子，使她面对那相依相偎、双栖双飞的情景，无休无止地感受孤独与悲哀。这

是何等无微不至的体贴啊！这种体贴，不正出自一种深情的爱吗？王氏想到这些，心中又充满了一种幸福感。

王氏的这首《孤燕诗》，采取从对面写来的方法，不言自己如何怀念亡夫，而写亡夫如何情深义重，反而更淋漓尽致地抒发了对亡夫的缅怀与爱恋之情。尤其值得注意的是，在我国传统文学作品中，为歌颂忠贞不渝的爱情，几乎都要借助连理枝、并蒂莲、比翼鸟等成双成对的象征物，而这两首小诗却从孤木、单飞落笔，反其意而用之，就显得特别新颖和委婉含蓄了。

【参考资料】

《南史·张景仁传》

璇玑图诗

　　十六国前秦苻坚时，秦州（治所在今甘肃天水）刺史窦滔娶了个聪明伶俐、年轻貌美的妻子，名苏蕙，字若兰。她是陈留（今河南开封东南）令苏道贤的三闺女，性情有些急躁，常对丈夫耍小姐脾气。窦滔，字连波，风神奇伟，文武双全，博览经史。公务之余常邀乐工歌伎来府弹唱。其中有一个歌伎叫赵阳台，色艺双绝，窦滔特别喜爱她，把她收为外室，养于别馆。不久，苏蕙知道了，十分嫉恨，找到别馆，对赵阳台百般辱骂，乃至鞭打。赵阳台常在窦滔面前哭哭啼啼，说了苏蕙许多坏话，窦滔非常生气，对苏蕙就渐渐疏远、冷淡了。

　　前秦建元十五年（379 年），苻坚攻克了东晋的襄阳。襄阳是个咽喉要道，苻坚怕此城常有军情，就诏封窦滔为安南将军，镇守襄阳。窦滔想带苏蕙一同赴任，苏蕙却怒气未消，不肯同往。窦滔便带着赵阳台去了襄阳任所，并且与苏蕙断绝了音讯往来。

　　苏蕙这时才二十三岁，她先还凭一股气支撑着，渐渐地，她受不了孤独和寂寞了。窦滔在襄阳生活得怎样？政务繁忙吗？是否平安无事？他是不是同那个赵阳台生活在一起？她是多么想知道这一切！她回想自己十六岁嫁到窦家，丈夫对自己一向还是温存体贴的，是自己心眼小，使小姐脾气，惹恼了他，以至事情闹到今天这个地步。苏蕙离开丈夫的日子越久，就越想念他；越感到自己仍然深深地爱着丈夫，也就越是悔恨交加，责备自己狭隘与忌妒。不过，她毕竟是大家闺秀，任性和矜持，使她不可能如普通女子那样，自己回到丈夫身边去，甚至也不能痛痛快快写一封信，和丈夫和解言欢。她日思夜虑，终于想出了一个表明自己的心迹而又不失身份的好办法。

　　苏蕙用青、红、绿、白、黄五色彩线，织成一幅文字彩锦，正方形，纵横各八寸、二十九行，每行二十九字，整幅共有八百四十一字。苏蕙织好彩锦，对一个老成的管家说："你把这幅彩锦给襄阳老爷送去。"

老家人接过五彩织锦，见满是密密麻麻的字，也看不懂是什么意思，就迷惑不解地问："夫人，没有书信吗？"

苏蕙说："这就是书信，上面是我写的诗，别人不能读懂，我的丈夫是能读懂的。他读了诗，就知道我说什么了。"

老家人到了襄阳，把苏蕙的织锦交给窦滔。

窦滔见了这幅斑斓夺目的五彩织锦，仔细观看起来。开始，他也不知如何读。他细心地琢磨着，吟读着。一字一字，一遍一遍，慢慢地，他终于连字成句，连句成章，四言、五言，他越读越发现，左读右读，纵读横读，皆成诗篇。他兴奋极了，深深为妻子苏蕙的才华与情思感动，他不禁连声赞叹说："妙绝！妙绝！"原来，这是一幅锦字回文诗，又称璇玑图诗，表达了丰富的家常生活和深厚的夫妻情爱，有很高的艺术技巧。所以窦滔读了深受感动，对自己过去造成夫妻隔阂的举动，深感后悔。于是，窦滔送走了赵阳台，派车驾按夫人礼仪把苏蕙接到襄阳。夫妻团聚，恩爱有加，胜于新婚。

也许是心有灵犀一点通的缘故吧，除了窦滔读懂了这种回文诗外，很少有人能读懂。唐代女皇武则天在如意元年（692年）五月一日，阅读典籍，偶然发现了这幅回文诗，"因述若兰之多才，复美连波之悔过"，为这幅回文诗写了两篇长序，对它的写作方法作了详细说明。她说，她因为深入思考了"璇玑"二字的意义[①]，才明白璇玑图原来是按日月星辰运行布置经纬，由中旋外，向四方辐射，交叉点皆契韵句。循还反复，窈窕纵横，各能妙畅。又按五色相互辉映的原理，施用不同颜色，形成篇章。经纬的图案随色彩自行区分。外面四角，窈窕成文，都是六言；四边相对成文，也都是六言；交叉成文，则全是四言；中间四角，一律横读，成四言；中间四边，按方位读，又都是五言；总之，纵横反复，都可读成诗章。

现在选几例如下：

---

① 汉代以后的人认为，璇玑就是浑天仪，一种天文仪器。苏蕙的诗文都是按经纬星辰的方位来写的。

伤惨怀慕增忧心，堂空惟思咏和音。
藏摧悲声发曲秦，商弦激楚流清琴。

诗情明显，怨义兴理。
辞丽作此，端无终始。

寒岁识凋松，真物知终始。
颜衰改华容，仁贤别行士。

以上列举的几首诗，都可以从后往前反读，仍然流畅成文，诗义也贯通。

璇玑图诗一共八百四十一字，武则天用她发现的各种方法阅读，一共读成两百余首诗。她惊叹不已，赞誉说："观其婉转反复，皆才思精深融彻，如契自然，盖骚人才子所难，岂必女工之尤哉！"又说："纵横反复，皆为文章，其文点画无缺，才情之妙，超今迈古。"（《题〈璇玑图诗〉序》）范文澜说，武则天这些话，"可称确评"（《中国通史简编》第二编）。苏蕙有文词五千余言，以后都散失了，唯独璇玑图诗流传了下来，看来是有一定道理的。宋代女诗人朱淑贞、元代大书画家赵孟頫夫人管氏都曾手写过苏蕙的《璇玑图诗》。

由于璇玑图诗是用一种特殊的方法创作出来的，这八百四十一字究竟包含了多少首诗，就成了无数骚人墨客解不开的谜。有人说，可成二百六十首；有人说，可成数百首。宋代诗人黄庭坚有感于苏蕙的事，写了这样一首诗：

千诗织就回文锦，如此阳台暮雨何①？
亦有英灵苏蕙子，只无悔过窦连波。

诗的前两句说，苏蕙的织锦，一共织成了千首诗，这些诗是如此缠绵多情，就是当年楚怀王与巫山神女那段梦中恋情，恐怕也不能相比。他在

---

① 战国楚人宋玉《高唐赋序》，楚怀王梦中遇巫山神女，神女说："妾在巫山之阳，高丘之阻，旦为朝云，暮为行雨，朝朝暮暮，阳台之下。"

蘇若蘭

黄山谷题迴文锦诗云千诗织就迴文锦如此阳台莫雨何亦有英灵苏蕙手只无悔过

宽连汝

苏蕙　　　　　　　　　　　　　　《晚笑堂画传》

诗序中说，宋初诗人杨亿读《璇玑图诗》得五百余首，而他自己却说是"千首"。明代人郎瑛读了这首题诗，对苏蕙织锦更是惊且叹，曰："是何女子之慧哉？殆鬼工耶，抑仙才耶？古今才子亦有是思也耶？不可得而知也。"郎瑛不知道该怎样来评判苏蕙的聪明才智，只是不住感叹！郎瑛又说，当朝有一个起宗和尚，诵读璇玑图诗，竟读出三言、四言、五言、六言、七言诗共达三千七百首，而且都"音律畅协，反复成章，三四六言宛若天成者多矣！"（《七修类稿》卷三十九）明代人王瑜则说得更准确，共有诗三千七百五十二首。看来，大概谁也无法肯定，这八寸见方的织锦中，究竟包含了多少诗篇，如此以少胜多，的确表现出诗作者非凡的才智和高超的技巧。

苏蕙为我国古典诗歌园地创造了一种独特的新诗体，史称回文诗体，以后历代都有仿作，可见其深远影响。苏轼有《题织锦回文三首》，今录两首如下：

红手素丝千字锦，故人新曲九回肠。

风吹絮雪愁萦骨，泪洒缣书恨见郎。

羞看一首回文锦，锦似文君别恨深。

头白自吟悲赋客，断肠愁是断弦琴。

苏轼在诗下自注说："回文诗起于窦滔妻苏氏，于锦上织成之，盖顺读与倒读皆成诗句也，诗中所谓'千字锦'、'回文锦'，皆用此事也。"苏轼诗的技巧与内容，都用了苏蕙的故事，诗写得缠绵悱恻，亦可顺读和倒读，都相当流畅自然，特别是第二首，毫无生硬枯涩之感。

不过，回文诗写作难度很大，很容易流于文字游戏，所以范文澜评论苏蕙回文诗说："技术上的奇巧，不一定是好的文学，只有丈夫能懂的语言，文学价值也就很有限了。"（《中国通史简编》第二编）

【参考资料】
《先秦汉魏晋南北朝诗·晋诗》
《双槐堂岁钞》卷七

贪泉可饮

　　东晋安帝元兴元年（402 年）二月，吴隐之出任广州刺史，朝廷的用意并不在抗御外侮、保境安民，而是要他"革岭南之弊"（《晋书·吴隐之传》）。广州地处亚热带，气候炎热，多瘴疠毒气，很易染上疾病时疫。但那里临海倚山，山中飞禽走兽，名贵药材，水里海鲜什锦，珊瑚珠宝，山藏水养，无奇不有。"珍异所出，一箧之宝，可资数世。"（同上）所以，抱着捞钱目的来当官的大有人在，"前后刺史皆多黩①货"。（同上）

　　官吏腐败，贪赃枉法，广州比其他地方更为严重，这就是所谓的"岭南之弊"。吴隐之为政清廉，非分不取。一生过着俭朴的生活，吃的是粗茶淡饭。在任晋陵（今江苏镇江）太守时，妻子亲自出外背柴火，所得官俸，大都慷慨周济同僚或亲族，以致自家连多余的衣物都没有，冬日要换洗衣服，就得披絮御寒，是当朝有名的廉吏清官。朝廷要他去任广州刺史，就是要他去整顿那里的吏治。

　　吴隐之带着妻子刘氏、仆从役卒，一路风尘，晓行夜宿，即期到任。一天，来到离广州尚有二十余里的石门山。他们一行自三月启程，到广州已是夏日炎炎了。累日跋涉，人马都十分困乏。

　　吴隐之见天色尚早，便让众人下马休息，自己和妻子随意观赏风景。这儿正好是小北江与流溪河的汇合处，两岸高山对峙。峭崖壁立，如石门对开，因此名石门。此时红日西斜，五彩云霞，烧红了天，江中倒影，红光潋滟；山岩下，涓涓清泉，分流而合注，一泓幽潭，澄澈见底；周围嘉木芳草，蓊然悦目。吴隐之顿觉神清气爽，不禁赞叹："好一处清幽胜地！此水一定清凉甘甜，正好解渴。"说罢，就向役卒要过水瓢，要酌饮清泉。

---

　　① 黩（dú），贪污。黩货，贪图钱财。

夫人刘氏连忙拦阻，说："官人，你不见那石碑上刻的字吗？"

吴隐之停住了手，抬头看那石碑，碑上赫然刻着遒劲的两个大字："贪泉。"吴隐之早就听说过"贪泉"的传闻。他淡淡一笑说："啊，'贪泉'原来在这里。"然后，他反问刘氏："你也以为，那些在此做官的人，贪污受贿，搜刮民脂民膏，就是饮了这'贪泉'之水、迷失了本性的缘故吗？"

刘氏微微一笑说："我也知道未必如此。不过，泉水虽美，名字甚恶，喝着这水也不是滋味！"

吴隐之哈哈大笑，说："如此说，我倒要尝尝这'贪泉'是否别有滋味！不然为何喝了此水，就会变得贪得无厌呢？"说着说着，他的神情严肃起来，"要使自己心怀不乱，保持廉洁，就要不被物欲打动。富贵不能淫，贫贱不能移，是我们祖先留下的古训。要为政清廉，就要有点富贵不能淫的精神，我们总不能做不肖子孙，愧对祖先，愧对一方的父老乡亲，落得个被千古唾骂的罪名！广州历任赃官，就是丧失了这种精神，才变得贪得无厌，哪里是饮了'贪泉'之水的缘故！"

刘氏迷茫地说："既然如此，为何给这清泉起此恶名？是什么人所为呢？"

吴隐之说："只因这潭甘泉处于要道，来往过客无不在此下马畅饮。官吏自然也不例外。但他们到任后，个个见钱眼开，只图中饱私囊，不顾朝廷利益，更不顾老百姓的死活。老百姓无不痛恨赃官污吏，又不敢指着鼻子骂他们，就编出这种传闻，说饮此水者会心怀无厌之欲，嗜血成性，最终惹得天怒人怨，不会有好下场。他们给此甘泉取了这么一个恶名，正是他们表示反抗的方式。我们为官的，要善于从这些传闻中体察民情啊！"

刘氏不由得灿烂一笑说："官人见多识广，以儒雅闻名，善于谈吐，我看你也过于微言大义了。"

吴隐之也笑着说："这不是巧言令色，这是本官的素志节操，所以才能悟出其中的道理，以此警戒自己！"

说罢，手持水瓢，舀了满满一瓢水，咕嘟咕嘟一口气饮了下去。饮罢，用手抹干嘴上的水珠，对刘氏说："我今日饮此'贪泉'水，看看到任之后，贪也不贪！你也饮一瓢，以后也好夫唱妇随嘛！"

刘氏与众随从一个个忍不住笑了起来。刘氏说："我还是不饮吧，日

《宋词画谱》 （明）汪氏 编

后你要真成了该死的赃官，下了大狱，还有谁给你送饭！"众随从更是
笑得前仰后合，相跟都去"贪泉"中舀水畅饮起来。

　　吴隐之待众人饮罢，命书童摆开文房四宝，亲自舀了一点"贪泉"的
清水碾墨，乘兴写了一首《酌贪泉》诗：

古人云此水，一歃怀千金①。

试使夷齐饮②，终当不易心。

　① 歃（shà），饮，用口微吸，如口语中常说的抿一口。
　② 指商末孤竹君二子伯夷、叔齐。二人在周武王灭商后，逃避到首阳山，不食周粟而死。

诗的大意是说，人们都说喝了"贪泉"的水就要变得贪得无厌，动辄豪夺至于千金。但这话没有道理，如果让商末孤竹君的两个儿子，即品德高洁的伯夷、叔齐来喝，他们是决不会改变本性的。这首小诗澄清了饮"贪泉"必成贪官的传说，表明了吴隐之所持守的高尚节操；诗风古朴，给人启迪。

　　吴隐之一行痛饮"贪泉"而去，不久成了风传的新闻。当地百姓拭目以待，要看饮了"贪泉"水的新官如何行事。

　　吴隐之到任后，做的第一件事就是整顿官场，改革腐败吏治，申饬法纪，严惩属下劣迹昭著的贪官赃官；自己则清廉自守，更加节俭，寻常日子，不过蔬菜盐鱼下饭。开始，人们还以为他矫情欺世，做做样子，然而日复一日，月复一月，吴隐之终不改其操守。人们这才承认吴隐之果然与历届刺史不同，不由得由衷叹服，那些有过不法行为的官吏，看到有如此上司，也只得老实为官，两广因而大治。后人为纪念吴隐之，就把他的诗也刻在"贪泉"碑上，以砺后进。现在，在广州博物馆碑廊，还保存着明人李凤刻的碑石。

【参考资料】

　　《晋书·吴隐之传》

爱菊嗜酒

晋安帝义熙六年（410年），陶渊明因家遇火灾，从旧居上京移居南村①。那一年，他四十六岁。他在南村宅旁，种了不少菊花。据《风俗通》说，菊花有轻身益气之功，食菊可以延年益寿，上寿一百二三十岁，中寿逾百岁，下寿也可七八十岁。春兰秋菊，还可以陶冶人的性情。所以我国自古就有赏菊、品菊茶、饮菊酒以至用菊花做羹汤的习惯，当然菊也成了文人们寄情抒怀的对象。陶渊明特爱菊花，周敦颐说："晋陶渊明独爱菊"，"菊之爱，陶后鲜有闻。"（《爱莲说》），范成大也说："名胜之士未有不爱菊者，到渊明尤甚爱之。"（《范村菊谱序》）不过，陶渊明爱菊，还须有酒。他相信"酒能祛百虑，菊解制颓龄②"（《九日闲居》）。

又一个秋天到了。陶渊明宅旁的黄菊满园，鲜明照眼，清香四溢。诗人一天早晨起了床，来到园中，采摘着一朵朵带着晨露的菊花。"唉，这会儿要有人送酒来就好了！"诗人突然这样长长地叹息了一声说。连日来，没钱买酒，空杯里都落满了尘土，傲寒的秋菊白白地这么盛开着，辜负了她的一片芳心啊！诗人感到一阵羞愧，一阵惆怅。他放下盈把的菊花，进屋搬出他的无弦琴，坐在松下竹篱边，对菊抚弄起来。琴没有弦，他却抚弄得很认真，仿佛那无声的音乐旋律正在他心中激荡，在他指间流出，他是能听到的。

"嗬，陶公，好兴致！"一个声音从菊篱外传来。

陶醉在音乐中的陶渊明惊醒过来，一看是江州后军功曹颜延之。

颜延之说："陶公既在抚琴，何以琴上无弦？"

陶渊明说："但得琴中趣，何劳弦上声？无弦琴亦可自娱嘛！啊，将

---

① 上京，山名。上京、南村相距不远，在浔阳（今江西九江）附近。

② 颓龄，衰老。

军来得正好，有酒没有？”

颜延之笑着说：“愚弟知道陶公酒瘾大发，所以今日特挑来一担好酒，要与公畅饮。”

“好，这就好！”陶渊明像孩子似的，一下子快活起来。

二人对坐，一边闲话，一边饮酒，一边赏菊。颜延之当时三十出头，刚步入仕途，正是血气方刚，踌躇满志，但他"好酒疏诞，不能斟酌当世"，"辞甚激扬，每犯权要"（《宋书·颜延之传》）。几杯酒下肚，他就不免又发起牢骚来。

“当年竹林七贤①，个个都是饮酒的英雄。司马昭曾为儿子司马炎向阮籍之女求婚，阮籍一连大醉六十日，求婚人无法同他说话，只好作罢；刘伶写了《酒德颂》，走到哪儿，都提着酒壶，惟酒是务，不知其余，酒喝多了，就一丝不挂，赤身裸体，招摇过市，别人指责他，他说‘我以天地为大厦，以居室为衣裤，你们为什么钻到我的裤裆里来？’唯恐拒人不远；阮咸同族人围坐共饮，不用常杯，而用大盆，恰好一群猪来，也不驱赶，竟与猪共饮。陶公，你说他们为何如此放荡不羁，嗜酒纵饮？”

颜延之说话间，陶渊明已经饮完三大杯，正自顾自往杯里斟酒。听了颜延之问话，说：“‘何以称我情，浊酒且自陶’②。喝！喝！”

颜延之见陶渊明没有回答，就自己说：“阮籍酣醉，是借饮酒掩饰自己的抱负，所以保住了性命；嵇康非汤武而薄周孔，所以终遭杀害；刘伶每日沉醉，那只是韬晦之术，可谁真正理解他？阮咸本是青云之器，只有山涛、郭奕醉心推崇。他们生于乱世，常恐遭谤遇祸，虽有济世之志，也只好借酒浇愁，装疯卖傻，苟全性命。陶公，你说他们何尝甘愿如此？”

颜延之愤愤地说了这么一大篇话，陶渊明已不知咽下了几杯酒，这时双眼朦胧，晃晃悠悠，举起酒杯说：“‘愿君取吾言，得酒莫苟辞’③，喝！喝！”

颜延之看陶渊明仍不接他的话茬，便一手抓住陶渊明举杯的手，说：

① 魏晋之际，嵇康、阮籍、山涛、向秀、阮咸、王戎、刘伶七人常集于山阳竹林畅饮，世谓"竹林七贤"。参看本书《广陵散绝》篇。

② 《己酉岁九月九日》。

③ 《形影神诗三首·形赠影》。

"愚弟今日来此，欲借酒洗尽心中块垒，陶公为何只顾饮酒，不赠小弟一言！"话说得如此悲愤，像要哭出声来。

陶渊明看了看颜延之，又看了看酒杯，意味深长地说："一士长独醉，一夫终年醒。醒醉还相笑，发言各不领①。喝酒！喝酒！"硬举着酒杯往颜延之嘴边送。

颜延之看陶渊明的样子，似醉，非醉，嘴角挂着几丝冷笑，眉宇间浮现出一股倔强和悲凉之气，他品味着什么"醉"呀、"醒"呀，仿佛顿悟陶公为何总是答非所问了，他的心也稍微平静了一些。其实，陶公此时又何尝不是在借酒排遣内心的忧愤和逃避时势的困扰！

颜延之看看天色已晚，便起身告辞了。

"贤弟，"陶渊明这时才抑扬顿挫地说，"赠你一言吧，'悠悠迷所留，酒中有深味'，谨记！谨记②！"

"悠悠迷所留，酒中有深味！"颜延之重吟了一遍，似懂非懂，像是无可奈何，又像要摆脱什么，摇摇头，给陶渊明留下一些钱，就转身走了。

陶渊明站起身来，拄着竹杖，在庭园的小径上，慢慢地踱着。他走到竹篱边，又摘下一朵一朵菊花。"有了钱，明日可以买些酒来浸泡菊酒了。"他自言自语地说，清晨有菊无酒的不快早已释怀，而颜延之的尘世烦恼更使他感到归隐田园、陶然自乐的愉快。他轻松悠闲、自得自赏地采了一阵菊花，抬起头来，南边的匡庐山，恰好映入眼帘。太阳快落山了，夕阳映山，碧峰翠岭，更显得明丽清峻，遨游一天的飞鸟，都相随归山投林。他心中一动，一种新的感受似要冲口而出，可是他随即会心地、无声地笑了笑，转身进屋，写下这样一首诗：

> 结庐在人境，而无车马喧。
>
> 问君何能尔？心远地自偏。
>
> 采菊东篱下，悠然见南山。
>
> 山气日夕佳，飞鸟相与还。
>
> 此中有真意，欲辨已忘言③。

---

① 《饮酒》之十三。
② 《饮酒》之十四。
③ 《饮酒》之五。

颜延之走了，陶渊明把他留下的二万钱全送到了酒家，想饮酒时便去取酒。陶渊明自己说，"余闲居寡欢，兼比夜已长，偶有名酒，无夕不饮。顾影独尽，忽焉复醉。既醉之后，辄题数句自娱。"（《饮酒》小序）这样陆陆续续写成二十首《饮酒》诗。方东树说："《饮酒》二十首，直书胸臆，直书即事，借饮酒为题耳，非咏饮酒也……人有兴物生感，而言以遣之，是必有名理名言，奇情奇怀奇句，而后同于著书。"（《昭昧詹言》卷四）方东树的话告诉我们，可以透过"饮酒"，体察陶渊明的"奇情奇怀"，从其中那些"名理名言"，得到启迪和教益。这组诗是陶渊明的代表作，其中"结庐在人境"一首，是脍炙人口的名篇。

　　这首诗的前四句写自己身居人世，却无俗事烦扰，所以如此，是因为自己心境宁静，志趣高迈，超然物外。接下四句，写出两种境界，一是诗人采菊东篱，不经意抬头看见了南山，二是日近黄昏，云入山间，飞鸟结伴归林。如此白描，似平淡无甚深意，但结语处以"此中有真意，欲辨已忘言"点化，留不尽余味，再观照全诗，顿觉境界全出。那欲言又忘言的"真味"究竟是什么呢？大约真的只可意会了！郭预衡教授解释说，那"真意"是"悟道"，是物我两忘、物我合一的无我之境，而这种境界是不能用语言来表达的，一旦说出，就落下有意为之的痕迹，绝非"无我之境"了。（《中国古代文学简史》）

　　因此，后世文人对这首诗评价很高。王安石说："结庐在人境，而无车马喧。问君何能尔？心远地自偏。""诗人以来，无此四句"。（《南濠诗话》）

　　苏轼评"采菊东篱下，悠然见南山"说，"采菊之次，偶然见山，初不用意，而境与意会，故可喜也。今皆作'望南山'……便觉一篇神气索然也。"（《东坡志林》）苏轼的意思是说，"飞鸟相与还"，是诗人眼前"境"，"鸟倦飞而知还"（《归去来兮辞》），是诗人心中"意"，而"境与意会"，是偶然发生的，所以才觉得悠然自得，有"神气"，如果用"望"字，就是有意赏景，或有意寄情于景，心有所关注，何来"悠然"！

　　黄庭坚也说，"采菊"二句，"其浑成风味，句法如生成，而俗人易曰'望南山'，一字之差，遂失古人情状，学者不可不知也。"（《冷斋夜话》

卷四)

　　沈德潜也是这种看法，他说此诗是"胸有元气，自然流出，稍着痕迹
便失之。"（《古诗源》卷九）

　　诗的结语"此中有真意，欲辨已忘言"，更是许多诗歌研究家们念念
于心、品味不尽而又难于索解的名句。诗人似乎想告诉我们他在隐居赏菊
饮酒中体验到的"真意"，却以"欲辨忘言"一语打住，曲骤止而余音萦耳，
使人欲舍不忍，欲罢不能。那藏在诗人心中的"真意"，到底是什么呢？
好像就要说出来，可又一下忘了用什么语言来表达，或者根本就没有语
言可以表达，读者只可去意会了！

　　萧统曾说："有疑陶渊明诗篇篇有酒，吾观其意不在酒，亦寄酒为迹
者也。"（《陶渊明集序》）

　　白居易说得更妙，他的《吾闻浔阳郡》诗中有这样几句：

先生去已久，纸墨有逸文。

篇篇劝我饮，此外无所云。

我从老大来，窃慕其为人。

其他不可及，且效醉昏昏。

　　陶诗并非篇篇有酒，但陶诗传世不多，咏酒之作，确实触目皆是。白
居易"慕其为人"（《效陶潜体诗十六首》），但自以为望尘莫及，只
能学陶渊明终日"醉昏昏"，这大概也只是愤世之言，他大约也知道，
陶渊明"意不在酒"，只是"寄酒为迹"吧！

但恨在世时，饮酒不得足。

　　陶渊明一生爱菊嗜酒，到死还自写《挽歌辞》留下这样的遗恨！

【参考资料】

　　《晋书·陶渊明传》

乞丐诗人

晋安帝司马德宗义熙元年（405年），陶渊明不肯为五斗米"折腰向乡里小儿"（萧统《陶渊明传》），辞官归田，躬耕务农，自食其力。后来不幸遭一场大火，全部家产付之一炬，一家的生活，从此日益艰难。十余年中，江南广大地区灾害连年，或烈日如火，或风雨纵横，干旱洪涝相继，再加上虫害肆虐，庄稼颗粒无收。陶渊明一家的生活条件，更加恶化了。当时他写的《怨诗楚调示庞主簿邓治中》诗，后几联是这样的：

> 夏日长抱饥，寒夜无被眠。
> 造夕思鸡鸣，及晨愿乌迁。
> 在己何怨天，离忧凄目前。
> 吁嗟身后名，于我若浮烟。
> 慷慨独悲歌，钟期信为贤。

夏天天长，常常没有饭吃，刚起床就盼着太阳快落山。冬天没有被褥，睡觉畏惧夜寒，刚天黑又盼着快天明。诗人说，我并不是在怨天尤人，我是正遭受着苦难，实在是太凄惨了啊！世人常说"岁月难熬"，一个"熬"字，在这诗中表现得多么真切！但是，"渊明真率人，出处端不欺。饥来乞一餐，有酒斟酌之。"（元·张雨《渊明》）陶渊明只是向两位知己朋友叙说眼前处境，虽是"悲歌"，却很"慷慨"，仍然表现出视身前身后名若浮云的襟怀，始终过着安贫乐道的生活。

一天，陶渊明坐着滑竿去游庐山，半路上快到一座乡村凉亭，忽见一个人从小径走上前来施礼说："陶兄稍停，小弟在此等待多时了！"

这人姓庞，名遵，字通之，就是上面诗中说到的那位"庞主簿"，是陶渊明的知己故交。陶渊明归隐后，他们之间交游甚密，常至农家或庐山游玩。陶渊明这时见到庞通之，十分高兴，惊喜地说："啊，是故人通之。巧遇！巧遇！与我同去庐山如何？"

庞通之说："这可不是巧遇，我是担酒载食，在此专候大驾！"

"哦！有酒有食？走，走，我们先到凉亭饮几杯！"陶渊明说着就往凉亭走。庞通之见他如此性急，忍不住哈哈大笑。

在凉亭石桌上摆好酒菜，二人相对而坐，就畅饮起来。

庞通之说："陶兄，你只顾饮酒，也不问我怎么会知道你今日去庐山，我又为何在此专候？"

陶渊明放下酒杯，笑笑说："真的，'试酌百情远，重觞忽忘天'①，一见酒我就什么都忘了！如此，就请快讲！"

庞通之哈哈大笑，说："几天前可有人去你家求见？"

"什么人？"

"江州刺史王弘。"

"哦……我没见他。"

"你说什么米着？"

"我让妻子对他说，我性刚才拙，又有疾病缠身②，所以弃官归田。我不是想用隐居沽名钓誉，所以也不会把达官显贵屈尊驾临寒舍当作荣耀。"陶渊明并不总是那么平和，他说着说着，便不免有几分激愤。

庞通之微微一笑，说："小弟正是受他之托，备酒在此恭候。王弘正在附近，可否请他同饮……"

庞通之话没说完，陶渊明已站了起来，说："元亮③告辞！"说罢，转身要走。

庞通之赶忙拉住陶渊明说："慢！我知道你嫌王弘循规蹈矩，动静必遵礼法，是个俗官，而你质性自然，不肯受礼法约束、矫情待人。其实，他自幼好学，颇精书翰。一向景仰高逸旷达之士。他去访你，碰了钉子，不仅不介意，反差人日夜打探你的消息，知你今日去庐山，特意托我先在此设酒等候。他对你还算是实心实意，你又何必拒人千里？坐下！坐下！"

---

① 《连雨独饮》。

② 陶渊明腿有残疾，走路不便，常坐滑竿出行。

③ 陶渊明，字元亮。

陶渊明只得坐下。庞通之派人请来了王弘。彼此相见，倒也没有许多客套。大家落座，一边饮酒，一边闲话。

王弘说："虽然今日才得初识陶公，陶公大名却已久仰。陶公有诗说'忆我少壮时，无乐自欢豫，猛志逸四海，骞翮思远翥'①。陶公怀此大志，难道甘心闲居无为？"

陶渊明感慨地说："是啊，'日月掷人去，有志不获骋。念此怀悲凄，终晓不能静'②，其实我也时时惧怕辜负了平生壮志！"

"既然如此，陶公何不出山再仕？"

"啊，不，我误落尘网，倏忽十三年。十三年中三次出仕，三次退隐。如今终于迷途而返，守拙田园，日出而作，日入而息。虽然我一家大小衣不蔽体，食不果腹，"陶渊明说着，把脚伸了出来，"喔，你看，脚上的鞋子，前面是窟窿，露了脚趾，后面没鞋帮，露着脚后跟。可我欣然自得，起居晏如。既已复返自然，岂可再入牢笼？"

王弘听了这番话，心里深有感触。他知道陶渊明的少年壮志至今未泯，他那恬然自得、淡泊平静的外表下，还是深藏着不安与忧愤，本欲再说些什么，但看陶渊明现在的情怀，知道再多说也是无益了。

三人边饮边谈，不觉天色已晚。王弘告辞说："陶公，下官今日冒昧，强邀共叙，也没略备薄礼。看陶公生计如此艰难，更感愧枉食皇禄，哪怕给你带来一双新鞋，也可心安一点。"

陶渊明淡淡一笑说："不论新旧，有得穿就好。你真想给我一双鞋穿，就让你的衙役脱一双给我好了。"

"陶公开什么玩笑？仆人穿的鞋子，怎能脱给陶公你穿？果如此，岂非大不敬了！"王弘转身对一个衙役说，"你量一量陶公的鞋码，改日做好送来。"

一个衙役走上前来，陶渊明不让他量鞋码，说："不用了，就把你的鞋脱给我吧！"

衙役哪里敢这么做，看看陶渊明，又看看王弘，不知如何是好。王弘看了看庞通之，庞通之站在一旁微笑，让人难以捉摸，再看看陶渊明，

---

① 《杂诗十二首》之五。骞（qiān），高举；翮（hé），羽毛；翥（zhù），飞举。
② 《杂诗十二首》之二。

仍是那么平静坦然，不改常态，便对衙役说："你就把鞋脱给陶公吧。"

那衙役脱下鞋，放在陶渊明面前。陶渊明脱掉自己的破鞋，伸脚就穿上王弘仆人的鞋子，脸上毫无难色，依然是那么平和宁静，仿佛像是在穿自家日常穿的鞋子一样。

鲁迅在谈到这件事时，曾这样说："他的态度是不容易学的，他非常之穷，而心里很平静。""这样的自然状态，实在不易模仿。"（《而已集·魏晋风度及文章与药及酒之关系》）

陶渊明穿好鞋后，对王弘说："元亮有一首《咏贫士》诗，算是酬谢。"说罢，就在凉亭里写了出来：

> 荣叟老带索，欣然方弹琴。
> 原生纳决履，清歌畅商音。
> 重华去我久，贫士世相寻。
> 弊襟不掩肘，藜羹常乏斟。
> 岂忘袭轻裘，苟得非所钦。
> 赐也徒能辨，乃不见吾心[①]。

诗中说，春秋时人荣启期，年九十，犹以绳索为腰带，欣然鼓琴而歌。原宪是孔子的弟子，甚贫，子贡高车驷马往见，原宪衣衫褴褛，仓促中登鞋而鞋后跟破，连子贡都觉得难堪，说："你是不是病了？"原宪说："我听说没有钱财叫贫，学道而不能行才叫病，像我这样，是贫，不是病。"说罢，便放情高歌，声振金石。在重华[②]时代，天下没有穷人，而以后，"贫士"世世代代不绝。如今自己破衣烂衫，襟袖短得常露出胳膊肘，连粗食清汤都常常没有。我岂是不知身穿裘皮大衣又轻又软又气派？可如果苟且偷生，换得锦衣玉食，那绝不是自己的追求！像孔子弟子端木赐[③]那样的人，虽然机巧，善辩事理，可他以为富而无骄、贫而无谄就是很好的人生态度了，孔子说这当然不错，不过还不如贫而乐道，富而好礼。我是遵循先师这

---

① 《咏贫士》七首之三。
② 重华，舜的名字。
③ 端木赐，即子贡。

诗词里的中国故事

先唐篇

种遗训的，端木赐也不会懂得我的心。

境遇愈困苦，愈表现出不改其乐、不失其守的高风亮节。王弘这次见到陶渊明，又读其诗，亲身感受到了陶渊明这种人格的光辉，心中更增加了崇敬之情。

宋文帝刘义隆元嘉三年（426年），陶渊明六十二岁，贫病交加，陷入了绝境，以至不能不外出乞食。他留下了一首令人心酸落泪的《乞食》①诗：

> 饥来驱我去，不知竟何之。
> 行行至斯里，叩门拙言辞。
> 主人解余意，遗赠岂虚来。
> 谈谐终日夕，觞至辄倾杯。
> 情欣新知欢，言咏遂赋诗。
> 感子漂母惠，愧我非韩才。
> 衔戢知何谢②，冥报以相贻。

诗人一家饥饿得无法忍受，只得出门去乞讨，但是去哪儿呢？他走啊，走啊。到了一家门前，诗人举手叩门，主人来了，他却难以启齿。这就是诗的前四句，诗人那凄凉的身影，艰难的脚步，困窘的情态，复杂的心理，就是那样的宛然在目，那样触动我们的心扉。不是被饥寒所"驱"迫，何至于此？主人知道诗人的来意，给予馈赠和热情款待。这时的诗人又欣然忘怀，谈笑谐谑，倾杯赋诗，胸怀又显得异常坦荡平和了。

最后，诗人要告辞了，真诚感谢主人的恩惠。他想起当年韩信受洗衣老妇一饭之恩的旧事，而以自己又无韩信之才，因而深感愧疚，表示自己将在阴间、来世相报。苏东坡曾说："渊明得一食，至欲以冥谢主人，此大类丐者口颊③也，哀哉！哀哉！"（《津逮秘书》卷一）是啊，此时

---

① 逯钦立《陶渊明事迹诗文系年》和王瑶《陶渊明集》均说此诗系诗人六十二岁时作，北京师范大学邓魁英等编注《汉魏南北朝诗选注》说是二十九岁时作。前后相距三十年。此处从逯、王说法。

② 衔戢（jí），感激之情存于心底。

③ 口颊，心情和口气。

陶渊明　　　　　　　　　　　　　　　《博古叶子》

此刻的诗人，比刚出门乞讨时的形象，更令人感叹与同情！

　　陶渊明这首《乞食》诗，写得坦率真诚，而又委婉曲折，一波三折，三变其心情，三改其形象。同时也留下一个问题，那就是诗人是否真有像乞丐一样沿街倚门讨饭的经历。黄廷鹄《诗冶》详注说："非真乞食也，盖借给园行径以写其玩世不恭耳。"张玉谷《古诗赏析》也说："此向人借贷，感人遗赠留饮而作。题曰《乞食》，盖乞借于人以为食计，非真丐人食也。"这两种意见认为，陶渊明的所谓"乞食"，不是"玩世不恭"，至多也只是向人借贷，并非真的沦为了乞丐。而沈德潜的《古诗源》卷九说："不必看作设言愈妙"，这是说，不要把这看作只是诗人为了作诗，故意危言耸听、哗众取宠。清人温汝能《陶诗汇评》也说："此诗非设言也。因饥求食是贫士所有之事,特陶渊明胸怀视之旷如,固不必讳言之耳。"沈、温之说应是对的,乞食就是讨饭。我们不仅应该认识一个"采菊东篱下,悠然见南山"的陶渊明,一个"种豆南山下,草盛豆苗稀"的田园诗人,同时也该认识,还有一个"行行至斯里,叩门拙言辞"的陶渊明,一个倚门讨饭的乞丐诗人。

【参考资料】

《晋书·隐逸传》
《续晋阳秋》
《陶渊明研究资料汇编》

几多莫愁

  江苏南京城水西门外，有一个莫愁湖，是南京的旅游胜地，其名最早见于北宋初年，很早就有"金陵第一名湖"的美称。

  莫愁湖因莫愁女得名，而莫愁女却不是南京人。

  南朝陈智匠《古今乐录》载："石城西有女子名莫愁，善歌谣。"石城，今湖北钟祥县，三国时吴国在此垒石为城，始称石城。南宋时，那里还有莫愁村。《旧唐书·音乐志二》说："《莫愁乐》出于《石城乐》，石城有女子名莫愁，善歌谣，《石城乐》和中复有莫愁声。故歌云：莫愁在何处？莫愁石城西。艇子打两桨，催送莫愁来。"

  这首诗以莫愁女的口吻，讲述自己的一段情：莫愁姑娘家住哪儿？我家住在石城西边，船夫啊，你快快划，赶快送我去楚山头，我的情郎就要远去扬州。

  《莫愁乐》古曲两首之二接着写到莫愁女送别的情景：

闻欢下扬州，相送楚山头。
探手抱腰看，江水断不流。

  以上记载说明，莫愁原是南朝楚地人，她家住在石城西边。心爱的人去扬州（今江苏南京），她在江边山头送行，双手抱住郎的腰，相看不忍离别，江水似乎受了感动，也不肯再向东流。这两首古歌谣，有浓郁的楚地民歌色彩，与当时北朝歌谣相比较，风格迥然不同。

  晚唐诗人张祜有一首《莫愁乐》乐府词：

侬居石城下，郎到石城游。
自郎石城出，长在石城头。

从张诗也可以看出，莫愁女所爱的不是石城人，他只是漫游到石城，同莫愁女子相遇。二人相爱，有过一段幸福生活。以后，他走了，莫愁常常在"石城头"翘望，盼郎归来。

从南朝《古今乐录》到晚唐张祜诗，透露了石城莫愁女的简略身世。从南朝至隋唐，关于她的故事和歌谣已经广泛传播。这些故事和歌谣告诉后人，莫愁女并不是没有哀愁，至少她心爱的人离去和长久不归，使她经受着痛苦的感情折磨。这位石城女子所以名莫愁，恐怕只是人们寄托的一种慰藉和希望罢了。

南朝梁武帝萧衍有一首乐府诗《河中之水歌》，是专咏莫愁女的。不过，他咏的莫愁女不是石城人，而是洛阳（今河南洛阳）人。诗如下：

> 河中之水向东流，洛阳女儿名莫愁。
> 莫愁十三能织绮，十四采桑南陌头。
> 十五嫁为卢家妇，十六生儿字阿侯。
> 卢家兰室桂为梁，中有郁金苏合香。
> 头上金钗十二行，足下丝履五文章。
> 珊瑚挂镜烂生光，平头奴子擎履箱。
> 人生富贵何所望，恨不早嫁东家王。

诗中写得很明白，这首诗是为洛阳莫愁非石城莫愁而歌。这位洛阳莫愁，是农家姑娘，自小劳作，十三四岁就能采桑养蚕、缫丝织布，十五岁出嫁卢家，生了个儿子名阿侯。卢家是个富贵人家，莫愁成了珠翠满头、奴婢簇拥的阔少奶奶。不过，富贵如此，似乎并不是她的所愿，她遗"恨"没有早早嫁结"东家王"。那"东家王"或许是她青梅竹马的心上人。

梁武帝萧衍作了大量情歌。明人陆时雍说："武帝启齿扬芬，其臭①如幽兰之喷，诗中得比，亦所称绝代之佳人矣。《东飞伯劳西飞燕》、《河中之水歌》，亦古亦新，亦华亦素，此最艳词也。所难能者，在风格浑成，意象独出。"（《诗镜总论》）这段话指出，《河中之水歌》既古朴又新颖，

---

① 臭（xiù），气味。

既素雅又华艳，而这些看似对立的风格，又浑然天成地熔铸在一首诗里。这样的诗歌成就，奠定了萧衍在当时诗坛的地位，他才享有诗坛中"绝代佳人"的美誉。

《河中之水歌》因其艺术质量和作者的特殊身份，自然风靡一时。于是，世人知道洛阳莫愁女的多，而石城莫愁女就渐渐被人遗忘了。1953年南京市整修莫愁湖，在郁金堂西重塑莫愁女雕像一尊，壁上便刻着萧衍这首《河中之水歌》。

南朝两莫愁，一住石城西，一在洛阳中。而南京也有一个莫愁，不知是同姓同名，抑或不知什么时候，是洛阳少女莫愁，从中原大地远嫁到江东去了。她住在金陵水西门外湖滨。这片湖水，人们就叫它莫愁湖。也许石城和石头城两名太相近似，梁朝都城又在建康①，于是好事者就根据古词《莫愁乐》和《河中之水歌》，编造出美妙动人的故事为山川名胜、皇城帝都增辉吧。这个洛阳莫愁远嫁江东的故事，大约在唐宋之间就已流传。北宋词人周邦彦专咏金陵的《西河》词就有"断崖树，犹倒倚，莫愁艇子谁系"。扬州八怪之一的郑板桥，有《念奴娇·金陵怀古十二首》，其中一首是专咏莫愁湖的：

> 鸳鸯二字，是红闺佳话，然乎否否？多少英雄儿女态，酿出祸胎冤薮。前殿金莲，后庭玉树②，风雨催残骤。卢家何幸，一歌一曲长久。　　即今湖柳如烟，湖云似梦，湖浪浓于酒。山下藤萝飘翠带，隔水残霞舞袖。桃叶③身微，莫愁家小，翻借词人口。风流何罪，无荣无辱无咎！

据传明太祖朱元璋同中山王徐达，在莫愁湖下棋赌胜，朱元璋输后就把莫愁湖给了徐达，并在下棋处修建了一座两层高的楼阁，定名胜棋楼，其楼今存。这首词，赞美了莫愁湖的风景，概括了莫愁和朱元璋的传说，也评论了历代骚人墨客的咏叹。他写风景，有他作为画家的眼光，他咏

---

① 金陵、石头城、建康，都是今江苏南京古称。
② 参看本书《后庭遗曲》篇。
③ 桃叶，晋王献之妾。王献之缘于笃爱，写过《桃叶歌》三首。

史实，有他作为"怪"人的感受，因而画境深远，诗意朦胧。诗人好像在为莫愁庆幸，因为她名留千古；诗人好像又为莫愁悲哀，因为她永远被人评点。

清代诗人袁枚游武夷山时，遇到浦城钮阆圃，钮阆圃把自己的三册诗拿出来向袁枚求教。其中有一首《七夕》诗：

> 黄昏无伴说牵牛，独对江山半壁秋。
>
> 今夕卢家楼上月，莫愁未必不知愁。

袁枚在诗后写了这样一则按语：宋曾三异说，"莫愁乃古男子，神仙隐逸者流，非女子也。楚石城有莫愁石像，男子衣冠。见刘向《列仙传》。"袁枚著《随园诗话》在叙述了这段事之后说，"语虽不经，亦可存此一说。"①也许正是因为这种说法过于荒诞不经，所以莫愁女是男子的传说，到底不能取代美丽动人的莫愁女子。

南京的莫愁湖，以它优美的风景和动人的传说，繁荣了上千年之久，产生了大量的诗词歌赋。不管诗人们以为这是幸也好，不幸也好，莫愁湖至今仍是南京的一大名胜。

> 山色湖光都得一览，英雄儿女并艳千秋
>
> 烟雨湖山六朝梦，英雄儿女一抔棋

以上是南京莫愁湖里的两副楹联。英雄气，美人魂，南朝梦，使南京莫愁湖世世代代令人神往！

【参考资料】

《乐府古题要解》卷上
《旧唐书·音乐志》
《容斋三笔》卷十一

---

① 袁枚《随园诗话》卷十四。

秋胡戏妻

　　罗梅英走出蚕室，对婆母说了声去桑园采桑，便挑了一副空筐，走出柴门。

　　一路上，只见菜花黄灿灿，蚕豆绿油油，一派明媚春光景象！春天又来了，她不由得又思念起远行未归的丈夫。

　　五年前，她刚过门才几天，丈夫秋胡便要远游求官。一个新过门的媳妇，不好阻拦，但夜深人静，她也曾柔声相劝："夫君立志求取功名，自是好事。但在家男耕女织，相守度日，上能侍奉公婆，下可抚养儿女，也不失天伦之乐。"

　　秋胡说："大丈夫岂能安于看妇机中织，弄儿床前戏！我一旦高中，封妻荫子，光宗耀祖，岂不胜似力耕？"

　　罗梅英没有再说什么。丈夫见她无言，才又语气温存地说："你在家为我侍奉老母，等我得个一官半职，回来接你和母亲同享富贵。"

　　如今，一晃五年过去了，丈夫的音容笑貌也渐渐记不真切了，但她仍然日夜思念着丈夫。

　　罗梅英来到桑园，便撩起衣袖裙裾，采摘桑叶。

　　这时，大路上奔来一辆马车，上面坐着一位官人。马车在桑园边停住了。"请问……"那人正要问路，不意目光一下落在罗梅英身上，不由得惊呆了。

　　那采桑女子，红扑扑的脸庞，乌黑的秀发，汗水涔涔，如梨花带雨，袖衫、裙衩外面露出的胳膊与大腿，白里透红，充满了生命力。官人只管看对方外貌，竟忘了问话。罗梅英见他用透人骨髓的目光直勾勾地盯着她，当即收敛了笑靥，悄悄放下了裙衫，赶忙挑起桑叶筐往家走。

　　那官人横挡在她面前，张开双手拦住了她，大言不惭地说："力田不如逢丰年，力耕不如见公卿。我现在为官，衣锦还乡，带有银两，愿赠小娘子。"

　　罗梅英正颜厉色地回答说："农妇采桑养蚕，自食其力，不愿无故受人银两。"说罢,她用筐担开路,只想早点脱身。

官人却缠住她不放,嬉皮笑脸地说:"我愿车载小娘子还家。"说着,就伸手要拉罗梅英。

罗梅英气得两眼冒火,杏眼圆睁,冷冷地说:"官人自有妇,农妇自有夫,岂可相强?"边说边用筐挑撞开官人,一溜小跑回了家。

进得柴门,一颗通通乱跳的心才仿佛回到了自己胸膛。在蚕室里,她越想越气,越想越臊,先恨那无耻的官人,后恨自己久出不归的丈夫。他若在家,她怎么会受这种羞辱?这么想着,她一边为蚕宝宝铺桑叶,一边独自抽泣起来。

突然,婆母在厢房叫唤罗梅英。梅英用手帕擦干眼泪,走出蚕室,来到婆母房中。只见适才在桑园纠缠自己的官人此刻竟也在房里,罗梅英以为他尾随自己,径直追到她家来了,又气又急,用手指着他,"你,你这无耻……"欲要责问,却又吐不出下面的话来。

婆母见罗梅英两眼含泪,面颊飞红,半晌说不出话来,便笑盈盈地对罗梅英说:"贤媳啊,你怎么见生了,他就是你日夜望归的夫婿,我的儿啊!"

罗梅英不听还可,听了婆母这句话,犹如五雷轰顶,一下子跌坐在椅子上,"什么?他,他是……"

婆母见罗梅英的脸色一下子变得痛苦、愤怒、颓丧、哀怨,眼睛里没有了泪,只有熠熠的光,逼视着她的儿子;再看儿子,刚才还满脸得意,这时活像霜打过的桑叶,也蔫了。

婆母正愣着,不知发生了什么事,只见罗梅英忽地站了起来,夺门而出。罗梅英跑出柴门,踉踉跄跄向村外的沂水河奔去。她万万想不到,日思夜念,左等右等,等来的竟是这样的丈夫!几年受苦受累,持家养老,竟是为这种男人守节尽孝!几年忠贞和辛苦,怎么会得到这样的报应?一个女子难道能与这种忘恩负义、无德无行的男人同衾共枕,白头到老?此时,罗梅英不再有从桑园逃回家时的羞辱感,她的心中只有悔恨与绝望。她没有依恋,没有回顾,纵身跳进了河中,结束了自己年轻的生命。

后人对罗梅英的遭遇十分同情。西晋葛洪《西京杂记》有写秋胡戏妻的古小说一篇;汉人刘向《列女传》有秋胡妻传;古乐府有相和歌辞、清商曲《秋胡行》;唐时有《秋胡》变文;元代有《鲁大夫秋胡戏妻》杂剧;

直到近代京剧等剧种还有《桑园会》、《秋胡戏妻》等剧目。

南朝宋人颜延之写了九首《秋胡行》诗，是一组较有影响的作品。第一至四首写新婚离别、秋胡做官在外，罗梅英日夜思念①，第五、六首写秋胡还乡，桑园戏妻，第七、八首写罗梅英痛认夫婿，无限气恨与伤感，最后一首是作者对此事的评述，现抄第七、八两首诗如下：

> 高节难久淹，褐②来空复辞。
>
> 迟迟前途尽，依依造门基。
>
> 上堂拜嘉庆，入室问何之？
>
> 日暮行采归，物色桑榆时。
>
> 美人望昏至，惭叹前相持。
>
>
> 有怀谁能已，聊用申苦言。
>
> 离居殊年载，一别阻河关。
>
> 春来无时豫③，秋至恒早寒。
>
> 明发动愁心，闺中起长叹。
>
> 惨凄岁方晏，日落游子颜。

这两首诗，写了秋胡夫妻见面的情景。前一首写秋胡高高兴兴进了家门，拜见了老母，然后问妻子哪儿去了，待妻子出堂相认，原来是他在桑园曾动手动脚调戏过的女子。秋胡这才感到愧悔莫及。这是从秋胡的角度写的。后一首则从罗梅英的角度写。开始两句"有怀谁能已，聊用申苦言"，就是一个感情上的大起伏。罗梅英乍见丈夫就是调戏她的浪子，心中顿时五味翻腾，像谁遇到这样的事都难以平静一样，她几乎要发作。但她终于控制了自己，只用家常言语，聊且申说自己五年中相思之苦。春天来了，她没有欢乐；秋天到了，她早早感到了凄凉。天刚亮，她就愁日长，不知如何打发；夜深了，她独坐长叹，不能安寝。愈到年终岁末，日落黄昏，

① 参见本书《谢庄巧对》篇。

② 褐（qiè），离去。

③ 豫，喜悦。

诗词里的中国故事

先唐篇

她愈是思念在外的丈夫，愈是感到惨凄悲苦。沈德潜说："前章说相持矣，以常情言，宜即出愤语。此却申言离居之苦。急处用缓承，正是节奏之妙。"（《古诗源》卷十）颜延之这九首《秋胡行》，不仅首尾完整，生动形象地记述了整个故事，而且细致入微、淋漓尽致地描写了罗梅英的心理，在乐府词中，的确是屈指可数的佳作名篇。沈德潜进一步评论说："无古乐府之警健，然章法绵密，布置稳顺，在延之为上乘矣。"（同上）

晋人傅玄有《秋胡行》四言诗和五言诗各一首。一方面，诗人赞扬罗梅英"玉磨愈洁，兰动弥馨"，称赞她的人品，同情她的不幸结局，一方面又认为罗梅英性太刚烈，秋胡行为虽"不淑"，但仍可教诲，应该给他一个悔过自新的机会。

有一首《题秋胡图》诗，有人说是元代赵孟頫作的，诗如下：

> 相逢桑下说黄金，料得秋胡用计深。
> 不是别来浑不识，黄金聊试别不心[①]。

赵孟頫对秋胡戏妻的行为作了一个解释，因为阔别有年，秋胡又一身官样打扮，妻子不认识他了，所以他才用金钱来试妻子的心，可惜他用计太深了，妻子无法识破，所以才造成了误会，最终酿成悲剧。依情依理，这种事不是没有可能。或许秋胡是想考验一下妻子在分别的这几年中，是否守身如玉，或许他本来就十分信任妻子，那"戏妻"之"戏"非"调戏"之"戏"，而是"戏耍"之"戏"，只是想使这次相见多一点浪漫，多一点意外，多一点惊喜，结果是弄巧成拙，反要了心上人的命！

也许人同此心吧，人们不忍看到这种结局，所以京剧《桑园会》便增加了秋胡向妻赔罪的情节，结局是二人言归于好！

【参考资料】

《西京杂记》
《列女传》
《鲁大夫秋胡戏妻》杂剧

---

① 明代叶盛《水东日记》卷二存《题秋胡图诗》二首，"或云后一首赵松雪（赵孟頫号松雪道人）作，善为秋胡解纷。"

谢庄巧对

南朝宋人谢庄，有一篇《月赋》，虚构了一个哀婉动人的故事。

一个仲秋的晚上，夜深了，陈思王曹植因为好友徐干、陈琳、应玚、刘桢等一时俱逝，十分悲痛，迟迟不能安寝，便叫王粲一起走出书房散步。

曹植仰望夜空，见横斜的银河，在东方划出一条清晰的河界，闪亮的北斗，不知什么时候已悄悄指向西方；濛濛白雾，弥漫远近天际，淡淡素月，洒下一片清辉。他情不自禁，轻声吟起《月出》诗来：

> 月亮升起来了，多么皎洁，
> 美人啊，你就是天上的明月。
> 妩媚多情，与我徘徊，
> 可望不可即，令我心中凄恻①！

紧跟在曹植身后的王粲，似乎为这夜、这歌声感染，长长地叹息说："是啊，好凄清的夜色啊！月光朦胧，掩盖了群星的繁丽，耿耿银河，失去了昔日的光辉。亭台楼阁，只留下幢幢淡影，人静鸟息，万籁绝响，只有那风敲竹韵，声发林沙，像是低吟着一支永无休止、如泣如诉的歌。"

"啊，仲宣②！你这样感慨至深，令我更加悲痛，也使我更加怀念那些一起把酒论文的亡友！你也歌一曲吧，一起来寄托我们心中的哀思。"

王粲在月光下徘徊了一会儿，就动情地唱起来：

---

① 《诗经·陈风·月出》共三章，写月光下一个美丽女子，使诗人爱慕与不安。古代常以美人比喻贤王、君子，所以曹植咏《月出》来寄托对亡友的思念。今译文是本书笔者意译的。

② 王粲，字仲宣。

美人迈兮音尘阙，隔千里兮共明月。

临风叹兮将焉歇，川路长兮不可越。

诗歌的大意是：美人啊，你离我这么遥远，能听见我的歌吗？哦，虽然音容阻隔，相距千里，你与我却可同仰明月！唉，你既与我同仰明月，为了你，我迎风悲吟的歌声又岂能停歇？不能停歇，无奈千山万水，路途漫漫，我的歌声，终难以超越！

王粲一遍又一遍，反复唱着这首短歌，一语三致意，一句数转折，在希望与绝望之间挣扎；越唱，声情越激动，以至声泪俱下。

曹植在一旁，早已泪湿前襟。月亮不知躲到哪儿去了，银河灿烂，群星争辉，夜空变得更加高远了。

谢庄的这篇《月赋》，是一篇新颖奇巧的叙事赋，也是一篇缠绵悱恻的抒情赋。赋中两位文学家从游的神奇故事，对月夜的精细描写，以及抒情主人公的娓娓倾诉，都具有很大的艺术魅力。所以，此赋一出，世人争相传抄吟诵。

孝建元年（454年）的一天，宋孝武帝刘骏问颜延之：“京都近传希逸①《月赋》，朕以为此作古人无有，后人难继，就是才高八斗的陈思王②，也显得逊色了。贤卿意下如何？”

颜延之说：“这篇《月赋》好是好，只是谢庄现在才知道‘隔千里兮共明月’，不是太晚了吗？”

刘骏愣了一下，接着似恍然大悟地说：“嗯，明月当空，普照九州，千里万里，人可同赏。希逸至今才悟此理，确实太晚了。贤卿之言，可谓一语中的！”

过了几天，刘骏诏谢庄进宫，把颜延之的话告诉他。

谢庄不假思索，脱口反问说：“颜光禄《秋胡行》③诗中，有‘存为

---

① 谢庄，字希逸。

② 陈思王，即曹植。谢灵运曾说，天下才共一石，子建（曹植字）独得八斗。他得一斗，自古及今世人同一斗。

③ 颜延之，字光禄。参见本书《秋胡戏妻》篇。

久离别，没为长不归'，岂不比臣知之更晚了？"

刘骏一听，不禁击掌大笑，"哈……贤卿说得对，说得对！人活着时，分居两地，自然是一种别离。人一旦死去，当然永远不得归家。从古至今，恐怕大人孩子都明白此理，道得此语。延之作诗，一向以字字称量而出、无一字苟下著称，到现在才写出这么两句诗，可见比贤卿悟到'隔千里兮共明月'，确实又晚了许多。"

刘骏和谢庄谈论的《秋胡行》诗，其二如下：

> 燕居未及好，良人顾有违。
> 脱巾千里外，结绶登王畿。
> 戒徒在昧旦，左右来相依。
> 驱车出郊郭，行路正威迟。
> 存为久离别，没为长不归。

这是一首乐府诗，大意是说，结婚没几天，夫妻幸福生活刚开始，你就出门远行，为的是你要脱去平民衣衫，穿戴上皇家的官服。叫徒卒早起，一家大小送你上路，驱车出村庄，长途跋涉，离了家门，活着时长久别离，到死就永远别再想见到亲人！诗的最后两句，妻子对出外求官的丈夫表示了既疼爱又抱怨、既嗔怒又亲切的复杂感情。谢庄捡出最后两句作答，同颜延之一样，都是采用孤立、静止的解诗法，舍弃了诗句在诗中所蕴含的特殊意义，可算机敏。

刘骏听了谢庄的回答，大笑不止，说："朝野人士都说贤卿巧舌如簧，善于口辩。今日看来果然不差。朕有臣如此，不亦乐乎！"

谢庄说："陛下，非是臣有意鼓舌，实因颜光禄一向恃才傲物，轻慢士人，所以才一时反唇相讥。"

刘骏说："喔，贤卿不必介意。想在先帝时，他的狂放不羁就已出了名。记得有一天，先帝问他几个儿子的才能如何，颜光禄回答说，'竣得臣笔，测得臣文，㓭得臣义，跃得臣酒'。当时尚书令何尚之在侧，反问他'谁得卿狂？'颜延之答曰'吾狂不可及'。"说着，刘骏又大笑起来。然后接着说："嗯，有一次，先帝诏他入宫，他在酒肆聚饮，圣谕一道接一道，他全然不理，只顾披发袒胸，猜拳饮酒，直到第二天酒醒，才去见先帝。他确实是一个'狂不可及'的酒徒！"

"陛下，臣以为，颜光禄平日醉非真醉，狂实佯狂！"

"哦，何以见得？"

"颜光禄有《五君咏》，其中有咏刘伶诗：

刘伶善闭关，怀情藏闻见。

鼓钟不足欢，荣色岂能眩。

韬精日沈饮，谁知非荒宴？

颂酒虽短章，深衷自此见。

颜光禄说刘伶善于把自己封闭起来，装着什么都没有听见、什么都没有看见，钟鼓的声音不会使他高兴，华美的色彩也不会让他目眩，他只沉醉于饮酒，其实他这是韬光养晦之术，有谁能真的识破他终日醉醺醺的用心？但是他写了一篇《酒德颂》，文章虽短，却透悟地道出了他的心声。颜光禄的这首诗，哪里是在写刘伶，那完全是夫子自道。远古不说，自晋世以来，放荡纵饮之徒，或如嵇康而被杀，或如阮籍而途穷，或如陶潜而埋名，没有一个如颜光禄日日纵饮而享荣终生的。可见颜光禄深得刘伶纵酒的真谛，平日的狂言妄语，实是大有深意。"

"哈……贤卿口若悬河，何其滔滔不绝如此，哈……"

据《南史·谢弘微传》记载，孝武帝因颜延之的狂放和谢庄的巧对，竟然"抚掌竟日"，足足地拍掌乐了一天，大笑了一天！

宋人葛立方在《韵语阳秋》卷二讲述这段故事后，引用曹丕的《典论》："文人相轻，自古而然"，加以评论。在同书卷十，又进一步详论说，唐代大诗人杜甫在战争动乱年月，漂泊异乡，日夜思念妻子儿女，许多诗都没有关涉，唯独在"明月之夕，则遐想长思，屡形诗什。"如"今夜鄜州月，闺中只独看"，"香雾云鬟湿，清辉玉臂寒。"（《月夜》）"无家对寒食，有泪如金波①"（《一百五日夜对月》），"江月光于水，

① 金波，流泻的月光。

高楼思杀人"（《江月》）等。葛立方说：杜甫"数致意于闺门如此，其亦谢庄之意乎？颜延之对孝武，乃有庄始知'隔千里兮共明月'之说，是庄才情到处，延之未能晓也。"葛立方认为谢庄诗中蕴含着极深厚的思念之情，表现了谢庄出众的才华诗情，是颜延之不理解谢庄。但葛立方与颜延之，恐怕不能算是知己！在当时的南朝文坛，江右称潘（岳）、陆（机），江左称颜（延之）、谢（灵运）①，以颜延之的才学，对谢庄"隔千里兮共明月"不会作如是解，他不是"未能晓"，他是故意开玩笑，生吞活剥谢庄诗，这恐怕就是他那"狂不可及"性格的表现吧！

【参考资料】

《南史·谢弘微传》
《南史·颜延之传》
《历代诗话·韵语阳秋》卷二卷十
《汉魏六朝百三家集题辞注·颜光禄集》

---

　　① 见《南史·颜延之传》。长江下游在芜湖、南京间作西南、东北流向，隋唐以后，习惯上称自此以下的长江南岸地区叫江东，又以江东为江左，江西为江右。

遗恨林泉

南北朝宋武帝永初三年（422年）七八月间，谢灵运被贬为永嘉（今浙江温州）太守，他是皇位争夺中的无辜受害者。当时，武帝刘裕病危，少帝刘义符失德，司空徐羡之等谋划废立之事，刘裕次子庐陵王义真本当立为太子，但徐羡之认为他在武帝病重时仍然"纵博酗酒，日夜无辍，肆口纵言，多行无礼"（《宋书·武三王传》），是个轻率浮躁的人，决不可为社稷之主。于是义真被废为庶人，接着被害。而义真与谢灵运、颜延之"周旋异常，云得志之日，以灵运、延之为宰相"（同上）。这样，谢灵运受牵连，就是必然的了。

其实，还有更深刻的政治原因。东晋王朝得以偏安江左一百余年，主要依赖王氏、谢氏两大家族。如果说，王导是东晋政权的实际创立者，那么谢安、谢玄则是维持东晋王朝、奠定南北朝对峙的关键人物。孝武帝太元八年（383年）发生了著名的淝水之战，东晋统帅部的主要将领几乎都是谢氏家族的人，决策人物是宰相谢安，前线统帅是谢玄。这次战争，东晋以少胜多，打败了前秦南侵的百万大军，终于形成了南北朝对峙局面。谢玄正是谢灵运的祖父。谢灵运的父亲较愚钝，谢灵运却自幼敏悟，深得祖父谢玄特别宠爱，所以谢灵运很早就袭封康乐公，人称谢康乐。但是，东晋灭亡，刘裕建立起宋朝。刘裕独揽朝政，决不允许大权旁落，自然要抑制和打击王、谢家族的势力。所以，谢灵运始而降公爵为侯爵，既而贬放外郡永嘉。而以后，厄运更是接踵而来。

谢灵运在永嘉只待了一年，"郡有名山水，灵运素所爱好。出守既不得志，遂肆意游遨，遍历诸县，动愈旬朔，民间听讼，不复关怀。所至辄为诗咏，以致其意焉。"（《宋书·谢灵运传》）他外出游乐，从者无数，往往惊动县邑。一次，谢灵运从始宁（今浙江上虞南）南山，伐木开道，直到临海（今浙江临海），从者数百人。临海太守以为是山贼袭来，大为惊骇，待弄清真相，才放了心。谢灵运这样豪奢放荡，无异自授政敌以把柄。会稽太守首先发难，奏诬谢灵运有异志，且侦逻四出，戒备森严，准备发兵缉拿他。宋帝刘义隆知谢无罪，诏为临川（今江西抚州西）内史，但谢灵运"在郡游放，不异永嘉，为有司所纠。"（《宋书·谢灵运传》）司徒彭城王义康遣郑望生收捕谢灵运。谢灵运情急无奈，拘留郑望生，起兵抵抗。他当时写了这样四句诗[1]：

> 韩亡子房奋，秦帝鲁连耻。
> 本自江海人，忠义感君子。

张良，字子房，本韩国人，秦灭韩后，张良逃亡，立志为韩复仇，先行刺秦始皇于博浪沙（今河南原阳县），后归汉高祖刘邦，运筹帷幄，决胜千里，成为汉朝最重要的开国功臣。鲁仲连，齐国人。秦昭王四十七年（前260年），秦军坑杀赵国军士四十多万，接着兵围赵国都城。六国诸侯畏秦，不敢救赵。当时，鲁仲连在赵国，曾表示，如果要尊秦为帝，他宁肯跳东海而死，也不肯为秦的臣民。谢灵运说自己虽然是个无意仕途、放情江湖的人，但想到韩信、鲁仲连的忠义操行，不能不有感于怀。显然，这是他的明志诗。政治的腐败和残酷的迫害，迫使他起而反抗。朝廷派兵追讨，谢灵运被捕，罪当处斩。刘义隆素爱谢灵运才华，降死一等，流放广州。

元嘉十年（433年）九月，秦郡（旧治在今南京六合）府将宗齐受去涂口（今江苏邗江瓜埠口），行至桃墟村，见到七个人，行迹十分可疑，即报郡县派兵捉拿，七人奋力反抗，终是寡不敌众，全部被擒。经审讯，一个人供认说，是谢灵运给他们钱买了弓箭刀盾，让他们潜伏在三江口，准备在谢灵运流放广州途经三江口时搭救他。不料他们到晚了，谢灵运已解往广州。有司如实上奏，刘义隆下诏在广州把谢灵运处斩弃市。临刑，

---

[1] 见《宋书·谢灵运传》，无题。

谢灵运留下这样一首绝命诗①：

> 龚胜无余生，李业有终尽。
>
> 嵇公理既迫，霍生命亦殒。
>
> 凄凄凌霜叶，网网冲风菌。
>
> 邂逅竟几何？修短非所愍！
>
> 恨我君子志，不获岩上泯。
>
> 送心自觉前，斯痛久已忍。
>
> 唯愿乘来生，怨亲同心朕。

　　龚胜，西汉人。王莽篡政后，他不肯背弃刘氏王朝，绝食而死；李业，东汉人。公孙述在蜀僭称王，授李业官，李业不从，饮毒自杀；西晋人嵇绍，从惠帝与成都王颖战，战斗中王师惨败，百官侍卫无不溃散，惟嵇绍以身护帝，死于乱箭；西晋人霍原，山居积年，门徒百数，是一时名贤，后王浚谋僭，霍原不从，被害。谢灵运在两联四句中所举四人，都是史书所称的贤良忠义之士，他们不苟合丧节，宁肯杀身取义，视捐躯若得其所，赴鼎镬②如其于归。《宋书·谢灵运传》说："诗所称龚胜、李业，犹前诗子房、鲁连之意也。"谢灵运就要被处斩了，但他仍然志存忠义，心慕贤良，蹈节轻生，不求苟活。时运的好坏，命数的长短，何必要计较？何必忧伤？他所遗恨的，只是原想藏身江海、遁迹林泉，而他却获罪被害，最终不能死得其所！如果说谢灵运有的诗写得如"东海扬帆，风日流丽"（《敖陶孙诗评》），流畅自然，景美情遥。那么，这首临终诗则写得格高气正，貌古词深，显得风骨峻峭，沉郁梗概！

　　白居易有一首《读谢灵运诗》如下：

> 吾闻达士道，穷通顺冥数。
>
> 通乃朝廷来，穷即江湖去。

---

① 见《宋书·谢灵运传》。
② 鼎镬，古代一种酷刑，犹民间所说的下油锅。

《宋词画谱》　　　　　　　　　　　　（明）汪氏 编

谢公才廓落①，与世不相遇。

壮士郁不用，须有所泄处。

泄为山水诗，逸韵谐奇趣。

大必笼天海，细不遗草树。

岂惟玩景物，亦欲摅心素②。

往往即事中，未能忘兴谕。

因知康乐作，不独在章句。

① 廓（kuò）落，博大。
② 摅（shū），抒发。

谢灵运是我国古代第一位大量创作山水诗的作家，开创了中国文学史上的山水诗派，对后世影响很大。他为什么寄情山水，创作山水诗？白居易这首诗讲得很清楚。他是"壮士"为当世所"不用"，而胸怀郁愤，需要有发泄之处，而那大到"天海"，小到"草树"，都是他的发泄对象。这就是他那些传世的"山水诗"。这些"逸韵"兼"奇趣"的"山水诗"，绝不是简单地玩赏景物，而是有所寄托，借以抒发他心中的情感。宋人葛立方设问谢灵运在"武帝、文帝两朝遇之甚厚，内而卿监，外而二千石①，亦不为不逢矣，岂可谓与世不相遇乎？"（《韵语阳秋》卷八）很奇怪白居易怎么会写这样的诗句。然而，不论历史对谢灵运的遭遇会作出怎样的判断，这首诗的尾联"因知康乐作，不独在章句"，告诉人们在阅读谢灵运山水诗时，不要只欣赏诗歌的词句，忘记了诗人的"兴谕"。白居易的这些话，对我们是十分有益的启示。

【参考资料】

　　《宋书·谢灵运传》

---

　　① 旧时对郡守的通称。汉代郡守俸禄为二千石。

诗有神助

　　谢灵运被贬永嘉后不久就一病不起，在床上躺了整整一个冬天，到第二年（423年）初春，身体才慢慢好起来，只是仍然气虚力弱，精神萎靡。他性好山水，却无力去游赏，平常作诗，心发奇秀，口吐莲花，如今一个人闷在家中，竟终日不成一篇半章。"唉，真是积疴缠身，百念俱灭啊！"他只得继续卧床静养。

　　"康乐兄，西陵一别①，向来可好？"

　　"啊，惠连贤弟，你来了！"

　　"春天到了，兄长何不同小弟去南湖泛舟？"谢惠连说罢，拉着谢灵运就走。

　　二人来到南湖，一起驾舟，沿江而行，迤逦到了石帆。

　　谢灵运说："贤弟，你可知这石帆山？据说尧时有神人破石为帆，帆即流向江中，神人大力挽住，这才置之溪畔。"

　　谢惠连说："原来如此！此山确实像一面鼓满风力的孤帆，高耸峭拔，其势流动，山下碧波荡漾，山顶白云缭绕。若登山远眺，虽不胜跋涉之苦，却定可怡情畅怀，饱览风景。你我兄弟何不登山一游？"

　　"说得好！不过此山似无路可登，贤弟还是以《泛南湖至石帆》为题，赋诗一首吧②！"谢灵运说。

　　谢惠连思索了一下，说："愚弟就请兄长赐教。"便即兴吟诵道：

---

　　① 西陵，即西陵戍，在今浙江萧山西。

　　② 《先秦汉魏晋南北朝诗》本中谢惠连有《泛南湖至石帆》诗，但逯钦立先生认为"惠连未曾至永嘉，不得有此诗"。应是谢灵运之作。南湖、石帆皆在今浙江温州。

軌息陆途初，枻鼓川路始①。

涟漪繁波漾，参差层峰峙。

萧疏野趣生，逶迤白云起。

登陟苦跋涉，睥盼乐心耳。

即玩玩有竭，在兴兴无已。

"好诗！好诗！"谢灵运立即喝彩说，"首联写旅途辛劳，刚息车马劳顿，又经舟戢之苦。第二、三联写景，虚实相济，风景奇秀，寄兴超逸。结尾一联，尤其警策，玩有止而兴无穷，贤弟仿佛是已经身入佳境、乐而忘返了。"

谢惠连说："弟每有新作，兄长总是盛辞夸奖，弟实在惭愧得很！"

"贤弟自幼敏悟，文辞优美，虽张华②也不能过。愚兄作文，只要你在场，也仿佛受了你的感染，往往顿生灵气，巧得佳句。"谢灵运说得十分真诚。他沉吟了一下，接着说："唔，近日来，愚兄病体渐愈，很想出外走走，总是力不从心，闭门索句，终日不得，而此刻诗思飞来，正捡得佳句一联。"

"好，快吟出来，也让小弟一快耳目！"谢惠连说。

谢灵运立即吟道："池塘生春草，园柳变鸣禽。"吟完，不禁得意地纵声大笑。谢灵运忽然被自己的纵声笑吟惊醒了，原来是一场梦！

谢灵运坐起身来，靠在病床上，回想着梦境。他自去年七月被贬来永嘉之后，快半年了，昔日同堂弟谢惠连等共为山泽之游的愉快情景，时时浮现在眼前。而眼前的处境，更增加他离群索居的痛苦。是啊，"池塘生春草，园柳变鸣禽。"春天已经来了，野草闲花，啼鸟鸣禽，丽日和风，江水泛绿，处处洋溢着春的气息，可我却听交交啼鸟而感怀，见萋萋芳草而思归，什么时候才能摆脱这身心困顿的境遇啊。他终于支撑着病体，出了庭院，走过谢池巷，登上池上楼③。飞鸿在蓝天翱翔，唱着雄浑的歌，

① 枻（yì），短桨。

② 张华，魏末人，《诗品》卷中说他的诗"其体华艳"。《文心雕龙·时序》说他"摇笔而散珠"。《晋书·张华传》说他"名垂一时，众所推服"。

③ 谢池巷，池上楼，都在今浙江温州市东南。《太平环宇记》卷九十九说："'池塘生春草'梦惠连即此处。"

白云在碧霄飘浮，铺出迷人的路，凭高眺远，临风抒怀，他更加思潮起伏，情不能禁，便低沉地吟出声来：

> 潜虬媚幽姿①，飞鸿响远音。
> 薄霄愧云浮，栖川怍渊沈②。
> 进德智所拙，退耕力不任。
> 徇禄反穷海，卧疴对空林。
> 衾枕昧节候，褰开暂窥临。
> 倾耳聆波澜，举目眺岖嵚③。
> 初景革绪风，新阳改故阴。
> 池塘生春草，园柳变鸣禽。
> 祁祁伤豳歌，萋萋感楚吟。
> 索居易永久，离群难处心。
> 持操岂独古，无闷征在今。

　　这首诗题为《登池上楼》，可分三段。前三联为一段。"潜虬"、"飞鸿"为起兴。"潜虬"深藏，自赏幽姿，飞鸿高翔，声扬四方；诗人睹此，不免愧惧。君子进德修业须及时，而自己拙于养德，这是仕途失意者的激愤语，退隐躬耕，自己又力不能胜任，这是锦衣玉食者的实情话。于是，出，有愧于飞鸿；处，有愧于潜虬。进退两难，诗人的出路在哪里？中间六联是诗人病中临窗眺望所见所思。"徇禄"句指他这次被贬到遥远的海滨永嘉。到永嘉后，一冬卧病不起，躺在床上，也不知节令已经暗换。再往下三联，是他临窗所见的春景，春山挺秀，春水初涨，春草蔓发，春鸟婉转。诗人由此想到《诗经·豳风·七月》："春日迟迟，采蘩祁祁，女心伤悲，殆及公子同归。"想到《楚辞·招隐士》："王孙游兮不归，春草生兮萋萋。"万端感怀，无限伤悲，眼前的景，古人的歌，帮助诗人作出了最

---

① 虬 (qiú)，传说中有角的小龙。
② 薄，通'泊'，止。怍 (zuò)，惭愧。
③ 岖嵚 (qīn)，形容山高险。

诗词里的中国故事

先唐篇

二七二

后的抉择。在最后两联中，诗人说，离群索居的人很容易感到日长昼永，寂寞得难以安心度日，但是《易·乾卦》不是说不求名、不易志的人，是可以做到"遁世无闷"的吗？难道只有古人才能坚守自己的高尚节操？不，诗人说，我今天也可以做到隐居避世而无苦闷。诗人官场失意，遭诬被贬，心中岂止苦闷？他登上池上楼，触景伤情，促使他下定决心归隐。

果然，从这天起，谢灵运走出了病房，放情山水，肆意遨游，真的过起了隐居生活。"自病起登池上楼，遂游南亭，继之以赤石帆海，又继以登江中孤屿，皆一时渐历之迹。"（清·方东树《昭昧詹言》）在短短一年时间里，他游遍了永嘉名胜，创作了大量诗歌。这些诗歌，奠定了谢灵运作为我国古典山水诗歌鼻祖的地位。

宋代严羽曾说谢灵运诗"无一篇不佳'（《沧浪诗话》）。在今天看来，这话有些推崇太过，谢灵运诗的最大成就，不仅在于他是第一个专心创作了大量山水诗的诗人，而且在于他登山临水，寻幽揽胜，江南秀美景色，纷至沓来，耳目为声色所感，"丽情密藻，发胸中之奇秀"（锺惺《古诗归》卷十一），一语既出，珠圆玉润，形象鲜明，尽成画境，因而有很高的审美价值。但是他常常是有佳句而无佳篇，原因大概就如作《登池上楼》一样，是先得"佳句"，景换情移之后再补足全篇，难免落入过于刻意炼句用字的陷阱，所以今天读谢诗并不轻松。

这首《登池上楼》确是不可多得的佳作，"池塘生春草，园柳变鸣禽"，又是千古传诵的名句。清何焯说："谢灵运《登池上楼》，只似自写怀抱，然刊置别处不得……'池塘'一联，惊心节物，乃尔清绮，惟病起即目，故千载常新。"（《义门读书记》）。这是说诗人在节令更换时，心有所感，诗句从心中自然流出，换个场景和心境，就不会有这样得之天然的诗句。因为它是自然天成，所以后人才假托"寤寐间，忽见惠连，即成'池塘生春草'"，是梦中先得佳句，醒后才续成全篇。谢灵运自己也十分得意，他常常说"此语有神助，非我语也"。（《诗品》卷中引《谢氏家录》）

这两句诗，究竟好在哪里呢？宋代叶梦得说："'池塘生春草，园柳变鸣禽'。世多不解此语为工，盖欲以奇求之耳。此语之工，正在无所用意，猝然与景相遇，借以成章，不假绳削，故非常情所能到。诗家妙处，当需以此为根本，而思苦难言者，往往不悟。"（《石林诗话》卷中）"造

语天然，清景可画"（明·谢榛《四溟诗话》卷二）。鲍照也曾称赞谢
灵运的诗如"初发芙蓉，自然可爱"。（《南史·颜延之传》）"池塘"
二句的妙处，不能从"奇"字上去体会，它就像出水芙蓉，精彩华妙，充
满了天趣。这些评语，概括了这两句，也是谢灵运山水诗最主要的特色。

【参考资料】

　　《诗品》卷中
　　《宋书·谢灵运传》
　　《南史·谢惠连传》

行路难吟

宋文帝元嘉十六年（439 年），鲍照已经二十六岁，可仍然未得一官。是他无才吗？不是。后人评论说："鲍照材力标举，凌厉当年，如五丁凿山^①，开人世之所未有。"（明·陆时雍《诗镜总论》）"宋人一代，康乐（谢灵运）外，明远（鲍照字）信为绝出，上挽曹（植）刘（桢）之逸步，下开李（白）、杜（甫）之先鞭。"（《诗薮·外编》卷二），这些评价是很高的。鲍照确实是南北朝最优秀的诗人之一，他的乐府诗成就尤为突出，七言乐府更为后代七言歌行奠定了基础。但是鲍照"家世贫贱"（虞炎《鲍照集序》），他自己多次说过，他门第低下，没有南朝谢氏家族的高贵名望，是个扛锹种地的农夫、执缰牵马的劳役。在"上品无寒门，下品无士族"（《晋书·刘毅传》）的南朝，鲍照的家世出身，注定了他怀才不遇的可悲命运。

鲍照怀着强烈用世的愿望，四处寻找机会。有一次，他前去拜谒临川王刘义庆。刘义庆"爱好文义，文辞虽不多，足为宗室之表。"（《南史·宋宗室及诸王传》）很有影响的《世说新语》，就是他的杰作。刘义庆秉性谦虚，"招聚才学之士，远近必至。"（同上）

在江西临川，鲍照等了几天，却没得到消息，心情由不安、焦急转为悲愤不平。他倚窗眺望，看着那东西南北分流的江水，不禁对人生产生了喟叹。难道人的命运就像这泻地而流的柔水一样，或宁静无声，或惊天动地，或囿于方池，或奔泻万里，都是注定不可改变的吗？如果真的人生有命，我为什么不能顺天认命，要这样行也叹，坐也愁？鲍照那颗被命运压抑的心灵，在苦苦挣扎。他想同命运抗争，但命运对他是那样无情；他想借酒浇愁，摆脱功名的诱惑，但酒入愁肠，翻成巨澜，要冲决心

---

① 五丁，传说中古蜀国五壮士，见大蛇入秦岭山洞，合力拽蛇，山崩，分为五岭，从此蜀国有路与中原相通。

灵的闸门，排山倒海，咆哮而出。啊，心非木石，谁能无动于衷、默默承受这巨大痛苦？他多么想尽情发泄，放声痛哭！他在极度痛苦中，写下了又一首《拟行路难》：

> 泻水置平地，各自东西南北流。
> 人生亦有命，安能行叹复坐愁？
> 酌酒以自宽，举杯断绝歌路难。
> 心非木石岂无感，吞声踯躅不敢言！

　　这首《拟行路难》乐府诗，以流水起兴，叹世路多艰。诗人郁积的感情要求自由迸发与险恶时世要求诗人自我抑制，构成尖锐的矛盾冲突，每句诗都同时包含着对立的两面，最后一联"心非木石岂无感，吞声踯躅不敢言"，恰好概括了这首诗起伏跌宕、悲怆难抑的情态与大起大落、顿挫婉转的艺术风格。

　　鲍照好不容易平静了自己的感情，伏案书写，一个朋友走了进来。"明远兄，又有什么新作？"客人说着，已走到书案前，"《拟行路难》，快给我拜读拜读！"

　　鲍照只得放下笔，把诗稿交给朋友，说："这都是我多年来的旧作，只有这一首是刚写好的。"

　　客人一边接过诗稿，一边开玩笑说："明远兄正当盛年，即整理旧作，莫非要效法先贤，书之竹帛，镂之金石，传之后世？"

　　鲍照说："不。数日前，我曾拜谒临川王，却不见知遇，或许因我拙于言辞，心迹未明。所以抄此旧作，以献诗明志。"

　　"原来如此。"客人沉吟了好一会儿，说："我有一言，不知当说不当说。自魏文帝实施九品官人法，士族门阀制度日益森严，东晋王朝就是依靠王（导）谢（安）庾（亮）桓（温）四大家族维持。君不闻左思①《咏史》诗有言，'世胄蹑高位②，英俊沉下僚。地势使之然，由来

---

① 左思，西晋诗人。
② 世胄，世家，贵族后裔。

诗词里的中国故事

先唐篇

非一朝。'你家世微寒，位卑身贱，怎能有用于当世！"

鲍照听了这番话，说："你怎么忘了，晋已废，宋已立，武帝刘裕就出身破落士族，所用辅臣，亦多选自寒门，如今岂不是我辈大展宏图之时？"

客人不禁纵声大笑，说："真书生之见！江山可改，积习难移，何况士族势力，仍然根深蒂固！"

鲍照有些激愤不平了。他说："千载以来，英才奇士，湮没无闻者，不可胜计。然而大丈夫岂可因此藏璞掩玉，终日碌碌，与燕雀相追逐？谢谢你的美言，不才决意要试试。"

客人摇摇头，叹息着说："我知道，你这十几首《拟行路难》①已经讲得很明白，啊，尤其是这一首：

> 对案不能食，拔剑击柱长叹息。
> 丈夫生世会几时？安能蹀躞垂羽翼②？
> 弃置罢官去，还家自休息。
> 朝出与亲辞，暮还在亲侧。
> 弄儿床前戏，看妇机中织。
> 自古圣贤尽贫贱，何况我辈孤且直！

勃然推案而起，愤然拔剑击柱，怅然仰天长叹，一腔血泪，半生郁愤，如大江奔涌，一泄万里，写得如此悲愤慷慨，不是备受冷落、歧视与侮辱，怎么会有这样的诗情！我为你感怀，为你落泪！可是明远啊，你还不清醒。时局世道如此，你还存什么幻想？我是怕你再次遭受打击，才这样劝你，你就多自珍重吧！"朋友说完，好像不忍继续谈论这样伤心的话题，就告辞走了。

鲍照没有听客人的劝阻，还是把抄写好的十几首《拟行路难》诗献给

---

① 钱仲联《鲍照年表》把《拟行路难》组诗写作年代系于作者二十岁下。但说"弃置罢官"是指罢临川王国侍郎，这已是十年后的事了。而据引陈太初语，是把"弃置罢官"事当作预先设想之词，"故知世路屯艰，是以望风气沮耳"，可参考。

② 蹀躞（dié xiè），小步走的样子。

《唐诗画谱》 （明）黄凤池 编

了临川王刘义庆。

　　鲍照的这组《拟行路难》诗是他的代表作。郭预衡教授说："鲍照《拟行路难》则以慷慨之笔，直抒胸臆，声情气势，贯注全篇，这在南朝文学体气渐弱的时代，无疑非常可贵。"（《中国古代文学简史》）尤其是这篇"对案不能食"，更是历代传诵的上乘佳作。

　　宋人陈太初说："对案不食，拔剑击柱，其感尤几于五岳起臆，嗔发指冠。"（钱仲联《鲍参军集注》卷四）诗人停杯投箸，推案而起，拔剑欲舞，击柱长叹，一连串英雄失意的神态和动作，跃然纸上，反映出诗人由壮怀激烈转而悲愤交加，怅然若失，不甘自沉的心理历程和痛苦挣扎。

诗人李白在同题诗中，也这样长吟道："金樽清酒斗十千，玉盘珍馐直万钱。停杯投箸不能食，拔剑四顾心茫然。"两位诗人的心是相通的，他们都用诗歌抒发有志不获逞的悲愤，原因就是他们那"孤且直"的秉性，都不为世所容！"朝出与亲辞"四句，"写出罢官归家，正多乐事，乃凭空想象，莫作赋景看。"（张玉谷《古诗赏析》卷十七）诗人幻想在妻儿绕膝、朝夕斯守的天伦之乐中汲取一片温情，去滋润他那几于枯死的心！世路艰难，令英雄望风气丧，强作的乐语，包含着多少愤世嫉俗的悲愤！

　　刘义庆得到鲍照的献诗，果然很欣赏他的才华，赐他帛二十匹，又任命他为临川王国侍郎。从此，鲍照步入了仕途。但是，临川王国侍郎是一个很小的事务官，以后鲍照任临海王刘子顼前军参军，故世称鲍参军。泰始元年（465年）晋安王反叛，临海王起兵响应，次年兵败，鲍照死于乱军中。鲍照出身微寒，又是这样的结局，所以钟嵘终不能不叹其"才秀人微，故取湮当代"（《诗品》卷中），这话多少是有些微辞。而清代人沈德潜把话就说得更明白了，他说："家庭之乐，岂宦道可比，明远乃亦不免俗见耶？……功名中人，怀抱尔尔。"（《古诗源》卷十一）鲍照当时和身后都是寂寞的。

【参考资料】

　　《南史·宋宗室及诸王传》
　　钱仲联《鲍参军集注》

雄压千古

南齐武帝萧赜永明九年（491年）春，谢朓为随郡王萧子隆文学，赴荆州随王府（今湖北沙市北）供职。随王性和美，有文才，好辞赋，常聚集属僚宴乐，而谢朓尤被随王赏爱。当时随王二十岁，谢朓二十四五岁，二人年纪相近，情趣相投，春日联袂踏青，夏日接踵观荷，金秋在娟秀的竹林啸吟，隆冬在氤馨的暖阁纵谈，"流连晤对，不舍日夕。"（《齐书·谢朓传》）谢朓诗中，多次这样描述他的这段生活："兔园文雅盛，章台冠盖多①。"（《和王长史卧病诗》）"平台盛文雅，西园富群英。"（《奉和随王殿下诗十六首》）但是，谢朓生活在南齐后期，武帝将崩，诸王之间争夺皇权的斗争日趋激烈残酷，谢朓同随王这种亲密关系，不能不引起朝廷猜忌。

永明十一年（493年）随王府长史王秀之，秘密上疏朝廷，说谢朓太年轻，助长了随王耽于游乐，荒疏郡国政事。萧赜得到王秀之的疏札，便颁敕随王府，命"谢朓立即辞郡还都"。

这是寒秋的一天，谢朓从荆州乘船，沿长江东去，船行数日到新林浦，住了一宿，天不亮就起了床，准备上路。新林浦在京城建康（今江苏南京）西南三十余里，有水出牛首入长江，萧赜于永明五年（487年）在此建新林苑，成一时名胜。谢朓站在船头，举目四望，仍是夜色苍茫，深远清寂。船下传来哗哗的涛声，轻柔而有节奏，他深深吐了一口气，叹息说："啊，子在川上曰，逝者如斯，不舍昼夜！"仰望夜空，见耿耿银河，一片清辉。啊，牛郎织女长相望，盈盈一水欲渡难。他不禁又慨叹起来，"谁说'河汉清

---

① 兔园，又称梁园，汉梁孝王的苑林，著名辞赋家枚乘、司马相如都曾同游于此；章台，汉代京城街名。此处均借代随王郡都。

且浅'①！"他翘首东望，月光洒满鸹鹊殿，玉绳星低挂建章宫，京城近在咫尺了，宫雉仿佛就矗立眼前，极目西眺，荆州已渺不可见，浮云尚有路，飞鸟可相逢，而建康与荆州，被千里长江、汉水阻隔，哪里有桥梁相通？他心牵两地，瞻前顾后，去日可恋，来日难测，不禁忧惧交加。

这天，正好有信使去西府荆州，谢朓立即回到船舱写了一首五言古诗《暂使下都夜发新林至京邑赠西府同僚》，以诗代书简，请信使带去。诗如下：

> 大江流日夜，客心悲未央。
> 徒念关山近，终知返路长。
> 秋河曙耿耿，寒渚夜苍苍。
> 引领见京室，宫雉正相望。
> 金波丽鸹鹊，玉绳低建章②。
> 驱车鼎门外，思见昭丘阳③。
> 驰晖不可接，何况隔两乡。
> 风云有鸟路，江汉限无梁。
> 常恐鹰隼击，时菊委严霜。
> 寄言蔚罗者④，寥廓已高翔。

谢朓作诗，"善自发诗端"（《诗品》卷中），为历代称赏。杨慎称赞这首诗的开头说："'大江流日夜，客心悲未央'，雄压千古矣。"（《升庵诗话》卷二）谢榛也说："突然而起，造语雄深，六朝亦不多见。"（《四溟诗话》卷三）他们为什么这样称赞这首诗的开头呢？首句"大江流日夜"，是写实。谢朓从荆州至建康昼行船，夜也行船，自然会敏锐感到大江东逝，不舍昼夜的情景；虽是写实，却又由大江东流，"不舍昼夜"，联想起孔子那复杂而深沉的慨叹，怀壮志而莫酬，惜年华而已逝，这就自然从第

---

① 《古诗十九首·迢迢牵牛星》。
② 鸹鹊、建章，汉代官殿名，故址在今陕西西安，此借指建康宫阙。
③ 鼎门，此指金陵南门。昭丘，楚昭王墓，在荆州。
④ 蔚（wèi）罗，罗网。

雄压千古

二八一

一句过渡到第二句，由隐喻到直抒胸怀，那奔流不息的长江，就像诗人无尽无涯的悲哀。第一、二两句合读，有景有情，虚实相生，境界壮阔，时间空间都可无限延长；情思浩邈，上下古今遐想无穷，所以说它气势雄沉，足压千古！这确实是一个非常杰出的开头。中间各联，都是写诗人眼前所见之景以及对西府的思念之情。诗的最后两联，是以飞鸟与时菊作比，那是说，他自己常像飞鸟怕鹰隼搏击、秋菊怕严霜摧折一样，时刻担心遭到不幸。但是，现在好了，他已经远走高飞，可以全身远祸了。这就与诗的开头遥相呼应。"客心悲未央"的内涵，不只是他离别了赏识他的随王，因河山阻隔，彼此永远失去了联系，更重要的是，预感到时世的险恶，自己难免有杀身之祸，而现在离开西府，就像远离了捕杀者的罗网，诗人怎能不庆幸？但是，首尾一气读下，显然仍然有重重阴云压在诗人心上。

钟嵘《诗品》卷中说：谢朓"善自发诗端，而末篇多踬[1]。"何焯也持这种看法，却以为这首《赠西府同僚》诗是例外。他说："玄晖[2]俊句为多，然求其一篇尽善，盖不易得。如此沉郁顿挫，故是压卷之作。"（《义门读书记》）

那些设网捕鸟的罻罗者，最终还是没有放过谢朓。齐明帝萧鸾采纳萧遥光毒计，尽杀高帝、武帝诸子，随王也在其中。谢朓以"昔在渚宫，构扇藩邸，日夜从谀，仰窥俯画"（萧遥光《启》）的罪名，被捕下狱。齐东昏侯永元元年（499 年）死于狱中，时年三十六岁。

谢朓的诗友沈约，听到这个噩耗，十分悲痛，不禁想起在随王府的日日夜夜；谢朓辞郡还都那天，同僚们为谢朓饯行，他曾即席写诗赠别，"一望沮漳水，宁思江海会。以我径寸心，从君千里外"，他是如此深情地牵挂着自己这位才华横溢的朋友，不料几年之间竟成永诀。他为悼念诗友，写了一首《伤谢朓》：

　　　　吏部信才杰[3]，文锋振奇响。

---

① 踬（zhì），不顺利、失败。这里意思是说才力不足而结尾软弱。
② 谢朓，字玄晖。
③ 谢朓曾为尚书吏部郎。

调与金石谐，思逐风云上。

岂信凌霜质，忽随人事往。

尺璧尔何冤①，一日同丘壤。

沈约不仅赞其文才，更赞其人品，对谢朓的冤死，寄托了深深的愤慨与同情。

【参考资料】

《南史·谢朓传》

《南齐书·谢朓传》

---

①尺璧，一尺长的玉璧，难得的稀世珍宝。

澄江如练

清人王士禛有一首《论诗绝句》如下：

　　"枫落吴江"妙入神，"思君流水"是天真。
　　何因点窜"澄江练"，笑杀谈诗谢茂秦[①]！

　　初唐人崔信明有"枫落吴江冷"诗[②]，魏人徐干《室思诗》其三，最后一联是"思君如流水，何有穷已时"。王士禛说崔诗写了一种秋景，枫红水绿，色调清丽，境界凄冷，其妙处是它颇有神韵；徐诗把闺妇对丈夫的思念之情比作滔滔不尽的流水，深广而绵长，诗歌是"吟咏情性"（钟嵘《诗品·序》）的，所以要求自然，反对用典，反对雕琢，"思君如流水"，就贵在"即目"而成，一派天真。王士禛说，谢朓"澄江静如练"句，也具有上面两句诗一样的神妙与天真。景与意会，猝然成章，非常情所能到，正是诗家妙处。

　　然而偏偏有人不这样看。明代王世贞说："谢山人榛谓'澄江净如练'，以为'澄'、'净'二字意重，欲改为'秋江净如练'。余不敢以为然，盖江'澄'乃'净'耳。"（《艺苑卮言》卷三）清代王士禛也说："古人诗一字不可妄改，如谢茂秦改宣城'澄江净如练'作'秋江'，亦此类也（指'点金成铁'）"。（《古夫于亭杂录》）二王都认为，谢榛是胡乱窜改好诗，贻笑大方。清代毛先舒则认为谢榛和王世贞二人的看法都有偏颇。他说："余谓二君论俱不然。'澄'、'净'实复，然古诗名手多不忌此处。徐干'兰华凋复零'，阮籍'思见客与宾'……此类殊多，

---

① 谢榛，字茂秦。
② 据说崔诗被人投进了江中，故《全唐诗》卷三十八仅存此一句。

不妨浑朴。要之'澄江净如练'，眺瞩之间，景候适臻，语俊调圆，自属佳句耳。茂秦欲易'澄'为'秋'，亡论与通章春歌牴牾，已顿成薄流……而元美（王世贞）曲解，亦落言筌，失作者之妙矣。"（《诗辩坻》卷二）毛先舒的意思是说，谢榛妄改，问题不在于他以唐诗为法则，认为"澄"、"净"二字意思重复，问题在于他不顾及谢朓的全诗；而王世贞的"曲解"，也把谢朓诗的意思讲解得太明白，诗的义理与词彩都露出了痕迹，而一首好诗的妙趣常在只可意会不可言传。

一说以改为是，一说以不改为佳，谁最得诗家三昧呢？"澄江静如练"①出自谢朓《晚登三山还望京邑》，全诗如下：

> 灞涘望长安②，河阳视京县。
> 白日丽飞甍③，参差皆可见。
> 余霞散成绮，澄江静如练。
> 喧鸟覆春洲，杂英满芳甸。
> 去矣方滞淫，怀哉罢欢宴。
> 佳期怅何许，泪下如流霰。
> 有情知望乡，谁能鬒不变④？

齐明帝建武二年（495年）春，谢朓出任宣城（今安徽宣城）太守，从建康出发，逆大江西行，第一站是新林浦，第二站即是三山。新林浦、三山都在建康西南。这首诗便是诗人泊舟三山时所作。

首二句，用典寓情。汉末魏初人王粲，在董卓之乱后南依荆州刘表，在离开长安时，看见"西京乱无象"的悲惨景象，写了著名的《七哀》诗，其中有"南登灞陵岸，回首望长安"两句。西晋人潘岳"才名冠世，为众所疾，遂栖迟（游息）十年，出为河阳令"（《晋书·潘约传》）。他在河阳（今河南孟县西）有《河阳县作诗二首》，其中有"引领望京室"、

---

① 谢朓本集作"静"，《文镜秘府》作"净"。
② 灞涘，灞水，源出陕西蓝田县，流经长安，在今西安东。涘，河岸。
③ 甍，屋脊。
④ 鬒（zhěn），黑发。

"依水类浮萍"的诗句。王粲和潘岳诗句，都抒发了诗人仕途失意、身世飘零的悲哀和去国怀乡、心存魏阙的眷恋之情。诗人借古指今，将人比己，以浓重的诗情气氛笼罩全篇。所以，诗的后两联，一想到归期难料，不禁泪如雨下，双鬓成灰，极尽凄切痛楚。诗从"白日丽飞甍"到"杂英满芳甸"六句，是谢朓登三山所见：阳光洒满了建康宫殿的屋脊，参差嵯峨的殿宇历历在目，绚丽的晚霞宛如编织的五彩锦缎，明净的江水恰似铺展开的洁白丝绸。绿洲芳甸，杂花明眼，百鸟喧天。建康城外，好一派江南明媚春光！

诗的最后三联跌入言情。诗人要远去了，可又滞留不前；饯行酒已经摆好，可饮宴无欢，又只好撤去。回到京城的日子遥遥无期，令人无限惆怅，泪如雨下；宣城虽好，终非吾土，怀念京城的一片深情，谁能不白了黑发！对建康城郊春日风光的赞美，同首尾的抒情形成了强烈对比，一喜一悲，相得益彰，在那优美动人的春之歌中，深深隐藏着诗人不得不离去的悲哀。

这首诗中间六句写景，以"余霞散成绮，澄江静如练"最为世人称道。它的好处在哪儿呢？宋人葛立方《韵语阳秋》卷一有这样一段议论："诗人首二谢，灵运在永嘉，因梦惠连，遂有'池塘生春草'①之句。玄晖在宣城，因登三山，遂有'澄江静如练'之句。二公妙处，盖在于鼻无垩，目无膜尔。鼻无垩，斤将曷运？目无膜，篦将曷施？所谓浑然天成，天球不琢者欤？"垩是白土，斤是一种砍伐工具。传说楚国郢都有一个工匠姓石，手艺高超，一个人鼻子上涂上了白土，薄如蝇翼，匠人一斧砍去，那人鼻子上的白土就全砍掉了，可鼻子一点没受伤。又传说，古代有人可用金篦刮除眼中薄膜而不伤眼。鼻子上无白土，郢匠还怎么挥斧？眼无白内障，金篦还有什么用？这意思是说，二谢的诗句，自然天成，无毫发遗憾，用不着加工修饰，因此也就无雕琢痕迹。

明人陆时雍说："夫咏物之难，非肖难也，惟不局局于物之难。玄晖'余霞散成绮，澄江净如练'，'天际识归舟，云中辨江树'（《之宣城如出新林浦向板桥》），山水烟霞，衷成图绘，指点盼顾，遇合得之。古人佳处，当不在言语间也。"（《诗镜总论》）而谢榛只在"言语间"死抠，拘泥于"澄"、"净"二字意重，没有体会到在"余霞"、"澄江"

---

① 参看本书《诗有神助》篇。

的特定环境中清旷淡远的心理感受，更不懂得谢诗在"笔墨之中，笔墨之外，别有一段深情妙理"。（《古诗源》卷十二）着一字而境界全出，改一字而精彩尽失，谢榛点窜"澄江静如练"句，自然要遭到王士禛的无情嘲笑！

梁武帝非常钟爱谢朓诗，说："三日不读（谢诗），即觉口臭"（陈延杰《诗品·谢朓注》），可知谢诗清新可喜。唐代诗人李白"一生低首谢宣城"（王士禛《论诗绝句》），他在漫游金陵时，月下独吟，夜深不归。俯视金陵，遥望吴越，想到古往今来多少人已湮没无闻，只有谢朓使人长久地怀念。原因就是还有人理解他那"澄江静如练"的千古名句。李白以谢朓的知己自况，深情地吟出了"解道'澄江静如练'，令人长忆谢玄晖"（《金陵城西楼月下吟》）的名句。自然，理解谢诗的，也不只李白一人，葛立方、沈德潜、王士禛、毛先舒都是。谢朓因"澄江静如练"一句名播当代，也因此一句而流芳千古。事实上，谢朓的山水诗比谢灵运又前进了一大步，他的山水诗不仅有画境，而且有意境，大都平淡自然而又工丽奇秀，情景交融。像他的"天际识归舟，云中辨江树"二句，王夫之说："隐然一含情凝眺之人，呼之欲出，以此写景，乃为活景。"（《古诗评选》）他的许多小诗，学习南朝乐府民歌诗风，也都写得清新可喜，在文学史上有承前启后的作用。

【参考资料】

王世贞《艺苑卮言》
葛立方《韵语阳秋》卷一

山中答问

　　齐武帝永明十年（492 年），陶弘景挂服辞官，归隐茅山。茅山原名句曲山，在今江苏西南，"山形曲折似句字，故名。"（《茅君内传》）东汉元帝时，茅盈、茅固、茅衷兄弟三人入句曲山修道，号三茅君。三人在三座山峰上结庐，号三峰为大茅峰、中茅峰、小茅峰。茅山由此得名。茅山最高主峰仅四百一十一米，但山下多溶洞，华阳洞、蓬莱洞、玉柱洞、金牛洞都是一方胜地。陶弘景说："此山下是第八洞宫，名'金陵华阳之天'。"（《南史·陶弘景传》）他自号华阳陶隐居，此后，道家就把茅山称作"第八洞天"。

　　陶弘景在茅山，终日流连于清溪碧山之中。拂晓，绿林翠竹间，淡淡清雾，丝丝缕缕，蒸腾飘浮；一抹晨光，穿林透雾，整座山林，飞红流彩。黄昏，落日依山，余霞映江，沉鱼戏水，波光粼粼；待夜幕四合，两岸石壁，兀然对峙，插天青峰，浑然无极。山中的一切都那么虚空缈远，那么幻化神奇。大家都爱谈论山川之美，可自谢康乐以来，除他以外，有谁能欣赏如此奇妙的山水呢？陶弘景身高七尺七寸，疏眉朗目，长髯雪髭，形容清癯，器宇轩昂，山中人见到他，都以为他是仙人，他哈哈地笑着说："是啊，这华阳洞天就是人间仙都啊！"

　　陶弘景隐居茅山，却并未与世隔绝。他"读书万余卷，一事不知以为深耻。善琴棋，工草隶"，尤其"明阴阳五行，风角星算，山川地理，方圆产物，医术本草，帝代年历"。（《南史·陶弘景传》）所以，他的名声很大，他不仅与情趣相投的宾客交往，而且早与梁武帝萧衍从游。萧衍即位后，"书问不绝，冠盖相望。"（同上）

　　一天，陶弘景正与一位朋友在山中庭院闲坐，满庭松涛，如阵阵潮汐，时远时近，时起时伏，他的心完全沉浸在一种宏浑和谐的天韵里，忘记了自我，忘记了包围他的山川宇宙。忽然，一个家僮报告说，诏书到。陶弘景从沉迷中醒来，有几丝不高兴地说："败兴！"

他接过诏书来看，不外又是要他出山为官的话，还问他山中何所有，如此依恋山林不出？

陶弘景拿着诏书，对朋友说："皇上问我山中何所有？其实，我已不只回答过一次了。看来皇上是难以想象、难以理解啊！"

"如此，陶公这次如何回答皇上呢？"朋友问。

"怎么回答？自然是不改素志。"陶弘景说，"我当然知道有朱门广厦、富贵荣华可求，其奈无向往之心；望崇岩深壑，荒野草莽，知清贫苦寒，难以立足，无奈有终焉之志。况且永明中，我也曾为官食禄，然而动辄得咎，若不是早早弃官归隐，哪有今日？岂是我生成一副仙风道骨，实是时势逼人如此！"

"陶公说这些，我能理解。我清楚记得你那首《寒夜怨》诗。

> 夜云生，夜鸿惊，凄切嘹唳伤情。
> 空山霜满高烟平，铅华沉照帐孤明。
> 寒月微，寒风紧，愁心绝，愁泪尽。
> 情人不胜怨，思来谁能忍？

这首乐府诗，乍读起来是一首闺怨诗，写佳人独守空房的相思之情，实是写你身处乱世的险恶环境，凄凉孤独、悲从中来的情怀，因此你见惊鸿而心动，闻秋风而愁生，忧惧交加，情不能禁，故转而借怨妇之口而传心声。"

"知我者，先生也。多谢！多谢！"陶弘景无限感激地说。

"有道则用，无道则藏，古君子之行也。你现在不是很好嘛！"朋友说。

陶弘景也不再说什么，让家僮取来文房四宝，铺纸握笔，稍一凝思，便作起画来：在平远的田野上，嫩绿的小草，闪动着晶莹的水珠，一条牛漫步草间，嗅着清新的草香、泥香，悠然吃着青草。这条牛占据着画的中心，原野上的一切仿佛都是它的。在画的一角，还有一条牛，头上笼着华贵的金络头，牛后一人，左手勒缰，右手挥鞭，正驱赶着牛前行，这牛移步艰难，其状甚苦。两条牛形成鲜明的对比。

陶弘景画完，要朝廷使臣把画交给武帝，算是对诏书的答复。使臣看了看画，不解其意，以为难以复命，非要陶弘景书信不可。陶弘景只得又走回书案，另用纸写了一首《诏问山中何所有赋诗以答》诗，诗题下有注："答齐高帝诏。"诗如下：

> 山中何所有，岭上多白云。
> 只可自怡悦，不堪持寄君。

萧衍得到陶弘景的诗画，展开一看，不禁笑了。近旁一位朝臣说："陶弘景其人，一生好奇异，回复诏问，如同儿戏！"

"啊，不，不！"萧衍连声否定说，"我笑的不是这个。你们可还记得《庄子·秋水》篇讲过这么一个故事吗？楚国有神龟，死了已经三千年，可楚王还把它装在精致的盒子里藏在庙堂之上。你们说，这神龟宁肯死了留骨而贵于庙堂之上呢，还是宁肯活着拖条尾巴于污泥之中呢？我看这画，陶弘景是要效法这曳尾之龟，宁肯在泥潭里自由爬行，也不肯身居朝堂，位列卿相。看他的画，两两对照，了了分明；再读他那诗，心似白云，高洁悠闲，满纸诗情，恬然自得。岂能为我所拘束！"

众朝臣听了，恍然领悟，无不称是。

萧衍不能召陶弘景入朝，只得作罢。但国家每有吉凶征讨大事，总要派人前往咨询，一月之中往往有数信往返，慢慢地朝野尽称陶弘景为"山中宰相"。"学道卅年呼宰相，读书万卷作神仙。"陶弘景这样自足自乐。但后人却对他这位"山中宰相"有非议。清代人陆以湉说："夫既自号隐居，何乃与人家国事，且忘齐帝知遇之隆，而千宠新朝，荐膺恩礼，以是远拟巢、由，得无有余怍耶！"（《冷庐杂识》卷八）这是说，他这位山中宰相同尧舜时候高洁的隐者巢父、许由相比，应该感到羞愧。

唐代大诗人李白，在去世的那一年，到当涂（在今安徽，当涂青山有李白墓）横望山故地重游，到了他早年曾寄居过的隐居寺，这隐居寺因当年陶弘景在这儿隐居而得名。"隐居寺，隐居寺，陶公炼液栖其间。"（《下途归石门旧居》）李白想起了陶弘景，自然也会想起他自己作的那首《山中问答》诗来：

问余何意栖碧山，笑而不答心自闲。
桃花流水窅然①去，别有天地在人间。

　　这首小诗写得变幻曲折，摇曳生姿，且诗人的心情比陶弘景的山中答问要悠闲空灵得多！此时此刻的李白，才真正是一个游心物外的隐者。

【参考资料】
　　《南史·陶弘景传》
　　《太平广记》卷二〇二

---

① 窅（yǎo）然，深远的样子。

险韵出奇

梁武帝天监六年（507 年）四月的一天，建康华光殿，钟鼓齐鸣，丝竹并奏。大殿上下，文武列坐，酒香四溢。武帝萧衍正为征北大将军曹景宗举行庆功盛宴。

上年冬，北魏中山王英侵犯钟离（今安徽凤阳东北），梁武帝诏曹景宗及豫州刺史（辖淮河以北的豫东、皖北一带）韦睿驰援。六年四月，淮水暴涨，又起大风，曹、韦率梁军乘势攻击，北魏军大乱，仓皇逃散，梁军俘获五万众，马、牛、驴、骡不计其数，班师凯旋。

盛宴开始，萧衍说："曹将军以武勇闻名天下，韦将军以仁爱享誉朝野。魏军南寇，朕诏二位将军拒敌，朕曾预言二将和，师必济矣。果然，二位将军合力，大获全胜。众卿举杯，为二位将军庆功。"

一时间，殿上殿下，欢声雷动。

"吾皇圣明！"

"吾皇万岁！"

"曹将军韬略过人，勇冠三军，实乃我朝栋梁！"

"曹将军克敌制胜，必将名留青史，功垂千古！"

欢呼声中，君臣一同举杯，相互祝酒。曹景宗为人粗豪爽快，嗜酒好乐，接受同僚敬酒，一杯又一杯，开怀畅饮，乐得忘乎所以。众文武敬过一遍酒，曹景宗已不知喝了多少。他举起酒杯，走到武帝面前，说："下官率众攻打魏军，弓似霹雳响，箭如饥鹰号，耳边生风，鼻头冒火，其乐令人忘死！下官尚未杀得痛快，敌人已经死伤遍野了！哈……"

满堂听了，齐声哗然。中书郎周舍故作惊惧地对曹景宗说："曹将军，你刚才在陛下面前，可犯了大不敬之罪了！"

曹景宗一听，脸色骤变，酒醒了一大半，惶恐地问："下官犯了何罪？"

"罪在曹将军在陛下面前自称'下官'！"周舍说。

曹景宗扑通一声，匍匐在地，连声说："哎呀，微臣该死，微臣该死！"

"哈……！"萧衍纵声大笑，"将军快起来，将军自称'下官'，已是谦虚，朕虽不当皇帝，也官列同僚，还是你的上司，也未失主子之尊嘛，无妨，无妨！哈哈哈……"

曹景宗更加深深地匍匐在地，声音颤抖地说："臣罪当诛！臣罪当诛！"

"朕赦你无罪。今日庆功酒宴，不必拘泥君臣之礼，大家正可开怀一乐。起来吧！"

萧衍说完，众文武也都跟着笑起来，曹景宗站起身，愣了愣神，也跟着尴尬地笑了。

萧衍雅好诗文，每宴必赋，有近百篇诗作传世。君臣说笑一阵，萧衍对征伐已不感兴趣，便命左仆射沈约分韵，君臣一起吟诗联句。沈约是当朝文章泰斗，精通音律，撰有《四声谱》。武帝曾问周舍："何谓四声？"周舍回答说："天子圣哲是也。""天子圣哲"四字，正好是阴平、上声、去声、阳平四声。

萧衍平日作诗，不肯受这种声韵说的严格束缚，但想今日饮酒联句，多半为了消遣助兴，也不妨这样讲究一下，即使尽成文字游戏，也可取乐。

沈约领旨，当即拈出若干字韵，分给文武们依韵赋诗。舞文弄墨，本是文臣们的看家本领，一时间曹景宗这个庆功宴的中心人物便被凉了起来。曹景宗性情暴躁好动，不能沉默，又一向爱争强斗胜，见沈约给众文武分发字韵，单不给他，以为沈约看不起他，不免心中不平，一股无名火立马窜了上来。

曹景宗一脸怒气，走向武帝，说："陛下，沈仆射不给微臣分韵，这是为何？"

萧衍说："哦？沈卿是偏心眼了，他是怕你吃搜肠刮肚之苦吧！沈卿偏心眼，众卿说该不该罚？"

满朝响起了一片呼喊声和笑声："该罚！该罚！"

曹景宗说："沈仆射小看微臣，以为我是一介武夫，不会吟诗，陛下还拿微臣取笑，臣心中不服，请让臣也赋诗一首。"

萧衍笑笑说："将军人才英拔，技能很多，何必要在吟诗作赋上与众人争胜！"

曹景宗当时已经半醉，哪里肯听，执意要分韵赋诗。武帝不便扫他的兴，便让沈约分给他字韵。当时，沈约手中字韵分发几尽，只剩下"竞"、"病"二字，沈约只得给了曹景宗。

"竞"、"病"二字，在诗赋中很少作韵脚，属生僻的字韵，就是诗赋老手也难措辞。热闹欢乐的宴席一下子冷场了。众人把目光一齐投向曹景宗。有的等着看笑话，有的低声议论，有的为曹景宗暗暗捏一把汗，怕他酒醉生事，自找没趣。

曹景宗似乎没有看见这些，兀自手捏字韵冥思。曹景宗虽不是以诗文名世，平日也颇爱史书，军武闲暇，也总是手不释卷。每读穰苴、乐毅传①，都不禁掩卷叹息说："大丈夫当如是！"（《南史·曹景宗传》）他的内心感情还是很丰富的。这时，他要吟诗，自然想到他熟悉的历史人物，想到刚刚过去的争战。出征时，爹娘妻子走相送的哭声；凯旋时，鼓乐齐奏争相迎的欢笑，都好像在耳边轰响。此时的曹景宗，是满朝文武都无法想象的。没有片刻，他恍若神思飞来，诗情勃发，站立殿堂中央，就声情抑扬地吟诵起来：

去时儿女悲，归来笳鼓竞。
借问行路人，何如霍去病？

这首五言四句小诗，用的正是"竞"、"病"两韵，语言虽极质朴，却真率明快，极其传神。第一、二句只抓住"去"、"归"二字作文章，用"儿女悲"、"笳鼓竞"创造出"悲"、"喜"两种迥然不同的浓烈气氛，而舍弃对征战的具体描绘，在诗的字里行间留下巨大的空白。第三、四句设问，一个经历生死拼杀，凯旋荣归、踌躇满志的将军形象跃然纸上，在夹道欢迎的人群中荣归将军与路人亲切对话的情景如在目前。霍去病是汉武帝时的名将，曹景宗以霍去病自许，正表现了他的壮志豪情。回头重

---

① 穰苴（ráng jū），司马穰苴，春秋时齐国名将。乐毅，战国时燕国名将。《史记》中，二人均有传。

读小诗，第三、四句恰为第一、二句留下的空白提供了丰富联想的依据。诗如脱口而出，却如此浑成、谨严，可谓神奇。

曹景宗吟完诗，满朝文武无不惊愕。萧衍连声称赞，下令太史官收录史册。沈约等文坛巨子，在这天酒宴上几乎再也没有别的话题，对曹景宗这首小诗赞不绝口，直至散席，也没有一人吟成一首像样的诗来。后世文人提起武人也能诗的佳话，首先提到的就是曹景宗。"武将能诗，人但（只）知史称沈庆之、曹景宗。""曹景宗'竞'、'病'之句，斛律金之《敕勒》①，沈庆之之《南冈》②，皆仓卒矢口，匪学而能。"（清代·金埴《不下带编》卷三）"古今武人诗，如沈庆之、曹景宗辈，犹有文士之风。"（王士禛《带经堂诗话》卷十九）可知这段佳话影响的深远！

【参考资料】

《南史·曹景宗列传》

《南史·韦睿列传》

《容斋四笔》卷九

---

① 参见本书《天似穹庐》篇。

② 沈庆之，南朝宋吴兴武康（今浙江德清西）人，曾官封建威将军、领军将军、镇北大将军。他手不知书，眼不识字，上逼令作诗，由他口授，颜师伯笔录，有诗："微狂遇多幸，得逢时运昌。朽老筋力尽，徒步还南冈。辞荣此圣世，何愧张子房。"（《宋书》本传）

江郎才尽

长期以来，人们常用成语"江郎才尽"比喻人的文思减退，再也写不出佳作。江郎是谁？为什么对他有"才尽"之议？

"江郎"是指南朝诗人江淹。他少年孤贫，仰慕司马相如和梁鸿的为人，留情于文章，早就有了文名，世称江郎。然而这个"少以文章显"的江郎，"晚节才思微退"（《南史·江淹传》），所以世人笑他"才尽"。江淹一生，少年、老年判若两人，成了人们议论的话题。于是，两个似梦似真的故事，在当时不胫而走，千百年来传诵不绝。

故事之一：江淹任宣城太守时，罢官归家，泊船在禅灵寺外江中。这天晚上，江淹梦见一个书生模样的文人，自称张景阳①，对江淹说："以前我有锦缎一匹，烦劳先生寄存，现在请先生还我。"

江淹从怀中取出一块锦缎还给张景阳。

张景阳见一匹锦缎，竟然只剩几尺了，便勃然大怒，说："一匹锦缎，你怎么能裁剪得只剩这么一点儿了！"他回头见丘迟②站在一旁，便对丘迟说："剩这么几尺，也派不了正经用场，就送给你吧。"

江淹一觉醒来，觉得好奇怪啊。在西晋武帝太康年间（280－289年），张景阳同陆机、左思齐名，我虽知其人，但我二人相距近二百年，我与他何干，今日竟在梦中来向我讨债！说奇怪也真奇怪。从此，江淹写文章，总是艰涩吃力，再也不流畅了；丘迟却日渐妙笔生花。

故事之二发生在江淹罢宣城太守之后，在冶亭（故址在今江苏南京）留宿，梦中见远远走来一个美丈夫，举止洒脱，神情清朗，飘飘然一副

---

① 张协，字景阳，西晋人。《诗品》卷上说他"风流词达，实旷代之高手"。
② 丘迟，南朝梁文学家。

仙风道骨，自称郭璞，字景纯①。郭璞对江淹说："我有一支笔在你处多年，现在该还我了。"江淹摸了摸怀中的笔，那是一支五彩笔，色彩绚丽，光泽照人，书写起来，得心应手，笔下生花，江淹着实心爱，所以片刻不离，总是揣在怀里。如今郭璞索要，他哪里舍得！可郭璞催得很急，他不得不还给郭璞，等郭璞携笔飘然而去，他竟伤心地放声痛哭起来。江淹被自己哭醒了，接连数日神思恍惚，从那以后，作诗再没有了妙词丽句。

　　裂锦、还笔的故事，是对江淹为何"才尽"的一种解释。胡应麟评论说："文通②梦张景阳索锦而文颣，郭景纯取笔而诗下。世以才尽，似也！以梦故，非也。人之才固有尽时，精力疲，志意怠，而梦征焉。其梦，衰也；其衰，非梦也。"（《诗薮·外编》卷二）这段话的意思是，世人都说江郎才尽，这是接近事实的，但说江淹的锦绣文章、生花妙笔在梦中被人索走了，因此"才尽"，就不对了。人或因精力疲惫，或因意志懈怠，都可能丧失才华，本人也难免因此而终日坐愁叹息，这就可能幻化入梦；因此做了裂锦、还笔的梦，正是"才尽"的征兆和反映，而"才尽"，却不是做梦的结果。胡应麟这段话很有点唯物辩证法的味道，读来令人解颐开窍。今天的科学解释说，人常常是日有所思、夜有所梦，或许江淹为自己"才尽"所困扰，日夜思索原因，就做过这样的梦，也未可知。当然，梦毕竟是梦，有时很真实，就像生活中确实发生过的一样，但有时却把生活异化、幻化得很离奇，甚至很荒唐。

　　那么，世人谓江郎才尽，是否就只凭这两个荒诞的梦幻，而没有实在的根据呢？有的。钟嵘的《诗品》是一部理论性很强的诗歌研究专著。而正是这部书，首次记载了自郭璞取笔，"尔后为诗，不复成语，故世传江郎才尽"的传说。（《诗品》卷中）钟嵘在记述这个故事前，有两句品评江淹诗歌的话："文通诗体总杂，善于摹拟。"这就是说，江淹一生诗多摹拟之作，没有自己的独特风格。钟嵘是根据江淹多摹拟之作，而断言他"才尽"的。钟嵘这两句话几乎成了当世及后代的定论。

　　的确，江淹诗多拟作，在题目中标明拟作的，就有《杂体三十首》、

------

① 郭璞，参见本书《游仙托梦》篇。

② 江淹，字文通。

《学魏文帝》、《效阮公诗十五首》等，占了现存两卷诗近一半。在晋、宋以后，仿古摹拟之风，是一种时尚，连钟嵘也不能摆脱这种时尚的影响。《诗品》论诗的一条重要方法，就是某人诗源出于某人。江淹《杂体诗三十首》长序中也说，自古有各种诗体诗风，"仆以为亦各具美兼善而已。今作三十首诗，敩（学）其文体，虽不足品藻渊流，庶亦无乖商榷云尔。"可见他是有意拟古，目的是在"品藻渊流"，即探讨各诗家承袭源流关系。这同《诗品》论诗，在精神上是一致的。

拟作既是一种时尚、一代文风，也就是一种合理的存在。因此，不少人对江淹拟古诗给了充分肯定。宋代严羽说："拟古唯江文通最长，拟渊明似渊明，拟康乐似康乐，拟左思似左思，拟郭璞似郭璞，独拟李都尉[①]一首，不似西汉耳。"（《沧浪诗话》）元人陈绎也曾说江淹的拟古诗能"曲尽心手之妙"。（《诗谱》）人们津津乐道的，是江淹《休上人怨别》诗：

西北秋风至，楚客心悠哉。

日暮碧云合，佳人殊未来。

露彩方汎艳，月华始徘徊。

宝书为君掩，瑶琴讵能开。

相思巫山渚，怅望阳云台。

膏炉绝沉燎，绮席生浮埃。

桂水日千里，因之平生怀。

宋齐间僧人惠休上人，俗姓汤。他有《怨诗行》五言乐府诗，诗如下；

明月照高楼，含君千里光。

巷中情思满，断绝孤妾肠。

悲风荡帷帐，瑶翠坐自伤。

妾心依天末，思与浮云长。

啸歌视秋草，幽叶岂再扬。

① 李都尉，李陵。参见本书《河梁握别》。

暮兰不待岁，离华能几芳。

愿作张女引，流悲绕君堂。

君堂严且秘，绝调徒飞扬。

　　细心比较可知，二诗都是言情，写闺中女子，秋夜月下，高楼孤坐，思念情人。内容意境都是一样的，风格也近似。江淹明白地说，他的诗是汤惠休《怨诗行》的摹拟之作。

　　南朝梁陈间人徐陵说："上人存诗多七言，皆过于绮靡，惟《怨歌行》五言，清俊有骨力，此作（指江淹《休上人怨别》）与之相似，而腴净更过之。"（《玉台新咏》卷五）这是就总体风格作的比较。

　　沈德潜评惠休上人诗说："只一起，便是绝唱，文通'碧云'之句，庶足相拟。"（《古诗源》卷十一）这是说江淹诗同休上人诗的开头，大致还相当。

　　宋代叶梦得《石林诗话》卷下记述说，江淹的"日暮碧云合，佳人殊未来"，"古今以为佳句"。胡应麟也将"日暮碧云合，佳人殊未来"句列为"精言秀调，独步当时"的二十余首佳句之一（《诗薮·内编》卷二），在我国古典文学史上，有祖述尧舜、宪章文武的传统，几乎没有作家不写拟古作品，而像严羽所论，几乎是拟谁像谁的江文通，却不多见。胡应麟说江淹拟"魏文、陈思、刘桢、王粲四作，置之魏风莫辨，真杰思也"。（《诗薮·外编》卷二）从这个意义上说，江淹写拟作是出类拔萃的，显示出他的一定才华，以写拟作定江淹无才或"才尽"，恐怕是不确的。

　　但是，拟作毕竟不是自作。陈绎曾在称赞江淹拟古诗"曲尽心手之妙"的同时，又说："君子贵自立，不可随流俗也。"（《诗谱》）叶梦得持论更激切，他认为字字句句都刻意模仿古人，是一种弊病，甚至说江淹的"碧云"句因是摹拟之作，"虽工，亦何足道！"（《石林诗话》卷下）从这个意义上说，江淹的拟作和善写拟作的才能，并没有多大的价值。

　　钟嵘在著《诗品》时，十分重视古今诗人的继承关系，所以他给了江淹较高的评价，把江淹诗列入了中品，但他在《诗品》中坚持的一个重要诗歌理论，则是"吟咏情性"，反对寻章摘句，反对用典，反对字字句句必有出处，反对"文章殆同书抄"（《诗品·序》）。"夫诗有别才，非关书也；诗有别趣，非关理也。"（《沧浪诗话·诗辩》）陆游教他儿子学诗，就说，"汝果欲学诗，工夫在诗外。"（《示子遹》）只会抄书，不能自立，不能语必己出、缘于情性、发自肺腑，是断然写不出好诗好文章的，像江淹，只能拟古，而"自作乃不能尔"（《诗谱》），一旦要他自作，便不仅绝无佳句，甚至不成句子。江郎之"才"何其可怜，"江郎才尽"，也就随时都会显露出来了。

宋人姚宏有一首绝句《题梦笔驿江淹旧居》：

> 一宵短梦警流俗，千里高名挂里间。
> 遂使后生矜此意，痴眠不读一行书！

梦笔驿应当就是冶亭。史书只有梦中索笔事，而无江淹在梦中得五彩笔的记载，这首绝句用典或别有所据，命意很新巧，足以警诚世俗晚辈。读了书，吟诗作文，只会摹拟前人、掉书袋自然不行。不读书，只知昏睡，梦想得五彩笔而笔下生花，那就更是痴人做梦！

【参考资料】

《诗品》卷中
《南史·江淹传》

扬 州 早 梅

唐代诗人杜甫有一首诗《和裴迪登蜀州东亭送客逢早梅相忆见寄》：

> 东阁官梅动诗兴，还如何逊在扬州。
> 此时对雪遥相忆，送客逢春可自由？
> 幸不折来伤岁暮，若为看去乱乡愁。
> 江边一树垂垂发，朝夕催人自白头。

裴迪，王维的好友，二人曾有著名的辋川别墅唱和诗各二十首①。裴迪后为蜀州（今四川崇庆）刺史，与杜甫友好。当时杜甫在成都，二人相距不过百余里。裴迪在蜀州东亭送客逢早梅，写了一首诗给杜甫，寄托相忆之情，杜甫得诗后即和作此诗。诗的头一句"东阁"，即蜀州东亭。何逊，南朝梁人，有《早梅》诗传世。杜诗首联即切入"见梅相忆"的主题。

在我国，自古就有折梅相赠以寄思念的习俗。南朝宋人陆凯有名篇《赠范晔诗》：

> 折梅逢驿使，寄与陇头人。
> 江南无所有，聊赠一枝春。

陆凯与范晔是好友，陆凯从江南寄梅花一枝，连同这首诗一起送往长安范晔。杜甫诗即从此联想入题，大意说，裴迪你在东亭送客，见到春日早梅，本想无忧无愁地欣赏，可你想起了我，心理上哪还有"自由"。

---

① 参见本丛书《唐代篇·辋川诗画》。

于是，你动了诗兴，学陆凯写了首咏梅诗寄托思念的愁绪，你在诗中还后悔没有折一枝梅花赠我呢！幸好你没有折梅赠我，否则会勾起我叹老嗟卑的伤感。不看梅，情不能自禁；看梅，更使我乡愁缭乱。我好为难啊！唉，到底我也没能回避得了；你没折梅寄来，可此处江边，树树梅花绽开，朝夕催人头白。

诗人先为对方设想，见梅如何伤感，如何思念友人，句句写人，语语关己。后两联，直从自身落笔，但字字句句又是怀友，是对友人的真诚倾诉。四联八句短诗，极尽低回婉转。所以清人黄生说："此诗直而实曲，朴而实秀，其暗映早梅，婉折如意，往复尽情，笔力横绝千古。"（《杜少陵集详注》卷九）明人王世贞更誉此诗为"古今咏梅第一"。（同上）

杜甫这首和裴迪早梅诗，以其动人的思想艺术成就，引起了后人的极大兴趣。但问题也随之而来。杜甫诗首联"东阁官梅动诗兴，还如何逊在扬州"，是说裴迪的早梅诗写得很好，就像当年何逊在扬州写的早梅诗一样。但据《南史·何逊传》，何逊未曾在扬州任事，何逊诗集也没有扬州梅花诗，集中只有《咏早梅诗》一首，诗如下：

> 兔园标物序，惊时最是梅。
> 衔霜当路发，映雪拟寒开。
> 枝横却月观，花绕凌风台。
> 朝洒长门泣，夕驻临邛杯。
> 应知早飘落，故逐上春来。

兔园，汉梁孝王的园名，又称梁园、梁苑，故址在今河南商丘东。长门，汉代官名，汉武帝遗弃的陈皇后居处，大辞赋家司马相如曾为她写有《长门赋》。临邛，今四川邛崃，当年司马相如在这里遇卓文君。此诗大意说，花园里的花草往往显示节令的变化，而最能惊醒人们注意节令变化的就是梅花。在严霜匝地、寒雪漫天时，它就与白雪竞艳争辉，怒放奇葩。却月观和凌风台，在枝横花绕中，显得格外高雅。幽闭长门的人见此会触景伤情，珠泪抛洒；坠入情网的人见此会停杯投箸，诗兴勃发。梅花大概也怕过早飘落，所以赶在正月就含苞开花。这首诗清新婉丽，抒发了诗人高洁自负、风发向上的情怀，是何逊诗中的名篇。

宋代传世苏东坡作杜甫诗注一卷，注此诗云："逊作扬州法曹，廨舍^①有梅一株，逊吟咏其下。后居洛思之，因请再任，及抵扬州，梅花盛开，相对仿佛终日。"（《升庵诗话》卷六）这几句讲得很清楚、很形象，何逊在扬州吟早梅诗的情景，依稀如在目前。根据这个注释，杜甫《和裴迪登蜀州东亭送客逢早梅相忆见寄》诗的首联，不仅肯定了何逊曾留居扬州，而且进一步肯定何逊在扬州写的即是这首《咏早梅诗》。

但是，宋代洪迈、严羽、刘辰翁以及宋元之际的马端临都认为所谓苏注是伪托。杨慎说："何逊未尝为扬州法曹，是时南北分裂，逊为梁臣，何得复居洛阳？洛阳乃魏地也。既居魏，何得又请再任？请于梁乎？请于魏乎？其说之脱空无稽如此，略晓史册者，知其伪矣。"（《升庵诗话·卷六》

如此说来，史称"无一字无来处"（黄庭坚《答洪驹父书》）的杜甫文章，岂不也有失实之处了？果真失实，"古今咏梅第一"岂不成了溢美之辞？

清人仇兆鳌《杜少陵集详注》卷九，引有钱谦益的论证。据钱的论证，何逊曾在扬州，杜甫是没有错的。裴迪有早梅诗，杜甫因裴迪诗而和作，为了表达自己对裴迪的思念与崇敬心情，所以用何逊及其诗作相比，这正是杜甫诗善于用典使事和沉着含蓄之处。"古今咏梅第一"，当之无愧！

关于何逊是否寓居扬州并写了这首《咏早梅诗》，是一桩诗坛公案，在此不必多论。值得注意的是诗人杜甫对何逊的推崇。这一点，清人陈祚明早已提出："少陵于仲言^②之作，甚相爱慕，集中警句，每见规模。"（《采菽堂古诗选》卷二十六）杜甫自己也曾说"颇学阴（铿）何（逊）苦用心"。（《解闷》十二首）杜甫诗集中，常常采何逊诗为己诗，有的也只略改一二字，比如何逊有"绕岸平沙合，连山远雾浮"（《慈姥矶诗》），杜甫则有"远岸秋沙白，连山晚照红"（《秋野》五首其四）；何逊诗"团团月隐洲"（《日夕望江山赠鱼司马诗》），杜甫诗作"团团日隐墙"（《薄游》）；何逊有"薄云岩际出，初月波中上"（《入西塞示南府同僚诗》），杜甫有"薄云岩际宿，孤月浪中翻"（《宿江边阁》）。沈德潜曾说何逊"虽

---

① 廨舍，官府。
② 何逊，字仲言。

非出群之雅，亦称一时作者。"（《古诗源·例言》）近代学者郑振铎则给何逊更崇高的赞美，说他的诗"哪一句不是清新之气逼人的？诚无愧为第一流的大诗人"。（《插图本中国文学史》）杜甫对何逊的倾心爱慕，不仅说明了何逊诗的成就和对后世的影响，而且体现了杜甫兼收并蓄、博采众长、"转益多师是汝师"（《戏为六绝句》）的宝贵精神。如此说来，杜甫在他的《和裴迪》诗中用何逊来比裴迪，可知他对裴迪的推崇与相忆之情的分量是非同一般的了。难怪人们那么喜爱杜甫的《和裴迪》诗！

【参考资料】
《韵语阳秋》卷十六
《升庵诗话》卷六
《杜少陵集详注》卷九

何逊不逊

南朝宋、齐、梁、陈皇帝多短命，惟梁武帝萧衍在位近半个世纪。《南史·武帝纪》说："自江左以来，年逾二百，文物之盛，独美于兹，"可见萧衍执政的成功。萧衍还是一个多才多艺的文学家，通音律，善书画，工诗赋。早在齐朝时，竟陵王萧子良招揽文学之士，萧衍同沈约、谢朓、范云等并游其门下，时号"竟陵八友"。后来萧衍当了皇帝，仍然经常与文人集会，以诗酒为乐。不过地位变了，摆起皇帝的威风来，就难免煞风景。

一天，沈约、刘孝绰、吴均、徐摛、何逊等人又应诏入宫。

萧衍说："朕与众卿今日同乐，大家不必拘束。沈尚书妙于声韵，独步当朝。朕亦好音律，创造准音器四枚，亲制长短十二笛，朕与沈卿可谓有同好焉。"

刘孝绰说："是的，臣记得陛下不仅亲自制作长短笛，而且有《咏笛诗》一首，诵之若明珠走盘，园荷泄露，既得笛音之妙趣，又存诗歌之规范。"

"如此说，你还不吟诵给大家听听！"徐摛在一边催促说。

"好！好！"刘孝绰立即闭目晃脑，吟哦起来：

> 柯亭有奇竹，含情复抑扬。
> 妙声发玉指，龙音响凤凰。

沈约说："诗文声律与管弦音韵，运用之妙，其理同一。陛下此诗，可谓深得诗乐同趣之理。"

萧衍说："书画一理，诗乐同趣，卿之所言，是其一。但诗言志，重乎情，若酷裁八病，碎用四声①，求精密细微，为文多所拘忌，必伤诗

---

① 八病，沈约提出的作诗应避忌的八种弊病。四声，沈约、周颙等人提出的平、上、去、入四种声调。

之真情真美！众卿如若不信，今日不妨一试。”

沈约说：“陛下，臣所谓四声八病……”

“喔，卿不必多说。卿用双声叠韵①来分辨作诗的八病，朕与众卿今日联句，就作五言叠韵诗，看看如何。”

吴均等人相互对视，显得有些慌乱。

萧衍略一沉思，吟出第一句：“后牖有榴柳。”意思是，后窗下有石榴与杨柳。五个字的韵母都是 u，榴字属下平声，“尤”韵，其余四字都属上声，“有”韵。萧衍吟完，就命大家各吟一句。

刘孝绰先得一句：“梁王帝康强。”萧衍，在齐时曾封梁王，这是一句颂词，五字韵母都是 ang，属下平声“阳”韵。

沈约连一句，说：“偏眠船舷边。”五字韵母都是 an，属“先”韵。

徐摛说：“臣昨天祭禹庙，剩余祭品‘六斛熟牛肉’倒是一句现成的五言叠韵诗。”众人听了，忍不住笑起来。

下面轮到吴均。吴均“文体清拔有古气，好事者或效之，谓为‘吴均体’。”（《南史·吴均传》）可能就因为他的诗同当时沈约等倡导的讲求声病的新诗有所不同，所以他沉思了好一会儿，竟说不出一句来。

何逊与吴均同被萧衍欣赏，他见吴均如此，便给他解围说：“逊先献丑了。”何逊作诗一向匠心独运，唯取神会。生在六朝骈丽文风大盛之时，却能摆脱争巧斗奇风尚，以本色自然见长。听了君臣联句，完全是文字游戏，哪里还像诗！于是，他想同众人开个不大不小的玩笑，让君臣们尴尬尴尬，随口吟出一句奇怪的五言叠韵诗来：“暮苏姑枯庐”。

刘孝绰阴阳怪气地说：“此句虽是五字叠韵，吟起来却十分拗口，意亦不明，乞请赐教！”

何逊见刘孝绰面带讥讽，心想，此人一向自负，对我十分忌妒，常在众人面前嘲笑我的《早朝》诗语意重复，字音不响亮，此刻又如此咄咄逼人，我也该教训他一下。于是，他微微一笑，说：“此句乃用曹阿瞒故事②。”

刘孝绰一脸迷惑，说：“愿闻其详。”

---

① 双声，两个字的声母相同。叠韵，两个字或几个字的韵母相同。
② 曹操，小字阿瞒。其故事不详。

何逊说："详则不雅，只有二语相告。"

"哪二语？"刘孝绰追问。

何逊说："携少妹于华省，弃老母于下宅。"

刘孝绰顿时一脸尴尬，他又想起那首风传朝野的诗：

> 房栊灭夜火[①]，窗户映朝光。
>
> 妖女褰帷去，躞蹀初下床[②]。
>
> 雀钗横晓鬓，蛾眉艳宿妆。
>
> 稍闻玉钏远，犹怜翠被香。
>
> 宁知早朝客，差池已雁行[③]。

这首诗正是何逊写给刘孝绰的，叫《嘲刘郎诗》，讥讽刘孝绰沉迷女色，通宵达旦，以致百官早朝，已排成雁行上殿，他还在贪恋翠被的温香。

刘孝绰做廷尉，老母刚死，停灵在家，他竟然携妾入官府，遭御史中丞到洽弹劾，因而免官。在到洽给皇上的奏疏中有"携少妹于华省，弃老母于下宅"两句话。刘孝绰一向仗气负才，凌侮他人，没料到今天弄巧成拙，反被何逊戳了背脊梁。

本来是刘孝绰自讨没趣，不料何逊的话激怒了萧衍。原来，萧衍十分器重刘孝绰，每览其文，篇篇嗟赏。到洽弹劾刘孝绰，萧衍极力为他隐讳。刘孝绰免官后，萧衍多次命丞相去抚慰，每朝宴，必诏他入座，以后终于复官。何逊不顾萧衍对刘孝绰的态度，又不顾今日君臣联句取乐的场合，扫了萧衍的雅兴。萧衍当即发作，满脸怒气，下诏说："吴均不均，何逊不逊，宜付廷尉[④]。"这话是说，吴均，名曰均，"均"，调和也，他却不知调和琴瑟管箫，半晌道不出一句叠韵诗来，何得名"均"？何逊侮慢大臣，违忤圣意，不谦不恭，何得名"逊"？说罢，拂袖而去。

何逊是否真的交廷尉治罪，史实不明，萧衍从此疏远了何逊，在《南

---

① 房栊，窗户。

② 躞蹀（xiè dié），小步走的样子。

③ 差池，参差不齐。

④ 廷尉，旧时掌刑狱司法的长官。

史·何逊传》则是有记载的。何逊虽然名称当世，却一生沉沦，极不得志，大概跟他这样无视权要、出言不逊有关。

【参考资料】

《南史·何逊传》
《太平广记》卷二四六引《谈薮》

入若耶溪

浙江绍兴市南的鉴湖，又称镜湖，在唐宋以前，是江南最负盛名的游览区。唐代诗人李白有《越女词》五首，其五是这样的：

> 镜湖水如月，耶溪女如雪。
> 新妆荡新波，光景两奇绝。

若耶溪水，北流入镜湖。镜湖春水，清新明净；若耶少女，新妆艳丽；船行水上，人映水中，波光人影，两相辉映，风景绝美。诗人李白，以热烈清新的笔调，赞美了镜湖和若耶溪的优美山川与人物。明人袁宏道也有这样两句诗："六朝以上人，不闻西湖好。"（《山阴道》）可知鉴湖比"淡妆浓抹总相宜"（苏轼《饮湖上初晴雨后》）的西湖尤其令六朝以上的人神往。

梁武帝天监十三年（514年），萧绎（后为梁元帝）封为湘东王，任王籍为咨议参军。王籍随王府至会稽郡（治所在今浙江绍兴），也有了机会游览若耶溪。

那是一个夏末秋初的一天，王籍划着一只小船，沿若耶溪而行。水缓缓地流着，船悠悠地荡着。近看，水清如镜；远看，水天一色。船行水中，如游天际。两岸的芋萝山，群峰堆秀。五彩云霞，从山间生起，在半山蒸腾缭绕；船下的耶溪水，汩汩远去，明媚的太阳倒映水中，像在追波逐浪，闪动着粼粼波光。树巅草丛，传来阵阵蝉鸣鸟啼，时远时近，时响时沉。蝉声激越，鸟声脆亮。蝉声鸟声，交相和鸣，整个山川显得异样幽静沉寂。王籍心里，从这优美山川激发的喜悦、赞叹，渐渐变得平静、恬淡。他不知什么时候停了划桨，坐在船头，任船漂流。突然，他的心中油然而生一种体验，那是一种无生无灭、无是无非、无动无静、无去无来、无住无往、淡泊虚静的自我超越和因这种超越而物我两忘的境界。他仿佛完全消融在四围的青山绿水、余晖落霞之中了。

王籍回到郡府，仍然沉浸在若耶溪那奇妙的体验中，他多么想结束这早已厌倦的宦游生活，回到大自然中去啊！他坐在书案前，把这一天的经历和感受凝聚在一首小诗里。这就是世人誉为"文外独绝"（《梁书·王籍传》）的《入若耶溪》：

> 艅艎何泛泛，空水共悠悠[①]。
> 阴霞生远岫，阳景逐回流[②]。
> 蝉噪林愈静，鸟鸣山更幽。
> 此地动归念，长年悲倦游。

这首诗一传出，同时人刘孺见之，"击节不能已已。"（《南史·王弘传》）梁简文帝萧纲吟咏，也"不能忘之"。梁元帝萧绎则"以为不可复得"。（《颜氏家训·文章》）这首诗，最令后人倾倒的是第三联"蝉噪林愈静，鸟鸣山更幽。"北朝齐人颜之推曾说："《诗》云：'萧萧马鸣，悠悠旆旌。'《毛传》曰：'言不喧哗也。'吾每叹此解有情致，籍诗生于此耳。"（《颜氏家训·文章》）颜之推引文取自毛亨、毛苌所作《诗经》注释。《诗经·小雅，车攻》篇中"萧萧马鸣，悠悠旆旌"两句，写西周贵族射猎归来，由紧张转入悠闲，经过剧烈奔驰后的骏马从容长嘶，曾风驰电掣般搅动狩猎场的旆旗，在空中安闲飘动。满载猎物的队伍，显得格外意气高扬，威仪整肃，没有士兵的喧哗，只有队伍行进的脚步声，骏马的嘶鸣声，旌旗的猎猎声，坚强欢快地在空中回荡。毛氏注释《诗经》，把握住了这种"之子于征，有闻无声"（同上诗）的诗境，发现了诗中那种以动写静的哲学妙趣，造成了一种"动中见静意"（《冷斋夜话》）的特殊艺术效果。所以，颜之推说他"此解有情致"，并认为王籍两句诗的妙处也就在这里。这妙处，

[①] 艅艎（yú huáng），一种大型木船。泛泛，飘浮的样子。空水，即云水。
[②] 阴霞，晚霞。远岫，远山。阳景，日影。

不在字面，而在以动写静造成的诗外效果，在于"意外生意，境外生境，风味之美……使人千载隽永，常在颊舌"（《诗法正宗》）的艺术魅力。

王籍这首诗，无论命意、诗境、措辞，尤其是以动写静的艺术技巧，都对唐诗有明显影响。我们从唐代著名山水诗人王维的诗中，尤其清楚地看到他们之间的承继关系。试看王维的下面几首小诗：

独坐幽篁里，弹琴复长啸。

深林人不知，明月来相照。

——《竹里馆》

空山不见人，但闻人语响。

返景入深林，复照青苔上。

——《鹿柴》

人闲桂花落，夜静春山空。

月出惊山鸟，时鸣春涧中。

——《鸟鸣涧》

在王维的诗中，还可以举出许多。说竹林幽静沉寂，却传来琴音与长啸；说是幽人独坐，却又有多情明月来相伴。在原始蛮荒的空山中，杳无人迹，却又忽听人声喁喁；林木静立，却有道道夕阳流泻。夜是那样静寂，人是那样悠闲，以至能听到飘红花落的声音；明月当空，夜宿的山鸟以为天亮了，乍然惊飞，在山涧中鸣叫。总之，在大自然"动"与"静"的矛盾统一中，他都能捕捉到一种恬静的诗境与和谐的阴柔美。王维深得王籍诗妙趣，又胜于王籍只传佳句，创造出更加完美的诗篇。

宋代政治家王安石，最喜欢作翻案诗和集句，"每遇他人佳句，必巧取豪夺，脱胎换骨，百计临摹，以为己有，或袭其句，或改其字，或反其意。集中作贼，唐宋大家无如公之明目张胆者。"（钱钟书《谈艺录》）王安石也看中了王籍的传世名句。他有《钟山绝句二首》，其二如下：

涧水无声绕竹流，竹西花草弄春柔。

茅檐相对坐终日，一鸟不鸣山更幽。

宋人曾季狸说："鸟鸣即山不幽，鸟不鸣即山自幽矣。"何必要说一鸟不鸣山更幽呢？（《艇斋诗话》）这两句的前一句，显然未悟"鸟鸣山更幽"的诗意和妙趣，而后一句则有部分道理，鸟不鸣，自然已是一种幽静，而王安石说"一鸟不鸣"，只是强调了没有一只鸟鸣叫，并无新意，所以"作贼"偷诗的技巧不算高明。明人王世贞更说王安石诗"可笑"。"'鸟鸣山更幽'，本是反不鸣山幽之意，王介甫①何缘复取其本意而反之？且'一鸟不鸣山更幽'，有何趣味？宋人可笑，大概如此。"（《艺苑卮言》卷三）

看来，我国古典诗歌有其源，有其流。后人继承前贤遗风，有得其髓者，有得其皮者，学者不可不慎。

【参考资料】
《颜氏家训集解》卷四
《南史·王弘传》

---

① 王安石，字介甫。

天似穹庐

东魏武定四年（546 年）九月，丞相高欢率领大军攻打西魏边防要塞玉璧（今山西稷山西南）。西魏晋州刺史韦孝宽奉命坚守。高欢德高望重，老谋深算，以鲜卑族为主的将士，彪悍勇猛，武艺高强；而韦孝宽满腹韬略，长于应变，所率将士也一以当十，骁勇善战。东魏苦攻五十余日，死伤七万，城不能破；西魏拼命坚守，死伤惨重，也无力出击解围。

高欢久攻不下，忧劳成疾，正卧床不起，偏巧一颗特大的陨星坠落在高欢军营，营中顿时大乱，马嘶驴鸣，士卒震恐，都惊叫天要降大灾了。高欢只得下令息战休整，以待来日。

西魏统帅韦孝宽见阵前连日无战事，断定高欢营中有变故，便乘机散布谣言，说高欢已被射死，并编了一首顺口溜让士卒传唱，以动摇对方军心：

> 高欢鼠子，亲犯玉璧。
> 剑弩一发，元凶自毙。

高欢听到歌谣，又气又急。他气的是韦孝宽出此诡计，急的是怕军心真的因此而涣散动摇。他再也躺不住了，决定抱病视察各营，让将卒见他康健如前，使谣言不攻自破。

高欢一向"知人好士"、"仁恕爱士"，"故遐迩归心，皆思效力。"（《北史·齐本纪上》）他抱病巡营，走到哪里，哪里一片欢腾，士气果然大振。接着，他又设宴慰劳众将士。宴席异常丰盛，肥羊美酒，积案如山，席上，高欢破例饮酒过三杯，亲自向众将士频频劝酒。众将士见丞相如此，也都神情飞扬，纷纷向高欢祝酒。

世子高澄说："祝父帅身体安泰，指日成功！"

骁将侯景举酒过头，大声说："我军此战，今受小挫，不足挂齿。西魏死守孤城，已是弹尽粮绝，朝不保夕。此一弹丸之地，岂足显我军威风！"

高欢见众将士个个摩拳擦掌，情绪高昂，便把目光转向大将斛律金。

斛律金是敕勒族（新疆维吾尔族的主要族源）人，他不识字，不知书，连自己的名字都不会写。他本名"敦"，苦于难写，改名"金"，但写起来仍很困难，有人就教他说，这个"金"字，像一座方方正正的屋子，他这才学会了。但是，他秉性敦直，善骑射，打仗时，望见飞扬的尘土，就知道马群离他有多少步，匍地闻闻地气，就知道敌军离他有多远。所以高欢十分赏识他，曾多次告诫世子高澄，"你属下多汉人，有谗陷斛律金者，勿信。"这时，高欢兴奋地看着斛律金，斛律金憨厚地笑笑，斟满一杯酒，走到高欢面前。

高欢笑着说："斛律将军，我不是要你像众将一样来祝酒。你看，众将士情绪高涨，热气腾腾，你何不为大家唱支歌，助助兴！"

高欢这一说，将士们都欢呼起来："请斛律将军唱支歌！"

斛律金明白，高欢要他用歌声来激励将士，冲破连日来的沉闷空气，一扫西魏歌谣散布的阴云。他便爽快地答应说："好！"于是就转向众人，用浑厚粗犷的歌喉，唱起了他自幼就爱唱的一支北方民歌：

> 敕勒川，阴山下，
> 天似穹庐，笼盖四野。
> 天苍苍，野茫茫，
> 风吹草低见牛羊。

斛律金不愧是敕勒族的出色歌手。"敕勒川，阴山下"六字，冲口而出，激越壮丽，厚重多情。"天似穹庐"以下四句，用迂回叠踏的咏叹，展现出恢弘的天际，茫茫的原野，蓝天白云下静穆稳重的穹庐。形象鲜明，意境深远，在雄浑豪放、大气磅礴中见柔美妩媚、从容自若。最后一句，则借"天苍苍，野茫茫"久蓄之势，如江河决堤，一泻千里，进入平川，

舒缓散漫，悠悠流淌，歌声由明快激荡转入抒情畅想。一阵轻风拂过，绿草低伏，一望无垠的绿茵上现出雪白的羊群，就像蓝天上镶嵌的朵朵白云，那田园牧歌般的优美情调，像众将士手中的醇酒，令人心醉！

斛律金跌宕多姿、沁人心扉的歌声，唤起了将士们对家乡的热爱和自豪，个个无比激动，热泪纵横，高欢首先和着节拍唱起来，众将士也都情不自禁地跟着齐声合唱。一时间，那豪壮、粗犷、嘹亮的合唱声传遍座座军营，激荡着整个战场。

斛律金唱的这首北方民歌就是有名的《敕勒歌》。这首歌反映的是我国西北敕勒民族的游牧生活。诗中的环境是一个极富特色的典型环境。阴山山脉位于内蒙古高原南沿，风沙、干旱、贫瘠、荒凉，但就是在这里，流过了敕勒川，出现了沙漠中的绿洲。那歌声，仿佛是在唱：我爱这广袤无垠的平川哟，我更爱这沙漠中的绿洲。在这里，穹庐似苍天，苍天似穹庐，我们生活在其中，我们占有这一切！你看呀，苍天无限远，平川无限广，风吹来了，莽原芳草翻绿波，处处牛羊涌白云！这天、地、山、水、穹庐、绿草、牛羊，相辉相映，气象万千，这就是敕勒川的风光，这就是敕勒民族的生活！人们常说生活不像牧歌那样美，但牧歌赞美的却是人们热爱、向往的生活。因为这首《敕勒歌》以自然淳朴的感情和浅近明快的语言令人倾倒，后人称赞这首歌是"乐府绝唱"（《渔阳诗话》），"一时乐府之冠"。（王世贞（《艺苑卮言》卷三）胡应麟说：此诗"大有汉魏风骨。金，武人，目不知书，此歌成于信口，咸谓宿根。不知此歌之妙，正在不能文者，以无意发之，所以浑朴莽苍，暗合前古。推之两汉，乐府歌谣，采自闾巷，大率皆然。使当时文人为之，便欲雕缋满眼。"（《诗薮·内编》卷三）这段话，正确地指出了《敕勒歌》与文人之作迥然不同的风格。不过，对于胡应麟认为《敕勒歌》是斛律金所作，世人是有争议的①。

金代文学家元好问有《论诗三十首》，其七给斛律金《敕勒川》极高的评价，以为是早已成为绝唱、充满英雄气的慷慨歌谣。诗如下：

---

① 参看王曙光《试论〈敕勒歌〉的作者及其产生时代》（《新疆社会科学》1984 年 4 期）。

慷慨歌谣绝不传，穹庐一曲本天然。

中州万古英雄气，也到阴山敕勒川。

元代诗人刘因写有《宋理宗南楼风月横披二首》，其一如下：

试听阴山《敕勒歌》，朔风悲壮动山河，

南楼烟月无多景，缓步微吟奈尔何！

南宋理宗偏居临安（今浙江杭州），气度狭小，早无恢复宋氏大业的志向，只能画画南楼风月图，吟诵"并在南楼一夜凉"（《元诗纪事》卷五）一类柔弱纤巧的诗句。刘因这首诗，把《敕勒歌》同宋理宗南楼风月诗放在一起，对比鲜明而强烈，赞美与讽刺并见，有助于我们进一步体会《敕勒歌》的风格和气度。

【参考资料】

《北史·齐本纪上》卷六

《北史·斛律金传》

《乐府诗集》卷八十六题解

人日思归

隋文帝开皇四年（584年）十一月，薛道衡等出使陈朝，当时正是陈后主陈叔宝至德二年。在薛道衡等离开京都大兴（今陕西西安）前，隋文帝杨坚召见了他们。

杨坚问："二位爱卿此次奉使入陈，何以不辱使命？"

薛道衡说："自永嘉之乱①后，东晋南迁，宋、齐、梁、陈，福祚短促，代相更替，都是短命朝廷。二百余年，华夏分崩，南北易日。陛下隆恩宏德，泽被寰宇，文治武功，九州大同，岂容区区陈朝久在天网之外？臣今奉使，定令陈朝北面称臣。"

杨坚微微一笑，温和地说："是啊，自晋室南迁，天下丧乱，争战不断，将近三百年了。朕受命登极，志在拨乱反正，平一四海。陈朝万民，处于水火，岂可限一衣带水而不拯救呢？然而得天下者，必推人以赤心，待人以仁德，修文偃武，薄敛轻刑，内修制度，外抚戎夷。薛卿当善识朕意，接对陈朝君臣，不可以言辞相折。"

薛道衡连声说："为臣谨记，定不有负圣意。"

薛道衡偕副使一行辞殿登程，向东南进发。一路晓行夜宿，不惮辛劳，于次年正月初，抵达陈朝都城建康（今江苏南京）。这天陈叔宝为隋朝使者举行了隆重的欢迎宴会，陈叔宝的十余名狎客②江总、孔范、王瑳、陈喧等都随侍宴席间。

江总身为尚书仆射，位居宰辅，却不关心政务，终日与诸贵妃及孔范、

---

① 永嘉之乱，指西晋惠帝八王之乱至怀帝永嘉年间的大动乱。西晋由此灭亡。参看本书《莼羹鲈脍》篇。
② 狎客，陪伴权贵游乐的人。

王瑳等人侍从后主游宴后庭，酒席之间，舞文弄墨，共赋诗词，采取其中特别艳丽的诗章，配成歌舞乐曲，极尽耳目声色之乐。在这次为隋朝使者举行的接风宴上，陈朝君臣不改故常，只知嬉戏，竟无一言谈及国事。

陈叔宝说："薛常侍是北朝名士，有'空梁落燕泥'①诗，早已风传人口。朕亦酷爱文学，同贵妃、近臣赋诗联句，终日不倦。薛常侍此次来聘，正可一展奇才，助朕君臣之乐。"

江总说："陛下才艺绝伦，臣等只能仰瞻风采。薛常侍诗名远布，每有篇什，我朝野士人无不传诵。今日献艺，或可得陛下点化，诗艺更臻完善，望薛常侍用心为之。"

江总这番话，虽然全是对陈叔宝的阿谀逢迎之词，王瑳听了，仍然不满。王瑳生性刻薄贪鄙，忌害才能。他轻蔑地说："塞外，天无日，地无草，春无柳暗花明之色，秋无橘红橙黄之景。不得山川钟灵毓秀，岂有杰出之人、绝妙之诗？"说着，转过身去，环视满堂文武，"众位大人以为本官所言如何？"不等回答，先自纵声大笑起来。

孔范一向狂妄骄矜，自以为文武才能世人莫及，于是更加倨傲无礼，说："范自幼好学，博涉经史，文章富丽，圣上亲爱，不信只知毛驴榆钱的北人，能有什么好诗！范倒想与薛常侍相较优劣，不知薛常侍可肯赐教？"

薛道衡见王瑳、孔范咄咄逼人，出言不逊，不禁满腔怒气，正想回敬几句，蓦然想起临行前文帝的圣谕，"善识朕意……不可以言辞相折"，于是强按下怒火，泰然安坐席上。

江总性较宽厚温和、优裕从容，见孔、王二人盛气凌人，忙出来打圆场，连声说："今日陛下设宴，为薛常侍洗尘，宾主同乐，不必计较短长，薛常侍也不要扫大家雅兴，就即席赋诗一首吧！"

陈叔宝笑着说："好，还是仆射说得对。薛常侍，你就不用推辞了。"

薛道衡听了陈后主和江总的话，见势转机，脸上也就露出了笑容，态度潇洒地说："就请仆射赐题！"

江总想了想，说："今天是人日，就以人日为题吧。"

诗词里的中国故事

先唐篇

① 参见本书《才高见忌》篇。

旧时礼俗，称每年正月初一为鸡，初二为狗，初三为猪，初四为羊，初五为牛，初六为马，初七为人。人日就是正月初七日。江总这个题出得有点刁钻，以时间为题，构思命意，易流于大而无当、虚而不实，极难落笔。

薛道衡到底是北方名士，"文雅纵横，金声玉振"（《隋书·薛道衡传》），略假思索，便开口吟道：

入春才七日，离家已二年。

薛道衡声音未落，满座嗤笑声四起。

"哈……薛大人去冬离大兴，今春在我朝，无知村野也能把这些日子数清，多亏薛大人煞费心思！哈……"

"谁说此虏懂得作诗！"

"北朝名士，徒有虚名，可羞！可怜！"

嗤笑声，叫喊声，混杂喧腾，完全没有了君臣威仪、国家体统。薛道衡不仅处乱不惊，而且在心中暗暗叹道："满朝上下，荒淫腐败，既沉溺于声色之乐，又狂傲无礼，不知爱人，此真亡国之兆啊。陈朝灭亡，已为时不远了！"他因此想起了故乡，想起了正在崛起、日益强盛的隋朝，一股浓重的思乡之情，不禁油然而生。他待陈朝君臣安静下来，便更加声情并茂、铿锵有力地继续吟道：

人归落雁后，思发在花前。

诗人是说，在他的故乡北方，眼下春未到，花未开，可他的思乡之情已涌上心头。而当他完成使命、回到故乡时，恐怕春天早已到了，南方的大雁早已飞回了北方！"落雁后"，是"落在飞雁之后"，表达了诗人因不能在春到之前还乡的惋惜与不安。这两句诗字字对仗，自然天成，且用了倒装法，把"人归"写在前，"思发"作结尾，造成气势灵动而情思无限的效果。读了这两句诗，再回头读前两句，可以发现，四句诗也是字字对偶。"才七日"，言时间之短，"已二年"，恨时间之长，一短一长，更见诗人思乡感情的分量。虽然是平淡无奇的"数日子"，却已含几多诗情。

薛道衡吟完后两句诗，一时满堂静寂无声，突然又掌声四起。

"好诗！好诗！"

"名下固无虚士，我等领教了！"

感叹声、喝彩声响成一片。末代之君，大多有些文才，陈叔宝周围这帮"狎客"，也都附庸风雅，他们久闻薛道衡的诗名，今日亲自耳闻目睹，也不能不诚心佩服，就是傲慢狂妄的王瑳、孔范辈，此时也噤若寒蝉了。

薛道衡遵杨坚嘱咐，不辱使命，在江南留下了"名下固无虚士"的佳话。他的《人日思归》诗，确实是一首精巧隽永的佳作，因此也得以代代流传。

【参考资料】

《隋唐嘉话》上

《隋书·薛道衡传》

才高见忌

薛道衡今传一首乐府诗，叫《昔昔盐》，全诗如下：

垂柳覆金堤，蘼芜叶复齐。

水溢芙蓉沼，花飞桃李蹊。

采桑秦氏女，织锦窦家妻①。

关山别荡子，风月守空闺。

恒敛千金笑，长垂双玉啼。

盘龙随镜隐，彩凤逐帷低。

飞魂同夜鹊，倦寝忆晨鸡。

暗牖悬蛛网，空梁落燕泥。

前年过代北，今岁往辽西。

一去无消息，那能惜马蹄。

"昔昔"即夜夜。盐即艳，曲的别名，如诗题常见的吟、行、曲、引之类。因此，《昔昔盐》亦即《夜夜曲》，这是一首闺怨诗。又一个暮春季节到了，池边岸柳成荫，庭院里的藤萝绿叶繁茂，春水涨满池塘，飘落的桃李花洒满小径，闺中女子伤春感怀，不禁日夜思念她的征夫。她失去了千金难买的笑容，常挂双双滚落的珠泪。清晨她慵懒不起，帷帐长垂，起了床，也无心对镜梳妆打扮。夜晚，她心神不宁，梦魂随受惊栖鸟飞逝，忽然醒来，坐以待晓，盼着晨鸡啼鸣。窗户常关，昏暗的屋子结满了蛛网，今年的燕子还没回来，梁上空空的燕巢时时落下泥土。我那叫人又疼又恨的夫君，前年去了代北，今年又去了辽西，你这样狠心，不肯怜惜坐骑，越跑越远，

---

① 汉乐府《陌上桑》写了一个太守调戏采桑女秦罗敷而遭到严词拒绝的故事，秦氏女即指秦罗敷。窦家妻，参看本书《璇玑图诗》。

就这样一去无消息！

这首诗，情致绵密，悱恻动人，声韵谐美，对仗精巧，俨然是唐朝的边塞诗。其中"暗牖悬蛛网，空梁落燕泥"二句，得之自然，不假雕饰，毫无人气，一片凄凉景象如在目前，尤为后人称道。

薛道衡诗文盛于周隋两代，据说就因为他才高名盛，招来了杀身之祸。明人王世贞作《艺苑卮言》，感慨于"诗能穷人"，对诗人的命运作了总结，归纳为"文章九命"，在"二、嫌忌"条目下说，"或以才高畏逼，或以词藻惭工。大则斧质（被杀），小犹贝锦（被谗）。"举例中即有"薛道衡、王胄见忌隋炀"事。（卷八）

薛道衡见忌隋炀帝杨广事，最早见于《小说旧闻》一条记载：隋炀帝善属文，不欲人出其右，薛道衡由是得罪，后因事诛之，曰："更能作'空梁落燕泥'否？"《诗话总龟》卷三十一所引这段记载是说，杨广善于写文章，但又好忌妒，不允许有人超过他。杨广忌妒薛道衡的文名，因而寻机把薛杀了。而他最耿耿于怀的是薛的名篇《昔昔盐》，因此到薛临刑前，隋炀帝还以讥讽的口吻问薛道衡，"这以后你还能作'空梁落燕泥'吗？"可见薛之不幸和隋炀帝忌妒怨恨之深。

其实，这段记载并不准确。薛道衡在隋朝屡任要职，深得杨广赏识。薛道衡写作时，要求十分安静，"隐坐空斋，蹋壁而卧，闻户外有人便怒"，而杨广总是说："道衡作文书称我意"，不许人去打扰他。（《北史·薛辩传》）杨广本人是个文学家，当代学者逯钦立辑《先秦汉魏晋南北朝诗》，收炀帝诗达四十三首之多，其中确有一些清新朴实的好诗。明朝大学者张溥说："隋书文苑传称'帝意在骄淫，词无浮荡，缀文之士得依取正。'余疑其谀，比观全集，多庄言，简戏谑，似史评非诬也。"（《汉魏六朝百家集题辞注》）清人毛先舒也说："江（总）、孔（范）轩华，隋炀典畅，足以殿齐、梁之末路，启李唐之大风。"（《诗辨坻》卷二）可见薛道衡和隋炀帝在中国文学史上的地位。以杨广的文才及对薛道衡的器重，"薛道衡见忌隋炀帝"说，是不足信的。薛道衡被杀的真相，说穿了是薛道衡指斥了杨广的荒淫与残暴。

传闻失信，却一直传而不绝，这似乎是人类生活中常见的现象。由于传闻杨广杀薛道衡时，说了一句"更能作'空梁落燕泥'否？"，薛道衡这首《昔昔盐》便成了有口皆碑的文学名篇。唐代诗人赵嘏，曾以薛道衡《昔昔盐》的每一句诗为题，写了二十首《昔昔盐》，如此崇拜与模仿，在文学史上还是少见的。下面录三首，以见一斑。

暗牖悬蛛网

暗中蛛网织，历乱绮窗前。

万里终无信，一条徒自悬。

分从露珠滴，愁见隙风牵。

妾意何聊赖，看看剧断弦。

空梁落燕泥

春至今朝燕，花时伴独啼。

飞斜珠箔隔，语迁画梁低。

帷卷闲窥户，床空暗落泥。

谁能长对此，双去复双栖。

那能惜马蹄

云中路杳杳，江畔草萋萋。

妾见垂珠泪，君何惜马蹄。

边风悲晓角，营月怨春鼙。

未道休征战，愁眉又复低。

赵嘏的诗借薛道衡的题意发挥，同样写得清绮缠绵，悲凉凄绝。在这里，我们清楚地看到薛道衡诗的影响以及唐诗与六朝诗的继承关系。唐代文学，正是在对六朝文学继承与扬弃的基础上发展起来的。

【参考资料】

《隋唐嘉话》上
《诗话总龟》卷三十一
《容斋续笔》卷七

破镜重圆

陈后主祯明三年（589年）正月十五日，隋兵攻进陈朝都城建康，宫中 一片混乱①。陈太子舍人徐德言在慌乱中又急又怕。树倒猢狲散，君臣们都已不知逃到哪里去了，他该怎么办呢？徐德言知道，覆巢之下定无完卵，他不能自保，更难保全妻室。他焦急地对妻子说："城破国亡，你我难免离散，这如何是好？"

徐德言的妻子是陈叔宝之妹，封乐昌公主。乐昌公主悲伤地说："事已至此，又有什么办法？有死而已。"

徐德言听如花似玉的妻子说出如此言语，心似刀绞，说："以夫人才华容貌，必落权豪之家，夫妻相见，恐无时日了！"

公主说："宁为玉碎，不为瓦全，一旦落入权要之手，我岂肯苟活！"

徐德言忙捂住她的嘴说："夫人何出此言！你我正年轻，夫妻情深似海，只要活着，就有团聚之日。我只怕你我一旦失散，相距千里，你我该有一件信物，日后才好互通音信。"

公主掩面悲泣，点头称是。二人想来想去，一时竟不知用什么作信物。金银珠宝，过于贵重，带在身上，易惹是非；书信衣物，易于毁坏，天长日久，恐难辨认。后来，公主见自己梳妆台上有一面陪嫁铜镜，便把它砸成两半，夫妻各执一半，藏于怀中。

徐德言一再叮咛妻子说："一旦失散，你今后一定要在每年正月十五那天，让人拿此铜镜到京城集市上叫卖。我定在那天去寻访，一定要等我拿这一半铜镜去相认，不可卖与他人。切记！切记！"

这时，隋兵早已冲进了皇宫，陈叔宝被俘了，整座建康城，到处是隋

---

① 参看本书《后庭遗曲》篇。

兵在烧杀抢掠。徐德言夫妻俩在乱军的冲击追捕下，果然失散了。

徐德言只身逃出京城，仓皇中只是紧紧护住怀中的那半面铜镜。他颠沛流离，一路乞食，历尽千辛万苦，到了隋朝都城大兴（今陕西西安）。在大兴，他到处打听妻子下落，可全无音信。好不容易熬到新年正月十五，他一大早就赶往集市。他在集市上走了几个来回，却不见有人叫卖那半面铜镜。徐德言心灰意冷了。难道是在兵荒马乱中妻子遭到了不幸？难道是妻子有了新欢忘了旧好？或许是她找不到可靠的人来集市叫卖铜镜？会不会是妻子在兵荒马乱中把半面铜镜弄丢了？徐德言这样胡思乱想，心乱如麻，陷入了深深的痛苦中。

突然，前面围了一群人，挡了他的道。

"这老妇人简直疯了，半面破镜竟要那么高的价！"

"你看她的穿着打扮，不像穷得发疯的样子，定有蹊跷。"

"对，恐怕是有缘故，不然半面破镜，能值几文钱？"

人们七嘴八舌，像看热闹似的说笑着。徐德言在圈外听得真切："半面破镜……"他不禁浑身一颤，钻进人丛，只见一个老妇人，坐在地上，面前放着一块青布，布上正是那半面铜镜。他又惊又喜，蹲下身对老妇人说："你这半面铜镜，我买了！你跟我来！"

老妇人见他的神色，心中早已明白了七八分，她点了点头，便把铜镜包好，跟他走了。

徐德言把老妇人带到自己的住处，从怀中拿出珍藏的半面铜镜，与老妇的铜镜一对，丝丝合缝。徐德言不禁悲喜交集，热泪滚滚，忙问老妇，夫人现在何处？境况怎样？

原来，夫妻失散后，夫人被隋兵俘虏，高祖文帝杨坚知她是陈后主妹，便把她赐给了伐陈的行军元帅、越国公杨素，眼下是杨素最宠爱的妻妾。徐德言听了，心如死灰。不知下落，还存希望；既知下落，反生绝望！侯门深似海，哪有夫妻团聚的日子啊！徐德言想到这些，拿出纸笔，写了一首诗，请老妇人带回府给乐昌公主：

镜与人俱去，镜归人不归。

无复嫦娥影，空余明月辉。

《唐诗画谱》 （明）黄凤池 编

　　这首小诗是一首精美的律绝，音韵和谐流畅，对仗自然工巧，又似一首清新的歌谣，用词浅近，不避重复，得之天成，不着痕迹，再加上回环复沓和取譬设喻修辞手法的运用，有言尽意不尽，一唱九回肠之妙。令人愈读愈感到抒情主人公心中那复杂和难以平静的感情波澜，蕴蓄着巨大的悲剧力量。

　　乐昌公主见到丈夫的诗，终日悲泣，不思茶饭。越国公杨素知道了事情的经过，竟动了恻隐之心，当即派人把徐德言找来。杨素在府中设宴，让公主出来与徐德言相见。杨素说："我念你们多年夫妻情重，有意成全你们。今日设宴，就当祝你们夫妻团圆。"杨素停了停，又神情悄然地接着说，"你们夫妻经历了悲欢离合，定有许多话要说，我也不想久留你们。不过，公主与我生活两年，虽非原配夫妻，我对她的宠爱，却胜于对我夫人。今日一去，怎能无动于衷？"说着，转问公主，"难道你不想对我说点什么？"

乐昌公主抬头看看杨素，又看看徐德言，百感交集，泪流满面。为什么让她遇到这样的变故？她面对着新人旧人，不知是喜还是悲，该笑还是该哭！去他心何忍？从他不解伊！做一个女人实在难啊！

乐昌公主站起身来，向杨素深深一拜，然后声泪俱下地吟诵了这样一首诗：

今日何迁次，新官对旧官。
笑啼俱不敢，方验作人难。

吟罢，她终于失声痛哭起来。杨素与徐德言也都无言泪落，不忍看一眼泪人似的公主。过了片刻，公主收住了哭声，杨素吩咐家人去拿一份厚礼，立即送公主出府，然后就离席退入后堂去了。

徐德言和乐昌公主终于破镜重圆，双双回了江南，相守终老。

【参考资料】

《本事诗·情感第一》

后庭遗曲

晚唐诗人杜牧，有一首著名的绝句叫《泊秦淮》：

> 烟笼寒水月笼沙，夜泊秦淮近酒家。
> 商女不知亡国恨，隔江犹唱《后庭花》。

这首诗吟咏了一个哀怨而沉痛的历史故事。公元583年，陈后主叔宝继位，改元至德。开始，他还以"宗社任重，黎庶务殷"而"思隆大业"。（《陈书·本纪第六》）但不久，便骄奢淫逸起来。至德二年，他大兴土木，动工兴建了临春阁、结绮阁和望仙阁。三阁各以沉檀香木建成，各高数十丈，连延数十间，室内饰以金玉珠翠，室外积石为山，引水为池，奇花异木，缀红叠翠。微风吹来，香闻数里，朝日初照，光映后庭，极尽奢侈豪华。陈叔宝自居临春阁，张贵妃居结绮阁，龚、孔二贵嫔居望仙阁。三阁以复道回廊勾连，可以自由往来。

张贵妃名丽华，七尺秀发，乌黑油亮，美目流盼，光彩照人，善察人意，玲珑乖巧。她本是龚贵嫔的侍儿，陈叔宝一见而不能忘情，遂立为贵妃。

陈叔宝迷恋张丽华，又加临春、结绮、望仙三阁建成，便终日在后庭游乐，酣歌醉饮。张丽华和龚、孔二贵嫔不离左右，王、李二美人，张、薛二淑媛，袁昭仪、何婕好、江修容等妃嫔才人夹坐其间，以宠臣江总为首，十余名朝臣文士，充当"狎客"，即席联句，唱和赠答，为陈叔宝荒淫糜烂的声色耳目之乐，掺进些不伦不类的雅兴。每次宴乐，陈叔宝总是先令妃嫔才女各用五色彩笺作五言诗一首，继而让江总等狎客逐一赓和。谁稍为迟缓，则罚酒三觥。然后选取其中最淫艳轻薄的诗，配上新曲，由宫女千余人分批轮番演唱。醉生梦死，不知今夕何夕！在这群昏君佞臣追欢逐笑的大疯狂中，陈叔宝自然是主角，他亲自作了《玉树后庭花》、《临春乐》、《金钗两鬓垂》等曲。其中最有名的是《玉树后庭花》：

> 丽宇芳林对高阁，新妆艳质本倾城。
>
> 映户凝娇乍不进，出帷含态笑相迎。
>
> 妖姬脸似花含露，玉树流光照后庭。

诗的大意是，在丽宇芳林环绕的高阁中，有一个倾城倾国的美人，她站在珠帘后，一身娇媚，袅袅婷婷，和羞徘徊。啊，她终于走出来了，弄姿作态，笑脸相迎。她那嫣然含笑的脸蛋就像鲜花含露，无限娇嫩妖艳，她那洁白的身子就像玉树映日，令满庭生辉。陈叔宝另外的《临春乐》等曲，也大都像这首诗一样，用充满了色情肉欲的眼光来欣赏张丽华、孔贵妃等宠姬的姿色。《隋书·乐志》说："陈后主于清乐中造丽骊留及玉树后庭花、金钗两鬓垂等曲，与幸臣等制其歌词，艳丽相高，极于轻荡，男女唱和，其音甚哀。"内容糜烂，曲音哀伤，正是末代皇帝面临末日的本质反映。

"玉树后庭花，花开不复久。"（《隋书·五行志》）陈叔宝在醉生梦死中唱出的这两句诗，不久即成了现实。

陈祯明二年（588 年），隋师大举南进。次年春正月十五日，隋将贺若弼、韩擒虎分北南二路进逼建康。京城守将投降，军士瓦解，文武百官纷纷逃散。这时陈叔宝才知大势已去，带着十几个宫人出后堂景阳殿。殿中有井，陈叔宝就要往井里跳。当时尚书仆射袁宪、后阁舍人夏侯公韵苦苦劝阻，后主不听，终于跳进了井里。

韩擒虎的军队赶到后官，陈叔宝早已跳进景阳井了。军士们在井口大声呼喊："喂，井里的人是活着还是死了？"叫了几声，也没听到回音。军士又叫喊说："要是死了，我们就下石填井啦！""莫忙，莫忙！救命，救命！"这才从井底传出呼救声。韩擒虎哈哈大笑说："还是怕死啊！给我拖上来！"军士放下长绳，向井里喊："把自己拴好，我们把你拉上来！""嗬，这皇帝老儿怎么这么重，再来两个人！"三个军士合力往上拽，等拽出井口一看，原来是陈后主和张丽华、孔贵嫔三个人捆在一起。

陈朝就这样灭亡了。荒淫无度的陈叔宝，就这样作了隋朝的阶下囚。贵宠一时的张丽华被隋军杀死，弃尸在青溪中桥（今南京朱雀路四象桥）下。

　　三月，陈叔宝被隋军押解北去大兴。他身后是王公百官，大小在路，累累五百里不绝。他离开建康，渡过长江，不禁回望京城。烟花云树，碧波白云，隔断了他的视线，也隔断了他的归路。他知道自己再也回不来了，就凄凉地吟出了这样的诗句：

　　　　故乡一水隔，风烟两岸通。
　　　　望极清波里，思尽白云中。

　　《五代新说》曾评论这首诗的第一、二句说："唐人高处始能及之。"这自然是欣赏这两句诗不仅对仗工巧，而且饱含诗情画意。虽出于律诗的酝酿期，却可以同律诗成熟、繁荣时期的唐人杰作媲美。不过，陈叔宝的诗虽然作得好，却没有一丝痛定思痛的情感。大概隋文帝杨坚也看到了这一点，所以他后来曾说，"为什么不将作诗的功夫，好好想想亡国前的事情！"

　　历史的沉痛教训，不是那些亡国之君所能认识到的，倒是后人从这里得到了殷鉴。自陈灭亡之后，不知有多少文人墨客，荡舟十里秦淮，漫步繁华金陵，寻访踪迹，吊古伤今，写下了千古传唱的著名诗词。

台　城　　刘禹锡

　　台城六代竞豪华，结绮临春事最奢。
　　万户千门成野草，只缘一曲《后庭花》。

桂枝香　　王安石

　　登临送目。正故国晚秋，天气初肃。千里澄江似练，翠峰如簇。征帆去棹残阳里，背西风，酒旗斜矗。彩舟云淡，星河鹭起，图画难足。　　念往昔，豪华竞逐。叹门外楼头，悲恨相续。千

《唐诗画谱》　　　　　　　　　　　（明）黄凤池 编

古凭高，对此漫嗟荣辱。六朝旧事随流水，但寒烟衰草凝绿。至今商女，时时犹唱，《后庭》遗曲！

张丽华　　袁枚

结绮楼边花怨春，青溪栅下月伤神。
可怜褒妲逢君子，都是周南传里人。

《旧唐书·音乐志》引杜淹对唐太宗说的话："前代兴亡，实由于乐。陈将亡也，为《玉树后庭花》……行路闻之，莫不悲泣，所谓亡国之音也。"杜牧生活在晚唐,吊古抚时,为"商女不知亡国恨,隔江犹唱《后庭花》"而深深感叹。他的心情,不在悲叹历史,而是在为唐朝的命运担心。刘禹锡也是以历史沧桑的巨变,向日益腐朽的当朝发出警告。王安石生活在北宋兴盛时期,当时正罢官外任,失意无聊,倦于官场,欲求隐退,于是"多少六朝兴废事,尽入渔樵闲话"(张昇《离亭燕》),那些"豪华竞逐"和"悲恨相续"的往事,在他看来,也都成了人们无聊时的闲谈资料,用不着去认真对待。袁枚的诗,则批判了女人都是祸水的封建偏见,把亡国的罪过归之于帝王的昏庸腐败。他说,像褒姒、妲己、张丽华这样的女子,如果遇到了明君,也会成为周南(《诗经·国风》之一)传里所歌颂的有德女子。

　　历史总是一种存在。历史的遗迹,至今犹可寻访。不同时代,不同处境的人们,尽管面对历史和历史遗迹,会有不同的情思,但谁能漠然置之,不有感于怀呢!

【参考资料】

　　《南史·陈本纪下》
　　《资治通鉴》卷一七六
　　《陈书·后主张贵妃传》
　　《南史·陈后主传》